LÉON SÉCHÉ

—

ÉTUDES D'HISTOIRE ROMANTIQUE

—

Alfred de Vigny

I

La vie littéraire, politique et religieuse

ÉMILE DESCHAMPS, VICTOR HUGO, SAINTE-BEUVE, BRIZEUX,

AUGUSTE BARBIER, BUSONI,

ÉMILE PÉHANT, PITRE-CHEVALIER, LÉON DE WAILLY.

(*Documents inédits*)

AVEC PORTRAITS, DESSINS ET AUTOGRAPHES

PARIS

MERCVRE DE FRANCE

XXVI, RVE DE CONDÉ, XXVI

ALFRED DE VIGNY

I

DU MÊME AUTEUR

—

ÉTUDES D'HISTOIRE ROMANTIQUE

ALFRED de VIGNY a 30 ans
par David d'Angers.

LÉON SÉCHÉ

—

ÉTUDES D'HISTOIRE ROMANTIQUE

—

Alfred de Vigny

I

La vie littéraire, politique et religieuse

ÉMILE DESCHAMPS, VICTOR HUGO, SAINTE-BEUVE, BRIZEUX,

AUGUSTE BARBIER, BUSONI,

ÉMILE PÉHANT, PITRE-CHEVALIER, LÉON DE WAILLY.

(*Documents inédits*)

AVEC PORTRAITS, DESSINS ET AUTOGRAPHES

PARIS

MERCVRE DE FRANCE

XXVI, RVE DE CONDÉ, XXVI

—

MCMXIII

A MADAME LA COMTESSE

CHARLES DE LESSEPS

EN TÉMOIGNAGE

DE MA VIVE GRATITUDE

ET DE MON PROFOND RESPECT

L. S.

AVERTISSEMENT

Ce livre fut le premier de la série de mes Études
d'histoire *romantique. Quand il parut, en 1902,
les critiques s'accordèrent à dire que c'était une
forêt où les historiens de l'avenir viendraient
chercher du bois.*

*La prédiction s'est accomplie plus tôt que je ne
pensais. Depuis dix ans tous ceux, sans aucune
exception, qui ont écrit sur Alfred de Vigny ont
pratiqué dans cette forêt des coupes plus ou moins
larges, sans avoir eu toujours l'honnêteté de dire
où ils avaient pris leur bois. Je ne me plains pas
du procédé qui est presque aussi vieux qu'Hérode,
mais je comprends que plusieurs de mes confrères,
et non des moindres, aient renoncé à indiquer
leurs sources. C'est, en effet, le bon moyen d'empêcher les maraudeurs et les braconniers d'y aller
boire.*

Cependant, au fur et à mesure qu'on me dé-

pouillait, je m'efforçais, à l'exemple des forestiers,
de remplacer le bois coupé par des plantations
nouvelles, si bien qu'aujourd'hui la forêt est
encore plus épaisse qu'il y a dix ans.

La première édition de ce livre n'avait qu'un
volume, celle-ci en a deux, et, sans parler des
chapitres nouveaux, j'en ai revu, corrigé, augmenté, selon la formule, cinq ou six autres qui
demandaient à être mis au point.

Je remercie bien sincèrement tous ceux qui
m'ont aidé dans ce travail en m'apportant les documents précieux que j'ai mis en œuvre : d'abord,
Mme la comtesse Charles de Lesseps, Mme la baronne
de Croze, née Guiraud, MM^mes Léonce Détroyat,
Marguerite Deutz, Valincourt, miss Doris Gunnell,
et puis MM. de Kerallain, Léo Lucas, de Clérembault, Pierre Bonnaffé, Desvéaux-Vérité, Georges
Clairin, L. Stewart, etc.

J'avais, à la prière d'une partie de ma clientèle, et contrairement à mon habitude, rédigé pour
l'Appendice de ce livre un certain nombre de commentaires et de notes historiques et critiques sur
ceux des ouvrages de Vigny qui me paraissaient
avoir besoin d'explications.

Réflexion faite, j'ai trouvé que tout cet appareil
scientifique, si en honneur aujourd'hui à la Sor-

bonne, alourdirait outre mesure mon texte déjà passablement chargé, et j'ai réservé ces commentaires et ces notes pour l'édition des ŒUVRES COMPLÈTES D'ALFRED DE VIGNY, *que la librairie Ed. Mignot vient de publier sous ma direction.*

Lucerne, 31 août 1913.

L. S.

PRÉFACE
DE LA PREMIÈRE EDITION
—

A M. HENRI FERRARI
Directeur de *la Revue Bleue*

Mon cher ami,

Personne ne s'étonnera que je vous dédie ce livre : il est à vous autant qu'à moi, car peut-être serait-il encore au fond de mon encrier si, après avoir publié dans *la Revue Bleue* les chapitres qui ont trait aux amours d'Alfred de Vigny, vous ne m'aviez engagé à vous en donner quelques autres sur ses amitiés littéraires.

A la vérité, j'y pensais depuis longtemps ; je le portais en moi depuis que j'avais cru m'apercevoir que Vigny, comme penseur et comme chrétien, était de la lignée des « Derniers Jansénistes », mais plus j'y réfléchissais, moins je savais par quel bout le prendre.

Tout avait été dit ou à peu près par Sainte-Beuve, Jules Janin, Th. Gautier, et plus récemment par MM. Brunetière, Émile Faguet, Jules Lemaître, sur le poète, le romancier, le philosophe, le dramaturge d'occasion que fut Vigny. Il eût été oiseux et prétentieux d'y revenir. Restait l'homme privé, en robe de chambre et en pantoufles. Encore avait-il été l'objet d'un commencement d'étude de la part de M. Louis Ratisbonne et de M. Maurice Paléologue. Mais le premier, en publiant *le Journal d'un Poète*, n'avait fait qu'entrebâiller la porte de la fameuse « tour d'ivoire », et le second ne connaissait, quand son livre parut, ni *l'Histoire d'une Ame*, ni les lettres de Vigny à sa cousine du Plessis, à Mlle Maunoir, à Bungener et autres, ni les détails circonstanciés de sa fin douloureuse.

La vie de l'auteur des *Destinées* était donc encore à écrire, ou tout au moins à mettre à jour. C'est à ce dernier parti que je m'arrêtai, estimant que l'homme et son œuvre, alors même que, selon l'expression de Vigny, aucun de ses poèmes n'aurait dit toute son âme, forment un tout indivisible, et

que pour porter un jugement définitif sur un écrivain qui a mis beaucoup de son sang dans ses livres,
il est indispensable de connaître le fonds et le tré-
fonds de son for intérieur. Et qu'on ne se récrie pas !
je sais tous les inconvénients du genre et qu'on ne
doit pas, comme dit Montaigne, « guetter les grands
hommes aux petites choses ». Mais il y a des petites
choses qui sont de véritables traits de caractère, et
c'est pour cela même que j'en ai relevé un certain
nombre dans les chapitres où je me suis occupé des
rapports de Victor Hugo et de Sainte-Beuve avec
Alfred de Vigny. Je ne crois pas, d'ailleurs, avoir
excédé mon droit de critique en promenant ma lan-
terne sourde dans les coins les plus mystérieux de
la vie du poète et, si j'ai pénétré jusque dans son
alcôve, j'ai fait en sorte de ne dire que ce qu'il fallait dire. Je n'ai point voulu spéculer sur les fai-
blesses de l'homme, encore moins diminuer le prestige du dieu. Je n'ai agi que dans l'intérêt de la
vérité. Pourtant je mentirais en disant que je n'ai
éprouvé aucune jouissance à découvrir dans la vie
d'Alfred de Vigny ce qu'il avait pris tant de soin
de nous cacher. La curiosité et l'indiscrétion ne sont
pas des péchés purement féminins ; c'est également

le moindre défaut du critique qui veut être bien informé et je confesse que, de ce chef, mon livre n'est
pas exempt de reproche; mais on reconnaîtra, j'espère, que je n'ai pas poussé l'indiscrétion jusqu'au
scandale et qu'en somme Alfred de Vigny sort à
son honneur et à son avantage de l'épreuve analytique à laquelle je l'ai soumis.

Il écrivait un jour à Sainte-Beuve, au début de
de leurs relations, qu'il avait « créé une critique
haute qui lui appartenait en propre et que sa manière de passer de l'homme à l'œuvre et de chercher
dans ses entrailles le genre de ses productions était
une source intarissable d'aperçus nouveaux et de
vues profondes ». Eh bien! dans ce livre, comme
dans ceux qui l'ont précédé, je me suis inspiré de
la méthode que Sainte-Beuve a expérimentée avec
tant de bonheur dans son *Port-Royal* et dans ses
Lundis. J'ai appliqué à ma critique littéraire les
principes mêmes de la critique historique. Je n'ai
rien avancé que je ne pusse prouver. Je suis allé,
aussi moi, de l'homme à l'œuvre. J'ai commencé
par m'enquérir des origines maternelles du poète,
et l'on verra que cette enquête n'était pas inutile.
J'ai cherché ensuite autour de Vigny les femmes

qu'il avait aimées, les hommes qu'il avait fréquentés, les milieux qu'il avait traversés, les livres qu'il avait lus, les influences diverses qu'il avait exercées ou subies, les causes et les effets de ses liaisons et de ses ruptures. Après avoir visité sa ville et sa maison natales, j'ai voulu voir la thébaïde où il s'était renfermé quatre ans durant, après les journées de Juin, et d'où sont sorties *les Destinées.* Je me suis appliqué à lire dans son âme par delà le blanc et le noir des pages de sa grande écriture, à démêler dans sa correspondance le sentiment précis, l'idée maîtresse, l'état d'esprit dans lesquels il avait conçu et écrit certains de ses ouvrages. Et j'ai reconstitué ainsi, du commencement à la fin, sa vie morale et intellectuelle, en ayant soin d'éviter l'écueil où Sainte-Beuve échoua souvent et qui consiste à battre l'homme sur le dos de l'œuvre.

Mais que de fois, pendant que j'écrivais tel ou tel chapitre, ne me suis-je pas dit : Si Sainte-Beuve avait connu cette lettre et ce document, quel parti il en aurait tiré! C'est que véritablement il n'y a que lui pour s'entendre à déshabiller les gens et à mettre leur âme à nu ! Quand il eut publié son livre sur *Chateaubriand et son groupe littéraire,* il

mandait à un ami : « J'ai tenu à mesurer exactement l'écrivain et à le maintenir plus grand qu'aucun de notre âge. *Quant à l'homme je lui ai tiré le
masque avec quelque plaisir, je l'avoue.* » Après
cela je suis sûr que, s'il avait connu les lettres de
Vigny à Mme Dorval, s'il en avait tenu les originaux dans ses mains, il aurait éprouvé le même
plaisir à lui tirer le masque, à lui aussi. Et cependant, lorsqu'on les lira, m'est avis que, loin de se
retourner contre lui, ces lettres plaideront plutôt
en sa faveur. Ce fut la première impression que j'é-
prouvai chez M. Bégis, lorsque l'érudit collection-
neur me permit d'en prendre copie dans son cabinet. C'est également celle que je me suis efforcé de
rendre. Qu'on ne me reproche donc pas d'avoir publié ces lettres ! en conscience, je crois avoir servi
plutôt qu'offensé la mémoire du poète, car il n'y a
pas d'intrigue amoureuse qui ait donné lieu à plus
de racontars désobligeants, et c'est tout juste si,
sous le manteau de certaines cheminées littéraires,
on n'accusait pas Vigny d'avoir fermé les yeux pour
ne pas voir la honte dont, à un certain moment, sa
maîtresse infidèle le couvrit au grand jour.

Pauvre femme ! Dieu me garde de lui jeter la

pierre! la nature lui avait donné des sens que ne purent jamais dominer le cœur qui était bon, ni l'esprit qui allait parfois aussi haut que son art. Et il doit lui être beaucoup pardonné, non seulement parce qu'elle a beaucoup aimé, mais parce que, si elle fit le malheur de Vigny, elle fit de lui aussi un très grand poète. Qui sait, en effet, s'il eût produit, sans le baiser de cette Melpomène romantique, et *Quitte pour la peur* et *Chatterton* et les merveilleuses pièces des *Destinées!* En tout cas, il est certain qu'il n'eût jamais écrit *la Colère de Samson*, ce qui prouve une fois de plus que l'homme est inséparable de son œuvre et qu'à vouloir juger l'une sans connaître l'autre on risque de rendre des sentences susceptibles d'appel et de cassation.

Aussi bien, la passion de Vigny pour Dorval, bien qu'elle n'ait été qu'un accident dans sa vie, projette sur toute son existence une lumière qui peut servir de phare à l'historien.

Quand on regarde ce beau visage de marbre, ces beaux yeux d'un bleu tendre et dont la froideur calme semble le reflet d'une âme pure et sereine, on pense involontairement au mot que prononça Dumas le jour où Mme Dorval, pour mettre fin à ses obsessions, lui écrivit : « Aimez-moi comme M. de Vigny. » On se dit qu'avec un tel masque cet homme ne dut vivre que de la vie des anges. Mais le proverbe est là qui nous conseille de ne pas nous fier à l'eau qui dort. Et le fait est que l'auteur d'*É-loa* n'eut d'angélique que la figure. Je ne crois pas, quant à moi, qu'il y ait jamais eu au monde un homme plus passionné et dont le cœur ait été battu de plus d'orages !...

Examinons sa vie : on peut la diviser en trois parties inégales. La première s'étend de 1815 à 1830 ; la seconde de 1830 à 1840 ; la troisième de 1840 à 1863, date de sa fin.

La première partie est la phase des *élévations* et du rêve. Alfred de Vigny a été voué à l'armée par sa mère, mais ce n'est point sa vocation. Il vit à l'écart au régiment ; il préfère à la société des officiers, ses camarades, celle d'un simple soldat de sa compagnie qui, comme lui, cultive les Muses ; il lit la Bible, il lit Milton, lord Byron et Thomas Moore ; le problème de la chute de l'homme le préoccupe, il écrit le mystère d'*Éloa*, il monte avec *Moïse* au sommet du Sinaï, et, quand il en redescend, il est moins troublé de la vision de Dieu que désenchanté

et lassé, comme lui, du poids du jour. Il se marie
et donne presque aussitôt sa démission de capitaine
pour recouvrer sa liberté.

La seconde partie est la phase de l'action et de
l'amour : il aborde la scène en même temps qu'il
tombe amoureux d'une femme de théâtre. C'est
pour elle qu'il traduit *Othello*, qu'il compose *la Maréchale d'Ancre*; c'est par elle que son *Chatterton*
monte aux nues. La magicienne qui lui a pris le cœur
lui a révélé du même coup sa vraie vocation et sa
vraie nature. Il avait, en effet, au plus haut degré le
sens du théâtre, et, comme l'a remarqué Auguste
Barbier, plus clairvoyant en cela que Sainte-Beuve,
« il faut voir surtout en lui *un dramatique ;* il l'est
toujours et partout ; ses moindres pièces sont composées dramatiquement, ses romans, ses contes et
ses poèmes sont des drames d'analyse si l'on veut,
mais des drames (1) ». Mais s'il avait le don du
théâtre, il avait aussi le don de l'amour. « Aimer,
inventer, admirer », voïlà ma vie, disait-il. Cela
prouve qu'il se connaissait. Il a aimé sous toutes
les formes et de toutes les manières : avec sa tête,
avec son cœur, avec ses sens. Il a aimé sa mère

(1) *Souvenirs personnels*, p. 363.

comme une idole, sa femme comme un enfant, sa
maîtresse comme un fou, ses amis comme un ami
véritable. Et quand il eut perdu par la mort et la
trahison sa mère et sa maîtresse, son cœur triste et
meurtri se prit d'une immense pitié pour l'homme,
son « compagnon de chaîne et de misère », et c'est
à le servir, à le relever, à le soulager qu'il se consacra tout entier.

Puis vient la phase de l'ambition, suivie bientôt
du renoncement à tout. Lorsque la Révolution de
1848 éclate, l'idée lui prend qu'avec son nom il
pourrait remplir un grand rôle sur la scène politique. Il se porte à la députation et il échoue piteu-
sement ; il sollicite le poste d'ambassadeur à Londres, et on lui répond qu'il n'est pas républicain.
L'Empire arrive : il rêve à ce moment d'entrer au
Sénat et puis d'être le précepteur du prince impérial. Mais il n'est pas plus heureux sous l'Empire
que sous la République. Pourquoi? Parce qu'il n'a
pas l'étoffe d'un courtisan et qu'ayant conscience de
sa valeur il attend tranquillement qu'on vienne le
chercher. Alors, en désespoir de cause, il achève de
se replier sur lui-même, il s'enfonce de plus en
plus dans la méditation ; la maladie aidant, il de-

vient misanthrope, et le chrétien qu'il n'avait cessé
d'être, en dépit des apparences contraires, montre
le bout de l'oreille janséniste...

Oui, janséniste! C'est un point de vue sous lequel
personne jusqu'ici ne l'a encore étudié et qui de
prime abord peut sembler paradoxal, mais que je
tiens pour absolument vrai. On lira le chapitre que
j'ai consacré à la religion de Vigny, et ceux qui ont
quelque connaissance du sujet me diront si je me
suis abusé. Les autres auront peut-être la curiosité
de l'approfondir. Je l'espère sans trop y compter,
car le sujet est bien aride, et la question de la grâce
suffisante et efficace qui mit en l'air tout le XVIIe
siècle et conduisit l'Eglise de France du XVIIIe siècle
à deux pas du schisme, est abandonnée depuis lon-
temps par les amateurs de ces sortes de controverses.

Je prétends donc que Vigny était janséniste, mais
je m'empresse d'ajouter qu'il l'était à sa manière.
Il avait surtout l'attitude et l'accent, et sa religion
de l'honneur, je ne sais pas s'il s'en rendait bien
compte, n'était pas autre chose que du jansénisme
dévoyé ou simplifié, un jansénisme sans culte et qui
n'aurait pour toute chapelle que le for intérieur.
C'est même par là qu'il avait attiré mon attention.

Son *Journal* et quelques-unes de ses lettres me for-
tifièrent dans cette croyance. Quand je sus que l'abbé
de Baraudin, qui fut le précepteur de la mère du
poète, était imbu de l'esprit de Port-Royal et que
Vigny avait au Maine-Giraud, dans sa petite bibliothèque, tout un lot de livres jansénistes qui avaient
appartenu à son grand-oncle, mes derniers doutes
se dissipèrent, et je suis sûr que, s'il avait pu lire le
manuscrit de ses *Pensées*, Royer-Collard, qui lui fit
un accueil si froid, quand il se présenta à l'Académie-Française, lui aurait ouvert les bras en lui disant que, sous son pessimisme outré, il avait reconnu
l'esprit chrétien de Port-Royal, mais affranchi du
dogme. Il est même surprenant que Sainte-Beuve,
qui avait lu son *Journal*, ne se soit pas douté de
ses attaches jansénistes. Car le jansénisme des derniers jours frisa singulièrement le « libertinage »
où échoua Vigny ; aussi, tout en trouvant que le
poète des *Destinées* a certaines affinités avec Pascal
et Racine, n'oserais je pas dire qu'il eut leur état
d'âme. Leur mort seule suffirait à établir entre eux
une ligne de démarcation qu'on ne saurait franchir
sans tomber dans le paradoxe : Racine et Pascal
moururent en catholiques fervents et contrits. Vigny

mourut en chrétien résigné, j'allais dire désabusé. Il n'appela pas le prêtre à sa dernière heure, il l'attendit, il le subit presque, et, s'il se confessa, ce fut moins pour remplir son devoir que pour témoigner ainsi qu'il mourait dans la religion de sa mère, dans le sein de l'Eglise catholique, apostolique et romaine. A présent, qui sait si Pascal et Racine n'auraient pas fini comme Vigny, s'ils avaient vécu au XIXᵉ siècle?...

Je m'arrête sur ce point d'interrogation. Mais avant de terminer cette lettre, je vous demande, mon cher ami, la permission de remercier toutes les personnes qui m'ont aidé dans la composition de ce livre.

Je serais ingrat si je n'adressais pas des remerciements particuliers à M. Archambault, qui m'a si obligeamment communiqué les recherches de son père sur la généalogie de la famille maternelle de Vigny; à M. Bégis, qui a mis si gracieusement à ma disposition les lettres du poète à Mᵐᵉ Dorval; à M. Paul Meurice, qui m'a communiqué le joli billet de Vigny à Mᵐᵉ Victor Hugo, à M. Bungener, qui m'a envoyé de Genève la très belle lettre de Vigny à son père; à M. Maunoir et M. Sangnier, qui m'ont permis de reproduire les traits de Mlle Maunoir, de Mme de Vigny et de Mme Lachaud ; à Mme Camin, qui m'a remis toute la correspondance d'Émile Péhant, son père, avec Alfred de Vigny, Ponsard et Victor de Laprade ; à M. de Lovenjoul, qui, avec sa complaisance ordinaire, m'a signalé tout ou à peu près tout ce qui avait paru de Vigny ou sur Vigny dans les journaux et les revues depuis plus de soixante-dix ans ; à M. L.-Xavier de Ricard, qui m'a documenté sur son oncle Guillaume Pauthier ; à M. Ducloud, enfin, et à sa famille, qui m'ont fait si aimablement les honneurs du Maine-Giraud au mois de septembre dernier.

Toutes ces personnes ont été pour moi, mon cher ami, de véritables collaborateurs. Il est donc tout naturel que j'inscrive leurs noms au-dessous du vôtre au frontispice de ce livre, qui leur devra la meilleure part de son succès.

LÉON SÉCHÉ.

Pont-Rousseau, 1901.

LIVRE PREMIER

LES ORIGINES MATERNELLES
D'ALFRED DE VIGNY

I

Alfred de Vigny, qui, dans son *Journal*, s'est
étendu si longuement sur la généalogie et les par-
chemins de la famille de son père, n'a rien dit
ou presque rien des origines et des titres de
noblesse de sa famille maternelle. C'est à peine s'il
consacre dix lignes à son aïeul, le vénérable « marquis » de Baraudin, qui fut non pas « chef d'escadre » mais capitaine de vaisseau dans la marine de
Louis XVI. Encore est-ce uniquement pour nous
apprendre que ce vieux capitaine de dix vaisseaux,
que les combats, sous M. d'Orvilliers, avaient respecté, fut tué en un jour dans la prison de Loches
par une lettre de son fils. « Cette lettre, écrit-il,
était datée de Quiberon. Le frère de ma mère, cet
oncle inconnu de moi dont j'ai un portrait peint
par Girodet, était lieutenant de vaisseau, et, blessé
au siège d'Auray, en débarquant avec M. de Som-

breuil, il demandait à son père sa bénédiction, devant être fusillé le lendemain. Son adieu tua son père un jour après que la balle l'eût tué (1). »

Certes cet événement tragique avec son douloureux contre-coup avait de quoi frapper l'imagination d'un enfant, et je conçois qu'Alfred de Vigny en ait gardé le triste souvenir ; malheureusement pour la légende qu'il a accréditée, de bonne foi sans doute, mais trop légèrement tout de même, l'événement n'était vrai qu'à moitié.

S'il est vrai que Louis de Baraudin fut fait prisonnier à Quiberon, jugé et passé par les armes, comme la plupart des compagnons de Sombreuil (2), il est faux que son père soit mort dans la prison de Loches en apprenant son exécution. Il résulte en effet des documents ci-dessous que l' « ancien chef d'escadre » Didier de Baraudin, qui avait été arrêté

(1) *Journal d'un Poète*, p. 229.
(2) Louis de Baraudin, natif de Rochefort, était âgé alors de trente-cinq ans. Il avait émigré au mois de septembre 1791 et servait depuis le mois de janvier 1795 dans le régiment d'Hector, en qualité de lieutenant en second. Fait prisonnier le 3 thermidor an III, il fut jugé le 12 et condamné à mort par la Commission siégeant à Quiberon, sous la présidence du citoyen G. Dinne, chef de bataillon au 22ᵉ tirailleurs : — D'après une correspondance de l'émigré Mareau de la Bonnèterie, écrite sous la Restauration et mise au jour par M. de la Gournerie, il aurait été, à cause de ses blessures, fusillé sur un matelas, dans la cour du presbytère où siégeait la Commission ; mais le témoignage de Mareau de la Bonnèterie ne doit être accueilli que sous réserves. (Renseignements fournis par M. le Dʳ Closmadeuc, de Vannes.)

comme suspect en 1794, fut mis en liberté par
arrêté du Comité de sûreté générale en date du
24 frimaire an III (1) et mourut le 29 fructidor
an V, au domicile particulier du citoyen Vidal,
situé rue des Ponts, à Loches (2).

Quoi qu'il en soit, Alfred de Vigny, s'il s'en était
donné la peine, aurait pu trouver dans l'histoire des

(1) MUNICIPALITÉ RÉVOLUTIONNAIRE DE TOURS. — Du 24 frimaire
an III de la République française une et indivisible. Convention
nationale. Comité de sûreté générale : Le Comité arrête que le
citoyen Baraudin, détenu à Loches, sera mis en liberté, et les scellés
levés.

Les membres du Comité, signé ; Bourdon de l'Oise, Granier de
l'Aube, Goupilleau, Lomont, Méaulle, P. Barra. — Sceau et cachet
du Comité. — Pour copie conforme à l'original par moy agent
national de la commune de Tours, signé : Joubert.

(Pièce communiquée par M. Archambault, avocat à Loches.)

(2) EXTRAIT DES REGISTRES DE L'ÉTAT CIVIL DE LOCHES : Aujour-
d'hui 30 fructidor an V de la République française, à dix heures
du matin.

Devant moi Jean Picard-Ouvrard, agent municipal de la commune
de Loches, soussigné :

« Sont comparus à la maison commune dudit Loches : Marthe
Enault, femme Deroche-Verna, agée de trente-cinq ans, et Marie
Métivier, veuve de Louis Giron, âgée de quarante-huit ans, toutes
les deux domiciliées en cette commune ; lesquelles m'ont déclaré
que le citoyen Didier-François-Honorat Baraudin, ancien chef d'escadre, âgé de soixante-quatorze ans, fils de défunt le citoyen Jean-
Honorat Baraudin et de feu la citoyenne Jacqueline Deriencour,
est mort hier à onze heures du soir dans le domicile du citoyen
Vidal, situé rue des Ponts, en cette commune.

« Après cette déclaration et m'être assuré du décès dudit citoyen
Didier-François-Honorat Baraudin, j'ai rédigé le présent acte en présence des deux témoins ci-dessous désignés qui ont signé avec moi,
feue Marie Métivier qui a déclaré ne savoir signer de ce interpellée.

« Fait à la maison commune de Loches les jour, mois et an que
dessus. »

Baraudin des faits de guerre autrement glorieux que celui de Quiberon, et dans leur lignée, des ancêtres, qui, pour n'avoir point eu leurs portraits peints par des Girodet, n'en commandent pas moins l'admiration et le respect. Et il faut que le poète de *l'Esprit pur* ait été laissé par sa mère dans l'ignorance complète des faits et gestes de ces Baraudin, pour avoir gardé à leur endroit un si profond silence (1). Car, tout bien pesé, les hommes et les œuvres, les Baraudin valaient pour le moins autant que les Vigny.

Si les Vigny étaient de père en fils écuyers et chevaliers de l'ordre royal et militaire de Saint-Louis, les Baraudin en avaient autant à leur service. Et la noblesse des premiers ne remontait pas plus haut que celle des seconds (2).

(1) Cependant, à la page 137 du *Journal d'un Poète,* il a écrit ce qui suit sous le titre de *Portraits de famille :* « Je cherche inutilement à rien inventer d'aussi beau que les caractères dont ma famille me fournit les exemples : M. de Baraudin, son fils, ma mère et ma tante. J'écrirai leur histoire, leurs mémoires plutôt, et je les ferai admirer comme ils le méritent. » Peut-être a-t-il laissé quelque chose sur eux dans ses papiers.

(2) Sur les Vigny voir Jules Devaux : *La Famille d'Alfred de Vigny,* 1898 (Herluison et Picard, Orléans, Paris). — Les armes des Vigny étaient : « d'argent cantonné de quatre lions de gueules, à l'écusson en abîme, d'azur à la fasce d'or, accompagné en chef d'une merlette d'or, en pointe d'une merlette de même entre deux coquilles d'argent. »

Les armes des Baraudin étaient : « d'azur à trois bandes d'or accompagnées de trois étoiles de même, mises en pal. »

François de Vigny fut anobli par Charles IX (1)
« pour les louables et recommandables services
faits aux rois ses prédécesseurs et à lui-même en
plusieurs charges honorables et importantes ».

Emmanuel de Baraudin reçut, en 1512, du prince
Charles III, duc de Savoie, dont il était secrétaire,
des lettres d'anoblissement qui furent confirmées
par François Ier, roi de France, le 3 mars 1543,
peu de temps après qu'il eut obtenu ses lettres de
naturalisation, car il était originaire du diocèse d'Y-
vrée en Piémont et son vrai nom était Baraudini.

Et Alfred de Vigny, qui se croyait personnelle-
ment l'obligé des Valois bien plus que des Bourbons, depuis qu'il avait remarqué que tous ses
ancêtres, à dater de 1570, avaient vécu paisiblement
et sans ambition dans leurs terres d'Emerville,
Moncharville et autres lieux, chassant le loup, se
mariant et créant des enfants, après avoir poussé
leurs services militaires justement au grade de
capitaine où ils s'arrêtaient pour se retirer chez
eux avec la croix de Saint-Louis, selon la vieille
coutume de la noblesse de province, — Alfred de

(1) Par lettres patentes du 7 février 1569, dit l'*Annuaire de la
Noblesse*, de 1891, publié sous la direction de M. Borel d'Hauterive.
Cependant il existe une quittance de frère François Carlier, prieur
des Augustins de Paris au receveur François *de* Vigny, d'une rente
sur l'Hôtel-de-Ville, en date du 15 janvier 1561, quittance qui m'a
été communiquée par Mme veuve Charavay.

Vigny aurait senti s'accroître sa reconnaissance envers les Valois, s'il avait su que, depuis 1540 jusqu'aux approches de la Révolution, les Baraudin avaient occupé le poste de lieutenant du roi au château de Loches, que François Ier avait confié au chef de leur maison.

Sans compter que ce titre de lieutenant du roi n'était pas à dédaigner. Il y a dans les archives de Loches un acte de 1760 où le gouverneur du château, qui était un Baraudin, est qualifié de vice-roi. Cela ne veut pas dire que ces fonctionnaires royaux étaient les seigneurs et maîtres de la ville. Non ; ils n'y pouvaient même pas exercer, comme les chanoines du chapitre ou comme certains abbés et prieurs des environs, les droits de haute, moyenne ou basse justice, mais ils avaient le pas sur tous les fonctionnaires civils dans les cérémonies publiques, et l'épée qu'ils avaient au côté leur permettait de cumuler de loin en loin le poste recherché de commissaire des guerres, de commissaire provincial de l'artillerie de France, ou le grade de capitaine d'infanterie, de capitaine de dragons ou de capitaine de vaisseau.

II

J'ai dit que la famille de Baraudin était sortie d'Emmanuel Baraudini, du diocèse d'Yvrée en Piémont.

Dès l'année 1542, cet Emmanuel Baraudin était « eslu pour le Roy à Loches » avec la qualification de noble homme et le titre de seigneur de la Cloutière. Et sa maison qui, dans la suite, s'allia aux Dalonneau, aux Gaberot, aux Rocher, aux Ménard, aux Bougainville, aux d'Oyvon, aux Riencourt, fournit quatre lieutenants du Roy pour le château de Loches, savoir :

1° Honorat de Baraudin, écuyer, de 1559 à 1574 ;

2° Honorat de Baraudin, chevalier, seigneur de Bournais, commissaire provincial de l'artillerie de France en 1709 ;

3° Louis de Baraudin, chevalier, seigneur de Mauvières, le Plessis-Savary, Mantelais et autres lieux, de 1712 à 1750 ;

4° Enfin Louis-Honorat de Baraudin, époux de Marie-Françoise de Bougainville (1), de 1750 à

(1) Cette demoiselle de Bougainville était la sœur de Bougainville, frère du grand navigateur, qui fit partie de l'Académie Française et mourut à Loches le 22 juin 1763. Elle mourut en odeur de sainteté,

ean-Honorat de BARAUT
fanterie, commissaire
é à Marie-Jacqueline

de BA-   Louis-Nicolas
le 10   RAUDIN, né
.   avril 1716,
          7 août 1717

Blason de A. Vigny.

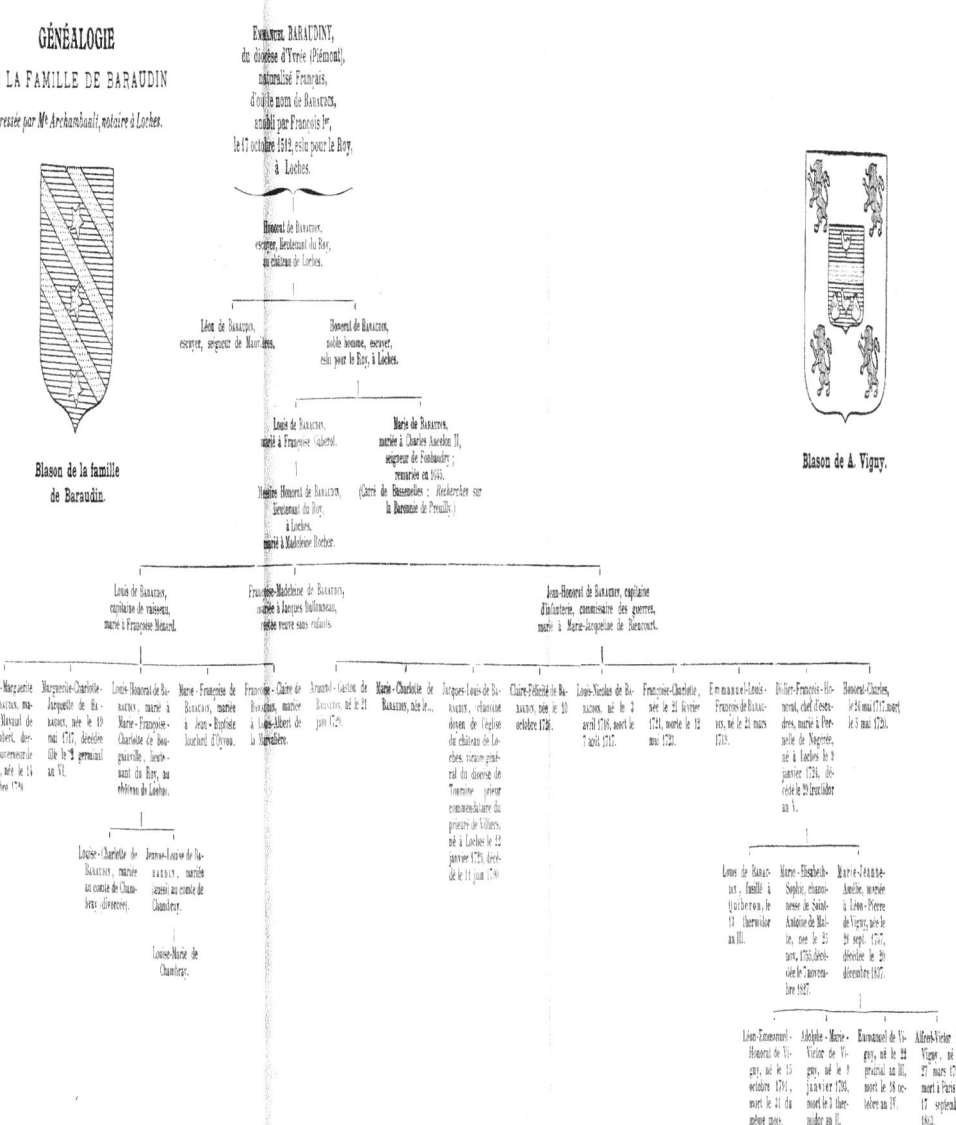

GÉNÉALOGIE
E LA FAMILLE DE BARAUDIN

Dressée par Me Archambault, notaire à Loches.

Blason de la famille
de Baraudin.

Blason de A. Vigny.

GÉNÉALOGIE

DE LA FAMILLE DE LA GANDARA

Dressée par M. ....

Blason de la famille
de Barantin.

1769, date d'une vente de meubles consentie par sa veuve à Jacques-Louis de Baraudin, vicaire-général du diocèse de Tours, chanoine doyen de l'Église collégiale de Saint-Ours, à Loches, prieur commendataire de Villiers (1), frère de Didier de Baraudin, qui fut l'aïeul maternel d'Alfred de Vigny (2).

Ce Didier de Baraudin, qui fut le personnage le plus marquant de la famille, fit une belle carrière dans la marine. Né à Loches le 8 janvier 1724, il entra dans la flotte à quatorze ans, le 16 mai 1738,

et l'hôpital général de Québec possédait d'elle une relique que le cardinal Taschereau fit rendre, en 1893, à l'arrière-petite-nièce de Mme de Baraudin, Mme de Saint-Sauveur-Bougainville, qui traversait alors le Canada et dont le mari était capitaine de frégate dans l'escadre de l'Atlantique-nord. Mme de Baraudin vivait encore en 1783. Au mois de septembre de cette année, elle fut marraine du second fils de Bougainville, le navigateur, Amand, qui devait se noyer en 1801. Elle avait alors pour compère et parrain de l'enfant le chevalier de Pusserat, l'un des chefs d'état-major de l'escadre d'Orvilliers en 1779, qui avait épousé la belle-mère de Bougainville, Mme de Montendre, dont lui même eut une fille qui fut la grand'mère de Mgr de Cabrières, cardinal-évêque de Montpellier (Note de M. de Kerallain), petit-neveu de l'amiral Hyacinthe de Bougainville).

(1) Villiers, commune de Villebois-Coulangé. Ancien prieuré de l'ordre de Grandmont, fondé en 1172, par Henri II, roi d'Angleterre et comte de Touraine, et placé sous le double vocable de Saint-Etienne et de Notre-Dame. En 1790, son revenu était évalué à 4.000 livres. Le dernier prieur fut Jacques de Baraudin, nommé en 1787, décédé le 11 juin 1790.

(2) Après sa mort, Louis-Honorat de Baraudin fut remplacé comme lieutenant du roi au château de Loches par M. Mayaud de Boislambert, qui avait épousé Charlotte-Marguerite de Baraudin, sa sœur. M. Mayaud de Boislambert fut même le dernier gouverneur de la ville.

1

comme garde de la marine, fut nommé enseigne
de vaisseau le 1er janvier 1746, chevalier de Saint-
Louis le 17 avril 1757, capitaine de frégate le
1er octobre 1764 et capitaine de vaisseau le 18 août
1767. Après avoir commandé le vaisseau *le Réfléchi*
de 64 canons, il commandait *l'Actif*, quand il fut
mis à la retraite, le 4 août 1780, avec les « provi-
sions » de chef d'escadre.

Il avait épousé une demoiselle Jeanne-Perrotte
ou Pernelle de Nogerée, de qui il avait eu un fils,
celui qui fut passé par les armes à Quiberon, et
deux filles : Marie-Elisabeth-Sophie, née à Rochefort le 25 novembre 1755, qui devint chanoinesse
de Saint-Antoine de Malte, et Marie-Jeanne-
Amélie, qui épousa Léon-Pierre de Vigny.

A ce propos, je m'étais demandé par suite de
quelles circonstances Léon-Pierre de Vigny (1), père
du poète, qui habitait ordinairement à Paris, rue
Beaubourg, paroisse de Saint-Nicolas-des-Champs,
était venu prendre femme à Loches. M. Archambault, notaire en cette ville, dont le fils a bien voulu
me communiquer le dossier qu'il avait réuni, à

(1) Il avait alors cinquante-trois ans, étant né le 11 décembre 1737.
C'était un ancien officier. Il avait été blessé pendant la guerre de
Sept-Ans d'une balle dans la poitrine et d'une autre dans les reins,
et cette double blessure, en courbant son corps, le forçait de marcher
appuyé sur une canne. (*Journal d'un Poète*, p. 231.)

force de patientes recherches, sur la famille de
Baraudin, M. Archambault, dis-je, m'a donné une
raison qui me semble péremptoire (1).

Quand le père d'Alfred de Vigny sollicita la main
de Mlle de Baraudin, il avait perdu ses père et
mère, et sa sœur cadette s'était alliée à la famille
de Thiene, dont le nom figure sur les registres de
l'état civil de Loches, depuis le commencement
du xviie siècle. Son contrat de mariage fut fait en
présence de dame Adélaïde-Elisabeth-Pauline de
Vigny, épouse de messire Louis-Gaëtan de Thiene,
chevalier de l'ordre royal et militaire de Saint-Louis,
sœur du futur époux. C'est évidemment Mme de
Thiene qui attira son frère en Touraine et se chargea de le marier.

La future épouse, Mlle Marie-Jeanne-Amélie de
Baraudin, avait elle aussi quitté le manoir du Maine-
Giraud, sis paroisse de Champagne, en Angoumois,
où elle habitait avec ses parents, pour aller habiter
à Loches auprès de son oncle, le chanoine doyen
de l'église collégiale de Saint-Ours. Et c'est à cette

(1) Dans son contrat de mariage, il était désigné et qualifié comme
suit : « Messire Léon-Pierre Devigny, chevalier, seigneur de Mar-
ville en partie, chevalier de l'ordre royal et militaire de Saint-Louis,
fils majeur de défunts Messire Henry-Claude de Vigny, chevalier,
seigneur d'Emerville, du Tronchet et autres lieux, et de dame Louise-
Françoise Marcadé, son épouse, demeurant ordinairement à Paris,
rue Beaubourg, paroisse Saint-Nicolas-des-Champs. »

circonstance qu'elle dut de faire la connaissance de
Léon-Pierre de Vigny.

Leur contrat de mariage, passé au château de
Loches le 20 avril 1790, en la maison décanale de
l'abbé de Baraudin (1), va nous faire connaître les
apports de chacun d'eux. Ces apports étaient des
plus modestes. Les époux se mariaient sous le
régime de la communauté réduite aux acquêts. Les
biens et les droits de Vigny, consistant en meubles
et effets mobiliers, étaient estimés 30.000 livres.
D'immeubles il n'était pas question.

Le marquis de Baraudin constituait à sa fille une
dot de 20.000 livres pour le remploi de laquelle
somme il lui cédait, déléguait et transportait sous
les garanties de droit :

1° le lieu et la métairie du Puy, situé paroisse du

(1) Parmi les personnes présentes à la signature du contrat, il y
avait, du côté du futur : Mme Adélaïde-Elisabeth-Henriette-Pauline
Devigny, sa sœur, épouse de M. Louis-Gaëtan de Thiene, chevalier, seigneur de Razay et autres lieux, et ledit sieur de Thiene de
Razay, son beau-frère. — Du côté de la future : le marquis de
Baraudin, son père, Mme Marie-Elisabeth-Sophie de Baraudin, chanoinesse du chapitre noble de Saint-Antoine de Malte, sa sœur ;
M. Jacques-Louis de Baraudin, doyen de l'église collégiale du
château de Loches ; Mme Louise-Philippe Bourdon, épouse de
François-Gaston de Nogérée, chevalier, ancien lieutenant de vaisseau et lieutenant de nos seigneurs les maréchaux de France, sa
tante, et Mme Marguerite-Charlotte de Baraudin, sa cousine, épouse
de M. Jacques-François Mayaud de Boislambert, chevalier de l'ordre royal et militaire de Saint-Louis, lieutenant du roy au gouvernement du château de Loches.

Liège (Indre-et-Loire), avec ses appartenances et toutes ses dépendances ;

2° une somme principale de 3.900 livres, du chef du marquis de Baraudin et à elle due par M. de Clérambault, de la ville de Meslay.

Trois mille livres étaient mises en communauté ; les propres étaient réservés, faculté était accordée à la future épouse de renoncer à la communauté, et les époux se faisaient donation réciproque.

Le mariage fut célébré deux jours après dans l'église collégiale du château de Loches, et la bénédiction nuptiale donnée par l'abbé de Baraudin. Après quoi M. et Mme de Vigny s'installèrent rue Gesgon, au bas de la ville, dans une maison modeste comme leur fortune et qui est occupée aujourd'hui par une étude de notaire (1).

C'est là qu'Alfred de Vigny vint au monde, le 27 mars 1797.

Mais sa naissance avait été précédée d'événements domestiques que je ne puis passer sous silence.

III

Mme de Vigny avait près de vingt ans de moins

---

(1) Une plaque commémorative en marbre blanc y a été posée, il y a quelques années, par les soins de la municipalité de Loches.

que son mari. Cette différence d'âge permet de
supposer qu'elle s'était mariée plus par raison que
par amour ; — à moins qu'elle ne se fût sentie attirée vers M. de Vigny par les souffrances que lui
causaient les blessures qu'il avait reçues dans la
guerre de Sept-Ans. Il y a, en effet, des natures de
femme qui ne sympathisent qu'avec la souffrance et
le malheur, et le dévouement que Mme de Vigny eut
pour son mari et pour son père, tant qu'ils vécu-
rent, dénote qu'elle avait l'âme d'une sœur de
charité.

Dix-huit mois après son mariage, une paralysie
enleva à son mari l'usage des deux jambes et d'un
bras. Il n'est donc pas étonnant que ses trois premiers enfants aient été rachitiques et qu'elle les
ait perdus coup sur coup. Ce ne fut pas, d'ailleurs,
sa première peine.

L'année même de ses noces, elle perdit son oncle
paternel. Jacques-Louis de Baraudin, le vénérable
chanoine doyen de l'église collégiale de Saint-Ours,
qui avait fait son éducation.

L'année suivante, presque en même temps que
son premier-né, la mort lui ravit sa belle-sœur,
Mme Adélaïde - Elisabeth - Henriette - Pauline de
Vigny, épouse de Louis-Gaétan de Thiene, qui
avait fait, lui aussi, la guerre de Sept-Ans. Ce Louis-

Gaétan de Thiene descendait de la famille de saint Gaétan, dont M. de Maulde-Clavière nous a raconté la vie très noble dans un livre récent (1).

Ces deuils successifs avaient fait une lune de miel assez triste à la fille de Didier de Baraudin. Mais elle avait pour se consoler beaucoup de religion, l'affection profonde que lui portait son mari et les mille et une prévenances dont elle était l'objet de la part des siens.

Cependant le ciel de la Touraine s'assombrissait de plus en plus sur leurs têtes. Dès 1792, le vieux

(1) Gaëtan de Thiene, fils de Maria da Porto et de Gaspard de Thiène, ancien capitaine au service de l'Empire, naquit à Vicence, pays de sa mère, au mois d'octobre 1480 et mourut à Naples le 7 août 1547. Fondateur de l'ordre des Théatins, ami de Bembo et de Sadlet, ces grands humanistes, il fut une des plus belles fleurs du jardin de la Renaissance Italienne. Les Thiene, venus à Loches au XVIe siècle, en même temps que les Baraudin, avaient encore des intérêts et de la famille à Vicence au moment de la Révolution. Une lettre, en effet, de Mme Elisabeth à Thiene-Montenari, datée de Vicence, 4 mai 1793 et saisie par le Comité révolutionnaire de Loches, informait M. Alexandre-Gaëtan de Thiene, au château de Marolles, près de cette ville, que son fils, se rendant à Augsbourg, venait d'arriver en Italie et qu'on lui avait remis une lettre de change de 500 francs. « Nous nous flattons enfin depuis tant de temps d'avoir le plaisir de le voir et qu'il ne lui sera pas désagréable de reconnaître ici ses parents et les vôtres, et ses affaires qui le demandent. On enregistrera à votre débit vis-à-vis des rentes futures la somme que je lui ai envoyée, et j'attendrai au plus vite votre précis consentement et votre approbation par rapport aux dépenses et aux sommes du denier qui sont nécessaires pour son maintien dans cette ville. »

Didier de Baraudin avait été inquiété à cause de son fils Louis, lieutenant de vaisseau, qui avait émigré l'année précédente : et le parti révolutionnaire, composé à Loches comme ailleurs d'esprits d'autant plus exaltés qu'ils étaient pour la plupart incultes et qu'ils avaient à faire leurs preuves de civisme, le parti révolutionnaire commençait à les regarder d'un mauvais œil.

Quand la loi sur les émigrés parut, Mme de Vigny prit peur, non pour elle, certes, car elle était pleine de courage, mais pour son père, pour son mari, pour tous les siens, qui risquaient d'être compris dans les mêmes poursuites. Et sans attendre que la foudre tombât sur eux, elle écrivit la lettre suivante au Comité de surveillance de Loches :

« Citoyens,

« La citoyenne Devigny, uniquement occupée depuis trois ans de ses devoirs d'épouse et de mère et que sa conduite et ses sentiments doivent mettre à l'abri de toute suspicion, craint cependant, en qualité de parente d'émigré, d'être sujette à la loy d'arrestation dont vous allez vous occuper ; elle vous représente que le citoyen Vigny, son mari, étant depuis deux ans dans l'état le plus

déplorable, en proye aux douleurs les plus aiguës,
est hors d'état d'être transporté ailleurs que de son
lit à son fauteuil, ce qu'il ne peut faire sans le
secours de deux personnes qui le portent ; que
de plus le seul adoucissement qu'il trouve à ses
maux sont les bains domestiques qu'il prend tous
les jours, et qu'il serait impossible de luy procurer
ailleurs que chez luy, qu'il a besoin d'être veillé la
nuit et de loger seul avec sa garde dans un endroit
très clos et où il ait ses commodités. La citoyenne
Devigny représente, en outre, que le jour n'est pas
assez long pour tous les soins qu'exige d'elle le
malheureux état de son mari, dont elle est toute la
consolation, qu'elle seule a le pouvoir de lui faire
prendre patience dans ses souffrances, et que sa
séparation de luy ne pourrait que luy causer une
révolution funeste. Elle observe encore que non
seulement elle ne peut abandonner à des soins mer-
cenaires et insuffisants son mari infirme, mais un
enfant de neuf mois, à la veille d'être attaqué de
la plus dangereuse maladie, de celle dont la conduite exige des attentions qu'une nourrice seule ne
peut avoir ; c'est au nom de l'humanité, c'est au
nom de la nature que la citoyenne Devigny demande
à rester chez elle ; si elle doit être comprise dans
cette loy, elle donnera sa parole d'honneur et la

signera de n'en sortir que lorsque les autorités luy en donneront la liberté.

« BARAUDIN-DEVIGNY. »

« le 10 octobre 1793, l'an 1ᵉʳ de la République (1). »

Mais la loi du 17 septembre 1793 était formelle : toute famille dont un membre avait émigré devait être arrêtée comme suspecte. Or, il n'y avait pas que le frère de Mᵐᵉ de Vigny qui eût pris le chemin de l'émigration : son cousin-germain, le fils de Joseph Nogérée et son neveu par alliance, M. de Saint-Chamans, qui avait épousé Mˡˡᵉ de Thiene, s'étaient engagés comme lui dans l'armée de Condé.

Un matin du mois d'octobre 1793, toute la famille Baraudin, y compris Mᵐᵉ Mayaud de Bois-lambert, qui avait soixante-treize ans et qui était infirme, fut incarcérée au donjon de Loches. Seule, Mᵐᵉ de Vigny obtint de rester en détention à son domicile particulier, rue Gesgon, « comme utile à son mari et pour lui donner ses soins, et en considération de la jeunesse de son enfant ». — Sa lettre au Comité de surveillance avait donc produit son effet.

(1) *Arch. de la Sous-Préfecture de Loches.*

Cependant les jours et les mois s'écoulaient sans apporter le moindre changement au triste sort des Baraudin. A la fin d'août 1794, malgré la chute de Robespierre, l'ancien capitaine de vaisseau était encore sous les verrous, et Mme de Vigny et son mari toujours gardés à vue dans leur maison. Profitant du 9 Thermidor et des sympathies que la perte récente de son second enfant lui avait gagnées dans toute la ville, elle s'enhardit à prendre la plume et protesta de toutes ses forces, au nom de son mari et au sien, dans une lettre adressée à Menuau, représentant du peuple en mission à Loches, contre les motifs de son arrestation.

« Il est vrai que je suis sœur d'émigré ; mais j'ai toujours été séparée de mon frère, que je n'ai pas vu un an dans toute ma vie.

« Je n'avais même aucune correspondance suivie avec lui avant son émigration et n'en ai eu aucune depuis. »

Quant aux sentiments d'aversion qu'on l'accusait d'avoir témoignés en toute circonstance pour la Révolution :

« Qu'on me montre, ajoutait-elle, un dénonciateur et qu'il dise par quels propos et en quelle occasion j'ai exprimé ces sentiments. Jamais, il

est vrai, je ne me suis donné le ridicule d'afficher
publiquement des opinions politiques ; d'ailleurs,
j'ai toujours vécu dans la retraite par devoir et par
goût ; il n'est pas étonnant que je sois si peu connue,
*mais loin d'éprouver cette aversion, j'ai été révolu-
tionnaire dès le principe, j'aimais les républiques
jusqu'à l'enthousiasme et je n'ai certainement pas
changé d'avis parce que la France s'en est donné
une. Personne n'y sera attaché de meilleure foi
que moi lorsque j'y jouirai de tous mes droits
naturels à l'égal des autres citoyens.*

« Inséparable d'un mari infirme depuis quatre
ans, toujours malade ou garde-malade, je n'ai pu
former d'autres liaisons que celles de mon mari.
J'avais des parents et des amis avant la Révolution, je n'en ai point changé. C'est la société naturelle à laquelle j'ai été forcée de me borner.

« Citoyen-représentant, jetez un œil d'humanité
sur deux malheureux oubliés de la nature entière
depuis six mois et qui viennent d'éprouver le coup
du sort le plus affreux, la perte d'un fils unique (1).
Jamais la libre communication avec leurs semblables ne leur fut plus nécessaire qu'en ce moment.
Nous vous observons de plus, citoyen, que notre

(1) Adolphe-Marie-Victor de Vigny, né le 9 janvier 1793, mort le
3 thermidor an II.

détention entraînant la perte de tous nos revenus à cause du décret qui exige un certificat de non-détention, pour être payé des rentes viagères sur l'Etat, des condamnés et séquestrés, toute notre fortune est de cette espèce et nous sommes au moment d'éprouver la plus affreuse misère si la liberté ne nous est promptement rendue : toutes nos ressources sont épuisées, et cependant, quoique détenus, nous avons besoin comme les autres hommes d'être nourris, chauffés, éclairés, vêtus et blanchis. Mon mari infirme a de plus autant de besoin d'être servi que de manger, il faut nourrir et payer les deux servantes dont il ne peut se passer. Vous sentirez sûrement que nous ne pouvons fournir à tout cela et payer les dettes que nous avons été obligés de contracter avec les marchands sans recouvrer nos modiques revenus. J'abandonne ces réflexions et nos motifs d'arrestation à votre justice et votre impartialité. »

Cette lettre était signée : LÉON VIGNY et BARAUDIN-VIGNY (1).

Le mari avait dicté ce post-scriptum à sa femme :

« J'ai adressé au citoyen Ichon, lors de son dernier passage ici, une note attestée par les adminis-

(1) *Arch. de la Sous-Préfecture de Loches.*

trateurs du district, qui certifie en détail tous les
sacrifices que j'ai faits : autant que ma fortune a
pu me le permettre, j'ai contribué à tout ce qui pouvait être avantageux à la République, mes infirmités me mettant dans la cruelle nécessité de ne
jouer qu'un rôle passif (1). »

Il n'était pas le seul de la famille qui eût rempli
ses devoirs civiques. Tous avaient pris part, selon
leur fortune, aux emprunts forcés ou volontaires
levés par la Convention pour faire face à l'invasion
étrangère. Louis-Gaétan de Thiene, son beau-frère,
y avait contribué pour une somme de 413 fr. 17 c.,
bien que sa maison du Razay, district d'Amboise, eût
été dévastée en 1792 par les citoyens du voisinage,
et que les biens de sa fille, Mme de Saint-Chamans,
eussent été séquestrés. Très généreux de sa nature,
Louis-Gaétan avait notamment adopté, à la mort
de son père, un petit garçon nommé Lefèvre, à qui
il avait fait apprendre à ses frais le métier d'arque-
busier « pour qu'il fût utile en même temps à la
patrie ».

Alfred de Vigny disait donc vrai, lorsque, dans
son *Journal*, parlant de sa noblesse, il racontait
comment son père, « avec son esprit charmant »,
lui en avait donné l'idée la plus exacte et en avait

(1) *Arch. de la Sous-Préfecture de Loches.*

détruit à jamais en lui le faux orgueil. Et je comprends mieux à présent pourquoi, lors de la chute de Charles X, il écrivait : « On vient de faire sans moi une révolution dont les principes sont bien confus. — Sceptique et désintéressé, je regarde et j'attends , dévoué seulement au pays dorénavant (1). » — Evidemment c'était son père qui, du fond de la tombe, parlait ce jour-là par sa bouche.

IV

Nous venons de voir que Mme de Vigny appelait tout particulièrement l'attention du représentant du peuple sur la misère affreuse qui les attendait, si leur détention ne prenait fin bien vite. J'ai sous les yeux l'état des ressources de toute la famille de Baraudin. Comme il était alors facile de le vérifier, on peut le tenir pour exact. Eh bien, M. de Vigny, qui avait été réformé comme capitaine à cause de ses blessures, n'avait obtenu de ce chef qu'une pension de trois cents francs. Encore avait-elle été réduite par différents édits, et lui était-il dû deux années d'arrérages au mois d'août 1794. Et comme il n'avait apporté en mariage que des valeurs mobi-

(1) *Journal d'un Poète.*

lières d'un revenu à peu près nul et que tous les
biens de sa femme avaient été mis sous séquestre,
ils vivaient depuis deux ans du peu d'argent qu'elle
avait économisé sur sa dot.

Le « chef d'escadre » de Baraudin était logé à la
même enseigne. Avant la Révolution, il avait un
revenu annuel de quatre mille francs dans l'Angoumois, et l'Etat lui servait une pension de retraite de pareille somme. Depuis la Révolution,
cette pension avait été restreinte à trois mille livres,
qui lui étaient payées d'une façon très irrégulière,
et le rapport de ses terres était tombé à sept cents
francs qu'il ne touchait pas. Encore quelques mois
de ce régime, et ce vieillard et ses enfants, qui
naguère occupaient une si belle situation à Loches,
allaient être réduits à mendier leur pain.

C'est pour échapper à cette cruelle nécessité que
M. et Mᵐᵉ de Vigny venaient d'écrire au représentant du peuple dans les termes que l'on sait. Un
mois après, le vieux marquis de Baraudin, perdant
courage à la maison d'arrêt, écrivait de son côté la
lettre suivante « aux citoyens formant le Comité de
surveillance à Loches » sur du papier ayant comme
en-tête — cruelle ironie ! — les mots : *Liberté,
Egalité ou la Mort.*

« Citoyens,

« Je ne puis croire qu'avec l'esprit de justice qui vous anime, témoins de tous les temps de mon existence et de ma conduite, l'ayant examinée scrupuleusement depuis quatre ans et particulièrement depuis onze mois que je suis arrêté, ayant sous les yeux mes défenses aux motifs d'accusation qui vous ont engagés à me mettre une seconde fois en arrestation le 20 octobre de l'année dernière ; je ne puis croire, dis-je, que vous ne vous portiez auprès du représentant du peuple investi des pouvoirs de me juger pour le décider à m'accorder ma liberté.

« Où chercherais-je auprès de lui, Citoyens, un appui pour l'obtenir si ce n'est en vous qui m'avez vu naître, qui êtes Lochois comme moi ; qui savez que je suis âgé de soixante et onze ans ! sous les yeux de qui j'ai vécu de tout temps et particulièrement depuis quatre ans sans le moindre reproche fondé (1). — Moi qui croyais n'avoir d'autres ennemis que ceux de la chose publique et du nouveau gouvernement. Oui, Citoyens, je le crois, vous

(1) Comme il fallait bien qu'on l'accusât de quelque chose, on lui reprochait d'avoir dans tous les temps témoigné son mépris pour la garde-nationale, qu'il tournait en ridicule. (Extrait des motifs d'arrestation donnés par le Comité de surveillance, le 30 thermidor an II.)

1   4

m'obtiendrez justice, vous considérerez mon grand
âge, la misère à laquelle je suis réduit par la pri-
vation de mon peu de revenu ; ma séparation douloureuse d'avec mes enfants ; vous considérerez
l'impossibilité où j'ai été de faire plus pour la Révolution que je n'ai fait et de donner de plus grandes preuves de civisme à un âge où mes forces
épuisées par mes anciens travaux m'ont mis dans
l'impossibilité de répondre à mon zèle et à mes
vœux.

« Veuillez, Citoyens, fixer votre attention un
moment sur ma défense : Vous y verrez que je ne
puis estre aux yeux de la loi réputé père d'émigré,
puisque mon fils, avec lequel je n'ai jamais été
domicilié, est âgé de trente-quatre ans, et qu'il est
attaché à un corps qui l'a entraîné (1), que, sage

(1) « Je ne sais où est mon fils, écrivait-il encore à cette époque
au représentant du peuple chargé de juger les détenus ; il avait trente-
quatre ans quand j'ai cessé de recevoir de ses nouvelles, et je prouve
par le certificat de ses services dans la marine, délivré à Brest le
22 juillet 1788, que, depuis 1777 jusques et y compris 1789, il a toujours été en activité et à la mer pendant ces douze années.

« Depuis et y compris la fin de 1788 jusqu'au 3 juillet 1791, je
prouve par le certificat délivré par l'administration de la marine de
Rochefort du 22 pluviôse joint icy, qu'il a toujours été en pleine
activité dans le même corps de la marine et qu'à cette époque il
était lieutenant de vaisseau de 1re classe.

« Enfin le même certificat justifie que son absence du corps n'est
constatée qu'à l'époque du 13 mars 1792.

« Ainsi il est constant que depuis plus de quinze ans mon fils a
eu son domicile à Brest et à Rochefort.

« Les certificats sont joints à mes moyens justificatifs, et il y en

dans ma conduite comme dans mes propos, je suis
également à l'abri de tous reproches, sur l'observa-
tion des lois.

« Je dois donc espérer, Citoyens, que vous vous
intéresserez auprès du représentant pour me faire
obtenir ma liberté, que vous ne m'avez enlevée que
par une prudence que je respecte et que vous ferez
rentrer dans votre sein un compatriote qui, autant
que sa vieillesse le lui permettra, donnera les plus
grandes preuves de son amour pour sa patrie et
pour le nouvel ordre de choses.

« A Loches, 27 fructidor an II de la République
Française une et indivisible.

« BARAUDIN (1). »

Cette lettre si digne, et qui semblait si sincère,
aurait dû fléchir le Comité de surveillance. Mais
les dieux d'alors étaient sourds et les citoyens qui
rendaient la justice, du haut en bas de l'échelle
hiérarchique, paraissaient prendre plaisir à tortu-
rer les gens qu'ils traitaient d'aristocrates.

a un de la commune de Blanzac, en Angoumois, en date du 22 nivôse, qui justifie que j'ai toujours demeuré dans cette commune
depuis 1780 jusqu'en 1790, époque à laquelle je suis venu faire ma
résidence dans cette ville de Loches, lieu de ma naissance et où des
affaires de famille m'ont fait prolonger mon séjour jusqu'à présent.»
(*Archives de la Sous-Préfecture de Loches.*)

(1) *Archives de la Sous-Préfecture de Loches.*

Le marquis de Baraudin et sa fille ne furent mis en liberté qu'au mois de janvier 1795, grâce à l'intervention généreuse de Boucher-Saint-Sauveur, député de Paris, à qui M. de Vigny s'était adressé en désespoir de cause (1). Et quand ils furent libres, le sort continua de les poursuivre, comme s'ils avaient été maudits.

Le 21 juillet de la même année, Louis de Baraudin, lieutenant au régiment d'Hector dans l'armée de Condé, qui, en émigrant, avait plongé tous les siens dans cet abîme de maux, était fusillé à Quiberon.

L'année suivante, Mme de Vigny perdit son troisième enfant et le quatrième — qui fut Alfred de Vigny — était à peine né que Didier de Baraudin mourut à son tour.

(1) Boucher-Saint-Sauveur (Antoine), conventionnel né à Paris en 1723, mort à Bruxelles en 1805. Il fut d'abord capitaine de cavalerie au service de l'Espagne, puis maître particulier des Eaux et Forêts en Touraine. Nommé député à la Convention en 1793, il y vota la mort de Louis XVI. Il entra ensuite au Conseil des Cinq-Cents et sous le Directoire fut nommé inspecteur de la Liberté. Voici la lettre par laquelle il mit en liberté Mme de Vigny :
« A l'agent national de la commune de Loches. Je t'adresse, citoyen, la mise en liberté définitive de la citoyenne Vigny ; dis, je te prie, à son mari que je suis flatté de son souvenir, mais que je le suis encore plus de l'avoir prévenu en lui rendant son beau-père.
« Salut   « BOUCHER-SAUVEUR ».
Ce 15 nivôse an III.   Député de Paris.
(Communiqué par M. Archambault.)

Toutes ces tribulations étaient bien faites pour la dégoûter à tout jamais de Loches. Aussi, dès qu'elle eut arrangé ses affaires et que son enfant fut sevré, elle prit la route de Paris, qu'ils habitèrent dorénavant et où elle mourut dans la quatre-vingt-tième année de son âge, après avoir fermé les yeux à son mari, en 1816, et à sa sœur Sophie, en 1827.

Et voilà comment Alfred de Vigny, qui ne vit jamais sa ville natale qu'à travers les récits pleins de larmes et de sang de sa mère, sacrifia dans son cœur la Touraine, sa première nourrice, à la Beauce, d'où les Vigny étaient originaires et où il avait passé, soit au Tronchet, soit à la Briche, une partie de son enfance.

« Paris, a-t-il écrit dans son *Journal*, fut presque ma patrie, quoique la Beauce fût la véritable pour moi. Mais Paris avec ses boues, ses pluies et sa poussière, Paris avec sa tristesse bruyante et son éternel tourbillon d'événements, avec ses revues d'empereurs et de rois, ses pompeuses morts, ses pompeux mariages, avec ses théâtres toujours pleins, même dans les calamités publiques, avec ses ateliers de réputations fabriquées, usées et brisées en si peu de temps, avec ses fatigantes assemblées, ses bals, ses raouts, ses promenades, ses intrigues, Paris, triste chaos, me donna de bonne heure la tristesse qu'il porte lui-même et qui est celle d'une vieille ville, tête d'un corps social (1). »

Ce n'est que vers la cinquantaine, quand il entra en relations avec sa cousine, la vicomtesse du Plessis, qu'il se sentit attiré vers la Touraine et que, de Beauceron qu'il croyait être, il reconnut qu'il était bel et bien Tourangeau.

Castel de Dolbeau
(dessin, à la plume, de Jacques Pohier).

Alexandrine Bléré était fille d'un avocat distingué de Tours, qui l'avait mariée au vicomte Hector Lebreton du Plessis dont la mère était une demoiselle de Vigny. C'était une jolie femme, très spirituelle et très mondaine, et qui, sans tourner au bas-

(1) *Journal d'un Poète*, page 229.

bleu, s'occupait beaucoup d'art et de littérature. Elle ne tarda pas à prendre un véritable ascendant sur le poète, son cousin, qui, non content de lui écrire les lettres exquises que l'on sait (1), la visita souvent dans son petit castel de Dolbeau. Ce castel, situé dans la commune de Semblençay, non loin du château féodal de ce nom, est bâti sur une émi nence. Il n'offre rien de remarquable comme archi- tecture, mais la tourelle qui coupe sa façade par moitié lui donne un faux air de manoir Renais- sance, et de la terrasse d'où il s'élève on découvre une charmante petite vallée, traversée par un ruis- seau (2).

La première fois qu'Alfred de Vigny y vint en villégiature, il emporta de son séjour un souvenir si agréable qu'à peine rentré dans sa terre du Maine-Giraud il écrivit à sa cousine :

« Angoulême, 20 septembre 1846.

« Vous m'avez décidé à l'adoption de ma patrie.

(1) Voir la *Revue des Deux-Mondes* du 1ᵉʳ janvier 1897.
(2) Dolbeau appartient aujourd'hui à M. P. de Lavalette, dont la mère était une demoiselle du Plessis et la belle-sœur de la Vicom- tesse Alexandrine, cousine et amie du poète. Disons à ce propos qu'Alfred de Vigny avait en Touraine de nombreux cousins plus ou moins éloignés. De ce nombre étaient les Saint-Chamans, de Lari- vière, de Tourette, le Large d'Ervan, Chicoyneau de Lavalette, de Lestang, etc., qui s'étaient alliés aux Vigny au commencement du xIXᵉ siècle.

Ingrat que j'étais de ne pas l'aimer et la mieux
connaître! C'est quelque chose que de rendre un
citoyen à l'amour de sa cité. La cité n'y gagne que
bien peu: c'est un Tourangeau de plus en Touraine. Mais le citoyen y gagne beaucoup. Il sait
les charmes de son pays et y concentre ses affections. Je n'aimerai plus la Beauce, et l'Angoumois
m'ennuie déjà, depuis un immense quart d'heure
que je l'habite. Dites à M. votre père, je vous prie,
que j'adopte sa théorie. On est du pays où l'on est
né et où l'on a été remué dans son premier berceau. »

Rien de plus juste, et cependant, après avoir lu
ces lignes je n'ai pu m'empêcher de faire cette
réflexion : Si Alfred de Vigny, à cinquante ans,
après quelques jours passés à Dolbeau, avait enfin
senti son cœur battre d'amour pour la Touraine,
que n'aurait-il pas éprouvé à la vue de Loches,
« son premier berceau »! Quels cris d'admiration
et d'enthousiasme n'aurait-il pas poussés en voyant,
de la terrasse du château de Charles VIII et de
Louis XII, se dérouler à ses pieds, dans un décor
véritablement féerique, l'immense toile ensoleillée
au milieu de laquelle coule, lente et claire, la
rivière de l'Indre?

Je sais bien qu'à Dolbeau il y avait pour embellir le paysage les yeux riants de la jolie cousine, mais à Loches n'y avait-il pas pour charmer l'esprit du poète quelque chose de plus doux encore, le souvenir attendri de cette autre jolie femme qui fut sa mère ? Etant donné le culte profond qu'il eut pour elle de son vivant et le long chagrin qu'il ressentit de sa perte, on a peine à s'expliquer que sa chère mémoire n'ait jamais ramené Alfred de Vigny dans sa ville natale (1), qu'il n'ait pas eu, avant de mourir, la curiosité si naturelle de revoir la petite maison blanche où il avait jeté ses premiers vagissements (2). Car cet enfant de la Touraine fut avant tout le fils de sa mère. Il avait non seulement son beau visage, ses grands yeux d'un bleu tendre, sa chevelure ondoyante et soyeuse (3), son teint pâle, sa physionomie pensive. Il avait encore sa tournure d'esprit, ses manières distinguées, son âme compatissante et jusqu'à sa tristesse mortelle qu'il croyait tenir de Paris, sa ville d'adoption, et

(1) On lit dans son *Journal*, p. 57 : « Je suis né à Loches, petite ville de Touraine, jolie, dit-on, je ne l'ai jamais vue. »

(2) Cela est d'autant plus extraordinaire qu'Alfred de Vigny avait, comme je le dis plus haut, de nombreux cousins en Touraine et entretenait une correspondance suivie avec M. de Lestang, son parent par alliance, qui s'était fixé à Loches en 1841 et qui y mourut en 1862.

(3) Sur la fin de sa vie, il portait une perruque blonde qu'il s'était fait faire avec les cheveux de sa mère.

qui lui était venue de la nature d'abord et puis des événements qui avaient marqué sa naissance.

Entrée de la ville et château de Loches.

Après cela, qui sait ? Peut-être Alfred de Vigny connaissait-il sa ville natale, comme il nous arrive

parfois de connaître certaine, personne sans l'avoir
jamais vue. Le jour où je visitai pour la première
fois cette petite cité que son histoire et ses monuments ont rendue si intéressante, je me demandai
sérieusement si quelque fée ne la lui avait pas mon-
trée en rêve avec sa ceinture légère de coteaux
crayeux, sa façade riante sur la rivière, ses portes
fortifiées qui datent du moyen âge, sa tour Carrée
et sa tour Ronde, son église romane et son château
Renaissance, et tout l'horizon qui s'étend devant
elle, de Verneuil à la forêt de Beaulieu, qui la barre
d'une ligne sombre, lorsqu'il fit la description de la
Touraine par où s'ouvre son roman de *Cinq-Mars*.

Les vrais poètes, on l'a dit avec raison, reçoivent en naissant le don de seconde vue, et bon
sang ne ment point. En se déclarant Tourangeau
sur le tard, Alfred de Vigny n'avait pas besoin de
renier la Beauce. Lui, Beauceron ! Qui l'eût jamais
cru ? La Beauce a pu produire des militaires et des
laboureurs, des hommes d'épée et de charrue, elle
est incapable de produire un poète, un homme d'i-
magination et de pensée de l'envergure de Vigny,
avec ses plaines immenses qui n'ont d'autre ondu-
lation que celle du vent dans les blés. La Touraine,
au contraire, est un merveilleux jardin où la Muse
de l'Histoire semble avoir attiré tout le chœur

d'Apollon. Dans ce jardin de plaisance bordé de châteaux tels que Blois, Chambord, Azay-le-Rideau, Chaumont, Langeais, Chenonceaux, Loches et Amboise, on a vu en effet, par je ne sais quel miracle, une Agnès Sorel (1) préparer les voies à la Pucelle d'Orléans ; une duchesse de Bretagne marier l'hermine aux fleurs de lys ; un Rabelais faire sonner son large rire là où cent ans plus tard Descartes devait renouveler la métaphysique en l'inondant de clartés ; un Balzac, enfin, agiter au bout de sa plume tous les masques de la comédie humaine ! Il manquait à la gloire de la Touraine un poète royal, sachant manier le vers comme Rabelais, Descartes et Balzac ont manié la prose. Alfred de Vigny eut l'insigne honneur de combler cette lacune ; depuis lors, la Touraine n'a plus rien à envier aux plus riches provinces de France.

---

(1) Le tombeau d'Agnès Sorel se trouve au château de Loches, dans le même corps de bâtiment que l'Oratoire de la reine Anne.

LIVRE II

LA VIE LITTÉRAIRE

I

ÉMILE DESCHAMPS

PRÉAMBULE. — La vie productive d'Alfred de Vigny. — Influence sur lui de la discipline militaire. — Comme quoi, vers le début, il vécut pour ainsi dire en marge du premier Cénacle. — Ses deux sources d'inspiration.

§ I. — L'ami d'enfance d'Alfred de Vigny. — Son père et celui d'Émile Deschamps. — Séparés par les années d'études, les deux jeunes gens se retrouvent vers 1814 et ne se quittent plus. — Ils vont ensemble dans le monde. — L'esprit d'Émile Deschamps jugé par Lamartine.

§ II. — Deschamps présente Alfred de Vigny à Victor Hugo. Vigny publie *le Bal* dans *le Conservateur* littéraire. — Soumet et *le Somnambule*. — *Symétha* aux Jeux Floraux. — Comment disparut *la Muse française*. — Vigny et Deschamps traduisent *Roméo et Juliette*. — Leur différend à ce sujet. — La thèse de l'un et celle de l'autre. — De quel côté furent les torts. — Émile Deschamps, de guerre lasse, publie tout seul *Roméo et Juliette*. — Comment ce fut Hippolyte Lucas qui arrangea plus tard cette pièce pour la scène, ainsi que *Macbeth*, traduit également par É. Deschamps. — Correspondance inédite à ce sujet entre Deschamps et Hippolyte Lucas.

§ III. — Émile Deschamps et Alexandre Guiraud après 1830.
— Lettres inédites. — *Césaire, le Globe* et Sainte-Beuve.
— Réception de Nodier à l'Académie Française. — Gustave
de Romand et les idées politico-religieuses en 1835. — Un
projet de nouvelle revue. — *Stradella*, par Émile Deschamps. — Duprez et Nourrit. — Relations de Deschamps
avec Vigny à partir de 1844. — Leur candidature simultanée à
l'Académie Française. — Antoni Deschamps défend Vigny
contre M. Molé. — Quelques mots sur Antoni. — Cinquante
ans d'amitié fraternelle.

PRÉAMBULE

La vie productive d'Alfred de Vigny est sans
contredit la plus courte des cinq ou six grandes
vies littéraires qui forment entre elles l'histoire du
Romantisme français.

Commencée modestement en 1820, au *Conservateur littéraire*, elle finit pour le public en 1835,
dans une sorte de bouquet de feu d'artifice, avec
Chatterton et *Servitude et Grandeur militaires*.
Elle dura donc à peine quinze ans. Je ne compte
pas, en effet, les années de préparation ni les rares
signes de vie que, postérieurement à 1835, Vigny
nous donna sous la forme de quelques-uns des
poèmes philosophiques qui composent le recueil
posthume des *Destinées*.

Faut-il regretter qu'elle n'ait pas été plus longue
et plus riche ? A quoi bon ? Les grands écri-

vains portent en eux un certain nombre d'ouvrages en dehors desquels il n'y a place que pour les
redites ou les œuvres mercantiles. Et il suffit qu'ils
aient donné toute leur mesure, pour que nous
devions être satisfaits. Ce sera l'honneur d'Alfred
de Vigny d'avoir su limiter son action produc-
trice et de n'avoir fait que des livres qui comptent.
Son œuvre sobre et forte ne connaîtra pas le déchet
qui se fait déjà sentir dans l'œuvre trop volumi-
neuse de Lamartine et de Victor Hugo.

Sous ce rapport, les dix ans qu'il passa dans
l'armée lui furent profitables à plusieurs points
de vue. S'il n'y cueillit pas les lauriers qui étaient sa
seule ambition, quand il s'engagea dans la Garde
royale, ses premiers poèmes, composés sous le har-
nais et publiés sans nom d'auteur, lui procurèrent
en très peu de temps une gloire plus noble et cent
fois plus durable (1). Et c'est le métier militaire,
c'est la discipline qui donna de si bonne heure à
sa figure pensive l'accent particulier que beaucoup
prenaient pour de la hauteur et de la fierté et qui
n'était au fond que la réserve naturelle d'un homme
simplement distant.

---

(1) Sans compter qu'il n'aurait probablement pas fait *Dolorida*, *le
Déluge* et *le Cor*, si les hasards de la vie des camps ne l'avaient conduit dans les Pyrénées.

Qu'on se représente à vingt ans ce fils de famille, libre de son temps et de ses actions. Au lieu
de vivre en marge du premier Cénacle, au lieu de
garder dans la méditation et la solitude relative
sa belle indépendance littéraire, il aurait fait
comme ses camarades, il se serait jeté dans la bataille, il se serait peut-être rallié, lui aussi, au pana-
che blanc de Victor Hugo. Tandis qu'au régiment,
surtout à partir du jour où il quitta les environs
de Paris, Courbevoie et Vincennes, il vécut comme
Lamartine en dehors de l'atmosphère surchauffée
où se débattaient les destinées de la poésie. Tout
en étant très royaliste, il ne mit pas « de cocarde
à sa muse », il ne chanta ni la Vendée, ni la naissance du duc de Bordeaux, ni le sacre de Charles X,
il laissa à d'autres le soin de faire des vers de
circonstance; et, sans sortir de son rêve étoilé, il
composa des poèmes qui, sauf la forme, pouvaient
être du seizième et du dix-septième siècle aussi
bien que du dix-neuvième (1).

La vie de garnison ne lui inspira rien de militaire tant qu'il resta sous les drapeaux. Ce c'est
que beaucoup plus tard, sous des influences diver-
verses, et à la veille de prendre, comme écrivain,

(1) « Peu d'entre mes ouvrages, écrivait-il, en 1822, dans l'Introduction d'*Héléna*, se rattacheront à des intérêts politiques. »

sa retraite définitive, qu'il éprouva le besoin de dire
toute sa pensée sur l'esprit de corps et sur la discipline qui font la force des armées. Et ce fut son
chef-d'œuvre en prose.

C'est que, malgré ses dix-sept ans, il était déjà
presque mûr, quand il entra dans les Gendarmes
rouges. Outre qu'il avait fait d'assez bonnes études
à la pension Hix, il avait trouvé au foyer domestique des éducateurs remarquables.

Son père, vieil éclopé de la guerre de Sept-Ans,
était un humaniste distingué qui l'avait nourri de la
moëlle des poètes anciens et modernes. — Sa mère
l'avait élevé dans les principes religieux, étroits et
sévères, qui lui avaient été inculqués à elle-même
par son oncle, l'abbé de Baraudin, curé de Saint-
Ours de Loches. Elle lui avait appris à lire dans la
Bible et, quand il était parti pour le régiment, elle
lui avait donné ce livre et l'*Imitation de Jésus-Christ*.
De là son caractère à la fois militaire et sacerdotal
et les deux sources — profane et sacrée — où il
puisa ses plus belles inspirations. La Bible lui inspira *Éloa, Moïse, le Déluge, la Femme adultère,
le Mont des Oliviers, la Colère de Samson.* — André Chénier, doublé de Millevoye, Chateaubriand,
lord Byron, lui inspirèrent *Héléna, Symétha, Dolorida, la Dryade* et *le Somnambule*. Et c'est une

chose remarquable que les *Poèmes antiques et modernes* furent composés dans le temps même où
Victor Hugo fit les *Odes et Ballades*. Mais quelle
différence dans les instruments et les airs de musique! Où Victor Hugo n'atteignit à la maîtrise que
par degrés et à force d'art, Vigny y arriva du premier coup par la seule force de la pensée. Rivalité
toute sereine qui devait, hélas! se changer en jalou-
sie, le jour où chacun d'eux, pour donner plus de
lustre à son nom, s'avisa d'aller chercher de la
gloire au théâtre.

Et pourtant là encore ils suivirent des chemins
opposés. Entre *Hernani* et *Chatterton* il n'y a, en
effet, pas plus de ressemblance esthétique qu'entre
Cinq-Mars et *Notre-Dame de Paris*, qu'entre les
Odes et les *Poèmes*.

Mais la course à la gloire blesse ou écrase toujours quelqu'un.

J'ai déjà dit dans ma lettre-préface ce que fut
l'homme chez Vigny au regard de lui-même. Je vais
le montrer maintenant dans ses rapports avec ses
amis des deux Cénacles.

I

Le premier en date fut Émile Deschamps. Vigny
avait joué tout enfant avec lui sous les ombrages

de l'Élysée, quand son père, qui y avait élu domicile
en arrivant à Paris, recevait la visite de M. Jacques Deschamps, son voisin. Et bien qu'Émile eût
six ans de plus que lui (1), peut-être même à cause
de cela, Vigny s'était tout de suite attaché à lui,
comme à un frère aîné. Il faut dire aussi que leurs
pères avaient les mêmes goûts et les élevaient dans les
mêmes idées. Quelques années après sa mort (2),
Émile Deschamps disait du sien, dans la dédicace de
son *Macbeth* et de son *Roméo* (1844) :

> Pur flambeau, cher soutien à vos fils enlevé,
> Si j'ai rêvé pour moi la gloire des poètes,
> C'était pour qu'un écho — mais, hélas ! j'ai rêvé,
>   En parvînt aux cieux où vous êtes.

Bientôt les deux enfants furent séparés par les
années d'études. Quand ils se retrouvèrent, aux
environs de 1814, Émile, qui avait profité des
relations de son père et de l'avance que l'âge lui
donnait sur son camarade, collaborait déjà avec
Henri de Latouche.

Il entra dans l'administration des Finances, où
il devint rapidement chef de bureau, peu de temps
avant qu'Alfred de Vigny entrât dans la Garde

___

(1) Il était né en 1791, et Vigny en 1897. 1797
(2) Jacques Deschamps mourut en 1826, à quatre-vingt-cinq ans.
Né à Bergerac en 1741, il avait épousé sur le tard une demoiselle de
Maussabré, qui mourut en 1801.

royale, et comme ils avaient tous les deux de nombreux loisirs, ils les employèrent à l'envi à faire du
théâtre. Mais là chacun suivit sa pente naturelle.
Émile Deschamps, qui était gai, remuant, spirituel,
s'adonna tout de suite à la comédie et au vaudeville
et Vigny, qui était grave et plutôt mélancolique,
adopta le genre tragique. *Selmours de Florian* et *le
Tour de faveur* furent les débuts du premier; *Julien
l'Apostat* et *Roland* furent ceux du second, mais
ces pièces ne virent jamais le jour, Vigny les ayant
brûlées, en 1832, pendant l'épidémie de choléra.

Entre temps ils allaient tous deux dans le monde
où ils étaient recherchés, l'un pour sa distinction et son bel uniforme, l'autre pour ses mots
d'esprit (1), ses bouts-rimés et ses impromptus.
Vigny fréquentait alors chez la marquise de la
Grange, la princesse de Béthune, Mme O'Reilly, et
la comtesse de Damrémont, où l'on dansait beaucoup. D'où *le Bal,* qui fut une de ses premières
poésies (2). — Émile Deschamps, plus répandu

(1) Et dans le nombre il y en avait parfois d'assez méchants. J'en
veux rapporter un qui, dans le temps, fit le tour des salons romantiques, à ce que me dit la baronne de Croze. Sophie Gay, mère de
la belle Delphine, ayant loué sur le tard un appartement, rue de
Milan, n° 100, Emile Deschamps disait qu'elle habitait « rue de son
âge et numéro de son odeur ».
(2) Un peu plus tard on le rencontrait souvent chez Mme d'Agoult,
qui, dans la belle saison, habitait le château de Troissy, en Beauce,
non loin du Tronchet, où Vigny faisait de fréquentes visites à sa

dans les salons littéraires, préludait déjà au rôle qu'il devait jouer dans les Cénacles et qui l'empêcha souvent d'être pris au sérieux. « Vous ne savez donc pas, lui écrivait un jour Lamartine, que je vous regarde comme le génie aimable du bon sens en France. Très sincèrement vous êtes le sel et le levain de ce triste temps (1). » — Le sel, je ne dis pas non, mais on a beau tout passer à l'esprit en France, il est bon, même quand on en a à revendre, de ne pas le dépenser mal à propos.

II

Sur ces entrefaites, Victor Hugo fonda *le Con-*

tante et à ses cousines. Mme d'Agoult raconte en ses *Souvenirs* que, vers 1820, elle n'avait encore connu de lui, au bal où il était parfois son cavalier, que ses distractions à la contre-danse. C'est chez elle qu'il lut un soir sa *Frégate la Sérieuse*, devant les plus jolies femmes de Paris. Elle ne fut point du tout goûtée, et Vigny dit, en se retirant, à son hôtesse : « Ma frégate a fait naufrage dans votre salon. » L'ambassadeur d'Autriche l'avait pris pour un amateur. (Daniel Stern, *Mes Souvenirs*, 1880, p. 345.)

Longtemps après, Vigny écrivait à ce sujet à Émile Deschamps : « Dites donc à Jules de Rességuier qu'il pardonne à son fils qui est à Vienne d'avoir des gants jaunes et de danser, parce qu'il dansait et avait des gants quand il avait dix-neuf ans aussi, et parce que vous et moi à cet âge-là nous dansions avec le costume de tous les gens comme il faut, et parce que nous ne sommes pas de ceux dont parle La Bruyère, qui retranchent de l'histoire de Socrate qu'il ait dansé, ce qui lui est arrivé et n'empêche pas le *Phédon...* »

(Lettre publiée par Jules Marsan dans l'Introduction de *la Muse française.*)

(1) *Corresp. de Lamartine*, lettre du 28 août 1840.

servateur avec ses frères. Émile Deschamps, qui lui avait été présenté par Henri de Latouche, lui présenta à son tour Alfred de Vigny, et peu de temps après le jeune officier des Gendarmes rouges publia dans cette revue d'avant-garde son premier article en prose, et *le Bal* dont il est parlé plus haut (1).

Dans l'intervalle, Alexandre Soumet était venu passer quelques jours à Paris. Le hasard ayant voulu qu'il descendît dans la maison même de M. Jacques Deschamps, Émile s'empressa de le mettre en rapport avec son ami qui lui lut *le Somnambule*. Je me demande même pourquoi, l'année suivante, Vigny, au lieu d'envoyer ce poème aux Jeux floraux de Toulouse, y envoya *Symétha*, qui, d'ailleurs, ne fut pas couronné.

Trois ans après, Soumet, Guiraud, Deschamps, Victor Hugo, Vigny, Saint-Valry et Desjardins fondaient *la Muse française*. J'ai raconté, il y a quelques années, toute l'histoire du groupe littéraire qui se forma autour d'elle (2). Un seul point demeurait obscur, c'était de savoir quels avaient été les complices de Soumet dans la suppression de cette revue. Une lettre d'Émile Deschamps récem-

---

(1) Cet article avait pour titre : *Littérature anglaise, Œuvres complètes* de lord Byron.

(2) Cf. *le Cénacle de la Muse française*, librairie du Mercure de France, 1909.

ment mise au jour va nous édifier pleinement sur
ce point. Elle est adressée à Jules de Rességuier,
le gentil troubadour de Toulouse, qui, après avoir
servi de son mieux, au sein de l'académie de Clémence Isaure, les intérêts des poètes de *la Muse*,
était venu habiter Paris où, grâce à la protection
de M. de Peyronnet, il avait été nommé auditeur
au Conseil d'État. En voici la teneur :

> « S. d. Ce samedi soir,
> [juin 1824]

« Mon cher Jules, pardonnez-moi d'avance et
faites-moi pardonner par tout ce qui vous entoure
et vous aime ; mais il faut absolument que vous
quittiez lundi matin la campagne pour quelques
heures, car nous sommes aux champs ici ; vous,
Alexandre et moi, il nous faut porter le coup de
grâce à *la Muse* chez Tardieu à 9 heures du matin,
lundi, sinon, le n° paraîtra et nous sommes tous
compromis. Je n'ai ni le temps ni l'espace de vous
expliquer notre danger, il est imminent ; ces messieurs, je le sais, seront rassemblés là pour continuer *la Muse*, arrivons tous trois pour la tuer et
elle est morte. Ainsi soyez assez bon pour partir
lundi avant de vous coucher, si vous le pouvez, de
manière à être à 9 heures à Passy pour prendre Soumet, que je viens de faire prévenir. Vous serez à

8 h 1/2 à ma porte. Nous serons tous trois à 9 heures chez Tardieu. Mais tout cela ne peut se faire que réunis ; une voix se perd étouffée sous celles de nos adversaires. Mais en nous tenant bien, il me semble impossible que l'on continue sous le titre de *la Muse* un ouvrage qui est le nôtre et qui ne veut plus l'être.

« Pardon de vous arracher à tout ce qu'il y a de beau et bon pour vous jeter dans nos vilaines expéditions : mais il le faut, pour vous, pour nous, pour lui et pour elles toutes. J'ose donc compter sur votre exactitude et votre amitié.

« ÉMILE (1). »

Ainsi, ce fut Émile Deschamps et Jules de Rességuier qui, pour faire le jeu de Soumet, sacrifièrent *la Muse* aux rancunes académiques d'Auger et consorts. Guiraud ne nous avait donc pas trompés en disant que la suppression de cette revue s'était faite contre son gré et celui de Victor Hugo.

Nous ignorons ce qu'en pensa Vigny, mais étant donnée la place qu'il y avait prise par la publication de *Dolorida* et de quelques articles de critique littéraire, il est probable qu'il regretta, lui aussi, la disparition de *la Muse*.

(1) *L'Aube romantique*, p. 99.

Voilà donc notre « Jeune moraliste » en vacances (1). Jusqu'en 1827, c'est-à-dire jusqu'à la constitution du second Cénacle, Émile Deschamps se contenta de traduire ou d'adapter en vers français quelques belles légendes allemandes de Schiller et de Gœthe, et certaines romances espagnoles sur Rodrigue, premier roi des Goths. Si bien que ses amis ne cessaient de le gourmander sur sa paresse. Rességuier, par exemple, lui disait, dans ses *Tableaux poétiques* :

> Émile, mon Émile, ainsi tu te reposes,
> Sur un luth entouré de verveine et de roses,
> Tu veux, fuyant la gloire attachée à tes pas,
> Oublier des succès que nous n'oublions pas.
> Entends le bruit lointain des flots de cascatelles ;
> Le poétique bruit des ondes immortelles.
> Tu dis le nom d'Horace... A ce nom lève-toi :
> Voilà l'accord divin ! et tu t'endors ; pourquoi ?
> Pourquoi ta muse, encor de gloire dédaigneuse,
> Ne reprend-elle pas sa lyre harmonieuse ?
> Vois la jeune Indienne, au bruit des instrumens,
> Retrouver son triomphe et ses enchantemens ;
> Et toi, brillant, léger, et nonchalant comme elle,
> Tu peux te couronner d'une gloire nouvelle.
> Horace, tes rivaux, tes amis, tes amours,
> Te disent de chanter et de chanter toujours (2).

Cependant, sous l'influence des représentations

---

(1) On se rappelle que, dans *la Muse*, c'est ainsi que signait Émile Deschamps.
(2) *La Bayadère.*

à Paris de la troupe anglaise, l'idée lui était venue de traduire pour la scène le *Roméo et Juliette* de Shakespeare.

Comme il ne connaissait pas très bien l'anglais et qu'il se méfiait de ses forces, il offrit alors à Vigny de lui venir en aide. Et Vigny, qui travaillait déjà à son *Othello*, consentit à traduire les deux derniers actes de *Roméo et Juliette*.

On sait que cet ouvrage fut reçu au Théâtre-Français le 25 avril 1828, et par suite de quels obstacles il ne fut pas représenté (1). Etant donné qu'il amena plus tard un certain refroidissement dans les relations d'amitié des deux collaborateurs, il me paraît bon d'examiner à qui incombent les premiers torts.

En ces sortes d'affaires, il y a presque toujours deux sons de cloche. Nous allons les entendre l'un après l'autre. Voici d'abord la version d'Émile Deschamps :

« ... Beaucoup de temps se passa, et l'on mit en répétition l'*Othello* de M. de Vigny qui, entre autres gages de succès, présentait le très grand avantage d'être de M. de Vigny seul...

« C'est à ce moment que M. Hector Berlioz

(1) Cf. notre *Cénacle de Joseph Delorme*.

m'entretint d'un projet d'une symphonie dramatique de *Roméo et Juliette*. La fièvre de Shakespeare
était dans l'air, et je n'y avais pas nui (1).

« En 1829 on joua l'*Othello* de Vigny, puis l'art
changea de direction, comme tout le reste, mais en
sens inverse. La *restauration* de Ducis s'effectua,
l'*Othello* de Vigny fut proscrit, et l'avènement de
Roméo et Juliette plus qu'ajourné.

« Avec un peu d'insistance et de persistance, nous
aurions pu néanmoins faire reconnaître notre droit
d'ancienneté. Quelques occasions favorables se
présentèrent, et une dernière surtout qui paraissait
décisive ; je m'y abandonnai avec une grande faci-
lité parce que, au fond, il est triste de voir ce qu'on
croit son aiglon vieillir et périr dans l'œuf. Une
autre volonté opposa son *veto*, et la pierre du cercueil dramatique s'appesantit de plus en plus sur
les amants de Vérone.

« Voilà plus de dix-sept ans qu'ils dorment ainsi,
et j'ai cru qu'il y avait convenance et urgence à
interrompre enfin, pour eux et pour mon *Macbeth*,
cette longue et froide prescription de l'oubli, en les
faisant renaître sous une autre forme et pour une
autre destinée.

(1) Cette symphonie dramatique de Berlioz, sur le livret d'Émile
Deschamps, fut exécutée en 1839.

«... J'ai donc repris mon Shakespeare anglais
et j'ai eu le courage de refaire une traduction de
Macbeth et de *Roméo*, toute littéraire et beaucoup
plus littérale, au point de vue des lecteurs et des
bibliothèques, et non plus du théâtre et des
spectateurs... »

Ces lignes sont de 1844 et font partie de la préface que Deschamps mit en tête de son édition de
Macbeth et *Roméo et Juliette*.

Voyons maintenant comment Vigny apprécia
cette *reprise* de la pièce de Shakespeare par son
ancien collaborateur :

Il écrivait à Philippe Busoni, le 5 janvier 1849,
à propos de *Chatterton*, qu'on avait eu l'idée de
reprendre au Théâtre historique :

« ...Vous me demandez si cette traduction de
Roméo ne fut pas faite par moi et Émile Deschamps ?
— Voici l'histoire assez étrange de ceci. — La
première traduction de Shakespeare faite pour la
Comédie-Française fut celle que nous écrivîmes
ensemble de *Roméo*. Nous nous partageâmes ce
petit travail. Je me chargeai des deux derniers
actes, Émile Deschamps des trois premiers. Nous
lûmes cette tragédie en 1828 aux Français, où elle
fut reçue avec ravissement par tous les acteurs

célèbres de ce temps-là. J'avais traduit de mon côté
Othello et *le Marchand de Venise*, que vous avez
chez vous. Mlle Mars ne se trouva pas assez jeune
pour Juliette et me dit avec assez de grâce : « Si
j'avais l'âge de Juliette, je n'aurais pas mon talent,
mais, ayant ce talent, je n'ai plus son âge. » Un soir
Taylor vint tout à coup me prendre chez moi le
manuscrit encore imparfait du *More de Venise*
pour le mettre en répétition, tant Mlle Mars avait
la tête tournée de Desdémona. Elle le joua et y fut
très belle. — De temps en temps, pour nous amuser, Émile Deschamps et moi faisions des lectures
de *Roméo* (1) et nous attendions qu'il vînt au
monde une Juliette possible à montrer au public.

(1) Victor Pavie écrivait, en effet, à son père, le 27 janvier 1829 ;
« Lundi soir, à sept heures et demie, M. David est venu chercher. Je comptais sur Sainte-Beuve, qui fut empêché, ainsi que Hugo,
qui dînait en ville, et qui devait entendre une tragédie dans la soirée. La réunion était environ de soixante personnes, dont une
douzaine de dames. Là siégeaient Alfred de Vigny, Mérimée, Delacroix, Colin, de Wailly, Alexandre Dumas, et *le Globe* intrus, presque tout entier dans la personne de Ch. Magnin, Damiron, Ch. de
Rémusat et Louis Vitet.
« Émile Deschamps commença la lecture de ses trois premiers
actes. Alfred de Vigny déroula à son tour le manuscrit des deux
derniers. Je contemplais Shakespeare face à face, moi qui ne l'avais
entrevu que dans l'imitation d'une prose rampante, ou dans l'impénétrable sanctuaire de son idiome antique, au prix de mes peines
et à la sueur de mon front. Les deux parts du travail ont échu à
qui de droit. Emile Deschamps, plus souple, plus insinuant, plus
arrondi de forme, de Vigny plus incorrect, moins obéissant, mais
plus fort et plus grandiose. C'est Mme Malibran et Mme Pasta. Le

Lorsque ce pauvre Delloye imprima mes œuvres
complètes, il me demanda ce *Roméo*, je m'y refu-
sai, n'en étant pas seul propriétaire, et je croyais
mon collaborateur aussi consciencieux, car souvent
je lui avais proposé de faire jouer cette étude à un
théâtre ou à un autre, et, tout en y trouvant des difficultés, il me répondait : attendons encore. — Un
beau jour, il y a environ quatre ans, je trouvai sur
la table de Guiraud la traduction de *Roméo* imprimée sous le nom d'Émile Deschamps qui, sans se
donner la peine de m'en parler, fit, à sa manière,
les actes que j'avais traduits et imprima la pièce
de la sorte. Je ne l'ai jamais lue et je ne puis juger
de ses mérites et de ses ressemblances ou dissem-
blances avec mes actes derniers, mais il eût été
plus poli et plus loyal de me prévenir de ce di-
vorce... (1). »

Telles sont les deux versions. De quel côté se
trouve la vérité ? Sans mettre en doute la parole
d'Alfred de Vigny, ni sa bonne foi, je crois, tout

songe de la reine Mab s'est coloré, sous Émile Deschamps, de l'illusion de la plus fantastique féerie... » (*Médaillons romantiques*.)

Cette lettre, soit dit en passant, prouve que MM. Louis Gillet et
Ernest Dupuy ont prétendu à tort que Sainte-Beuve avait eu une
défaillance de mémoire en écrivant qu'il avait été invité, en 1829, par
Vigny à entendre la lecture de *Roméo et Juliette*.

(1) Lettre publiée par Jules Marsan dans nos *Annales romantiques* de novembre-décembre 1905.

bien examiné, qu'il n'avait pas le droit de se plaindre du procédé d'Émile Deschamps, et que ce fut
surtout de sa faute si leur *Roméo* fut enterré. Il
suffit de savoir comment il se comporta avec les
directeurs de théâtre, qui de loin en loin lui pro-
posèrent de reprendre *Chatterton* et *Quitte pour
la peur*, pour se figurer l'opposition sourde et tenace
qu'il dut faire à l'idée de laisser représenter *Roméo*
postérieurement au *More de Venise* (1). Jaloux
comme il l'était de son bien, il lui était désagréable
de penser qu'en cas de succès il n'aurait devant
l'opinion qu'une part du mérite de l'œuvre commune, et qu'en cas d'échec la critique mal avertie
pourrait lui en imputer tous les défauts. Du reste,
il s'est trahi lui-même dans la lettre qu'il écrivait à
ce sujet à Émile Deschamps, le 26 mai 1837.

« Vous ne tenez pas, lui disait-il, à avoir un de
ces demi-succès qui sont plus tristes qu'une chute...
Cette représentation ne me sera jamais agréable que
par le plaisir qu'elle pourra vous faire... »

(1) « Pendant des années, dit Arsène Houssaye dans ses *Confessions* (t. IV, p. 295), je l'ai vu tantôt chez moi, tantôt chez lui, pour
la reprise d'*Othello* et de *Chatterton*. Quelle que fût la distribu-
tion des rôles il disait toujours : « Je vais étudier ces comédiennes. »
Il venait au théâtre, mais il s'en allait plus indécis encore. C'était à
mourir. Il y mettait tant de bonne grâce qu'il était impossible de ne
pas prendre patience. C'est ainsi que, voulant le jouer, je n'ai réussi
qu'à perdre agréablement mon temps. »

Après cela j'estime que Deschamps ne manqua pas
d'égards à Vigny en se permettant de traduire les
deux actes qui lui étaient échus en partage et en
publiant le tout sous son nom. Aussi bien, puisque
la traduction de Vigny est en la possession des héritiers de Ratisbonne, nous pourrons bientôt, j'espère,
la comparer avec celle qu'Émile Deschamps fit imprimer en 1844 (1). Je ne parle pas de celle de l'édition de 1863, quoique Deschamps la préférât de
beaucoup à l'autre, parce qu'elle n'est pas entièrement de lui. Il résulte, en effet, des lettres suivantes que c'est Hippolyte Lucas (2) qui se chargea,
sur la demande d'Émile Deschamps, d'arranger

(1) Vigny écrivait, en 1848, à sa cousine Alexandrine du Plessis
au sujet de cette traduction : « Je rachèterai ces dessins d'un enfant
par ces vers mis en album, comme par exemple ceux d'une certaine
traduction de *Roméo et Juliette*, par moi, que Mlle Mars savait par
cœur et disait admirablement. Je ne sais où ils sont, il est vrai; je
les crois à Paris dans quelqu'un de mes portefeuilles, mais si on
me les envoie et s'ils ne sont pas brûlés avec Babylone, je les écrirai. Ils commencent au moment où Roméo, qui allait emporter de
son triste caveau sa belle Juliette vers la vie heureuse, se souvient
qu'il est empoisonné, et dit :
        Faut-il quitter cet ange à la porte du ciel. »
  (2) Hippolyte Lucas, qui a fait un nombre considérable de pièces
de théâtre et, pendant près de cinquante ans, la critique littéraire
au *Siècle*, avait composé, avec Évariste Boulay-Paty, un poème dramatique intitulé *le Corsaire* et tiré de Byron, qui fut imprimé en
1830. C'est une des premières productions du théâtre romantique.
Hippolyte Lucas, dont *les Heures d'amour* et un petit volume de
Portraits littéraires, édités par son fils, ont obtenu, il y a quelque
vingt ans, un succès légitime, est mort, en 1878, bibliothécaire à
l'Arsenal.

pour la scène son *Roméo*..... et son *Macbeth*, édités postérieurement à la mort de Vigny.

Émile Deschamps écrivait de Versailles à H. Lucas le 3 septembre 1848 :

« Mon cher complice,

« J'ai couru deux fois chez vous. On me dit que vous êtes à Rennes et je vous y envoie cette lettre qui sans doute vous y parviendra sans indication plus précise. Le nom d'Hippolyte Lucas me rassure pleinement.

« Voici : M. Mauzin, commissaire du gouvernement près le théâtre de l'Odéon, m'a écrit au sujet de *Macbeth* qu'il veut monter tout de suite avec grand soin. Alors j'allais vite à vous.

« J'ai donc vu M. Mauzin, dont je suis on ne peut plus content, et tout de suite il a fait copier les rôles. Les arrangements, ceux du 5ᵉ acte surtout et du dénouement, les plus importants, ont été trouvés excellents.

« Je vous rapporte cela tout chaud. Quant au 1ᵉʳ acte, M. Mauzin ne craint pas les frais de décors et les changements à vue. J'ai donc reporté au 2ᵉ acte la scène de Macbeth et de sa femme.

« Combien je vous désire pour les répétitions et la mise en scène. Vous revenez à Paris, dit-on, à

la fin du mois. Ce sera bien, mais dites-le-moi
bien vite.

« J'ai quitté les Finances et pris ma pension de
retraite. Je me suis confiné à Versailles. C'est un
grand parti. J'en causerai avec vous. Vous voyez
combien à cause de mon éloignement votre présence
m'est nécessaire, et vous y êtes d'ailleurs aussi
intéressé que moi. Je souhaite que nous le soyons
beaucoup.

« Plus je réfléchis, plus je trouve que le rôle de
juliette conviendrait à Mlle Rachel.

« Votre dévoué confrère.

« ÉMILE DESCHAMPS (1). »

Un mois après il lui écrivait de nouveau :

15 octobre 1848.

« Mon cher Lucas,

« Je ne sais vraiment comment reconnaître les
excellents conseils que vous m'avez donnés pour
l'arrangement scénique de mon *Macbeth* et pour
les bons et utiles soins que vous voulez bien prendre pour les répétitions et la prospérité de cette
œuvre qui vous doit et vous devra tant. Permettez
du moins que je consigne ici le traité dont je vous

(1) Lettre inédite communiquée par M. Léo Lucas.

ai fait part verbalement et sans lequel je renonce-
rais à tout.

« Je déclare vous déléguer à toujours pour les
causes ci-dessus énoncées la moitié de mes droits
d'auteur sur ma tragédie de *Macbeth* pour toutes
les représentations de cet ouvrage, tant sur les théâtres de Paris que sur ceux des départements; pour
que vous jouissiez de cette moitié de droit, vous et
vos héritiers comme moi et mes héritiers, nous
jouirons de l'autre moitié pendant le temps que la
loi accorde ou accordera aux auteurs. Cette moitié
vous sera remise, d'après l'avis que je lui ai donné, par M. Guyot, agent dramatique, mon receveur
pour mes droits d'auteur, et cela tous les mois,
comme il le fait pour ce qui me concerne.

« En outre, j'entends que vous partagiez avec
moi et toujours par égale portion le prix des billets
d'auteur qui pourront me revenir pour chaque
représentation. Ce sera l'objet d'un compte entre
nous, tous les billets devant être remis en mon
nom. Voulez-vous, mon cher Lucas, accepter le partage fraternel avec un peu de tout le plaisir que
j'ai à vous l'offrir. Je voudrais qu'il fût digne de
toute votre obligeance et de tout votre talent. En
tout cas, vous trouverez dans mon amitié reconnaissante tout ce qui pourra manquer ailleurs.

« Votre dévoué et bien affectueux confrère pour la vie.

« ÉMILE DESCHAMPS (1). »

Macbeth fut représenté à l'Odéon le 23 octobre 1848 et joué pendant plusieurs mois. On est en droit de s'étonner, après la lecture de cette lettre, qu'Émile Deschamps ait oublié, lors de la publication de cette pièce en 1863, de mentionner dans sa préface le nom de son collaborateur et se soit borné à dire : « A ce sujet, je ne saurais trop reconnaître le concours aussi affectueux qu'éclairé que me prêta M. Mauzin, alors commissaire du gouvernement près le théâtre de l'Odéon. »

Au mois de décembre suivant, Émile Deschamps mandait encore à Hippolyte Lucas.

« 26 décembre 1848

« Mon cher Lucas,

« Que parlez-vous de me rendre *Macbeth* ? C'est en continuant à être la providence de *Roméo* et dans les mêmes termes que vous me le rendrez. C'est chose conclue entre nous.

« Quant à ma collaboration anonyme avec vous pour un drame comme *Mesure pour Mesure*, certes,

(1) Lettre inédite.

j'en suis très empressé et tout ce que j'y pourrai faire vous est acquis.

« Faites et je reviendrai dessus avec un zèle sinon avec un talent comme on peut le désirer. Et c'est moi qui aurai hâte de vous prouver combien je suis à vous. Je parlais d'un opéra parce que le sujet m'apparaît ainsi, mais vous avez plus réfléchi que moi ; ce qui n'empêchera pas que, plus tard, nous ne fassions un opéra avec nos deux noms. Ce sera le comble et le couronnement de mon plaisir et de mon ambition.

            « A vous de cœur.
                « ÉMILE DESCHAMPS (1). »

Et le 2 janvier 1849 :

    « Mon cher Lucas,
« J'ai vu M. Mauzin, qui met toute loge aux pieds de Mlle Rachel. On doit donner *Macbeth* samedi. En prévenant d'avance Mlle Rachel, il y aurait moyen de tout arranger, d'autant plus que samedi elle n'aura pas encore fait sa rentrée et qu'elle sera libre, M. Mauzin mettra la loge à sa disposition par votre entremise. Quant à moi, je reviens vendredi et, si vous voulez que nous fassions notre visite samedi, je serai prêt à l'heure que

(1) Lettre inédite.

vous m'indiquerez pour que vous puissiez présenter le *jeune homme* à *Médée* (1), oui à *Médée*, j'espère, car, plus j'y pense, plus je suis ravi de votre
œuvre, plan et style. Bravo !

« A vous

« ÉMILE DESCHAMPS (2). »

Rachel, qui ne devait pas plus jouer la *Médée*
d'Hippolyte Lucas que la *Médée* de Legouvé, daigna
quand même assister à une représentation de
Macbeth.

« J'ai vu Mlle Rachel dans sa loge à *Macbeth*,
écrivait Émile Deschamps à son collaborateur anonyme ; elle a été on ne peut plus aimable. Elle a
applaudi Ballande à plusieurs reprises.

« Si vous voyez Holstein, peut-être serait-il bon
de lui parler de *Roméo* sans le presser.

« Je pense toujours à *Mesure pour Mesure*.
Quand vous aurez fait votre travail, je tâcherai d'y
être bon à quelque chose, comme un professeur
de mathématiques qui repasserait les calculs d'Ar-
chimède.

« A vous de cœur.

« ÉMILE DESCHAMPS (3). »

(1) *Médée*, tragédie en 3 actes d'après Euripide, par Hippolyte
Lucas, ne fut représentée à l'Odéon que le 20 juin 1855.
(2) Lettre inédite.
(3) Lettre inédite.

Émile Deschamps ne se bornait pas à traduire Shakespeare ; il lui empruntait aussi des sujets d'opéra. Nous avons vu qu'en 1839 il avait fait le livret d'une symphonie dramatique de Berlioz, d'après *Roméo et Juliette;* un peu plus tard, il écrivit sur le même thème un drame lyrique dont Berlioz fit encore la musique. Et M. Ch. de Boigne raconte, dans ses *Petits Mémoires de l'Opéra,* qu'en 1836 Meyerbeer, mécontent de la scène du 4ᵉ acte des *Huguenots,* entre Raoul et Valentine, et de la façon cavalière avec laquelle Eugène Scribe accueillit ses justes observations, pria Émile Deschamps de refaire cette scène et, pour le remercier de sa courtoisie, lui attribua une part d'auteur sur la sienne propre.

III

Mais il nous faut revenir en arrière. J'ai dit ailleurs (1) que la Révolution de 1830 avait coupé en deux le Cénacle de *Joseph Delorme,* et que les royalistes impénitents, comme Guiraud, Vigny, Gaspard de Pons et Jules de Rességuier, n'avaient pas voulu suivre Victor Hugo dans son évolution politique.

(1) Cf. notre *Cénacle de Joseph Delorme,* t. I, chap. viii.

Quelques-uns même, dont Alexandre Guiraud, n'avaient pas attendu les journées de Juillet pour fausser compagnie au jeune chef du Cénacle. Du jour où Victor Hugo, Vigny et Deschamps assiégèrent le Théâtre-Français pour y faire jouer des pièces traduites ou inspirées de Shakespeare, Guiraud lia partie sans vergogne avec « quelques auteurs enragés classiques » qui avaient la prétention de reléguer le grand dramaturge anglais au Gymnase, au Vaudeville, voire à la Gaité. Ce que voyant, Sainte-Beuve, qui ne pouvait sentir les deux Alexandre et ceux qui se réclamaient des doctrines arriérées de la *Muse française*, monta la tête à Émile Deschamps contre le poète des *Macchabées*. Tant et si bien que, pendant quelque temps, Émile battit froid à son ancien camarade. Mais il n'était pas dans son caractère de se brouiller avec personne pour des divergences d'opinion. Et nous verrons, au chapitre suivant, que, par deux fois, il réconcilia Vigny avec Hugo. Il se borne donc à écrire à Guiraud une lettre de reproches à l'occasion précisément de la réception de son *Roméo* à la Comédie-Française. J'ai publié cette lettre in-extenso dans *le Cénacle de Joseph Delorme* (1). Je n'en repro-

(1) Chap. VII, p. 262.

duirai ici que les lignes finales, où se trahit le libé-
ralisme irréductible de son auteur :

« ... Malheur à qui ne prend pas feu pour le
génie ! lui disait-il... Au surplus, tout cela n'est
rien, les lettres vivent de discussions animées, et si
l'art fait un pas, qu'importent les obstacles fran-
chis ? »

C'était la sagesse même, aussi l'incident fut-il
clos là-dessus.

Les lettres qui suivent, du moins celles qui sont
adressées à Guiraud, sont parmi les plus charmantes
qu'Émile Deschamps ait écrites. On peut dire qu'il
y est tout entier, cœur et âme ; et, sans parler de
l'esprit qui y foisonne comme toujours, elles nous
apprennent une foule de choses dont l'histoire
littéraire ne peut manquer de faire son profit.

La première est du 1ᵉʳ octobre 1830. Émile
Deschamps écrit à Guiraud :

« Je n'ai que le temps de vous dire, mon cher
Guiraud, que je suis ravi de *Césaire* (1). Une grande
émotion, une haute philosophie, une passion poétique et vraie, et votre style par-dessus tout cela ;
voilà pour le mérite de l'ouvrage, et aussi pour le
succès, soyez-en sûr. Votre avant-propos est plein
de courage et d'indépendance, j'en parlais tout à

(1) *Césaire*, révélation, 1 vol. in-8, chez Urbain Canel, 1830.

l'heure avec Cormenin, qui a lui-même beaucoup
de tout cela et qui va vous envoyer une consultation
au sujet du serment des électeurs, question très
délicate et très importante, comme vous le dites
fort bien dans la lettre que vous lui avez écrite.

« *Le Globe* a déjà fait une annonce de *Césaire*
en promettant un article que l'on fabrique en ce
moment, j'en ai la certitude ; j'ai beaucoup parlé
du livre avec Sainte-Beuve qui ne l'a pas encore lu,
tant il est pris par la politique journalière. Il vous
réserve pour la bonne bouche dans très peu de jours,
mais je puis vous dire d'avance que l'article sera
grave et consciencieux comme votre livre. Vos
doctrines et opinions y pourront être fort combat-
tues, mais il y aura, je crois, victoire des deux
côtés. Enfin vous serez jugé et apprécié. Attendons,
et soyez sûr que je veille à votre livre comme sur
un enfant chéri et charmant. Je vous en reparlerai
plus au long une autre fois.

« Soumet s'occupe aussi de vous et nous en
parlons beaucoup ensemble. Jules (1) est arrivé
hier, bien tourmenté.

« Ecrivez, écrivez, mon cher Guiraud, vous avez

---

(1) Jules de Croze, dont le fils devait épouser plus tard la fille aînée
d'Alexandre Guiraud.

caractère et talent et indépendance, puis des amis pour admirateurs et même des ennemis.

« Comment se trouve Mme Guiraud? Vous donnera-t-elle un congé, ou, ce qui vaudrait bien mieux, viendra-t-elle avec vous ? Mille tendres hommages.

« Je reçois une lettre de Mme Croze, qui est toujours en Auvergne et qui me parle de vous avec bien du cœur pour celui que vous leur avez montré dans ces tristes circonstances. Elle va venir passer un mois près de sa mère, puis retournera auprès de notre ami qui a bien besoin d'elle, m'écrit-il aussi, pour charmer son exil. — Que d'amis et de parents on m'a écrasés ainsi ! Savez-vous que votre phrase la *Couronne sur un caveau* sera historique de pensée et d'expression !

« Adieu, je vous quitte pour m'occuper encore de vous, c'est la seule chose qui m'en puisse consoler.

« Votre ami à toujours.

« ÉMILE (2). »

Quelques jours après, il lui écrivait encore au sujet de *Césaire*.

«14 octobre 1830.

« Vous faites beaucoup de bruit à Paris, mon

(1) Lettre inédite, communiquée ainsi que les suivantes par Mme la baronne de Croze, née Guiraud.

cher Guiraud. On appelle Césaire un jacobin et un
capucin, mais on le traite en puissance, et les injures de quelques journaux sont de la rage et de l'envie. Moi, je n'ai pas perdu mon temps. D'abord
d'ici à peu de jours va paraître dans *le Globe* un
très long article que Sainte-Beuve a fait refaire
trois fois, et qu'il n'a pu faire lui-même, emporté
qu'il est par la politique. De grandes discussions se
sont élevées à cet égard parmi les actionnaires-ad-
ministrateurs actuels du *Globe*, et si quelques parties de l'article vous déplaisent, ce ne sera pas la
faute de Sainte-Beuve ni la mienne. Vous soulevez
de telles questions qu'il y a des colères et des sympathies énormes au sujet de *Césaire*. Votre libraire
est content, c'est beaucoup, et moi, je suis enthousiaste du livre, depuis que je l'ai lu trois fois. Je
vous le dis bien franchement. Que d'idées et d'émotions là-dedans! et vous êtes là un très grand écrivain en prose. J'en parle à chaque instant à Soumet et à Jules, qui vient de recevoir une lettre de
vous.

« Je suis allé il y a quelques jours aux *Débats*.
Là, grand courroux contre votre préface et votre
politique. Mais j'ai obtenu, chose immense, qu'un
grand article allait être consacré à *Césaire* et qu'il
serait fait par un homme de beaucoup de talent

(Saint-Marc Girardin), mais l'ouvrage sera, je crois, fortement attaqué. Enfin de tout cela, succès, gloire et bruit. C'est ce que nous voulions. Il m'a fallu bien batailler, je vous jure, pour obtenir un article dans *les Débats*. Ils voulaient étouffer *Césaire* sous le silence, comme un monstre dangereux. L'amitié et l'admiration m'ont donné des forces et de l'éloquence, et j'ai gagné qu'on vous traiterait fort mal, mais fort sérieusement et longuement. Je ne sais si vous devez m'en remercier, dites-le-moi.

« Je reçois une lettre de Croze, qui voudrait bien vous lire dans son exil. Mme Croze arrive ici dans quelques jours et pour quelques jours. Écrivez donc à votre libraire qu'il me remette un exemplaire pour elle, afin qu'elle le porte en Auvergne à notre ami.

« Adieu, cher ami, recevez les tendresses et les félicitations de tous nos amis, et d'Aglaé (1), et faites agréer mes respectueux hommages à Mme Guiraud. Vous verrez dans *le Globe* de demain des vers de Victor Hugo très forts contre *la Chambre*. Tant mieux !

« Mille amitiés encore. Écrivez-moi.

« ÉMILE. »

P. S. — « Rien n'est décidé encore pour les actions

(1) Mme Émile Deschamps, née Vinot, mariée en 1817, morte à Versailles le 10 février 1855.

du *Globe*, et je ne ferai rien sans vous prévenir et vous consulter de nouveau (1) ».

Les vers de Victor Hugo *contre la Chambre* n'étaient autres que l'*Ode à la Colonne* (n° 2), qui parut, en effet, dans *le Globe* du 15 octobre. Pour comprendre l'émotion qu'ils causèrent dans le monde politique, il faut lire l'article qui leur servait d'introduction.

« Nous sommes heureux, disait *le Globe,* de pouvoir offrir à nos lecteurs une pièce récente et inédite de M. Victor Hugo. Personne n'a oublié cette *Ode à la Colonne,* par laquelle le poète commença de devenir populaire ; aujourd'hui c'est le pendant, c'est la seconde partie, et comme l'anti-strophe de sa première ode que nous donne le poète. L'occasion de la première était l'insulte faite par M. d'Appony à quelques-uns de nos plus illustres guerriers; l'occasion de celle-ci est le dédain lancé aux cendres de Napoléon par nos 221. Nous nous sommes déjà exprimé sur le caractère politique de ce triste et honteux ordre du jour. Le gouvernement et la chambre, par leur faiblesse et leur esprit peu sympathique à la révolution de Juillet, ont fait en sorte qu'il y eût, sinon danger réel, du moins inopportunité et inconvénient à un grand acte de répara-

(1) Lettre inédite.

tion et de justice nationale. Politiquement parlant, c'est moins à l'ordre du jour en lui-même qu'il faut s'en prendre qu'à l'espèce de nécessité étroite et misérablement conséquente qui y a conduit la Chambre. C'est parce que la Chambre n'a en aucun cas l'*intelligence* de la situation présente qu'elle n'a pas dû davantage en avoir l'*imagination* et en vouloir la splendeur ; c'est parce qu'elle a repoussé et brisé une à une toutes les conséquences *utiles* de la révolution de Juillet qu'elle a dû refuser à la France certaine solennité *glorieuse*. Elle n'a rien fait de grand ni de radical dans la loi ; elle ne pouvait tolérer qu'il se fît quelque chose de grand et d'auguste dans les rues. Pour que les cendres de Napoléon rentrassent sans inconvénient en France, à l'heure qu'il est, il aurait fallu les faire précéder de toutes les grandes réformes politiques et populaires ; abolition de la peine de mort pour tout le monde ; liberté d'écrire, d'enseigner ou de s'associer sans entraves préventives ; l'élection dans tous les sens et à tous les degrés ; plus de cens d'éligibilité, et, pour électeurs, d'autres capacités que les censitaires ; plus de milliard d'impôt ; économie sévère dans l'administration, et abjuration sincère de la routine fiscale ; point d'hérédité aristocratique. Oui, tout cela se tenait. Alors nous étions véritablement

une nation nouvelle, grande par elle-même et par
son gouvernement, une nation capable d'émotions
et de fêtes sans danger pour personne ; alors, et du
moment qu'il n'y avait plus d'article 291 ni de tra-
ditions administratives et financières qui nous rap-
pelassent le mauvais côté impérial, nous étions
vraiment la postérité pour l'empereur, et la vieille
liberté triomphante n'avait plus droit de se récrier
contre une expiation funèbre ; alors aussi le jeune
gouvernement auquel s'est ralliée la France, fort du
patriotisme qu'il aurait prouvé, n'avait lui-même
aucune raison de s'effaroucher d'un hommage rendu à des cendres, et de craindre qu'en les remuant
il n'en jaillît quelque secrète étincelle. Il en est
arrivé différemment ; ceux qui croient que la politique n'exclut pas toute grandeur en ont souffert
comme d'une petitesse ; le poète s'en est indigné. Il
lui convenait, certes, de s'indigner, à lui qui s'est
voué dès l'enfance au spectacle continuel de cette
grande gloire, qui s'en est épris d'abord dans ses
rêves par le côté oriental et gigantesque, qui l'a en-
visagée longtemps d'un œil effaré comme une statue énigmatique, une idole inconcevable placée sur
le seuil du siècle ; puis, qui, la comprenant mieux,
a été initié par cette première intelligence à celle du
siècle tout entier et au culte de la liberté elle-même. »

Dès le lendemain de la publication de l'*Ode à la Colonne*, *le Globe* insérait l'article sur *Césaire*, annoncé par Émile Deschamps. Cet article était plutôt favorable.

« L'action est des plus simples, disait le rédacteur anonyme, et dépouillée d'incidents et de péripéties jusqu'à la nudité, si l'on ne considère que la forme antérieure de la composition. Mais l'intérêt est réel et progressif, parce que tout se passe dans le cœur et sous l'œil de la divinité. Or, la peinture vivante des passions et le jeu de leurs contrastes avec les devoirs et les croyances, enfin le combat éternel de la double nature de l'homme seront toujours les plus grands sujets d'étude pour les écrivains, et d'émotions pour les lecteurs. Le style de *Césaire*, dans ses défauts comme dans ses beautés, tient de la langue philosophique et poétique ; le langage du récit et le dialogue ordinaire y sont peu employés. En un mot, tout ce livre est intime ou idéal pour la forme comme pour le fond ; c'est surtout la vie de l'âme qui s'y trouve réfléchie avec ses fêtes silencieuses et ses plaies invisibles ; et c'est pourquoi le titre un peu mystique de *révélation* convient beaucoup mieux que celui de *roman* à l'ouvrage tel qui est. »

Sur les opinions politiques et religieuses de

l'auteur, *le Globe* faisait les réserves suivantes :

« *Césaire* est précédé de deux avertissements qui sont relatifs aux événements actuels... Les professions de foi nous paraissent assez inutiles quand on n'est pas dans une position politique qui les exige, mais ce n'est pas nous qui blâmerons l'expression franche d'une opinion consciencieuse et indépendante, fût-elle intempestive et un peu fastueuse. M. Guiraud se déclare très catholique et très libéral. C'est moitié plus que nous ne demandons, mais enfin c'est une combinaison assez rare pour être remarquée. Il en résulte un caractère et une individualité qui ont leur prix : il en résulte surtout que M. Guiraud, en prenant la plume, ne prend le mot de qui que ce soit. »

Sainte-Beuve n'eût pas mieux dit, et il suffit que nous sachions qu'il fit refaire par trois fois cet article pour que nous reconnaissions son esprit dans la note finale.

Trois ans plus tard, Émile Deschamps écrivait encore à son ami :

« Paris, 29 décembre 1833.

« Oui, mon cher Guiraud, j'avais la main à la plume pour vous écrire quand votre charmante lettre m'est arrivée, et je garde ma plume pour vous

répondre. Nous sommes deux paresseux très coupables, vous un peu plus que moi, si c'est possible,
puisque vous partiez et que ceux qui restent sont
les plus malheureux. Enfin indulgence plénière et
mutuelle, n'est-ce pas ? Je ne pense plus à rien
qu'aux vœux les plus vifs pour votre bonheur et
pour le mien, c'est vous dire que nous vous attendons bientôt, car vous l'avez promis, et *Don Juan*
vous attendra aussi. Je l'ai soigné de mon mieux
dans la partie qui m'a été confiée, vous verrez.
C'est une œuvre très artiste, très consciencieuse,
c'est toujours cela. On ne sait point, place Vendôme (1), que vous devez arriver, mais arrivez donc
tous deux : quelles étrennes ravissantes ! Sans compter vos quatre volumes, qui comptent pourtant
beaucoup. J'en suis bien avide, car je n'aime rien
tant que votre prose... Je me trompe : il y a vos
vers que j'aime aussi passionnément. Moi aussi j'ai
fait beaucoup de prose, je songe à réunir tout cela
dans un cadre et j'ai peur d'arriver aussi aux quatre volumes, au moins vous ressemblerai-je en
quelque chose. J'ai vu avant-hier quelques-uns de
vos semblables. Charles Nodier, qu'on recevait à
l'Académie, et Lamartine, qui était à la séance.
Nodier a fait un discours charmant de convenances,

_____

(1) Où habitaient les Boscary, dont il est parlé plus loin.

d'esprit et de sensibilité. Il est vrai que Jouy lui a
répondu et que Tissot a dit des vers ensuite. Mon
Dieu ! quels orateurs et quels poètes ! venez donc
pour rompre avec deux ou trois contre la mono-
tonie de la médiocrité, car Soumet n'y va pas plus
que vous : il ignorait, m'a-t-il dit, le jour de la
séance. Toujours le même !... Gabrielle grandit
encore en talent. C'est une muse du ciel. — Avez-
vous lu *Lélia* ! de Mme Sand ? Voilà une muse de
l'Enfer ! Mais quel style de feu, quelle hauteur d'i-
dées, quel génie ! selon moi au moins, c'est une
splendeur d'images, et une [illisible].

« C'est l'époque actuelle résumée avec ses atro-
ces infirmités. Je suis désolé d'admirer de pareilles
choses, mais j'admire.

« Je vais faire vos commissions place Vendôme.
Vous parlez vrai et on vous entendra. Je ne sais
rien de nouveau non plus, mais je donnerais les
trois quarts de tous les bonheurs qui peuvent m'attendre pour le bonheur de ces dames qui sont si
charmantes et si bonnes, et si bonnes pour nous.
En attendant voici un autre mariage d'avant-hier
dans la famille : *M.le Vte de Ginostet avec Mlle An-
tonine Boscary* (1). Ils sont très aimables et par-

(1) M. Boscary était l'agent de change de Lamartine, qui en parle
souvent dans sa correspondance.

faits tous deux et ne peuvent manquer d'être fort heureux.

« Mon Dieu, que je viens de lire de vous une grande pièce de vers qui m'a charmé! C'est votre *Courage!* Voilà de la forte et haute poésie, avec une forme solide et irréprochable. Merci de tout votre talent. Comme ce livre *vert* et *blanc* où je l'ai lue serait beau si vous en aviez fait tous les *vers* et moi tous les *blancs!* Mme Guiraud me pardonnera-t-elle ce calembour? Je n'en ferai plus qu'à son retour, en la reconduisant la nuit jusqu'à sa porte. Aglaé et moi, nous avons bien besoin d'un dédommagement, votre dernier voyage a été presque perdu pour nous à cause de tous nos malheurs.

« Adieu, nous adressons tous deux à vous deux tout ce qu'il y a de plus tendre au monde, sans oublier vos beaux enfants.

« A propos, nous avons déménagé. Nous demeurons à présent rue de la Ville-l'Evêque, n° 41, un peu plus loin. Nous sommes très bien. Venez nous y porter bonheur.

« Votre ami de cœur

« ÉMILE (1). »

Cette maison de la rue de la Ville-l'Evêque était

(1) Lettre inédite.

celle que Vigny habita, en 1827, après sa mise en
réforme.

Autres lettres de Deschamps à Guiraud :

« Paris, 21 juin [1835].

« Lisez attentivement, mon cher Alexandre, la
lettre de M. Gustave de Romand (1) et donnez
votre adhésion et votre nom à cette entreprise honorable et utile et qui manquait à l'époque actuelle.
Nous en sentons tous le besoin. Une revue rivale
de la *Revue des Deux Mondes.* Une tribune où
toutes les opinions *monarchiques*, toutes les philo-
sophies *chrétiennes-catholiques* trouveront à parler
de haut, voilà l'idée de l'entreprise ; dans la position des choses, toutes les nuances *monarchistes*
doivent former un faisceau contre l'envahissement
démocratique ; toutes les idées religieuses contre le
déisme ou l'athéisme qui se ressemblent tant ; enfin
une revue qui prendrait dans son plan élastique
MM. de Bonald, Chateaubriand, Royer-Collard,
Lamartine, Ballanche, etc., etc...

« M. Gustave de Romand a eu cette excellente
idée qui se féconde de jour en jour — et personne
mieux que lui ne peut la mettre en œuvre par ses

(1) M. de Romand a publié un certain nombre de brochures politiques dont une, parue en 1839, sous le titre *De l'état des partis en
France.* Il devint plus tard préfet du Var et de Saône-et-Loire.

relations sociales et littéraires, son caractère et ses talents. Donnez-lui votre assentiment et vos idées, et ce sera encore une nouvelle chance de succès. Enfin vous voilà un écho véritable pour vos paroles.

« J'attends aussi un mot de vous pour la *Biographie des Femmes* dont je vous ai parlé, et Soumet me charge de vous le rappeler.

« Personne ne vous aime plus que moi, et pourtant tout le monde vous aime excessivement. Ma femme embrasse la vôtre et je me mets à ses pieds pour lui demander la permission de lui baiser la main. Mille caresses à vos beaux enfants. Quand donc viendrez-vous, vous tous ? Les siècles s'en vont dans l'absence.

« ÉMILE (1). »

« Paris, 8 octobre 1836.

« Cher Alexandre, votre lettre *marine* nous a ravis pour vous et votre chère Marie. Que ne nous a-t-elle ravis jusqu'à vous ? Quelle bonne et douce lettre ! quel beau et charmant pays ! et que cette vie nerveuse de Paris est désagréable et coupée en mille morceaux ! Comment voulez-vous qu'on y travaille à quelque chose de grand et de suivi ? Par bonheur, j'existe en mes amis et surtout en vous.

(1) Lettre inédite.

« Je vous dirai que je corrige tous les jours les épreuves de votre volume de poésies, qui sera délicieux. J'ai un plaisir indicible à vous relire la plume à la main. *Les Macchabées* et toutes vos élégies me redonnent mes jeunes émotions. C'est là de la bonne et belle littérature, de la poésie de cœur et d'esprit à la fois. C'est ce que nous disions encore hier soir avec Jules de Croze et sa femme, qui nous sont revenus et à qui je lisais tout haut vos épreuves ; ils vous envoient mille bravos de tendresses à vous tous, mêlées avec les nôtres. J'ai fait faire toutes vos corrections et je vous mets des épigraphes partout : on me les a demandées, et je me suis permis d'en mettre une de moi à votre cantique de la première communion (1), qui est un peu le mien aussi, je m'en vante ; c'est une collaboration trop glorieuse pour l'avoir oubliée. Au surplus, j'ai fait aussi un cantique sur le même sujet avec les mêmes

(1) Le *Cantique de la première communion au Couvent du Sacré-Cœur* fut publié dans les *Poésies dédiées à la jeunesse,* Paris, 1837.

Voici l'épigraphe d'Émile Deschamps :

> Vous le savez, toutes petites
> On vous porta devant l'autel,
> Tendres lys, sous les eaux bénites,
> Marqués pour les jardins du ciel ;
> Aujourd'hui dans notre sein même,
> Brûlant d'espoir et de ferveur,
> Nous allons, pour second baptême,
> Recevoir le sang du Sauveur.

idées et quelques vers pareils, en ma qualité de
co-propriétaire, mais je les ai changés depuis, et
c'est de là que j'ai pris mon épigraphe. Je n'avais
pas attendu votre lettre pour faire une petite préface à votre charmant volume. Vous la lirez : on l'a
trouvée fort convenable et on en a imprimé une
partie dans *le Journal de la société*, puis on vous
a fait faire deux vignettes avec titre gravé, ce sera
fort élégant. J'y ai travaillé avec le dessinateur. J'ai
choisi *le Petit Savoyard* et *Ismaël et Agar* pour
les deux vignettes, et pour le titre j'ai fait représenter une grande croix et *la Muse grecque* qui
vient s'y abriter. Qu'en dites-vous ? C'est là votre
talent et le fait de la poésie actuelle. La forme classique avec les sentiments chrétiens. Vous serez imprimé tout à fait à la fin du mois. Je vous demande
d'avance ainsi qu'à Mme Guiraud votre indulgence
pour la simple prose qui précède votre belle poésie.
J'aurai besoin aussi d'une autre indulgence pour
les volumes de vieille prose de moi que la Société
réimprime en même temps et que Thérèse voudra
bien accepter, j'espère, quoiqu'elle soit déjà bien
grande pour une si innocente littérature. Quant à
votre belle poésie du cloître, c'est affaire remise à
plus tard. Il ne s'agissait de rien moins que de nous
emparer de *la Revue de Paris*, si hostile jusqu'à

présent (1), et on avait eu recours à vous, à Soumet, à moi, etc., etc. Les libraires ont fait avorter
la chose, mais elle se reprendra, et je garde toutes
les poésies que j'avais rassemblées.

« La *Biographie des Femmes* ne va que d'une
aile tout au plus. Les fonds manquent, je crois...

« Tâchez donc de venir à Paris. Si vous saviez
comme Aglaé et moi nous avons besoin de Marie et
d'Alexandre ! Comment trouvez-vous Soumet, qui
vient de prendre un appartement rue Saint-Paul,
près de l'Arsenal ? Nous en sommes tristes au possible.

« Mme Isaure (2) est revenue toujours triste et
souffrante, et pourtant très heureuse. Sa santé nous
inquiète.

« ÉMILE (3). »

« Paris, 4 avril 1837.

« Cher ami, pardon du retard de ma réponse à
votre bonne et charmante lettre. Je voulais vous
envoyer *Stradella* (4) et le brochage manquait.

----

(1) Elle appartenait alors au docteur Véron.
(2) Isaure Boscary, mariée au comte de Vergennes.
(3) Lettre inédite.
(4) *Stradella*, opéra en 3 actes, paroles d'Émile Deschamps et
d'Emilien Pacini, musique de Niedermeyer, fut représenté à l'Académie royale de musique le 3 mars 1837. — Le 28 juin suivant,
Alfred de Vigny écrivait à Émile Deschamps : « J'aime Stradella et

Le voici. Ne le lisez pas et cependant parcourez-le. C'est une œuvre à laquelle j'ai mis une grande variété de situations musicales et pittoresques. Vous y trouverez aussi quelques vers. — Enfin le spectacle est magnifique et ce que vous me dites de l'Église me ravit. C'est au surplus ce que dit *la Gazette de France* dans son n° du 9 mars. L'avez-vous lu ? Il est beaucoup trop flatteur et j'ai su depuis que c'était M. de Beauregard qui l'avait fait. Je croyais que c'était vous. Oui, c'était un sujet à mettre à l'Opéra. L'Orphée chrétien, comme vous dites. — Quant à la musique, je la trouve charmante. On n'avait jamais mis à la scène l'exaltation d'un sage, ni le capitole. Enfin, vous verrez cela par Duprez, qui remplace Nourrit dans quinze jours et dont on dit grand bien.

« Quant à mon autre opéra avec Meyerbeer (1), j'y travaille toujours, mais *Stradella* m'occupe encore beaucoup. Tout le monde veut chanter cette musique dans les salons. »

j'adore Duprez parce qu'il ouvre la bouche et ne laisse pas perdre une syllabe de votre esprit et de vos vers. S'il y a un homme au monde qui dise du fond du cœur : *Vanitas vanitatum !* ce doit bien être ce pauvre Nourrit. A peine hors de la barrière, le voilà oublié, remplacé, écrasé; s'il avait reparu hier, on lui aurait peut-être jeté des pierres à la tête... » (Lettre publiée par Jules Marsan dans l'introduction de *la Muse française.*)

(1) Je ne sais de quel opéra il s'agit ; ce n'est certainement pas des *Huguenots*, puisque cet opéra fut représenté le 21 février 1836.

Là, s'arrête la correspondance d'Émile Deschamps avec Alexandre Guiraud. N'est-il pas vrai
qu'elle laisse l'impression que cet esprit charmant
qui, selon l'heureuse expression de Vigny, « touchait à toutes les idées, à tous les sentiments, presque à toutes les modes du vêtement de la pensée
et resta toujours Emile », n'existait vraiment qu'en
ses amis ? — Oui, mais l'amitié pratiquée de la
sorte est presque une duperie. S'il est vrai que
pour certaines âmes il y ait plus de plaisir à donner qu'à recevoir, il n'est pas juste cependant que
ce soit toujours le même qui donne. C'est ce qu'Antoni Deschamps ne cessait de répéter à son frère.
L'aimable correspondant d'Alexandre Guiraud
commença à s'en apercevoir, le jour où il eut l'ambition fort légitime d'entrer à l'Académie Française.
Si tous ceux qu'il avait servis d'une manière ou
d'une autre avaient voté pour lui, il n'aurait craint
aucun concurrent. On verra qu'il fut laissé poliment
à la porte. La première fois qu'il posa sa candidature, ce fut en 1844, en concurrence avec Alfred
de Vigny. Il s'agissait de remplacer Campenon, qui
était mort le 14 novembre 1843. J'ai lu quelque
part qu'ils s'étaient concertés dans la circonstance,
en vue de se porter un mutuel secours, et que Deschamps avait promis à Vigny de lui faire donner

au second tour les voix qu'il obtiendrait au premier. J'en doute fort, car il y avait déjà du froid
entre eux (1), et ce froid allait devenir de la glace
à la suite de l'édition de *Roméo et Juliette* publiée
l'année d'après, par Émile Deschamps, à l'insu
d'Alfred de Vigny. En tout cas la manœuvre, si
manœuvre il y eut, ne réussit ni à l'un ni à l'autre, puisque Saint-Marc Girardin, contre lequel elle
aurait été dirigée, fut élu au premier tour par 18
voix contre 8 données à Émile Deschamps et 7 à
Vigny.

Est-ce ce demi-succès qui encouragea Deschamps
à se porter un an plus tard au fauteuil d'Étienne?

Peut-être, mais cette fois, au lieu d'arriver le
second, il arriva le troisième avec 4 voix.

Vigny fut élu, le 8 mai 1845, au premier tour,
par 20 voix contre 10 à Empis. Quelques mois après
Émile eut beau briguer la succession de Soumet (2),

(1) Vigny lui écrivait, le 12 janvier 1842 : « Vous le plus charmant, comme dit notre ami Sainte-Beuve, vous êtes toujours à
moi, n'est-ce pas? Ce ne sera pas de votre amitié que je dirai,
comme de tout ce qui passe : *Pourquoi?* et *Hélas!...* » — ce qui
prouve qu'il commençait à en douter.

(2) Il écrivait à ce propos à Hippolyte Lucas :

S. d. 1845.

« Monsieur et cher poète, puis-je, sans trop d'indiscrétion, avoir
recours à vous pour faire insérer dans *le Siècle* ces deux lignes :
« M. Émile Deschamps est un des candidats au fauteuil académique
d'Alexandre Soumet. » On fait courir le bruit que je me retire. Il
n'en est rien et il importe que cette petite vérité soit grandement

l'Académie lui signifia clairement qu'il était trop
léger pour elle. Cependant si quelqu'un avait qualité pour prononcer l'éloge de l'auteur de *Clytem-
nestre* et de *Saül*, c'était bien lui qui, depuis 1820,
avait été tant de fois son compère et une fois au
moins son complice. Mais ce n'est pas la Seine qui
coule sous le pont des Arts, c'est l'eau du Léthé, et
puis Deschamps eut tort de laisser passer l'heure.
Dix ans auparavant, alors que les deux Alexandre
jouissaient sous la Coupole d'un certain crédit, il
représentait encore quelque chose. En 1845, il ne
représentait plus rien du tout. Je me trompe, il
avait toujours autant d'esprit, mais c'est une mar-
chandise qui ne semble pas très appréciée à l'Académie, puisque les mauvaises langues prétendent
que les Quarante ont de l'esprit comme quatre.

A partir de l'élection de Vigny à l'Académie
Française, Émile Deschamps, sans explication ni
rupture, laissa l'herbe croître entre eux.

En d'autres temps, il eût été le premier, dans la
circonstance que l'on sait, à venger son camarade
des impertinences de M. Molé. Tout en blâmant

connue. Je ne puis mieux m'adresser qu'au *Siècle* et à vous. Pardon encore, mais il est des hommes à qui on aime devoir de la
reconnaissance comme des poètes qu'on admire avec bonheur.

                                    « ÉMILE DESCHAMPS. »
  (Lettre inédite communiquée par M. Léo Lucas.)

in petto l'attitude inqualifiable de l'ancien Grand-
Juge de Napoléon, il laissa à son frère, demeuré
l'ami fidèle de Vigny (1), le soin de lui donner les
étrivières, et Antoni s'en acquitta fort bien, ma foi.
Il dit :

> Un valet peut très bien louer son ancien maître,
> Pour ne pas être ingrat, ni surtout le paraître ;
> Mais celui qui toujours a dans son sein ardent
> Avec soin conservé son cœur indépendant,

(1) Plus jeune que son frère, de neuf ans, Antoni, suivant
l'exemple d'Émile, commença par faire des traductions. Mais au
lieu de s'attaquer au romancero, et de traduire des lieds et des ballades allemandes, il s'attaqua au poète italien qui défie tous les tra-
ducteurs, à l'auteur de *la Divine Comédie*, et pour mieux se pénétrer de l'atmosphère du pays où il avait vécu, il fit deux voyages
en Italie.

> O divin exilé ! sur un mode nouveau
> Je vais dire aux Français ton antique berceau ;
> Veille sur moi du ciel, dans ce monde où nous sommes,
> Car j'ai quitté pour toi le grand troupeau des hommes.
> De ta savante main, Dante, conduis mes pas,
> Et sous l'ardent soleil ne m'abandonne pas.
> Comme tu fus guidé dans ton fatal voyage,
> Guide-moi, vieux Toscan, dans mon pèlerinage.
> L'œil baissé de respect, je tiens ton livre saint,
> Et du jonc consacré mon corps est déjà ceint :
> Marche donc devant moi, maître et sacré poète,
> Et j'entrerai sans peur dans la route secrète (a).

Antoni Deschamps avait un peu le masque tourmenté du grand
Florentin, moins cependant que Lamennais, qui avait avec lui comme
un air de famille. Il était maigre et sec, il avait les yeux noirs, le
teint mat et olivâtre, le nez cartilagineux, et portait déjà en lui,
selon l'expression de Victor Pavie, d'Angers, « le germe de deux
manies qui devaient se prononcer et s'invétérer avec le temps jusqu'à la folie. Il serrait légèrement ses paupières sur ses yeux avec
un mouvement de crispation nerveuse et se tirait les cils de manière à causer les plus douloureux agacements à ses amis. »

(a) *Poésies de Antoni Deschamps*, nouvelle édition, 1841. Pro-
logue.

Dont l'âme dans les cours ne s'est point effacée,
A bien le droit aussi de dire sa pensée,
Il le doit, il le peut, sans délit ni forfait.
Vous l'avez dite, Alfred, et vous avez bien fait.
Vous avez porté haut notre sainte bannière,
La bannière de l'art, la divine lumière,
Et comme Jeanne d'Arc, disant dans votre cœur :
Elle fut au danger, qu'elle soit à l'honneur (1) !

A présent, pour expliquer la bouderie persistante d'Émile Deschamps à l'égard de Vigny, il convient d'ajouter, si l'on veut être juste, que jamais celui-ci ne fit un pas vers celui-là. Nous avons vu qu'après avoir pris sa retraite de chef de bureau au ministère des Finances, Émile Deschamps était allé habiter Versailles, en 1848. C'était mettre un peu

(1) V. Pavie, *Œuvres choisies*, t. II, p. 149.

Sa traduction de *la Divine Comédie* parut en 1829 et fit sensation dans le monde des lettres. C'était la première fois qu'un poète français serrait de si près le texte toscan. Deux ans après il ressentit les premières atteintes du spleen, ou folie imaginaire, qui le conduisit chez le docteur Blanche pour le reste de ses jours. Mais sa raison ne chavira pas entièrement. La porte de sa prison resta toujours ouverte, et jamais le docteur Blanche n'eut la peine de courir après son malade. Il rentrait de lui-même tous les soirs, comme un pensionnaire à qui l'on donne la permission de minuit. Et il ne cessa de cultiver les Muses. En 1835, lorsqu'il publia *les Dernières Paroles*, qui contiennent de si fortes choses, Alfred de Vigny lui écrivait :

« Croyez-moi, mon ami, vous voilà guéri ; la poésie, qui vous avait perdu, vous a sauvé ; vous conserverez toute la vie sur le front la trace du tonnerre, mais ce ne sera qu'une cicatrice, et votre âme est restée intacte sous ce front blessé. Qui mieux que vous a jamais senti et exprimé la sainteté de l'amitié, et la tendresse de ses souvenirs, la grandeur de la résignation dans la plus cruelle des maladies, le regret des plus innocentes fautes et la chaste adoration des arts planant au-dessus de votre vie inoffensive ? Le Bien l'a emporté sur vous, cher ami ; jouissez de ce triomphe. Vous voyez à présent l'*arbre de vos pensées*, nous en goûterons sans cesse les fruits, et il n'y a pas d'homme au monde qui les savoure avec plus de bonheur que moi, parce qu'il me semble que, grandi sous vos larmes et les nôtres, c'est un arbre sacré que celui-là.»

Vigny n'oublia jamais qu'Antoni Deschamps fut du petit nombre des conjurés qui assurèrent par leurs applaudissements la victoire d'*Othello*.

Il mourut au mois d'octobre 1869, en cette année funeste qui fit tomber des mains la plume de Sainte-Beuve et ferma pour toujours les yeux de Lamartine.

plus de distance entre Vigny et lui. Mais comme
les Holmès résidaient alors dans la ville du grand
roi et que Vigny les allait voir de temps en temps,
il aurait très bien pu, ne fût-ce qu'une fois, aller
frapper à la porte de son ami d'enfance. Je ne
sache pas qu'il l'ait jamais fait. Il se contenta d'é-
changer de loin en loin avec lui à l'occasion quelque petit billet qu'il s'efforçait de rendre aimable.
Cela n'empêcha pas Émile Deschamps de porter
publiquement son deuil, quand il mourut. Et pourquoi y aurait-il manqué ? En somme, il n'avait à lui
pardonner que des misères, et il ne pouvait oublier, que durant leurs cinquante ans d'amitié fraternelle, Vigny avait pris part à toutes ses joies, à
toutes ses peines, et que, dans l'histoire du Romantisme français, ils avaient été, l'un à côté de l'autre,
le sel et la flamme de toutes les fêtes de l'esprit.

II

VICTOR HUGO

I

Si l'histoire a la réputation d'être une science

inexacte, c'est que ceux qui l'écrivent ne sont pas
toujours des amis de la vérité.

Jusqu'en ces derniers temps, quand on parlait
des relations de Victor Hugo avec Alfred de Vigny,
l'opinion courante était qu'Olympio avait eu tous les
torts dans leurs brouilles successives. Moi-même,
en la première édition de ce livre, j'avoue que je me
laissai influencer dans une certaine mesure par les
pamphlets aussi captieux que captivants d'Edmond
Biré, et que mon témoignage s'en ressentit. Mais à
présent que tous les documents, ou à peu près,
sont sortis des tiroirs, je m'aperçois, étant mieux
informé, que Victor Hugo ne fut ni meilleur ni
pire qu'un autre ; que, s'il eut de mauvais côtés, il
en eut de bons ; que, dans les commencements du
Romantisme, alors qu'il se cherchait lui-même, il
fut d'un dévouement sans bornes à ses amis ; que,
s'il se hissa sur leurs épaules, il leur fit aussi la
courte échelle, et qu'à tout prendre, dans ses rapports avec Alfred de Vigny, il donna plus qu'il ne
reçut, sans aucun doute.

Pour en convaincre le lecteur, je me propose de
dégager les faits de la masse des documents, d'é-
carter la lettre pour laisser passer l'esprit, et de dresser en quelque sorte le bilan de ce que chacun
d'eux apporta dans ce que j'appellerai la commu-

nauté des intérêts. Rien n'est plus facile. Voyons
d'abord quel fut l'apport de Victor Hugo.

Au mois de décembre 1820, il ouvre à Alfred de
Vigny les colonnes du *Conservateur littéraire* et
du même coup il le met en contact avec tous ses
collaborateurs, à commencer par Gaspard de Pons,
qui, comme Vigny, mais à son insu, était lieutenant
dans la Garde royale (1).

(1) Né à Avallon le 13 juillet 1798, Charles-Pierre-Gaspard de
Pons était le petit-fils du vicomte Pierre de Pons, maréchal de camp,
ancien lieutenant du roi à Haguenau. Son père, Antoine-Louis de
Pons, qui était né dans cette ville le 6 mars 1774, avait émigré,étant
sous-lieutenant au régiment de Schonberg-dragons, le 6 mars 1792.
Fait prisonnier par les Français en 1797, il parvint à s'échapper et
fut promu, le 26 novembre 1815, capitaine provisoire. Il était aide de
camp du maréchal de Vioménil, quand il fut admis au traitement
de réforme, avec le grade de chef d'escadron, à compter du 6 mars
1827 et nommé commandant du fort de Montjouich, à Barcelone, le
6 juin de la même année.
Gaspard de Pons, qui avait un an de moins qu'Alfred de Vigny,
entra en même temps que lui au service en qualité de garde du
corps surnuméraire, dans la compagnie Ecossaise. Passé dans la
même qualité à la cinquième compagnie française le 12 mars 1815,
il fut nommé sous-lieutenant à la légion de la Vendée,le 8 novembre
suivant, sous-lieutenant du 2ᵉ régiment d'infanterie de la Garde
royale, le 7 mai 1817, lieutenant au même régiment, le 3 octobre
1821, et passa capitaine au 7ᵉ régiment d'infanterie légère, le
14 juin 1823. Plus heureux qu'Alfred de Vigny, il fit avec distinction la campagne de 1823 en Espagne. Il se trouva à tous les combats qui furent livrés sous les ordres du lieutenant général Bourcke
et du général de la Rochejaquelein, tant en Galicie qu'en Estrama-
dure et sur les rives du Tage, fut décoré de la Légion d'honneur à
l'occasion du sacre de Charles X, et admis au traitement de réforme,
sur sa demande, le 18 juillet 1830. (*Arch. du ministère de la
Guerre.*)
Quand ils firent connaissance au *Conservateur*, Gaspard de Pons

Au printemps de 1821, il recommande à Jules de Rességuier et à M. Pinaud, secrétaire perpétuel de l'Académie de Clémence Isaure, la pièce de *Symétha*, que Vigny avait envoyée aux Jeux floraux.

En 1822, il le prie de lui servir de témoin à son mariage.

En 1824, dans les *Nouvelles Odes*, il lui dédie *Un chant de fête de Néron ;* il lui emprunte quatorze vers d'*Héléna* pour servir d'épigraphe à l'ode intitulée *le Regret*, et quatre vers de *Madame de Soubise* pour l'épigraphe de l'ode *Aux Ruines de Montfort-l'Amaury*, et il fait l'éloge d'*Éloa* dans *la Muse française*.

En 1826, au frontispice de ses *Ballades*, il met ces deux vers de Vigny tirés de *la Neige :*

était caserné à Versailles, et Vigny à Vincennes. Ils se lièrent tout de suite, et bien que Pons n'ait pas toujours compris Vigny, celui-ci lui demeura toujours fidèle. On n'a pas oublié l'article charmant que l'auteur d'*Eloa* fit dans *la Muse française* sur le recueil poétique de Pons : *Amour — A Elle*. Treize ans plus tard, lorsqu'il perdit sa mère (1837), Vigny voulut que la déclaration de son décès fut faite à l'état civil par le père de Gaspard, et, en 1841, quand on dressa l'acte de notoriété pour la succession de sa mère, c'est encore le lieutenant-colonel en retraite de Pons et son fils qui servirent de témoins à Alfred de Vigny. Cela prouve qu'il n'avait pas gardé rancune à son camarade de son étrange attitude envers lui après *Chatterton*.

Nous n'avons pas le portrait de Gaspard de Pons, mais le distique suivant, que fit un jour sur lui Émile Deschamps, nous donne une idée peu avantageuse de son physique :

> Et de ses dents de jaune et de vert nuancées
> Il exhale l'odeur des viandes avancées.

(Inédit.)

Qu'il est doux, qu'il est doux d'écouter des histoires,
Des histoires du temps passé !

Le 30 juillet de la même année, en réponse à
l'article sévère que Sainte-Beuve avait fait, le 8 de
ce mois, sur *Cinq-Mars*, dans *le Globe*, il rend
compte de ce roman dans *la Quotidienne*.

En 1827, il oblige Sainte-Beuve à faire son *meâ
culpâ* de cet article, et il met Vigny en rapport
avec tous les artistes du second Cénacle, notamment avec David d'Angers.

En 1828, il se multiplie pour que le *Roméo et
Juliette* de Vigny et d'Émile Deschamps soit reçu à
la Comédie-Française, et, quand la chose est faite,
il y applaudit par le billet suivant, du 15 avril de
la même année :

« Acclamation, cher Alfred ! On ne pouvait
moins pour votre *Roméo ;* et malheur à qui enten-
drait sans acclamation la poésie de Shakespeare
multipliée par la poésie d'Émile. Votre *Roméo* est
admirable, c'est le *Roméo* de William, et partout
c'est le vôtre. Il fallait autant de génie que le vieux
poète pour le traduire ainsi. »

Enfin, en 1829, il emprunte encore deux vers à
Alfred de Vigny pour servir d'épigraphe à la pièce
des *Orientales* intitulée *Sara la baigneuse*.

Voilà, n'est-il pas vrai ? dans le court espace de neuf ans, des témoignages d'amitié qui comptent.

Eh bien, voyons maintenant ce que, dans le même laps de temps, Alfred de Vigny apporta à Victor Hugo.

Jusqu'en 1823, je ne trouve rien qui vaille la peine d'être relevé, en dehors des compliments et des protestations d'amitié dont fourmille sa correspondance. Sous ce rapport il n'est pas en reste avec lui. Mais comme services rendus, c'est autre chose.

Le 3 octobre 1823, au moment où il s'apprête à partir pour l'Espagne, il écrit à Victor Hugo la lettre fameuse par laquelle il le charge, au cas où il serait tué, de publier son poème de *Satan*.

En 1826, il lui dédie *Moïse*, et, en tête du chap. IX de *Cinq-Mars*, qui a pour titre *le Siège*, il met cette épigraphe empruntée à une ode de Victor Hugo.

> J'aime les forts tonnans aux abords difficiles,
> Le glaive nu des chefs guidant les rangs dociles,
> La vedette perdue en un bois isolé,
> Et les vieux bataillons qui passent dans les villes
>   Avec un drapeau mutilé.

Et c'est tout (1). Je sais bien que, de 1820 à

(1) Je n'ai garde d'oublier l'influence qu'il exerça sur Victor Hugo dans la conversation ou par ses écrits. Nous savons déjà que c'est le roman de *Cinq-Mars* qui donna à Victor Hugo l'idée de *Crom-*

1825, tout en collaborant aux revues de la jeune
École, Vigny vécut plus en province qu'à Paris. Mais
il aurait pu tout aussi bien faire l'éloge, dans *la
Muse française*, des *Odes* de Victor Hugo que des
poésies amoureuses de Gaspard de Pons, et il ne le
fit pas. Pourquoi donc, à partir de son mariage, ou
plus exactement à partir de sa mise en réforme,
eut-il l'air de mettre une certaine distance dans
ses relations avec Hugo ? Il était moins libre, je
l'accorde, et plus d'une fois la santé de sa jeune
femme le retint à la maison. Mais il devait avoir
d'autres raisons que celles-là. La vérité, c'est que
leur tempérament différait du tout au tout ; que
Vigny, plus renfermé, n'aimait pas le bruit ; que,
de très bonne heure, à force de les comparer, de
les opposer l'un à l'autre, la presse en fit des rivaux
sinon des jaloux, et que Victor Hugo, qui, par
nature, était un dominateur, manqua de tact en
plusieurs circonstances et blessa sans le vouloir

well et de *Marion de Lorme*. Et je trouve dans *les Souvenirs* de
Juste Olivier cette anecdote qui me paraît bonne à retenir :
   « Nous nous promenions un jour sur les quais, Victor Hugo et
moi, racontait Vigny, et nous regardions la gravure anglaise du
Festin de Balthazar. Je lui faisais admirer la lumière. — Oh !
vous ne savez pas ce qui me frappe là-dedans, dit-il, c'est dans le
fond la tour de Babel. — Non, mon ami, il s'agit ici du temps du
prophète Daniel ; la tour de Babel est détruite, il n'en existe plus de
vestige. » — Grâce à la lecture continuelle de la Bible, Alfred de Vigny
connaissait l'ancien testament comme son *pater*.

Alfred de Vigny qui était d'une susceptibilité toute féminine. Ainsi, pour citer deux exemples, quel besoin avait-il, dans l'édition de 1827 de ses *Odes et Ballades*, de remplacer les deux vers de Vigny qu'il avait mis en tête des *Ballades* par ceux de Joachim du Bellay :

> Renouvelons aussi
> Toute vieille pensée.

Cela fut d'autant plus désagréable à Vigny qu'il avait la prétention, lui aussi, de faire œuvre de novateur et que jusqu'alors il avait été, et comme fond et comme forme, beaucoup plus original que Victor Hugo. Même dans les pièces de vers où tous deux s'étaient inspirés d'André Chénier, Vigny s'était approché plus près du modèle. Où l'un se montrait abondant, facile, éloquent, lyrique, l'autre mettait une sorte de coquetterie à faire des pièces courtes, des vers pleins de pensées et d'apparence difficile. Cela est si vrai, que, dès 1816, dans une épître rimée adressée au comte de Moncorps, son camarade de pension et de régiment, Vigny disait :

> . . . . Sachez de moi la haine
> Que nous professons tous pour les vers faits sans peine ;
> Le vers le plus obscur d'un auteur sérieux
> A plus de vrai mérite et vaut plus à nos yeux

Que l'inutile amas de légères paroles
Qui forme le tissu de ces œuvres frivoles
Qui sans rien peindre au cœur cherche à nous éblouir,
Qu'on dit *vers fagitifs* parce qu'ils sont à fuir (1).

Mais la contrariété qu'il éprouva de la suppression de cette épigraphe ne fut rien auprès du mouvement d'indignation qu'il eut, en 1829, quand on
vint lui apprendre que le baron Taylor, son ancien
camarade de régiment, s'était entendu avec Hugo
pour faire passer *Hernani* avant *Othello*, qui déjà
était en répétition. Ce jour-là il se crut trahi, et si
Émile Deschamps ne s'était interposé entre les
intéressés pour arranger l'affaire, je ne sais comment elle se fût terminée. C'est Émile Deschamps,
si j'en crois le *Journal* inédit de Guttinguer, qui
conseilla à Victor Hugo d'écrire au directeur du
Globe la lettre que j'ai publiée dans *le Cénacle
de Joseph Delorme* et où il disait : « Je compren-
drais fort bien que, toujours et quelle que fût la
date de sa réception, *Othello* passât avant *Hernani ;*
mais *Hernani* avant *Othello*, jamais... » — Cette
lettre est du 18 octobre 1829. Six jours après,
Othello était représenté à la Comédie-Française, et
Victor Hugo se vantait le lendemain, dans une lettre

(1) Vicomte de Savigny de Moncorps, *Précieux autographes
d'Alfred de Vigny*, librairie Henri Leclerc, 1904.

à Sainte-Beuve,qui voyageait en Allemagne, d'avoir contribué, lui et ses amis, au succès de l'ouvrage de Vigny (1).

La paix était donc faite, mais elle devait être de courte durée, car l'incident que je viens de rapporter avait, entre les deux rivaux, laissé malgré tout son ombre.

Quelques années après — Adolphe Jullien,à qui j'emprunte cette anecdote, n'en donne pasla date, mais je m'en rapporte à lui parce qu'il est ordinairement bien informé (2) — une nouvelle affaire,qui faillit se dénouer sur le terrain, mit les deux amis aux prises. En ce temps-là, Vigny jouissait de la confiance de Buloz. Il avait donné dès 1831 un fragment de *Stello* à la *Revue des Deux-Mondes*, et le directeur de la jeune *Revue* avait pris l'habitude, pour se l'attacher davantage, de publier des extraits de ses nouveaux ouvrages — ce qu'il s'abstenait de faire pour Victor Hugo.

Celui-ci s'en plaignit un jour à Buloz, qui lui répondit : « La faveur que j'accorde à M. de Vigny

(1) « *Othello* a réussi, lui écrivait-il, non avec fureur,mais autant qu'il le pouvait et grâce à nous. Ma conduite en cette occasion a tout à fait ramené Alfred de Vigny et nos Shakespeariens ; cela du moins est un bien, mais à la caverne des journaux et dans l'antre des coulisses, une double cabale s'organise contre moi et ne fait que s'aiguiser sur *Othello* pour *Hernani.* »

(2) *Le Romantisme et l'éditeur Renduel*, p. 125.

s'explique tout naturellement. Quand je le reproduis, il ne m'en coûte que le plaisir, tandis que,
lorsque je vous cite, je suis sûr, le lendemain, de
recevoir une quittance à solder. » Cette histoire, qui
aurait dû rester secrète, revint aux oreilles du poète
de *Moïse* qui, furieux des propos désobligeants que
Victor Hugo avait tenus sur son compte à Buloz,
voulut en tirer réparation par les armes. Mais les
témoins, dont Renduel, traînèrent si bien les choses en longueur que l'affaire n'eut pas de suites.

II

Cependant Victor Hugo n'attendait que l'occasion de se venger d'Alfred de Vigny. Il la trouva,
en 1834, dans la publication de son livre *Littérature et Philosophie mêlées.* Ayant eu l'idée d'y réunir les principaux passages de l'article qu'il avait
consacré dans *la Muse française* au poème d'*Éloa*,
il se dit que ce serait jouer un bon tour à son auteur
que d'effacer les noms d'*Éloa* et de Vigny et de les
remplacer par ceux de Milton et du *Paradis perdu*.
Et il eut la faiblesse de céder à la tentation. C'est
alors que Vigny, en guise de représailles, effaça à
son tour le nom de Victor Hugo de la dédicace de

sa pièce de *Moïse*, dans l'édition de ses *Poèmes* qui parut en 1837.

Cet échange de mauvais procédés ne fit qu'accentuer leur brouille.

Trois ans après elle durait encore, quand Émile Deschamps, qui en souffrait beaucoup pour l'un et pour l'autre, entreprit de la faire cesser. Les circonstances ne nous sont pas connues, mais ce fut la publication du livre de Victor Hugo intitulé *les Rayons et les Ombres* qui fournit à ce brave Deschamps le prétexte cherché.

Et donc, un matin du mois de décembre 1840, Émile apporta rue des Écuries-d'Artois un exemplaire avec dédicace du dernier ouvrage de Victor Hugo. Vigny fut d'autant plus touché du présent que l'*ex-dono* évoquait leurs souvenirs de l'âge d'or (1).

Il répondit immédiatement :

« Je ne veux pas attendre qu'Émile vous rende mes remerciements en retour de ce bel envoi qu'il m'apporte de votre part, Victor, et qui me rappelle le temps trop éloigné de notre amitié de première

(1) J'ai vu passer, il y a quelques années, cet exemplaire dans une vente. La dédicace était libellée ainsi : *A Alfred de Vigny, son ami des beaux jours*, VICTOR HUGO.

jeunesse et de nos échanges de première poésie (1).
Je vais ranger votre livre parmi les plus rares de
ma bibliothèque et votre écriture, si rare aussi,
parmi les choses les plus précieuses que je pos-
sède (2). »

Cette fois la glace fut rompue, et pendant six ans,
c'est-à dire jusqu'au coup d'État, leurs relations,
quoique toujours un peu distantes, furent pleines
de cordialité.

Les temps étaient proches, d'ailleurs, où Vigny
allait avoir besoin de l'appui de Victor Hugo. N'est-
ce pas au printemps de l'année 1842 qu'il sollicita
pour la première fois les suffrages de l'Académie ?
Nous verrons au chapitre suivant à quels ballottages
il fut soumis quatre ans durant. Ce fut un véritable
scandale. Rendons tout de suite cette justice à Vic-

----

(1) Où était le temps, en effet, où les deux amis échangeaient leurs
prénoms quand ils s'écrivaient ? où Vigny signait Victor, et Victor
Alfred ? où, en lui envoyant la seconde édition de ses *Poèmes*, le
premier disait au second :

« Voici mes vieux péchés et les nouveaux avec eux, cher ami. Je
n'ai pas voulu attendre que j'eusse le temps de vous les porter. J'ai
toujours celui de penser à vous et de vous aimer, chose en laquelle
je ne puis et ne veux jamais changer, ainsi qu'en quelques autres
choses encore.

« Tout à vous.

                                        « ALFRED DE VIGNY.
« Ma femme m'attend debout pour sortir. »

(Lettre inédite du 11 mai 1829, communiquée par M. Pierre Lefèvre-Vacquerie.)

(2) Communiqué par Paul Meurice.

tor Hugo qu'il ne négligea rien pour assurer la
victoire de son ancien compagnon d'armes. C'est
lui qui, le jour de son élection, voulut lui apprendre
la bonne nouvelle (1), et lors de l'incident Molé, il
n'hésita pas à prendre le parti de Vigny.

« On a voulu me faire directeur de l'Académie,
écrivait-il à la fin de décembre 1846, j'ai refusé.

« On a nommé Scribe. J'ai dit : tant que l'Académie tiendra un de ses membres en pénitence
(M. de Vigny), je tiendrai compagnie à ce membre.
On ne veut nommer M. de Vigny ni directeur, ni
chancelier, à cause de son démêlé avec M. Molé (2). »

Et Victor Hugo manœuvra si bien que l'Académie finit par capituler.

Mais Vigny n'attendit pas jusque-là pour lui
marquer sa reconnaissance.

Au mois de mars de l'année 1843, qui fut la
plus cruelle de toute la vie d'Hugo, il lui apporta,

(1) Par le petit billet que voici :

à Monsieur le comte Alfred de Vigny
de l'Académie Française,
6, rue des Ecuries-d'Artois.

« Je vous écris sur le papier même du scrutin. Vous êtes nommé
à 20 voix au premier tour. Je vous félicite et nous félicite.

« *Ex imo corde.*

« VICTOR H. »

(Extrait des *Lundis d'un Chercheur*, du Vicomte de Lovenjoul.)
(2) Lettre inédite.

lors de la chute des *Burgraves*(1), le réconfort de
son cordial encouragement. Et l'été suivant quand
Léopoldine se noya avec son mari à Villequier, il
fut un des premiers à aller s'inscrire au domicile
de son malheureux ami. On connaît la touchante
lettre qu'il lui adressa trois mois après cette catastrophe :

« Paris, 30 novembre 1843,

« Si les larmes vous ont permis de lire les noms
de vos anciens amis, Victor, vous avez vu le mien
à votre porte en revenant à Paris?

« Devant de telles infortunes, toute parole est
faible ou cruelle. Tout ce qu'on peut dire est trop
pour le cœur que l'on déchire, ou trop peu devant
l'horreur de l'événement.

« Si je vous avais vu, je ne vous aurais pas parlé;
mais ma main, qui *signa votre contrat de mariage*,
aurait serré la vôtre, comme lorsque nous avions
dix-huit ans, quand nous allions ensemble regarder
le jardin de celle qui devait être votre compagne et
dont vous seul pouvez à présent apaiser la douleur.

« ALFRED DE VIGNY (2). »

(1) Il lui écrivait, trois jours après la représentation : « Laissez
passer la cabale, mon cher Victor, *les Burgraves* ne peuvent tomber,
c'est une œuvre immortelle. » (*Lettre inédite du 10 mars 1843*,
communiquée par M. Chéramy.)

(2) Publié par le Vicomte de Lovenjoul dans *les Lundis d'un
Chercheur.*

On a bien raison de dire que le malheur rappro-
che. Il n'est pas jusqu'à Mme Victor Hugo qui, dans
ces cruelles épreuves, n'ait perdu un peu de sa
morgue naturelle et n'ait répondu aux sentiments
de condoléances de Vigny, aux marques réitérées
de sa sympathie profonde, par des témoignages
non douteux de respectueuse affection.

« Monsieur, lui écrivait-elle au mois de décembre 1846, mon mari me dit que vous avez eu la
bonté de vous préoccuper de la santé de notre cher
enfant dans un moment où il était bien malade.
Laissez-moi vous en remercier, d'autant plus que
j'avais été attristée du silence qu'il me semblait que
vous aviez gardé dans une circonstance si douloureuse. C'est une double reconnaissance que je vous
dois, car en sachant votre sollicitude, il me semble
que nous avons retrouvé un ami qu'il nous eût été
si pénible de croire refroidi. Je n'oublie pas que
vous êtes mon débiteur, car ayant commencé à me
gâter, je suis en droit de solliciter la continuation
de cette charmante attention. C'est votre faute,
Monsieur, si je suis si exigeante.

« Permettez-moi, Monsieur, de vous dire : à bientôt.

« Agréez, Monsieur et ami, l'expression de mes
sentiments les plus distingués.

« LA VICOMTESSE VICTOR HUGO. »

Nous avons la réponse d'Alfred de Vigny : Elle
est datée du 15 décembre et rédigée en ces termes :

« En vérité, votre lettre m'attriste beaucoup et je
ne puis me consoler de penser que, pendant trois
mois vous avez pu me croire bien indifférent ou
bien léger, tandis que, non content des assurances
que me donnait Victor, du bon espoir qu'il avait,
j'ai envoyé, la veille de mon départ (1), au milieu
de mes apprêts de voyage, un exprès avec une lettre pour vous, une lettre et même un livre.

« Mais comment faut-il donc faire pour que mon
Arc de l'Étoile communique avec votre Bastille,
votre Éléphant et votre Colonne?

« Mon innocent messager passe par-dessus les
malles et par-dessous la voiture, il arrive place
Royale, il monte, on le fait asseoir. Il demeure
plongé dans ses réflexions de domestique et considère des statuettes et des médaillons durant une
heure. Il s'instruit et perfectionne son éducation.
Sa conscience était en repos, il avait donné le livre
et la lettre. — La lettre n'avait rien, je crois, de

(1) Pour le Maine-Giraud.

désagréable. Elle vous priait de ne point me laisser partir sans nouvelles de cette affreuse fièvre. Pour le livre, je vous priais de le faire remettre à M. Vacquerie, dont je ne sais pas l'adresse. Quant au domestique, il ne demandait qu'un mot qui lui fît savoir l'état du jeune malade.

« Il revint sans réponse.

« Je ne savais qu'en penser. Je lui fis répéter six fois les détails de son ambassade. J'espérai un moment qu'il mentait et n'avait pas été chez vous, mais il décrivait la maison presque aussi bien qu'un somnambule. On ne pouvait douter de lui.

« Je partis donc convaincu que votre inquiétude était telle qu'on n'avait pu rien vous dire, rien vous donner.

« Et cependant, peu après, étant dans mon cabinet d'étude, sous mes vieux chênes, dans mes vieilles tours, à deux cents lieues d'ici, j'ai appris par un ami que votre cher enfant était parfaitement guéri. Victor me l'a confirmé.

« Que penserons-nous maintenant des fatales destinées de cette lettre et de ce livre? Est-il certain qu'ils existent? Où passent-ils leurs tristes jours? Ont-ils été emportés par la jolie petite bête du bon Dieu qui se perdait dans vos dahlias et vos tubéreuses ? Sont-ils couchés sous une tapisserie ou brûlés entre les grands chenets noirs?

« Sont-ils réduits en cendres au milieu des petits canards bleus qui faisaient ma joie en jasant le soir? ou bien n'y a-t-il pas à votre porte un dragon qui intercepte tout ce qui doit vous causer quelque ennui ? Je crois au dragon.

« — J'y crois, mais je le braverai en portant moi-même les trois livres que je vous dois, Madame. Voyez, je me sens un peu moins triste que de coutume à l'idée de m'asseoir bientôt près de vous et je vous dis des enfantillages, comme si j'avais vos enfants à mes côtés et les voyais à vos genoux, tenant vos mains que je vous prie de me permettre de baiser comme eux avec les sentiments les plus dévoués.

« ALFRED DE VIGNY (1). »

Les détails aussi amusants que pittoresques dont

(1) Cette lettre, alors inédite, me fut communiquée, en 1901, par M. Paul Meurice. Elle a pris place depuis dans la *Correspondance* du poète. M. Ernest Dupuy, qui l'a analysée dans son livre sur Alfred de Vigny (t. I, p. 261) la fait précéder d'une autre lettre de Mme Hugo, qu'il date du mois d'août 1846, et qui visiblement répond à celle ci. On y voit, en effet, que Mme Hugo a reçu les livres de Vigny. « Je relirai souvent, lui dit-elle, ces beaux ouvrages qui raviront de nouveau cet humble esprit (il s'agit du sien). Je regarderai souvent aussi les lignes qui me rappelleront un ami dont nous sommes si heureux et si fiers. »

cette lettre est émaillée prouvent que Vigny connaissait bien la maison de la Place Royale.Il vint
s'y reposer plus d'une fois encore, de 18d7 à 1851,
entre Victor Hugo et sa femme, qui faisait le plus
grand cas de sa « conversation unique ». Car, en
femme d'esprit qu'elle était, Mme Hugo avait trouvé
le moyen de l'attirer chez elle, quand il se faisait
désirer trop longtemps. Elle lui disait, sachant
qu'il avait toujours peur de rencontrer des figures
antipathiques : « Vous ne trouverez que des personnes qui partagent nos sentiments pour vous. —
Aucun Molé (1).»

Mais le Deux-Décembre arriva,qui mit entre eux
la distance — infranchissable pour l'un — de Paris
à Jersey et à Guernesey, et, chose cent fois plus
triste, un silence éternel.

On s'est demandé bien des fois quelle fut la
cause réelle de leur rupture définitive. Je crois être
en mesure de répondre à cette question.

III

Depuis sa sortie de France jusqu'à l'apparition
des *Châtiments*, les rapports de Victor Hugo avec
l'Académie n'avaient donné lieu à aucun incident.

(1) Lettre du 28 février 1850.

Il touchait comme devant son indemnité mensuelle par l'intermédiaire de Paul Meurice, son mandataire général, et je vois, dans sa correspondance avec celui-ci, qu'à la fin de l'année 1853 M. Pingard lui fit remettre 60 ou 90 volumes in-4°, dont il tira trois cent vingt francs (1), car il faisait alors flèche de tout bois et argent de tout.

« Je suis allé à l'Institut, lui écrivait Paul Meurice, on ne m'avait rien envoyé depuis plusieurs mois, parce que le pouvoir que vous m'aviez donné était expiré. Mais il suffira que vous me remettiez là-bas une lettre pour M. Pingard, et je pourrai toucher votre indemnité comme par le passé (2). »

La publication des *Châtiments* troubla tout à coup l'atmosphère sereine de la Coupole.

Victor Hugo mandait à Meurice, le 3 avril 1864 (3) :

« Ceci n'est pas sans intérêt. En regard de l'Académie Française qui a délibéré sur mon expulsion, l'Académie des Sciences de Lisbonne (espèce d'Institut portugais) vient me chercher dans l'exil. »

(1) *Correspondance entre Victor Hugo et Paul Meurice*, p. 129.
(2) *Id.*, p. 50.
(3) Je suppose que cette lettre a été mal datée par l'éditeur de la *Correspondance entre Victor Hugo et Paul Meurice* et qu'elle est du 3 avril 1854.

Cette lettre, publiée tout récemment, m'a rappelé certaine page des *Souvenirs* de Jules Claretie sur Victor Hugo, qui, voilà dix ans, fit entre lui et moi l'objet d'un échange de notes. Il faut dire que le récit de Jules Claretie, à l'encontre de la lettre de Victor Hugo, qui ne s'en prend nommément à personne, mettait en cause deux membres de l'Académie Française — Montalembert et Alfred de Vigny — dont il faisait deux compères, pour ne pas dire deux complices.

Un jour, ces deux gentilshommes étaient allés trouver Villemain, qui était secrétaire perpétuel de l'Académie, et lui avaient tenu ce langage :

— Monsieur Villemain, avez-vous lu certain livre épouvantable qui s'appelle *les Châtiments* ?

— Oui, Messieurs, répondit Villemain, et je trouve même ce livre très beau.

Il paraît que Villemain (et il n'était pas le seul, car Sainte-Beuve, quoique brouillé avec Victor Hugo, la fredonnait aussi à l'occasion dans son cabinet de travail), il paraît que Villemain avait une grande admiration pour la fameuse chanson du *Manteau Impérial* :

> Chastes buveuses de rosée,
> Qui, pareilles à l'épousée,
> Visitez le lis du coteau,

O sœurs des corolles vermeilles,
Filles de la lumière, abeilles,
Envolez-vous de ce manteau !

L'opinion de Villemain n'arrêta pas Montalembert :

— Monsieur Villemain, dit-il dans ce livre, plus
d'un de nos confrères se trouve outragé. En pareil
cas, l'Académie a le droit de se défendre, je dirai
même qu'elle en a le devoir. En 1685, elle bannit
Antoine Furetière, qui, élu en 1662, avait insulté
Benserade et La Fontaine, en appelant le fabuliste
Arétin mitigé. Eh bien, Monsieur le secrétaire
perpétuel, nous avons l'intention de demander à
l'Académie d'appliquer en 1853 à l'auteur des *Châtiments* la peine qu'elle réserva à Furetière, et nous
réclamons l'expulsion de M. Victor Hugo.

— Vraiment ? fit Villemain.

Et regardant Montalembert bien en face :

— Monsieur, dit-il, vous demanderez à nos
confrères ce qui vous plaira, mais, sachez-le bien,
le jour où Victor Hugo sera chassé de l'Académie,
j'en sortirai :

Et Jules Claretie ajoute :

« Victor Hugo, qui apprit le fait et le projet de
M. de Montalembert, écrivit une pièce relative à son

bannissement de l'Académie. Elle finit par ces deux vers :

> Et j'aime mieux, Molière, ennemi des pédants,
> Etre avec toi dehors qu'avec Nisard dedans.

« La fermeté de Villemain empêcha à la fois Montalembert de donner suite à son beau projet, et, par conséquent, la réponse versifiée de Victor Hugo d'être publiée. »

Ce récit très circonstancié me parut suspect. Non que le rôle prêté à Villemain et à Montalembert fût pour m'étonner. Je savais que Villemain avait été l'ami de Victor Hugo dès le Cénacle de *Joseph Delorme*, et qu'il n'était point bonapartiste. Mais il y avait des abîmes entre lui et le poète des *Châtiments*. « Il était resté dans le convent social, dans le convent politique et dans le convent litté-raire », et il y avait longtemps que Victor Hugo avait « jeté bas toutes ces cloisons entre la Vérité et lui (1) ». Quant à Montalembert, après avoir été lié avec Hugo jusqu'en 1848, la politique de la rue de Poitiers l'avait jeté de « l'autre côté de la barri-cade », et bien que son illusion sur l'homme du Deux-Décembre n'eût duré que quinze jours, comme il l'avoue dans son pamphlet testamentaire sur

---

(1) *Correspondance entre Victor Hugo et Paul Meurice*, p. 73.

l'Espagne et la Liberté, il n'en avait pas moins applaudi au coup d'Etat. Rien donc de plus naturel que Victor Hugo l'eût pris à partie dans *les Châtiments*, et qu'il ait été furieux des traits que lui avait décochés ici et là le grand sagittaire. On connaît ces vers de *Nox* :

> Allons, congratulons, triomphons, partageons!
> Les vieux partis, coiffés en ailes de pigeons,
> Vont s'inscrire, adorant Mandrin, chez son concierge.
> Falstaff allume un punch, Tartufe brûle un cierge,
> Vers l'Elysée en joie où sonne le tambour
> Tous se hâtent, Parieu, *Montalembert*, Sibour...
> Quiconque est méprisable et désire être infâme,
> Quiconque, se jugeant dans le fond de son âme,
> Se sent assez forçat pour être sénateur !...

Et ceux-ci, de la pièce intitulée *Splendeurs:*

> Il nous faut un dévôt dans ce triple païen ;
> Molière, donne-moi *Montalembert*. C'est bien.

Mais une chose m'étonne, c'est qu'Alfred de Vigny n'ait pas reçu son sac, comme Montalembert, s'il est vrai que dans la circonstance il lui ait servi d'acolyte. Or, *les Châtiments* sont muets à son endroit. Faut-il en conclure que Jules Claretie a eu le tort de le nommer? Il m'écrivait en 1902, en réponse à la lettre que je lui avais adressée : « Je me demande si Alfred de Vigny n'a pas été calomnié par quelqu'un, car Victor Hugo n'était pas là. Et les registres de l'Académie ne gardent point trace de l'incident. Ce qui est certain, c'est que Victor Hugo rappelait ce fait avec amertume. »

J'ai peine à croire, moi aussi, du moment surtout qu'il n'était pas en cause, que le poète de *Servitude et Grandeur militaires* se soit donné l'odieux de trahir ainsi, d'un cœur léger, son ancien camarade. Je sais bien que, depuis trois ans, la politique avait profondément séparé Victor Hugo et Alfred de Vigny (1), mais dans les cœurs nobles il reste toujours quelque chose de l'ancienne amitié. Et Vigny avait une trop haute idée de l'honneur et du devoir pour s'être fait de la sorte, sans nécessité aucune, le complice d'une mauvaise action.

(1) Dans le temps où Victor Hugo lardait de ses flèches Napoléon le Petit, Alfred de Vigny se rapprochait du prince-président et dînait avec lui à la Préfecture d'Angoulême.

« Pendant son séjour à Bordeaux, mandait-il à Mme Lachaud, au mois de janvier 1853, il (le prince) a appris que j'étais encore chez moi à la campagne, en a témoigné un vif plaisir et, en arrivant à Angoulême, m'a envoyé une lettre qui m'invitait à dîner chez lui avec l'évêque d'Angoulême, les ministres qui l'accompagnaient et quelques personnes notables de ce pays, et à venir au bal de l'Hôtel-de-Ville avec lui. C'était le 10 octobre, et tout cela s'est fait comme il l'avait dit. Je l'ai retrouvé pour moi ce qu'il était à Londres, aussi simple, affectueux, amical, dans ses entretiens réitérés et prolongés toute la soirée, aussi calme que s'il n'eût pas entendu le bruit du triomphe qui l'entourait, cherchant le vrai de toute chose et le jugeant avec impartialité, le même enfin que je l'avais connu dans l'exil, seulement un peu plus mélancolique et sachant déjà ce que pèse le pouvoir suprême. »

(*Corresp. d'Alfred de Vigny*.)

Qui sait, cependant, si Mme Victor Hugo ne voulut pas s'en venger quand elle substitua, dans le *Victor Hugo raconté,* le nom de Soumet à celui de Vigny, sur la liste des témoins qui assistèrent le grand poète à son mariage? L'année même où parut ce livre (1863) pendant qu'elle était à Paris, elle mandait à sa sœur, qui la remplaçait à Hauteville-House : « M. de Vigny est mort *officiellement* (1). » — C'était dire qu'il était mort depuis longtemps pour elle.

Il est fâcheux vraiment que les registres de l'Académie ne gardent point trace de l'incident, car le fait mériterait d'être tiré au clair (2).

Mais voici quelque chose qui m'a tout l'air de s'y rapporter. On lit dans *les Portraits contemporains* de Sainte-Beuve, tome II, page 440 :

« ...J'en étais là avec M. de Montalembert, lorsque, à une séance particulière de l'Académie, quelques années après le Deux-Décembre, j'eus le regret d'avoir à le contredire directement et avec une certaine

---

(1) Extrait d'une lettre inédite communiquée par M. Pierre Lefèvre-Vacquerie.

(2) Tout ce que je puis dire, après enquête, c'est que Vigny n'assista, en 1853, qu'à une seule séance de l'Académie, *le 22 décembre.* — Par contre, il assista, en 1854, à la plupart des séances, à partir du 5 janvier. — *Les Châtiments* ayant paru à la fin du mois d'octobre 1853, rien ne s'opposerait donc à ce qu'il eût joué le rôle que lui prêtait Victor Hugo, mais, encore une fois, jusqu'à preuve du contraire, je n'y crois pas.

énergie. *Je raconterai peut-être un jour* cette séance qui n'a laissé de traces nulle part et qu'on chercherait vainement dans les procès-verbaux. J'avais cependant pu espérer depuis qu'il m'avait pardonné ce qui avait été de ma part un acte de conviction et, j'oserai dire, de *sagesse*, lorsque j'ai cru m'apercevoir que sa plume ardente avait bien envie en quelques occasions de m'atteindre, et quand je dis m'atteindre, il faudrait dire me *flétrir*, car la plume de M. de Montalembert, en fait d'attaques, n'y va jamais à demi... »

On m'objectera peut-être que, dans les termes où il était depuis quinze ans avec Victor Hugo, c'est prêter à Sainte-Beuve plus d'héroïsme que son caractère n'en comportait, que, de le croire capable d'avoir pris contre Montalembert la défense de Victor Hugo dans une circonstance aussi grave. Mais il convient de se souvenir que, lorsque Victor Hugo partit pour l'exil, sa femme, dans un sentiment qui honore autant la mère que l'épouse, se rapprocha de Sainte-Beuve, et que celui-ci, tout en s'abstenant, pour des raisons qu'on devine, de critiquer publiquement les œuvres d'exil du grand poète, en parlait volontiers dans l'intimité avec éloge.

Au surplus, je trouve cette note dans le journal inédit d'Ulric Guttinguer, sous la date de février 1854 :

« Il paraît qu'à l'Académie-Française — je tiens la chose de Sainte-Beuve — on a délibéré sur l'expulsion de Victor Hugo. Quelle honte ! »

On aimerait savoir pourquoi la motion de Montalembert fut rejetée ; mais étant données les idées politiques qui régnaient alors dans l'Académie, il est permis de supposer que, tout en condamnant les excès de langage de Victor Hugo contre quelques-uns de ses membres, le parti constitutionnel, qui était en majorité dans la docte Compagnie, craignit, en l'expulsant, de se faire le complice des basses œuvres de Napoléon III.

III

I

Sans vouloir pousser le repentir jusqu'à lui faire

amende honorable, je dois reconnaître que je me suis montré, il y a douze ans, trop sévère aussi pour Sainte-Beuve, en écrivant dans la première édition de ce livre qu'il avait « trahi ou trompé tout le monde : les vivants et les morts, l'amitié et l'amour (1) ».

Tout le monde, c'était vraiment trop dire. Parmi les morts — je parle, bien entendu, de ceux qu'avait connus Sainte-Beuve — il n'y a que Chateaubriand à qui il ait manqué de respect et d'égards, pour le vain plaisir de lui tirer son masque ; — et parmi les vivants, en laissant de côté l'histoire du *Livre d'amour* qui fut « son péché », comme dit M. Jules Lemaître, Alfred de Vigny est à peu près le seul de ses anciens camarades qu'il ait maltraité d'une façon indigne.

Encore faut-il s'entendre. Il y avait deux sortes de critique en Sainte-Beuve : le critique de la conversation et du commerce intime, *ad usum amicorum*, et le critique professionnel, qui parlait *ex cathedrâ*.

Le premier, — par le fait seul que dans le Cénacle

---

(1) Quand je m'exprimais ainsi sur son compte, je n'avais pas encore publié sa *Correspondance* avec M. et Mme Juste Olivier, non plus que les *Lettres* d'Hortense Allart de Méritens et de Mme d'Arbouville, qui, pour les esprits impartiaux, lui ont fait une tout autre figure que celle qu'il avait auparavant devant l'opinion générale.

Mᵐᵉ ALEXANDRINE DU PLESSIS
d'après une photographie du temps.

les encensoirs étaient toujours allumés et la louange
naturellement hyperbolique — fut bien obligé en y
entrant de prendre le ton de la maison, pour ne pas
être traité comme un intrus. De là tous les compliments exagérés et qui sonnent faux, dont sont farcies
ses lettres de 1827 à 1830. Cela ne l'empêchait pas,
à l'occasion, de faire entendre la vérité aux camarades, comme en témoignent ses deux mémoires à
Victor Hugo sur *Cromwell* et *Notre-Dame de Paris*.
Mais, dans sa pensée, l'eau bénite qu'il distribuait
à droite et à gauche n'engageait en rien ses jugements devant l'opinion, et c'est pour cela que très
souvent il y a contradiction entre ses lettres et ses
articles. Et quant aux cahiers de notes dans lesquels
il déversait sa bile et qu'il appelait justement ses
poisons, c'était en quelque sorte une manière de se
punir lui-même des éloges qu'il était contraint par
métier d'adresser à ses rivaux, car il n'était pas
exempt d'envie, et par moments il devait regretter
d'avoir contribué à faire leur réputation.

Mais ses articles se ressentaient rarement de ce
singulier état d'esprit. Du moment qu'il faisait œuvre
de juge, il était assez maître de lui-même pour
refouler ses ressentiments. Aussi peut-on dire que
la postérité a ratifié la plupart de ses arrêts.

En revanche, il entendait ne subir aucune pression

de qui que ce fût. Il tenait par-dessus tout à son
indépendance, il la voulait « parfaite, sauvage et à
peu près irréconciliable », et malheur à qui s'avisait
de se plaindre ou d'en appeler de ses jugements, il
devenait alors féroce et sa férule, plutôt légère, se
changeait en un lourd bâton.

C'est précisement pour avoir tenté de l'influencer
que par deux fois Alfred de Vigny essuya son mé-
contement et sa colère. Je dois dire qu'il s'y était
pris d'étrange façon. Rappellerai-je ici les faits de
la cause? La première fois, c'était en 1832, à l'occasion d'une note dithyrambique, non signée, in-
sérée par Sainte-Beuve dans *la Revue des Deux-
Mondes* du 30 octobre sur l'auteur du *Roi s'amuse*,
dont il était alors le cornac intéressé. Dans cette
note on disait que les opinions de M. Victor Hugo
méritaient toute attention; qu'à peine âgé de trente
ans il s'était fait dans notre littérature une place
unique et immense, et que drame, roman, poésie,
tout relevait aujourd'hui de cet écrivain, qui n'était
pas moins grand prosateur que poète...

Le mot *tout relevait* fit dresser l'oreille à Vigny.
On sait qu'il avait la prétention de ne relever que
de lui-même et que, de peur qu'on s'y trompât, il
avait pris la peine de nous dire en quel genre il avait
innové. Fort du crédit dont il jouissait en ce mo-

ment auprès de M. Buloz, il courut à *la Revue des Deux Mondes* et obtint une rectification de la note du 30 octobre. Seulement, Sainte-Beuve veillait. Averti de ce qui se passait à *la Revue*, et craignant que la plume de Buloz n'allât trop loin à droite ou à gauche, c'est lui qui se chargea de mettre les choses au point (1), mais cela fait, il faut voir comme il arrangea Vigny :

« J'ai su, mandait-il à Victor Hugo, le 13 novembre, que vous saviez les misères d'un gentilhomme de notre connaissance ; un homme qui en est venu là ne fera plus que de la satire (2) ; mais son enthousiasme et son génie poétique sont morts. Les génies féconds sont à l'abri de ces billevesées que j'appellerai sordides. »

Vigny songeait pourtant déjà aux *Destinées*.

Voilà bien les exagérations du critique *de la con-*

(1) « ... Et à ce propos, disait la note, puisque l'occasion s'en présente, faisons remarquer que lorsque récemment il est échappé à la *Revue* de parler des écrivains qui relèvent d'un autre grand écrivain, il va sans dire que les maîtres en tout genre n'entraient pas dans notre pensée. Le grand écrivain dont il s'agit serait le premier, nous en sommes certain, à repousser une telle prétention ; lui-même il a toujours fait la guerre à l'Ecole. Les Lamartine, les de Vigny, les Mérimée, les Barbier, les Dumas ne *relèvent* que de leur propre direction ; leur pensée n'appartient qu'à eux, ainsi que l'instrument par lequel ils l'expriment » (*Revue des Deux-Mondes* du 15 novembre 1832).

(2) On se demande pourquoi. Je suppose que Sainte-Beuve en écrivant ces lignes pensait au Docteur Noir de *Stello*.

versation à qui l'on a marché sur le pied. Jamais
Sainte-Beuve n'eût osé publier ces lignes sous son
nom. Cela ne l'empêcha pas, d'ailleurs, de continuer
à faire par-devant bonne figure au poète d'*Éloa*.

La seconde fois qu'ils eurent une pique ensemble, c'était encore à propos d'un article de Sainte-
Beuve. Cette fois l'article était signé. Sainte-
Beuve, passant en revue, au printemps de 1840,
le mouvement littéraire des dix dernières années,
avait commis la faute d'oublier Vigny. Ici l'injure
était flagrante.

Au lieu de se plaindre directement à l'auteur de
l'article, Vigny s'en fut encore trouver Buloz. Mais
il n'était plus à son égard dans les mêmes dispositions qu'en 1832. Il refusa de lui accorder la réparation qu'il exigeait. Alors Vigny se retourna vers
Sainte-Beuve. Nous avons les billets qu'ils échan-
gèrent dans la circonstance : ils sont aigres-doux (1).
Vigny, qui, pour lui rappeler ses titres, avait jugé
à propos d'envoyer à son ami un exemplaire de l'é-
dition nouvelle de ses œuvres complètes, reçut un
beau matin un petit mot de Sainte-Beuve lui disant
que « si les plaintes indirectes qui pouvaient lui

(1) *Dix ans après en littérature.* — Sur ces deux incidents, voir
l'article documenté publié par M. Louis Gillet dans *la Revue de Paris* du 1er septembre 1906.

venir de son côté lui étaient sensibles, les témoignages directs de son ancienne affection le lui étaient
beaucoup plus ». A quoi Vigny répliqua qu'il pensait bien que quelque commérage littéraire avait
changé pour un moment son cœur et causé de sa
part l'oubli volontaire dont il s'était étonné, et qu'en
vue de se garantir à l'avenir « des propos redits
ou empoisonnés peut-être », il le priait de lui donner un rendez-vous.

Rien de plus correct et de plus sage. Mais le
mot de commérage avait piqué Sainte-Beuve au
bon endroit. Il prit sa plume des grands jours, et
voici la lettre très fière et très digne par laquelle
il répondit à Alfred de Vigny :

« Permettez-moi de vous dire qu'il n'y a aucun
commérage littéraire et que je suis parfaitement
au-dessus et en dehors de cela. Mais je n'ai pas pu
ignorer qu'après l'article inséré à la *Revue des
Deux-Mondes* et intitulé : *Dix ans après en littérature*, vous étiez venu au bureau de la *Revue,* et
vous étiez plaint de l'omission de votre nom dans
cet article ; ceci m'a été redit de la manière la plus
simple et sans qu'on ait rien empoisonné. Je me
suis peu enquis des détails et des impressions,
mais le seul fait de la plainte m'a suffi. J'ai l'habitude de nommer ou de ne pas nommer mes amis

dans mes articles, à mon gré, et sans souffrir là-
dessus d'insinuation ni de conseil : aussi les directeurs de la *Revue* étaient-ils entièrement innocents.
Je ne vous avais pas nommé dans cet article, parce
que je ne prétendais pas y nommer tous les écrivains que la *Revue* possédait déjà et dont elle était
sûre, parce qu'enfin je vous avais nommé dans le
précédent article et qu'une omission dans celui ci
ne me semblait pas pouvoir être mal interprétée.
J'ai presque honte d'entrer dans ces détails ; je
vous avoue que j'aime mieux les vider au courant
de la plume, parce qu'en paroles je ne pourrais
me décider à les aborder. Il est doux de se voir,
mais non pas pour traiter de ces sortes de suscep-
tibilités. Ceci glace et, quand on est opiniâtre,
comme j'ai le malheur de l'être, on en a pour longtemps des impressions qui vous en restent. Je ne
vous en aurais jamais parlé, si vous ne l'aviez pro-
voqué. L'envoi de vos volumes m'obligeait à un
remerciement que j'ai fait sincère, en y mettant la
réserve que j'avais à cœur. Votre réponse amène
celle-ci ; tâchez, je vous en supplie, que nous
n'ayons pas à revenir sur ces sujets qui me paraissent fort peu dignes, même d'explication. Croyez
à mon admiration pour vos talents, à mon respect
pour toutes vos nobles qualités, à mon équité pour

le reste, et aussi à mon désir d'une parfaite, sauvage et à peu près irréconciliable indépendance.

« SAINTE-BEUVE. »

Cette lettre mit fin à l'incident, mais nous verrons plus loin qu'il eut des suites fâcheuses.

Voilà donc Sainte-Beuve pris sur le vif en tant
que critique professionnel.

Je ne connais qu'un seul cas où il soit revenu sur
son jugement, c'est encore au sujet de Vigny, dont
il avait traité un peu durement le roman de *Cinq-
Mars* dans *le Globe* du 8 juillet 1826. Mais en cette
circonstance comme en plusieurs autres, il céda
au charme des yeux noirs de Mme Victor Hugo à
qui cet article était resté sur le cœur et aussi au
désir qu'il avait alors d'entrer dans les bonnes
grâces d'Alfred de Vigny (1). Encore n'hésita-t-il
pas, trente-huit ans plus tard, à reprendre ce premier article sur *Cinq-Mars* pour en accentuer davantage la partie critique. C'est ainsi qu'en 1864
il refusa à Vigny la première des qualités de l'historien : le sentiment et la vue de la réalité, voire cette
seconde vue qui s'applique au passé.

Certes, l'auteur de *Cinq-Mars* a plus d'imagina-

---

(1) « Nous avons à nous reprocher nous-même, écrivait-il en 1835,
d'avoir, dans *le Globe* d'alors, relevé soigneusement les taches de ce
roman, plutôt que d'en avoir fait valoir les beautés supérieures. »

tion que l'histoire n'en comporte, mais, outre que
ce livre est un roman, je trouve, contrairement à
l'avis de Sainte-Beuve, qu'Alfred de Vigny a au
plus haut degré le don de *seconde vue* en matière
historique. On n'a, pour s'en convaincre, qu'à se
rappeler les pages divinatoires de *Stello* qui ont
trait au rôle du père d'André Chénier dans son procès devant le tribunal révolutionnaire (1) et l'admirable chapitre de *Servitude et Grandeur militaires*, où il met en présence Bonaparte et Pie VI à
Fontainebleau. Qui ne croirait lire une page d'histoire en lisant ce récit dramatique, tant le monologue de Bonaparte, coupé seulement de loin en
loin par l'exclamation « *comediante, tragediante* »
du Souverain Pontife, est conforme à ce que nous
savons des violences calculées de l'un et de la pa-

(1) Cela n'avait pas échappé à Charles Labitte, et j'admire que
Sainte-Beuve, dans l'édition des Œuvres de son ami (t. II, p. 58),
ait reproduit la note de Labitte sur le rôle du père d'André dans ces
circonstances tragiques. Car, en ce qui concerne le don de seconde
vue d'Alfred de Vigny, cette note le contredit formellement.

« Le rôle honorable et imprudent du père d'André, si fatalement
égaré par sa tendresse, fut bien celui, dit Labitte, que lui a prêté
M. Alfred de Vigny dans les pages les plus touchantes de son
Stello. On a pu, en effet, retrouver récemment et publier la récla-
mation écrite que M. de Chénier adressa en faveur de son fils, au
Comité de sûreté générale (Voir *Œuvres en prose d'André Chénier*
1840, in-18, p. XXXVIII). En somme, il se trouve qu'en cette émou-
vante histoire de la mort d'André et des anxiétés de Marie-Joseph
M. de Vigny avait à peu près deviné la vérité historique. *C'était un
instinct de poète.* »

tience inaltérable de l'autre! Eh bien, le Richelieu
et le Cinq-Mars de Vigny me semblent aussi vrais,
quoiqu'ils se meuvent dans un cadre un peu trop
romanesque. Nous savons, d'ailleurs, par une lettre de Pauthier, son exécuteur testamentaire, que
Vigny travaillait, comme un simple romancier
naturaliste, sur le document humain, et que, avant
de brosser les figures du cardinal et du favori de
Louis XIII, il s'était entouré de matériaux « inconnus des historiens.— *Je les ai vus*, disait Pauthier,
en assistant à la levée des scellés à laquelle j'assis-
tais en qualité d'exécuteur testamentaire. Il y avait
des lettres autographes de Richelieu, et une admirable lettre de Cinq-Mars qui lui avait été donnée
par son possesseur. C'est la seule connue (1) ».

Victor Hugo, qui ne connaissait pas encore
Sainte-Beuve, fut beaucoup plus juste que lui,
quand il rendit compte de *Cinq-Mars* dans le journal *la Quotidienne* (2). Et peut-être fut-ce leur
dissentiment sur ce point qui l'empêcha de
présenter Sainte-Beuve à Vigny avant le mois de
mars 1828. Il est vrai que Vigny et Hugo s'écri-

(1) **Lettre de Pauthier** à Sainte-Beuve, avril 1864. — A propos de
la lettre autographe de Cinq-Mars, que Vigny tenait de M. Boilesve,
de Saumur — je me souviens que le P. Gratry écrivait un jour à
l'auteur de ce roman : « Votre écriture est précisément celle de
Cinq-Mars. (Cf. le *Mercure de France*, n° de décembre 1900.)
(2) N° du 30 juillet 1826.

vaient alors beaucoup plus qu'ils ne se voyaient.
Leurs visites ne devinrent plus fréquentes qu'au
moment des grandes lectures de *Roméo et Juliette*,
Othello, *Marion Delorme* et *Hernani* (1).

Vigny n'avait donc pas tout à fait tort, lorsque,
en 1835, en réponse à l'article de Sainte-Beuve sur
Servitude et Grandeur militaires, il écrivait dans
son *Journal* que, « trop préoccupé du Cénacle qu'il
avait chanté autrefois, Sainte-Beuve lui avait donné
dans sa vie littéraire plus d'importance qu'il n'en
avait eu *dans le temps de ces réunions rares et
légères...* ».

Il est certain, en effet, que, tout en faisant partie
intégrante du Cénacle, Vigny ne fit guère que le
traverser. Rappelons-nous ce que dit Auguste Barbier de la soirée mémorable où eut lieu, rue Notre-
Dame-des-Champs, la lecture d'*Hernani !* Arrivé

(1) Il ne faut cependant rien exagérer. De ce que Sainte-Beuve
adressa, le 17 mars 1828, sa première lettre au comte de Vigny, *rue
de la Villévêque (sic) 41*, on a eu tort d'en conclure que Victor Hugo,
de qui Sainte-Beuve tenait sans doute l'adresse de Vigny, ne venait plus
souvent « causer de tout et de rien » chez son ami. » D'abord, quoi
qu'on en ait dit, Alfred de Vigny habitait encore, au mois de mars
1828, dans la rue de la Ville-l'Évêque. Il ne la quitta qu'au mois
d'avril pour aller habiter au n° 30 de la rue Miromesnil. La preuve
en est que, dans une lettre du 18 avril 1828, Victor Hugo, parlant
de *Roméo et Juliette*, écrivait à Émile Deschamps : « Écoutez bien,
et je suis sûr que de la rue Ville-l'Évêque vous entendrez les applaudissements de la rue Notre-Dame-des-Champs. » Ensuite il convient
de se souvenir que depuis sa mise en réforme (avril 1827) Vigny,
toujours souffrant, s'absentait assez souvent de Paris, qu'il passa
à Dieppe la plus grande partie de l'été de 1827, et que sa jeune
femme l'occupait beaucoup.

le dernier en tenue de cérémonie, le poète de *Moïse*
partit le premier, en s'éclipsant, comme à l'anglaise.
Il agit presque toujours de même. On ne le vit
jamais, au beau temps des *Orientales*, se mêler à
la bande joyeuse qui escaladait les tours de Notre-
Dame ou se répandait dans la plaine de Montrouge
pour voir tout simplement se coucher le soleil ! Il
faisait déjà cavalier seul. Et de très bonne heure,
au plus fort de son amitié avec Hugo, alors que
Sainte-Beuve et lui se donnaient du « consolateur »
et du « divin cygne », Vigny eut son petit clan personnel et sa petite cour.

On peut donc dire qu'il n'y eut jamais d'intimité
entre lui et Sainte-Beuve. C'est même ce qui explique que leur amitié littéraire ait été traversée de
tant de nuages et que, dans leurs rancunes, ils se
soient si peu ménagés l'un et l'autre.

Quelle fut la cause réelle de leurs premiers dis-
sentiments ? Je ne dirai pas, comme certains, que
Vigny était gentilhomme et que Sainte-Beuve ne
l'était pas. C'est une pure sottise, attendu que
Sainte-Beuve, qui était de bonne noblesse, était
aussi distingué de manières et d'esprit que pouvait
l'être le comte de Vigny, s'il n'avait pas sa beauté
physique et son grand air. Mais c'est un fait que
les allures hautaines et distantes de celui-ci n'al-

laient qu'à moitié à Sainte-Beuve qui, par goût,
aimait l'intimité et recherchait les confidences.
J'ajoute qu'au point de vue politique ils étaient à
cent lieues l'un de l'autre. Mais ce ne fut point la
politique qui les divisa. Ce ne furent pas davantage
les rivalités de théâtre, puisque Sainte-Beuve n'a-
borda jamais la scène. Quoi donc, alors ?

Il écrivait un jour à Émile Péhant, en s'excusant
de n'avoir point parlé de ses *Sonnets* au moment
de leur apparition (1835) :

« Je ne suis pas aussi ingrat ni aussi impoli que
j'ai l'air de l'être... Ne dites point que vous êtes
pour moi un inconnu, je n'ai point oublié votre
volume de *Sonnets*. Il a pu y avoir en ce temps-là
je ne sais quelle raison à une abstention critique.
Alfred de Vigny était un grand poète, mais qui
avait bien ses travers ; jeune et enthousiaste, vous
étiez son chevalier, et en cela vous obéissiez à
l'admiration non moins qu'à la reconnaissance.
Quant à nous, tout en continuant d'admirer chez
de Vigny le poète, *nous commencions à nous séparer du théoricien et du rêveur systématique. Je
crois que je mets juste le doigt sur le point de
divergence* (1). »

(1) Lettre du 14 août 1868. — Introduction à *Jeanne la Flamme*,
par Émile Péhant.

Ainsi, à entendre Sainte-Beuve, ce seraient ses théories à la Chatterton, car il ne peut être question que de celles-là, c'est son système d'économie politique et sociale, qui l'auraient déterminé à s'éloigner peu à peu de Vigny. En vérité, j'ai peine à le croire. Il me semble que si quelqu'un devait appuyer Vigny dans la thèse, sujette à caution, d'ailleurs, qu'il avait portée au théâtre, c'était le poète de *Joseph Delorme* et des *Consolations*, puisque cette thèse, en somme, aboutissait, comme on l'a très bien dit, à la *déclaration des droits du poète*, ou, si l'on aime mieux, à son droit de vivre. En tout cas, Sainte-Beuve serait inexcusable d'avoir pris texte du drame de *Chatterton* pour rompre avec Vigny et lui vouer, à dater de là, une de ces haines cafardes que rien ne saurait désarmer. Mais il appert de leur correspondance que *Chatterton* ne fut pour rien dans leur désaccord. Au contraire, il y eut entre eux un rapprochement visible à la suite de l'article désobligeant et injuste que Gustave Planche crut devoir consacrer à cette pièce dans la *Revue des Deux Mondes*. C'est Sainte-Beuve qui rédigea la note anonyme parue dans la *Revue* du 1er mars 1835, où l'on disait :

« Nous faisons des vœux pour que la popularité de *Chatterton* réfute glorieusement l'opinion individuelle de notre collaborateur. Tout assure, au reste, une brillante carrière au drame touchant de M. Alfred de Vigny. A l'auteur de *Stello*, la gloire d'avoir le premier tenté une réaction contre le drame *frénétique* et le drame *à spectacle* (1). Et cette tentative, nous l'espérons, portera ses fruits. »

Et le mois suivant, Sainte-Beuve écrivait encore à Vigny à propos de la brochure de sa pièce :

« Je n'avais pas reçu *Chatterton*, mon cher ami, mais je l'ai voulu lire aussitôt et en méditer la préface ; puisque vous me dites qu'il est chez vous, s'il n'est pas chez moi, je l'irai prendre à mon premier jour de congé et causer de ces intéressantes questions que votre parole sait si délicatement orner. Tout à vous d'amitié (2). »

Est-ce clair, et Sainte-Beuve pouvait-il soutenir après cela que les *théories du rêveur systématique* furent pour quelque chose dans la désaffection, pour ne pas dire plus, qu'il marqua un peu plus tard à Vigny ?

Il aurait mieux fait de dire à Péhant — mais il ne le pouvait pas — qu'en 1833, peu de temps après l'enlèvement par Victor Hugo de la belle princesse Négroni, alors que Sainte-Beuve ne craignait

---

(1) Cela visait Hugo, avec qui Sainte-Beuve avait rompu en 1834.
(2) Lettre inédite.

pas de s'afficher avec Adèle, il lui était revenu aux
oreilles qu'Alfred de Vigny allait criant partout au
scandale et parlait de prévenir Victor.

Cela est raconté tout au long dans le *Journal*
inédit de Guttinguer. Il y eut même à ce sujet une
explication entre Vigny et Sainte-Beuve. Mais
comme Vigny était au fort de sa passion pour
Mme Dorval, il n'eut pas de peine à démontrer à
Sainte-Beuve qu'il n'avait pas le temps de s'occuper
de ses amours avec Mme Hugo. Et l'on se quitta
bons amis — en apparence tout au moins.

J'ai dit plus haut quel nuage de grêle avait éclaté
entre eux, en 1840 ; leur brouille durait encore
quand Alfred de Vigny, poussé par Guiraud et
Soumet, se décida à poser sa candidature à l'Académie Française. Cela ne fit qu'envenimer les
choses.

II

C'était au mois de février 1842. Il y avait deux
sièges vacants à l'Académie, par suite du décès de
M. Frayssinous et d'Alexandre Duval. Alfred de
Vigny brigua le fauteuil de l'évêque d'Hermopolis,
et voici la lettre qu'il adressa à cette occasion à
son ami Alexandre Guiraud :

« 7 février 1842.

« Oui, mon ami, je me suis mis sur les rangs,
comme vous dites, un beau soir d'hiver, après une
grande discussion(car je suis toujours sur la brèche)
où j'avais défendu contre des étrangers notre caractère national. On prétendait que, tout en faisant
les citoyens, nous étions toujours courtisans, que
nous tombions en dissolution, et que les corps
démentaient leur institution et se dénaturaient. On
en donnait pour preuve l'humilité des auteurs qui
se retiraient tous devant le Chancelier. Je me suis
informé; c'était vrai; je n'ai pas voulu qu'il soit
dit que tout le monde se prosternât ainsi, et je
me suis placé tout seul, en face de lui, tenant un
bras du fauteuil de l'évêque d'Hermopolis, pendant
qu'il met le doigt sur l'autre. Nous verrons qui
l'aura. Ce sera lui, sans doute, car il n'a pas le tort
d'avoir écrit poèmes, romans, drames, et en sept
gros volumes. J'ornerai donc, sans doute, son
triomphe; et il me doit beaucoup de reconnaissance :
sans moi, il n'aurait personne à son char.

« Si vous n'arrivez ici avant le 17 de ce mois,
vous ne serez pas à la bataille, et je dirai : Pends-
toi, brave Crillon.

« Nous rions beaucoup aujourd'hui du mot d'un

de vos collègues. M. Pasquier lui dit en entrant
chez lui : « Monsieur, je désire être votre *confrère.* » — « Eh bien ! Monsieur, faites-moi pair ;
il n'y a que ce moyen-là. »

« Nodier a été loyal, courageux et spirituel comme
toujours ; M. Pasquier lui demandait sa parole, il a
dit : « Comme vous vous croyez certain, Monsieur,
d'avoir vingt-deux voix, vous ne trouverez pas mauvais, sans doute, que je donne la vingt-troisième
à M. de Vigny. »

« Je ne serais pas étonné vraiment qu'il se trouvât dix justes comme lui et plus encore, dit-on.
Mais enfin, c'est une loterie : on la tire trop tôt.
Je ne sais trop qui a décidé ce 17 février, cela ne
me regarde point. J'ai jeté mon nom dans la roue :
qu'un enfant aveugle la tourne, si l'on veut. J'entrevois sur chacune de vos quarante chaises circuler
des intrigues assises comme des Euménides et qui
sont assez dégoûtantes. Je ferme les yeux et je pense
à autre chose, c'est ma grande ressource. Je pense,
par exemple, à votre incendie (1) ; je vous plains
de votre procès (depuis trois ans, je sais ce que
c'est) (2); je vous rends grâce du mot charmant que

(1) Les fabriques de Guiraud à Limoux, d'où il était originaire.
(2) Allusion aux procès qu'il soutenait au nom de sa femme pour
la succession de son beau-père.

vous m'avez écrit du milieu des flammes. Puisque
vous êtes une salamandre, faites un miracle ; venez
dans le feu du combat académique. Nous pourrons
ainsi retarder le moment où l'Académie ne sera
plus qu'une retraite pour les députés.

« Tout à vous de cœur

« ALFRED DE VIGNY. »

« J'oubliais de vous dire que Lamartine a retiré
ce que vous appelez son candidat de poche, et qu'il
n'y a pour le fauteuil de M. Frayssinous que M. Pasquier et moi ; pour celui de Duval que Ballanche
ou moi (1). »

Une retraite pour les Députés ! Le mot est à
retenir, et l'on voit que ce n'est pas d'hier que la
politique menace de l'emporter par le nombre à
l'Académie Française. Si Vigny vivait aujourd'hui,
il pourrait dire qu'elle en a fait ou qu'elle est en
train d'en faire la troisième Chambre de l'État.

L'élection était fixée au 17 février (2). Le chancelier Pasquier fut élu au premier tour au fauteuil
de M. Frayssinous par 23 voix contre 8 au comte
de Vigny. Et le même jour Ballanche fut élu au
siège d'Alexandre Duval.

(1) Lettre inédite communiquée par Mᵐᵉ la Baronne de Croze.
(2) Et non au 1ᵉʳ février, comme le dit M. Ernest Dupuy, qui, dans
toute la campagne académique de Vigny, n'a donné que des dates
fausses.

« L'élection de M. Alfred de Vigny se trouve
donc ajournée, disait la *Revue des Deux Mondes* du 1er mars ; nous espérons toutefois que
l'Académie ne laissera pas longtemps hors de
son sein le poète que des titres sérieux désignent
à son choix, et parmi les voix qui sont d'avance
acquises à l'auteur de *Stello,* on peut compter,
nous aimons à le croire, celles de deux nouveaux
académiciens. »

Justement ce 1er mars mourut Roger, l'auteur
comique. Alfred de Vigny, après avoir consulté de
nouveau le poète des *Macchabées,* que toutes sortes
d'embarras retenaient à Limoux, se remit sur les
rangs, pensant bien cette fois avoir la majorité. Mais
il avait compté sans l'entrée en scène de Patin,
et surtout de Sainte-Beuve, que son succès possible
empêchait de dormir.

Sainte-Beuve ne redoutait pas comme Alfred de
Vigny que l'Académie devînt le refuge des éclopés
de la politique ; il disait ouvertement que moins
elle contiendrait de gens de lettres, mieux cela
vaudrait (1), mais il tenait, cela va sans dire, à
augmenter le nombre des gens de lettres.

« Si je faisais ce que je veux, et ce qui est sage,
écrivait-il un jour dans un de ses cahiers de notes,

(1) Lettre inédite à Charles Labitte, du 7 février 1842.

je ne serais jamais de l'Académie et resterais critique, hardi, modéré et indépendant. »

Mais il ne fit pas ce qu'il voulait, et je n'ose dire
qu'il manqua de sagesse.

Voilà donc Sainte-Beuve candidat à l'Académie
en concurrence avec Vigny. Désormais il ne le lâchera
plus, et il manœuvrera si bien qu'il sera élu avant
lui.

L'élection au siège de Roger était fixée au 4 mai
1842 (1). Elle donna lieu à quatre tours de scrutin.
Patin passa au quatrième tour avec 21 voix, contre
9 à Vigny, 3 à Sainte-Beuve et 2 à Vatout. En
somme, c'était pour Vigny un échec honorable, et
Guiraud avait raison de lui écrire le lendemain :

« Consolez-vous, mon cher Alfred, le mal n'est
pas grand, et consolez-nous aussi par quelque belle
publication comme vous savez les faire (2). »

Le malheur, en effet, était que Vigny ne publiait
plus rien. Son dernier livre (3) remontait à l'année
1835. Chaque fois qu'il voyait Buloz, il lui disait : « Je
travaille beaucoup, vous serez effrayé de la quan-
tité de manuscrits que je vous porterai bientôt. »
Et Buloz riait tout haut de son rire qui n'était

(1) Et non au 5, comme le dit M. Dupuy.
(2) *Baudelaire et Alfred de Vigny candidats à l'Académie*,
p. 35.
(3) *Servitude et Grandeur militaires.*

poli que parce que Vigny ne le comprenait pas (1).

Cependant, au mois de janvier 1843, il se décida à publier quelques fragments de ses *Destinées*. Il donna coup sur coup à *la Revue des Deux-Mondes la Sauvage*, *la Mort du Loup*, *la Flûte*, et *le Mont des Oliviers*, quatre chefs-d'œuvre. Mais ces vers, « tirés et figés », dit Sainte-Beuve, réussirent peu. Le quart d'heure des vers était passé (2).

Sur ces entrefaites, Campenon mourut au mois de novembre 1843. Cette fois la victoire de Vigny paraissait certaine. Elle le parut bien davantage encore le 11 décembre suivant, jour de la mort de Casimir Delavigne. Quelques jours après, Vigny écrivit à son ami Guiraud :

« 19 décembre 1843.

« Je viens de relire, ce soir, vos lettres de l'année dernière, mon ami, et je ne puis résister au désir de vous parler aujourd'hui de ce qu'elles me disaient alors, car, pour moi, les lettres vivent, les lettres parlent et sont des amis mélancoliques qui portent la date des jours écoulés et racontent des choses trop souvent oubliées. Moi, j'aime à les gar-

(1) *Corresp. inédite de Sainte-Beuve avec M. et M*ᵐᵉ *Juste Oli-vier*, lettre du 8 juin 1838.
(2) *Id.*, lettre du 18 janvier 1843.

der pour leur faire répéter leurs bons propos. En voici une qui criait du fond de votre cloître de Villemartin : « Vous mettrez-vous sur les rangs ? Entrez donc ; Ballanche et vous, voilà mes deux candidats ; si j'avais dix voix, elles seraient pour vous. »

« Ballanche est assis dans le fauteuil que vous lui présentiez alors et m'a dit hier qu'il m'attendait sur le fauteuil voisin. Sa voix m'est donnée et ne varie pas. D'autres voix, en assez grand nombre, s'unissent pour prononcer mon nom et je puis espérer la majorité si vous êtes ici lors de l'élection qui se prépare. Viendriez-vous bientôt comme vous nous le promettiez en partant ? Ai-je besoin de vous dire que votre présence peut faire pencher la balance dans un moment dangereux ; qu'il peut arriver, comme plusieurs le pensent, que M. Saint-Marc Girardin et moi venions à être appuyés par un nombre égal de voix ; que les insoucians et les incertains (il y en a partout) se portent aux plus gros escadrons ; qu'une seule voix dans un petit nombre d'électeurs est d'une haute importance. N'en savez-vous pas plus que moi sur tout cela ?

« On s'efforce de diviser mes amis et d'affaiblir ceux qui me vantent ; on agite beaucoup plus contre moi que je ne l'aurais cru possible ; mais cela

prouve peut-être que l'on sent mon arrivée prochaine. Vous dire ces menées est trop pénible, je
ne puis qu'en gémir.

.   .   .   .   .   .   Une tête sensée
Se monterait souvent si je les racontais.

« Je ne vous dirai donc rien de plus. Si cela vous
tient au cœur tant soit peu, vous hâterez votre
retour pour savoir et voir par vous-même. L'*absen-
téisme*, ce mot barbare que les journaux nous
apportent d'Irlande, représente votre plus grand
péché et votre état habituel dont nous ne cessons
de nous plaindre ; et si vous ne revenez, vous
mériterez qu'il s'introduise dans le dictionnaire
de l'Académie, pendant que vous laisserez dans
vos mœurs la triste coutume qu'il exprime.

« Edmond voulait, l'autre jour, me conduire au
couvent pour voir une belle personne dont vous
avez l'honneur d'être le père. Vraiment, je n'ai
pas osé l'accompagner ; les novices m'intimident
et me déconcertent, surtout quand on les voit à
travers la grille. Je ne trouve jamais rien d'assez
candide pour elles, tout candidat que je suis, et
comme Edmond sait la langue des pères de famille,
je l'ai laissé aller seul. Priez madame sa mère
d'excuser ma timidité et mon innocence, et croyez,

cher ami, que quand même vous seriez condamné
aux champs à perpétuité, vous n'en auriez pas
moins à Paris le plus sincère ami du monde en ma
personne.

« ALFRED DE VIGNY (1). »

Dix jours après, Vigny recevait une lettre de Guiraud lui disant qu'il serait probablement à Paris le
18 janvier et qu'il ne négligerait rien pour assurer
son élection.

«... J'arriverai donc, mon ami, j'arriverai...
mais sera-ce pour me faire battre? Je le crains,
car l'université est puissante à l'Académie. Elle se
venge des échecs que lui font subir les évêques.
Nous sommes menacés de devenir un *collège* et
non plus une Académie. Nous sommes bien cependant déjà assez pédants comme ça. Disposez toujours votre armée, avec ardeur, mais avec *précau-
tion et douceur* ; je me permets de vous le recom-
mander, parce que je désire votre succès, et que je
tiendrais cette fois (par essai) de compter parmi
les vainqueurs... (2). »

Cinq concurrents étaient en présence le 8 février
1844 (3), pour les deux fauteuils vacants, savoir :

(1) Lettre inédite communiquée par Mme la Baronne de Croze.
(2) *Baudelaire et Alfred de Vigny candidats à l'Académie*, p. 37.
(3) Et non 1843, comme le dit M. Dupuy.

Alfred de Vigny, Saint-Marc Girardin, Sainte-Beuve, Émile Deschamps et Vatout.

Au premier tour de scrutin, Saint-Marc Girardin fut élu au fauteuil de Campenon par 18 voix contre 7 à Vigny, 8 à Deschamps et 1 à Vatout.

Pour le fauteuil de Casimir Delavigne, la lutte fut extrêmement chaude : il y eut sept tours de scrutin. Au septième, Sainte-Beuve et Vatout obtinrent chacun seize voix, et Vigny trois seulement. Il ne manqua à Sainte-Beuve que la voix d'Hugo, qui « constamment et hautement la lui avait refusée en annonçant qu'il votait moins pour Vigny que contre lui (1) ». Aucun des candidats n'ayant obtenu la majorité absolue (soit dix-huit voix), l'élection fut renvoyée au 14 mars, jour fixé pour le remplacement de Charles Nodier. Car j'ai oublié de dire que Nodier était mort, le 27 janvier de la même année, privant ainsi de sa voix Alfred de Vigny, qui était l'élu de son cœur.

Le 14 mars arrivé, celui-ci ne fut pas plus heureux que dans les élections précédentes. Il se portait à la fois aux deux fauteuils. Le premier, qui était celui de Casimir Delavigne, fut attribué à Sainte-Beuve au second tour de scrutin par 21 voix contre

(1) *Corresp. inédite de Sainte-Beuve avec M. et M*^{me} *Juste Olivier*.

12 à Vatout et 3 à Vigny. — Le fauteuil de Nodier,
après sept épreuves, fut attribué à Mérimée par
19 voix contre 13 à Casimir Bonjour et 4 à Vigny.

Cela sentait le parti pris. Un autre à la place de
Vigny se fût retiré sous sa tente, en attendant des
jours meilleurs. Mais il avait dit à Guiraud qu'il
se porterait jusqu'à ce qu'il fût élu et il tint bon. Il
était d'ailleurs soutenu par la *Revue des Deux Mondes*. Dès le lendemain de cette double élection,
Buloz y avait fait passer la note suivante :

« L'Académie Française a nommé MM. Sainte-
Beuve et Prosper Mérimée aux fauteuils laissés
vacants par la mort de Casimir Delavigne et de
Charles Nodier ; ce sont là d'heureux choix. Nous,
surtout, nous avons à nous féliciter de voir l'Académie appeler dans son sein deux de nos amis et
collaborateurs. A la première vacance, M. Alfred de
Vigny sera admis, nous l'espérons, et le concours
des nouveaux élus ne manquera pas à une candidature qui réunit tant de titres glorieux et incontes-
tables. »

En effet, Etienne étant mort le 13 mars 1845,
Alfred de Vigny fut élu à sa place, le 8 mai suivant,
et au premier tour de scrutin, par 20 voix contre
10 données à Empis et 4 à Émile Deschamps.

Mais il n'était pas au bout de ses peines, car

Sainte-Beuve, quoique l'ayant battu (1), n'avait pas désarmé. Et c'est lui, qui, dans la coulisse, pour satisfaire je ne sais quelles rancunes inavouables, devait machiner la comédie académique qui se joua sous la Coupole, le 29 janvier 1846 (2).

Mais avant d'aller plus loin il faut que je réponde à une question qui m'a été posée de différents côtés relativement à certain passage du discours de M. Molé qui ne se trouve que dans le *Cours familier de littérature* de Lamartine (3) et dans la biographie d'Alfred de Vigny par Anatole France.

Oui ou non, M. Molé, en recevant le poète de *Moïse,* prononça-t-il les paroles suivantes :

(1) A la faveur de la petite intrigue que voici. C'est Sainte-Beuve lui-même qui va nous la raconter. Il écrivait à Ch. Labitte, le 17 mars 1844 :

« Cher ami, voici de nouveaux détails : j'ai eu MM. Villemain et Guizot au second tour ainsi que MM. Thiers et Mignet. J'ai eu tout d'abord MM. de Salvandy, Viennet, Lacretelle, avec le chancelier ; cela fait bien notre compte. De plus, je ne doute pas que, si on avait fait un troisième tour, Hugo, Lamartine, Guiraud ne me fussent venus et peut-être l'ont-ils fait, malgré mes chiffres, car il y a les mystères du scrutin. Mais pour Mérimée, certainement Hugo, Guiraud, et même monsieur votre oncle (Pongerville), tout à la fin ont donné.

« J'avais, dimanche dernier, entamé une négociation double, tant auprès de Vigny qu'auprès de Hugo. M. de Saint-Priest m'y a aidé avec une grande obligeance et son tact diplomatique. M. Molé a fait visite officielle chez Hugo pour garantir à Vigny l'avenir. Celui-ci est pourtant un peu blessé toujours et endolori ; il a pris médecine, il sera guéri dans quelque temps » (*Lettre inédite.*)

(2) Et non le 26 février, comme le dit à tort M. Ernest Dupuy.

(3) Année 1863, article fait après la mort d'Alfred de Vigny.

« Vous êtes un homme de bien que j'ai voulu prendre pour un homme d'État, parce que la fortune, maîtresse des destinées, vous a fait illustre, riche et beau.

« Vous n'avez rien écrit que quelques pages à vingt ans pour flatter le despotisme dont la faveur donnait des emplois et de l'or. Mais académiquement vous êtes trop fier de votre néant pour que je puisse vous répondre par des critiques. Où les prendrais-je ? Le néant n'a pas de rival et la critique ne mord pas sur rien, je suis réduit au silence. Ce n'est pas tout d'avoir la physionomie d'un homme agréable, il faut encore avoir l'âme d'un héros ou la parole d'un orateur : sans cela, il faut être poli, si l'on ne tient pas à être juste. »

Mon opinion, je le dis nettement, est que M. Molé, si hautain qu'il se soit montré à l'égard du récipiendaire, ne prononça pas ces inconcevables paroles ; elles auraient scandalisé tout le monde, et Vigny n'aurait pas manqué de sortir de la salle et d'entraîner à sa suite une partie de l'auditoire. Il suffit, d'ailleurs, d'y regarder d'un peu près pour s'apercevoir que, si ces paroles pouvaient s'appliquer à l'un des deux académiciens en cause, ce n'était pas à Alfred de Vigny. Car jamais, pas plus à vingt ans qu'à quarante, il n'avait flatté le despo-

tisme, et bien que son bagage littéraire fût ignoré
de la plupart des doctrinaires qui siégeaient sous
la Coupole, aucun d'eux ne se serait tout de même
hasardé à dire qu'il échappait à toute critique par
cette excellente raison qu'il n'existait pas.

Par contre, M. Molé ressemblait beaucoup au
portrait que nous venons de voir. La fortune l'avait
« fait illustre, riche et beau » ; il avait à vingt-six
ans attiré le regard de l'Empereur avec ses *Essais
de morale et politique,* et s'il n'avait pas l'âme d'un
héros, comme son arrière-grand-père, il avait la
physionomie d'un homme agréable et passait pour
être homme de bien. C'est donc à lui plutôt qu'à
Alfred de Vigny qu'auraient pu s'appliquer les
paroles citées plus haut.

Mais alors quelle est cette énigme ? Je ne vois,
quant à moi, d'autre explication que celle-ci : les
mots que Lamartine attribue à M. Molé devaient
être dans sa pensée la réplique que Vigny aurait
pu lui faire après avoir reçu la douche glaciale de
son discours, et c'est par suite d'une erreur de
mise en pages, à moins qu'il n'ait oublié lui-même
un membre de phrase, que le grand poète les mit
dans la bouche du directeur de l'Académie. La chose
est d'autant plus vraisemblable, que, de son propre aveu, il n'assistait pas à la réception d'Alfred

de Vigny, et qu'il est le premier à avoir lancé ces
mots dans la circulation.

Quant à Anatole France, qui les a reproduits,
j'attends qu'il nous dise où il les a recueillis, si ce
n'est pas dans le *Cours familier de littérature.*

III

Je reprends mon récit.

Dès le lendemain de l'élection de Vigny, Sainte-
Beuve écrivait dans ses notes intimes : « Voilà de
Vigny à l'Académie : comment s'y prendra-t-il pour
daigner descendre à la biographie, à l'éloge de son
prédécesseur? Il en sera quitte pour imiter certain
début poétique de Pindare, qui disait à son héros
« Je te *frappe* de mes couronnes et je t'arrose de
mes hymnes. » Cette plénitude de soi-même, dans
laquelle vit et se plaît de Vigny, cette présence
d'esprit sans distraction en face de soi-même
j'appelle cela l'Adoration perpétuelle du Saint
Sacrement. »

Et le 8 février 1846, quelques jours après la
réception de Vigny, Sainte-Beuve mandait à la
Revue Suisse :

« Il y a eu ici la réception de Vigny à l'Académie

il s'y est montré (comme dans tout ce qui a précédé)
ridicule, d'une sottise, d'une fatuité qui a donné
sur les nerfs durant une heure et demie passée à
toute une assemblée ; de sorte qu'on a été soulagé
en entendant M. Molé retrouver des notes justes et
simples. Les amis de Vigny lui-même n'ont pu
résister à l'ennui et à l'impatience, et M. Guiraud
disait après la séance : « Mon amitié a souffert,
mais ma justice est satisfaite. »

« Vigny n'est qu'un Trissotin gentilhomme, le
comte de Trissotin. — Il l'a prouvé solennellement.
Tous ceux qui aiment la poésie devaient souffrir
de la voir ainsi compromise par un pontife maladroit.

« Il était séraphique, comme disait quelqu'un en
sortant.

« Tout en débitant lentement son discours, il
avait un crayon d'or avec lequel il marquait sur son
cahier les applaudissements quand il en venait. »

Naturellement ces lignes cruelles et qui suent
la haine n'étaient pas signées. Mais Sainte-Beuve,
tout en étant plus réservé, ne fut guère plus tendre
dans le compte rendu de la réception de Vigny
qu'il donna à *la Revue des Deux Mondes*. Cela con-
trista même ses meilleurs amis.

Ainsi, Juste Olivier, qui se trouvait à Paris dans la circonstance, écrivait à sa femme, après avoir lu l'article de Sainte-Beuve :

« Mon avis tout cru à moi est celui-ci : M. Molé a fait un discours remarquable comme œuvre littéraire, vrai au fond dans ses points essentiels, mais une action qu'à sa place j'aimerais autant ne pas avoir faite. Et quant au discours de de Vigny, franchement il est prétentieux et ennuyeux. Il méritait une telle réplique, *mais non pas en face, en public et en habit de cérémonie.* »

Voilà la note juste et qu'eût certainement trouvée Sainte-Beuve, s'il s'était agi d'un autre (1).

Vigny fut-il mis au courant de tout ce que son ancien camarade avait tramé contre lui ? C'est probable, car il l'a quelque peu égratigné à son tour dans ses cahiers de notes inédites.

« Sainte-Beuve, écrit-il quelque part, s'il veut

(1) Vingt ans après, Mᵐᵉ Victor Hugo, qui pourtant n'aimait pas Vigny, écrivait à Sainte-Beuve, après avoir lu son article sur l'auteur défunt des *Destinées :* « Ce que vous dites de la séance de réception à laquelle j'ai assisté est vivant et de la plus rigoureuse réalité, quoique, suivant mon impression, vous me sembliez un peu partial pour M. Molé, qui, de son côté, avait à cette séance une attitude hautaine, sentant surtout un peu trop son grand seigneur...»
(Lettre du 31 avril 1864, publiée par G. Michaut dans *le Livre d'amour* de Sainte-Beuve.)

parler dans une assemblée, est fort plaisant à observer. Il rougit, pâlit, se trouble, se lève, marche,
danse et saute. A la première contradiction, il
devient furieux, perd la tête, exagère son idée, la
dépasse de vingt coudées, la pousse, la monte jusqu'au ridicule et l'anéantit. La cause éclate et crève
comme une bulle de savon à son calumet qui l'a
soufflée trop fort. Quelques jours après, il réfléchit,
mais trop tard. La peur le prend des suites qu'il
entrevoit. Il s'excuse alors et se frappe la poitrine
comme Tartufe (1). »

On pense malgré soi, en lisant cette note, à *l'essai de morsure d'un cygne* dont Hugo parlait après
avoir pris connaissance de l'article de Lamartine
sur *les Misérables*. C'est qu'en effet Vigny, comme
Lamartine, n'était pas méchant.

Sainte-Beuve, au contraire, était foncièrement
jaloux, et quand il avait pris quelqu'un en grippe,
la mort même ne pouvait le fléchir. On le vit bien
à la mort de Vigny. A peine était-il descendu dans
la tombe que le critique des *Lundis* écrivait à
Victor Pavie, d'Angers.

(1) Jules Clarétie, *la Vie à Paris*, du 7 juin 1912.

« 9 octobre 1863.

« Après le passionné, voilà le froid et pâle talent aux veines bleues dans l'albâtre, voilà de Vigny, après Delacroix, qui disparaît. Le connaissiez-vous? Aviez-vous gardé quelques relations avec lui ? Il avait eu de belles parties, mais il était devenu de plus en plus précieux et concerté en vieillissant. Musset l'appelait « le vieil ange » et il avait raison. Quand on est ange et qu'on en fait profession il faudrait mourir jeune (1). »

Et au mois d'avril suivant, dans le très bel article qu'il lui consacra dans *la Revue des Deux Mondes*, à quel sentiment pouvait-il obéir si ce n'est à l'envie, quand, sous couleur de paraître bien renseigné sur l'auteur de *Cinq-Mars*, il commençait par raconter l'aventure de ce de Vigny qui, se trouvant mal pris à Londres, à la fin du siècle dernier, eut recours à la bourse de Garrick pour sortir de la prison où il était détenu pour dettes ? — quand il accusait son ancien camarade de s'être rajeuni de deux ans, comme une femme, et qu'il émettait des doutes sur l'authenticité de son titre de comte? — quand, pour

_____

(1) *Médaillons romantiques*, par André Pavie, p. 170.

expliquer son renoncement au théâtre, après le
triomphe inattendu de *Chatterton*, il le représentait comme impuissant à saisir la foule, à l'enlever,
à s'enlacer à elle « dans une de ces luttes athléti-
ques où la souplesse s'unit à la force et où les alter-
natives journalières se résolvent par de fréquentes
victoires? — quand, sans se permettre « de regarder dans les choix délicats qu'il avait pu faire, ni
parmi les tendres beautés qu'il a célébrées sous les
noms d'*Éva* et d'*Éloa*, « il le raillait d'avoir porté
« dévotement son cœur et son culte à une personne
d'un grand talent (Marie Dorval), mais des moins
préparées, à coup sûr, pour une telle offrande ».
Mais qu'importe après tout? « Regarde et passe? »
dit le poète de *la Divine Comédie*. Ayant relevé ces
petites vilenies qui ne font de tort qu'à leur auteur,
nous pouvons d'autant mieux les mépriser à notre
tour, que Sainte-Beuve, en définitive, a racheté le
mal qu'il a dit ou insinué de l'homme, avec le bien
qu'il a dit de son œuvre. De ce côté-là nous n'aurions que quelques réserves à faire (1), et le critique des *Lundis* a vu juste, comme à peu près toujours.

(1) Il est étrange, par exemple, que Sainte-Beuve n'ait pas senti
ce qu'il y avait d'original et de puissant dans *les Destinées*, ces
sœurs immortelles de *Moïse*, et qu'il n'ait admiré sans réserves que
la Colère de Samson.

Je terminerai donc ce chapitre par les lignes suivantes que je cueille, comme un fruit pour la bonne
bouche, à la fin du portrait littéraire qu'il nous a
tracé de Vigny, après sa mort :

« Il est un feu sacré d'une nature particulière
qui, chez quelques mortels privilégiés, accompagne
et rehausse l'étincelle commune de la vie. Par malheur, ce feu divin, chez tous ceux qu'il visite, est
loin d'embrasser et d'égaler la durée de la vie elle-
même. Chez quelques-uns, il n'existe et ne se dégage que dans la jeunesse, à l'état de vive flamme,
et il ne luit dans son plein qu'un moment. Chez la
plupart il s'éclipse assez vite, il se voile trop tôt, il
s'entoure de brouillards opaques ; on dirait qu'il se
nourrit d'éléments plus ternes, il s'épaissit. Passé
la première heure si éclatante et si belle, quelque
chose s'obscurcit ou se fige en nous. Il en est très
peu que le feu divin illumine durant toute une longue carrière, ou chez qui il se change du moins et
se distribue en chaleur égale et bienfaisante pour
donner aux divers âges humains toutes leurs moissons. Mais c'est déjà beaucoup d'avoir reçu le don
et le rayon à une certaine heure, d'avoir atteint le
jet lumineux, ne fût-ce que deux ou trois fois, des
sphères étoilées et d'avoir inscrit son nom en lan-

gues de feu parmi les plus hauts, sur la coupole idéale de l'art. M. de Vigny a été de ceux-là, et lui aussi, il a eu le droit de dire à certain jour, de se répéter à son heure dernière : « J'ai frappé les astres du front. »

Je ne sais pas si je me trompe, mais je crois que, si Alfred de Vigny avait pu lire cet éloge posthume il eût modifié le mot qu'on lui prête sur Sainte-Beuve. Au lieu de dire : « C'est un crapaud qui *empoisonne* toutes les eaux dans lesquelles il nage (1), » il aurait peut-être dit : « C'est un crapaud qui *purifie* les eaux malsaines dont il s'abreuve. »

Pour être moins vif, le mot eût été plus vrai de toutes les manières.

(1) Auguste Barbier, *Souvenirs personnels*, p. 320.

IV

LE PETIT CÉNACLE

BRIZEUX. — BARBIER. — BUSONI

§ I. — Le petit Cénacle en 1835. — Poètes qui le composaient. — Brizeux disciple préféré de Vigny. — Premier article de Brizeux sur lui. — Portrait de Vigny par Turquety. — De *Marion de Lorme* à *Othello*. — Brizeux chef des conjurés le soir du *More de Venise*. — Son amitié avec Auguste Barbier. — Leurs premiers volumes de vers. — Influence de l'auteur de *Marie* sur l'auteur des *Iambes*. — Premières confidences de Vigny à Brizeux.

§ II. — L'esthétique de Brizeux en matière d'art. — C'est lui qui met Vigny en relations avec les Johannot, Devéria, Ingres, Ziégler, etc., etc. — Passion de Brizeux pour Ingres. — Vigny fait donner la croix et une pension à Brizeux. — C'est également lui qui fait couronner son poème des *Bretons*. — Turquety après le coup d'État. — *Les Représentants en déroute*.

§ III. — Philippe Busoni et son livre *les Étrusques* — *Pensée*, poésie inédite. — Correspondant de Vigny pendant quatre ans (1848-1852). — Le mouvement parisien à cette époque. Vigny s'oppose à la reprise d'*Othello* et de *Chatterton*. — Le *Jules César* de Barbier. — Rose Chéri dans *Quitte pour la peur*. — Vigny nommé directeur de l'Académie Française. — Brizeux se brouille pour un entrefilet de journal avec Busoni. — Il se fait correcteur d'imprimerie par dévouement pour Vigny. — Il tombe malade et part pour

Montpellier. — Sa mort. — Vigny s'emploie pour que son corps soit ramené à Lorient, sa ville natale. — On lui érige une statue trente ans après.

I

Au mois d'août 1835, Sainte-Beuve, revenant d'Angers, écrivait à Victor Pavie :

« .... J'ai vu de Vigny depuis mon retour. Il y avait chez lui *cénacle* ; Brizeux, Léon de Wailly, Chaudesaigues, petit nouveau poète, Chevalier, *idem*. De Vigny achève enfin un livre de souvenirs militaires et mousquetaires tant promis (1). »

La petite cour de Vigny n'était pas ce jour-là au complet : il y manquait Auguste Barbier, Busoni, Émile et Antoni Deschamps, Émile Péhant et Boulay-Paty.

Mais le disciple préféré du maître fut dès la première heure Auguste Brizeux, à cause de leurs affinités naturelles, et parce que, le cœur et le tempérament mis à part, Brizeux, ayant été formé à la même école (2), était le poète dont l'esthétique se rapprochait le plus de celle de Vigny.

« Auriez-vous pressenti cela, lui écrivait-il au mois

(1) *Médaillons romantiques*, par André Pavie, p. 152.
(2) La Fontaine, Racine, André Chénier.

d'août 1831, que le dernier venu entre vos amis et
le seul ignoré, je comptais depuis longtemps parmi
eux par l'affinité de la poésie, et aussi qu'après
avoir connu l'homme je n'en ai pas moins aimé
le poète : épreuve fort dangereuse pour tous ceux
chez qui la poésie ne découle pas du fond le plus
intime ? »

Arrivé à Paris dans les premiers jours de l'année
1823, peu de temps après la publication des premiers *Poèmes* d'Alfred de Vigny, Brizeux avait
débuté dans la littérature par un petit acte en vers
en collaboration avec Busoni et qui fut représenté
à la Comédie-Française, sous le titre de *la Fête de
Racine*, le 27 septembre 1827. Mais il ne trouva
réellement sa voie que du jour où il se lia avec
Vigny — ce qui eut lieu en 1829 par l'intermédiaire de Tony Johannot et à l'occasion de la
publication des *Poèmes antiques et modernes*. Tony
Johannot, que Brizeux fréquentait depuis quatre
ou cinq ans, avait composé pour le livre de Vigny une
charmante vignette. Brizeux voulut à son tour payer
son tribut d'admiration au poète d'*Éloa* et lui
consacra dans le *Mercure du XIX⁰ siècle* (1) un
article enthousiaste.

(1) T. XXV, pp. 178 et suivantes.

Après avoir constaté avec chagrin que la diminution des croyances est en raison directe du progrès de la civilisation, Brizeux disait que le Romantisme pour lui n'était qu'une renaissance de l'idée religieuse en poésie : « C'est de 1815 que date la gloire de Chateaubriand comme chef d'école, et pour nous aussi la poésie religieuse. Loin de nous la pensée de récuser *Polyeucte*, les cantiques de Rousseau ou même de sublimes passages de Voltaire, mais il est visible que chez Racine le sentiment religieux est purement judaïque, que chez les autres c'est la raison philosophique qui domine. » Et il définissait *Éloa :* « un poème religieux, une épopée qui se consomme dans le ciel et qui doit être vue sous le jour qui lui est propre. » Les qualités du poème, ajoutait-il, sont « une simplicité exquise, une élégance douce et tranquille, un mouvement sans turbulence, mais plein de vie, cet accord mélodieux de l'ensemble, cette grâce, cette jeunesse, enfin tout ce qui se révélerait dans une statue de Phidias, inondée de la lumière de l'Attique. Il reprochait seulement à Vigny d'avoir déployé trop de luxe et trop de richesse dans la trame de son poème ; encore s'empressait-il de dire : « Mais si c'est le défaut de M. de Vigny, qu'il s'applaudisse ! il n'aura pas d'imitateurs ! »

Et en effet, il n'en a pas eu.

Relativement à la place que Vigny occupait dans l'École romantique, Brizeux s'exprimait ainsi : « Dans cette poétique Pléiade qui brille à l'horizon littéraire, M. Alfred de Vigny occupe une des places les plus apparentes. Peut-être sa renommée n'a-t-elle point reçu cette consécration populaire qu'il était alors (1823) de bon ton de dédaigner et que ses rivaux de gloire affectent aujourd'hui ; peut-être même M. de Vigny n'y atteindra-t-il jamais. Mais si nous préjugeons bien du caractère du poète par celui de ses œuvres, là n'était pas son ambition... »

C'est pourtant, j'imagine, un peu beaucoup en vue de cette consécration populaire que Vigny aborda le théâtre dès 1829. En tout cas, ses ouvrages dramatiques ont certainement plus fait pour sa réputation que ses plus beaux poèmes. J'ajoute que c'est par *Othello* qu'il exerça le plus d'action sur les jeunes poètes bretons qui, comme Édouard Turquety et Évariste Boulay-Paty, vinrent à cette époque tenter la fortune à Paris.

En arrivant dans la capitale, Turquety avait bien commencé par aller visiter Chateaubriand qui demeurait à la barrière d'Enfer, à côté de l'infirmerie Marie-Thérèse, mais ce pèlerinage de la Mecque

une fois accompli, il s'était dirigé vers l'Arsenal,
où Nodier réunissait la jeunesse littéraire et où il
avait fait tout de suite la conquête d'Émile Deschamps et, par Émile Deschamps, celle de Victor
Hugo et d'Alfred de Vigny.

« Émile Deschamps est l'homme le plus aimable
que j'aie jamais entendu, écrivait-il à sa mère. Il est
impossible de se faire une idée de sa finesse et de
sa grâce... Nous causâmes ensemble sur le balcon
pendant qu'on dansait, je lui dis de mes vers ; il
me récita les siens et, en me quittant, il me demanda mon adresse pour m'emmener faire une lecture
chez le comte de Vigny (1). »

Quelques jours après il était reçu, en effet, chez
le poète d'*Éloa*, et voici en quels termes il parlait
de cet événement à sa mère :

« J'allai hier (mercredi 8 juillet) chez Alfred de
Vigny. Émile Deschamps m'avait écrit dimanche
pour m'engager à aller le prendre chez lui ; nous
nous y rendîmes ensemble. C'était un cercle de
romantiques : Alfred de Vigny fut on ne peut plus
aimable à mon égard. C'est un jeune homme très

(1) Lettre du mercredi 1er juillet 1829.— *Édouard Turquely*, par
Frédéric Saulnier, p. 71.

pâle et qui a l'air souffrant... C'est une chose singulière que la manière dont on fraternise ensemble
dans cette école romantique : Au bout de quelques
minutes je causais avec Vigny comme si je l'avais
connu depuis longtemps. La séance fut d'environ
deux heures : Victor Hugo pérorait debout au
milieu de l'assemblée et il était curieux de les voir
ouvrant les yeux et la bouche devant lui. Nous sor-
tîmes ensemble et Hugo m'invita à aller passer la
soirée de demain chez lui. Cette soirée est un événement littéraire remarquable : Victor Hugo doit
faire la lecture d'un nouveau drame qu'on dit
admirable, il est intitulé : *Un duel sous Richelieu*
(*Marion de Lorme*). Cette faveur qu'il me fit de
m'inviter est d'autant plus grande qu'il a été forcé
de refuser un grand nombre de demandes, son
salon étant trop petit... Charles Nodier est toujours
le même à mon égard, c'est-à dire qu'il est aussi
amical que possible (1). »

Le 10 juillet 1829, Turquety assistait, chez Victor
Hugo, à la lecture de *Marion de Lorme*, et le 17
du même mois à celle d'*Othello* chez Alfred de
Vigny.

L'enthousiasme était général parmi les jeunes

(1) Lettre du 9 juillet 1829. — *Édouard Turquety*, par F. Saulnier, p. 73.

poètes, et cependant Vigny, qui devait commencer
la bataille, était si peu rassuré sur son issue qu'il
avait prié tous ses amis de lui recruter des claqueurs pour la première représentation (1).

Voici ce que Brizeux lui écrivait, le 11 octobre
1829 :

« ... Tout ami que je suis de Shakespeare, c'est
pour vous surtout que j'aimerais à combattre.
Et puis, vous le savez, la gloire des morts, toute
grande qu'elle soit, est celle qu'on envie le moins.
Ce triste bonheur, vous en jouirez un jour. Voici la
liste des nouveaux conjurés, comme vous les appelez ; je les crois bien dévoués et vous réponds de
leur zèle, sinon du reste. D'ailleurs, leur dévouement sera facile. *Othello* a tué d'avance tous ses
adversaires. Cette affection que vous avez bien voulu remarquer, je ne la récuse pas ; elle avait commencé lorsque je ne connaissais de vous que vos
œuvres, et déjà je m'en parais devant mes amis ;
aujourd'hui, je la cache ; j'en serais trop fier.

« Veuillez ici m'en permettre l'assurance.

« BRIZEUX (2).

« 52, rue de Vaugirard. »

(1) Cf. *Édouard Turquety*, par Frédéric Saulnier, p. 76.
(2) Cf. *Brizeux*, par l'abbé Lecigne.

Nous n'avons pas la liste complète des « conjurés » qui doublèrent la « claque » à la première
représentation d'*Othello*, mais nous savons les
noms des chefs de file. A côté de Brizeux, il y
avait Busoni, son collaborateur, Auguste Barbier,
le futeur auteur des *Iambes*, Alfred et Tony Johannot, Devéria, Ziegler, et aussi, je pense, tous les
camarades de Barbier, dans l'étude d'avoué de
M⁰ Fortuné Delavigne, frère de Casimir, à savoir :
Jules de Wailly, l'auteur dramatique, Damas-
Hinard, le traducteur du *Romancero*, Olivier
Fulgence, littérateur et compositeur de romances,
Natalis de Wailly, le bibliographe, et Louis Veuillot, qui, dans cette singulière étude, était le petit
clerc ou celui qui faisait les courses.

Auguste Barbier ne connaissait encore Alfred
de Vigny que pour l'avoir rencontré chez Victor
Hugo, le soir de la lecture d'*Hernani*, mais il s'é-
tait lié dès 1828 avec Brizeux (1), et c'est Brizeux
qui devait le présenter, peu de temps après, à l'auteur d'*Éloa*.

(1) « Je l'avais connu en 1828, chez le peintre Ziégler, dans l'atelier
de qui il venait souvent s'asseoir et causer d'art. Il faisait alors son
droit ainsi que moi, mais comme moi la Muse l'attrayait bien plus
que la sévère Thémis. Quelques vers récités par l'un et par l'autre,
un jour d'épanchement, firent de nous deux amis. » (Lettre de Barbier à Auguste Lacaussade, *Revue contemporaine*, 1858.)

Brizeux et Barbier publièrent ensemble leur premier volume de vers (1) ; ensemble ils respirèrent le premier encens de la gloire (2) ; ensemble, et je crois bien avec la même bourse, ils firent leur premier voyage en Italie (3) et, quoiqu'ils n'eussent ni le même tempérament, ni les mêmes admirations, ni la même esthétique, il n'y eut jamais entre eux « ombre de désaffection ». D'aucuns même trouvent que cette amitié leur fut plutôt nuisible qu'utile, au point de vue littéraire s'entend, et quand Barbier, à son retour d'Italie, publia son *Il Pianto*, Vigny ne put s'empêcher de consigner dans son *Journal* les réflexions suivantes :

« Barbier vient de publier *Il Pianto*. Les délices de Capoue ont amolli son caractère de poésie, et Brizeux a déteint sur lui ses douces couleurs virgiliennes et *lakistes* dérivant de Sainte-Beuve.— Ils ont mêlé leurs couleurs et leurs eaux ; à peine retrouve-t-on dans ce *Pianto* quelques vagues du fleuve jaune des *Iambes*. L'eau bleuâtre qui entoure ces vagues est pure et belle, mais ce n'est pas celle

(1) *Marie* parut le 12 septembre 1831 et les *Iambes* le 17.
(2) Sainte-Beuve, dans *la Revue des Deux Mondes* du mois de novembre 1831, salua « ces deux jeunes poètes si divers au premier abord, jumeaux dans leur apparition, unis entre eux par une étroite amitié ».
(3) Ils partirent de Paris le 12 décembre 1831.

du fleuve débordé d'où jaillit *la Curée*. Brizeux est un esprit fin et analytique qui ne fait pas des vers par inspiration et par instinct, mais parce qu'il a résolu d'exprimer en vers les idées qu'il choisit partout avec soin. Il a des théories littéraires et les a coulées dans l'esprit de Barbier, qui, dès lors, se méfiant de lui-même, s'est parfumé de formes antiques et latines qui étouffent son élan satirique et lyrique. Barbier et Brizeux devraient ne jamais se voir, malgré leur amitié. Il arrive à Barbier ce que je lui ai prédit ; on s'écrie : *C'est beau, mais c'est autre chose que lui* (1). »

Tout cela était vrai, et le plus curieux c'est que Barbier ne s'en rendait pas compte. Il écrivait un jour (6 août 1865) à Roger de Beauvoir, en lui envoyant ses nouvelles satires : « Vous me direz si le vieux lion qui a perdu pas mal de dents au combat de la vie a mérité le mot shakespearien : *Bien rugi* (2). » Je ne sais pas ce que lui répondit Roger de Beauvoir, mais les dernières satires de l'auteur des *Iambes* faisaient songer plutôt au rugissement d'un lion émasculé devenu vieux et poussif.

Quoi qu'il en soit, à partir de la représentation d'*Othello*, Vigny prit le poète breton, de préférence

(1) Cf. *le Journal d'un Poète*, p. 80.
(2) Lettre inédite.

à tout autre, pour le confident de ses travaux, de ses joies et de ses peines. C'est à lui qu'en 1830 il raconta sa vie militaire dans une lettre qui a la touche et l'accent d'une confession (1). C'est à lui qu'en 1835, huit jours après la représentation de *Chatterton*, il adressait cette autre, lettre qui nous révèle son état d'âme :

(1) Voici cette lettre, que j'emprunte au livre de M. Paléologue. Bien qu'elle ait été reproduite un peu partout, je la donne à cause de son importance documentaire.

« Vous avez raison de vous représenter ma vie militaire comme vous faites. L'indignation que me causa toujours la suffisance dans les hommes si nuls qui sont revêtus d'une dignité ou d'une autorité me donna, dès le premier jour, une sorte de froideur révoltée avec les grades supérieurs et une extrême affabilité avec les inférieurs et les égaux. Cette froideur parut à tous les ministères possibles une opposition permanente, et ma distraction naturelle et l'état de somnambulisme où me jette en tout temps la poésie passèrent quelquefois pour du dédain de ce qui m'entourait. Cette distraction était pourtant, comme elle l'est encore, ma plus chère ressource contre l'ennui, contre les fatigues mortelles dont on accablait mon pauvre corps si délicatement conformé et qui aurait succombé à de plus longs services ; car, après treize ans, le commandement me causait des crachements de sang assez douloureux. La distraction me soutenait, me berçait, dans les rangs, sur les grandes routes, au camp, à cheval, à pied, en commandant même, et me parlait à l'oreille de poésies et d'émotions divines nées de l'amour, de la philosophie et de l'art. Avec une indifférence cruelle, le gouvernement, à la tête duquel se succédaient mes amis et jusqu'à mes parents, ne me donna qu'un grade pendant treize ans, et je le dus à l'ancienneté qui me fit passer capitaine à mon tour. Il est vrai que, dès qu'un homme de ma connaissance arrive au pouvoir, j'attends qu'il me cherche, et je ne le cherche plus. J'étais donc bien déplacé dans l'armée. Je portais la petite Bible que vous avez vue dans le sac d'un soldat de ma compagnie. J'avais *Éloa*, j'avais tous mes poèmes dans ma tête, ils marchaient avec moi par la pluie, de Strasbourg à Bordeaux, de Dieppe à Nemours, à Pau, et quand on m'arrêtait, j'écrivais. J'ai daté chacun de mes poèmes du lieu où se posa mon front... »

« Où étiez-vous, ami, où étiez-vous? quand Auguste Barbier, Berlioz, Antony, et tous mes bons et fidèles amis me serraient sur leur poitrine en pleurant, où étiez-vous ? Mon premier mot a été : *Si Brizeux était ici !* Je leur ai fait la surprise de ce drame, personne n'en avait rien entendu. La Comédie-Française répandait partout le bruit que cette pièce tomberait. Il m'a fallu beaucoup de force pour former et encourager les acteurs. J'avais contre moi le théâtre et le public prévenu par des ennemis implacables. Quelques anciens amis en furent si effrayés qu'ils n'osèrent pas assister à ma bataille, qu'ils croyaient perdue d'avance. Ils sont revenus le lendemain de la victoire, mais cela m'a fait de la peine. J'ai eu le bonheur de conserver, au milieu de tout cela, assez de calme et de force pour en répandre autour de moi. J'ai réussi à ce que j'avais entrepris. Ma récompense est grande puisque dorénavant je puis avoir confiance dans l'attention d'un public dont on avait trop douté. Je sentais, presque seul, qu'il était mûr pour les développements lyriques et philosophiques, pour *l'action toute morale*. Il n'y a rien désormais qu'il ne soit capable d'entendre, car j'ai tendu la corde jusqu'à faire croire à chaque instant qu'elle était prête à se briser. Puisse

l'idée de *Stello* que la voix des acteurs vient de
prêcher plus fortement, toucher enfin les plus
endurcis des hommes !... »

Où était donc Brizeux, qu'il avait laissé Vigny
vaincre sans lui? M. Maurice Paléologue dit qu'il
était en Italie. Je crois plutôt qu'il était à ce mo-
ment-là en Bretagne et qu'il s'y reposait de son
second voyage à Florence et à Pise (1). Et c'est au
pays de *Marie* qu'il apprit coup sur coup le triomphe de *Chatterton* et la mort tragique et lamentable d'Émile Roulland et d'Élisa Mercœur.

II

Dans l'intéressante notice qu'il lui a consacrée
et qui figure aujourd'hui en tête de ses œuvres,
M. Saint-René Taillandier dit que Brizeux fut initié par Vigny aux plus suaves délicatesses de l'art
nouveau. Cela est vrai, mais il aurait dû ajouter
que ce fut par Brizeux qu'Alfred de Vigny entra en
relations avec les deux frères Johannot, Devéria,
Ingres, Ziegler, Berlioz, etc., dont il subit mani-
festement l'influence, et qu'ils se complétèrent ainsi
l'un par l'autre.

(1) Parti de Marseille, où il avait suppléé J.-J. Ampère à l'Athé-
née, le 10 avril 1834, il était de retour au mois d'août suivant et
reprenait ses courses en Bretagne.

Brizeux, qui par sa mère descendait de Quentin de Latour, s'était senti attiré en débarquant à Paris, vers les artistes qui devaient, quelques années plus tard, illustrer les premières œuvres des romantiques, mais du jour où il avait pénétré dans l'atelier d'Ingres, il s'était pris pour lui d'une admiration sans bornes. Car Brizeux mettait le dessin au-dessus de la couleur; dans ses voyages d'Italie, s'il admirait la peinture et les marbres de Michel-Ange, il s'extasiait surtout devant les madones et les fresques de Raphaël, et M. Cuvillier-Fleury a parfaitement vu qu'il était de ces élèves d'Ingres « d'une suavité sérieuse, n'accusant leur pensée que par un trait rapide et sûr, soutenu de quelques teintes légères (1) ».

Rappelons-nous les beaux vers qu'il a dédiés à Ingres dans son idylle de *Marie* :

> Pieux servants de l'art, conservez la beauté !
>
> .   .   .   .
>
> Il est doux par le beau d'être ainsi tourmenté,
> Et de le reproduire avec simplicité ;
> Il est doux de sentir une jeune figure
> S'élever, sous nos mains, harmonieuse et pure,
> Si belle qu'on l'adore et qu'on en fait le tour,
> Amoureux de l'ensemble et de chaque contour ;
> Sous la forme il est doux de répandre la flamme,
> En s'écriant : « Voici la fille de mon âme !

(1) *Journal des Débats*, du 22 février 1852.

Jusqu'au foyer d'amour pour elle j'ai monté :
Admirez ce reflet de la sincérité !... »

. . . .

Le beau c'est vers le bien un sentier radieux,
C'est le vêtement d'or qui le pare à nos yeux.

Et Vigny, qui regardait l'art comme un Dieu qu'on
doit adorer religieusement en silence et qui savait
l'admiration de Brizeux pour Ingres, lui écrivait un
soir : «,Eh ! quand donc verrai-je Ingres dans son
atelier? Je suis fatigué de moi à en mourir. Je pense
et repense aux formes pures de ce grand dessinateur. Allons donc chez lui ensemble, que je rêve
une heure dans son atelier, sans parler surtout s'il
se peut. Ne voulez-vous donc pas me faire ce plaisir?
Je le mérite bien pourtant par l'amitié que j'ai pour
vous... Répondez-moi un mot là-dessus, je vous en
prie, c'est une *passion* pour moi, ce soir (1). »

Il le méritait, en effet, mais Brizeux n'avait pas
besoin que Vigny fît appel à ses sentiments d'amitié
pour obtenir le peu qu'il lui demandait, car il était
de ceux qui ont la mémoire du cœur et il aurait été
le dernier des ingrats s'il avait oublié — ne fût-ce
qu'un jour — qu'il devait au poète d'*Éloa* (2) sa

(1) *Alfred de Vigny*, par Maurice Paléologue.
(2) C'est en 1839 que Villemain accorda une pension de 1200 fr. à
Brizeux. A cette occasion, le ministre de l'Instruction publique
invita le poète breton à dîner chez lui. Nous avons la lettre (inédite)

pension sa croix de chevalier (1), et jusqu'à la couronne académique dont fut honoré son beau poème
des *Bretons* (2).

Le 27 mars 1847, il écrivait de Scaër à M. Auguste Lacaussade :

« Si je ne vous ai jamais rien dit de ce qui se passait à l'Institut, c'est que je l'ignorais moi-même ;
c'est dans l'intervalle de nos deux lettres que de
Vigny m'a fait connaître sa bienveillante initiative.
Vous dites bien : de Vigny prend une belle place
à l'Académie, ce serait celle qu'il prendrait aux

par laquelle cette invitation lui fut faite : « Sans avoir l'honneur de
vous connaître, Monsieur, disait Villemain, je désirerais vous réunir à quelques personnes qui, comme moi, vous apprécient. » Mais
Brizeux, qui n'avait pas d'habit et n'aimait pas le monde, officiel ou
autre, s'excusa.

Sa pension de 1.200 fr. sur les démarches d'Alfred de Vigny fut
portée, en 1843, à 2.400 fr., et renouvelée pour trois ans à partir du
1er janvier 1847. Un peu plus tard, à la suite d'une visite que lui
fit Auguste Barbier, Lamartine la fit porter à 3.000 fr. (Barbier, *Souvenirs personnels*, p. 279.)

(1) Brizeux fut décoré par M. de Salvandy au mois de mai 1846.

(2) Brizeux, qui travaillait à ce poème depuis des années, le termina à Florence au printemps de 1844. En se rendant pour la troisième fois en Italie, il avait voulu voir Montpellier, où il devait mourir quatorze ans après, comme en témoigne la lettre que Saint-René
Taillandier écrivait à Charles Labitte, le 26 janvier 1844 : « Je viens
de recevoir une charmante visite, et bien imprévue, qui a été une
bonne fortune dans ma vie de province. Brizeux a passé deux jours
à Montpellier ; il arrive de Bretagne et va à Florence. Nous avons
causé de Paris, de Sainte-Beuve, de vous, de nos amis, j'ai lu avec
lui une grande partie de votre article sur Chénier, et il en a été
frappé. »(*Lettre inédite* communiquée par M. J. Macqueron.)

Chambres s'il essayait d'en être, celle d'ami et de
défenseur des lettres que d'autres abandonnent (1).
Ce qu'il a avancé dans ses livres, dans *Stello* et
Chatterton, il le pratique dans la vie. Je pourrais
citer de lui mille traits qui l'honoreraient à l'égal
de ses écrits : qu'il sache de vous, si vous le rencontrez ou si vous voulez bien l'aller voir, combien
je lui suis reconnaissant. Quand se décidera cette
affaire à laquelle je n'eusse jamais songé, et quand
sera-t-elle proclamée? C'est ce que je vous prierai
de m'apprendre. Si elle m'était favorable, veuillez,
par quelques lignes de vous ou d'un ami, tout en
apprenant la décision à mon égard, passer immédiatement à l'éloge de mon excellent ami. A lui la
couronne! »

Et quand parut son poème de *Primel et Nola*,
Brizeux l'offrit à Vigny avec un recueil de petites
pièces de vers qu'il avait composées à Scaër, au

---

(1) Vigny n'avait pas attendu d'être de l'Académie Française pour
jouer le rôle de défenseur des littérateurs et des lettres. En 1840,
ayant appris que Lassailly était tombé dangereusement malade des
suites d'un travail excessif, il demanda au gouvernement de lui
venir en aide, et Lamartine, pendant une séance de la Chambre des
députés, fit une quête qui produisit 455 francs. (*Journal d'un Poète*,
p. 153.) — L'année suivante, la fille de Sedaine recouvrait, grâce à
lui, la pension qu'elle tenait de l'empereur et qui lui avait été sup-
primée sans qu'elle eût rien fait pour cela.

retour de son dernier voyage d'Italie, en y joignant ce gracieux hommage :

« A ALFRED DE VIGNY.

« Sous vos ombrages du Maine-Giraud, je vous adresse, mon ami, ces vers nés sous les chênes de Cornouailles. Ils sont comme les notes de l'Épopée rustique que j'ai voulu, dans *les Bretons*, donner à mon pays et qui, grâce à vous surtout, a reçu la sanction d'un grand corps littéraire.

« Dans la retraite où vous préparez encore de belles œuvres, que cet humble hommage aille vous chercher, ô vous, fidèle à l'amitié comme à la poésie. »

Ces lignes sont de 1850. A cette époque, en effet, Alfred de Vigny vivait dans sa terre de Charente (1) où il s'était retiré la veille des journées de Juin, et la peur du socialisme qui avait ensanglanté Paris

(1) Il écrivait à Brizeux, du Maine-Giraud, le 29 avril 1849 : « ... Je n'ai point quitté mes belles sources, mes rochers, mes vieux chênes, mes prés et toutes mes géorgiques depuis le 3 mai 1848. » — Dans une autre lettre datée de Blanzac, 27 décembre 1851, il le félicitait de ne plus croire à l'Italie : « Votre Arno, votre Florence, Toscans, Toscane, Rome, Tibre Naples et Vésuve, vous donnez tout cela comme faisait ma chère Mme de Staël, pour le ruisseau de la rue du Bac. » — Il ajoutait : « Les paysannes charentaises ressemblent à celles de la Bretagne : elles attachent à leur côté *la servante de la quenouille* pour filer pendant la veillée en racontant des histoires. » (*Lettres inédites.*)

l'éloignait de jour en jour de la République qu'il avait acclamée, quand Lamartine la personnifiait. Il n'était pas le seul dans ce cas, d'ailleurs. Son ancien ami, M. de Montalembert, avait été l'un des premiers à applaudir au Deux-Décembre, et Turquety, le poète breton d'*Amour et foi*, qui avait quitté Rennes pour venir habiter Paris au printemps de 1852, devait, lui aussi, donner au monde « le scandale de sa joie » en publiant un poème héroï-comique sur *les Représentants en déroute*. Mais je ne crois pas que Vigny ait approuvé Turquety dans cette circonstance, car ses conversions politiques furent toujours discrètes ; je ne crois pas non plus que Brizeux leur ait donné raison à l'un et à l'autre, car il était républicain de nature et après avoir fait le coup de feu avec Tony Johannot et Georges Farcy sur les barricades de 1830, il aurait eu honte de voter pour l'homme qui avait étranglé la liberté. Il avait, au surplus, à cette heure trouble de notre histoire, d'autres préoccupations que la politique.

Il était déjà en proie au mal qui devait le terrasser à cinquante-cinq ans et il ne faisait plus que de rares apparitions à Paris.

III

Aussi Vigny, qui ne pouvait se résigner à rester
sans nouvelles directes de Paris, dans sa solitude
du Maine-Giraud, avait-il pris, en l'absence de
Brizeux, pour correspondant parisien leur ami
commun Philippe Busoni qui rédigeait depuis 1843
la chronique littéraire de *l'Illustration*. Ce n'était
pas, d'ailleurs, la première fois que cela lui arrivait. Chaque fois que Brizeux voyageait en Italie
ou en Bretagne, et que lui, Vigny, se trouvait dans
la Charente, il avait eu recours aux bons offices de
Busoni, et nul mieux que lui ne pouvait tenir l'emploi de confident intime, car, outre qu'il avait pour
Vigny une affection profonde, sa vie avait été traversée d'aventures si romanesques qu'il savait garder les secrets d'autrui.

Parlant de Busoni assez longuement dans le chapitre de ce livre que j'ai consacré à sa fille, je ne
dirai ici que l'indispensable.

Né à Saintes, le 15 avril 1804, de Pierre-Charles
Busoni, agent en chef des hôpitaux militaires, et
de Anne-Marthe Leclerc, il débuta dans la littérature par une ode sur la mort de Louis XVIII.
Après avoir donné à l'Odéon, en collaboration

avec Brizeux, la petite pièce de circonstance intitu
lée *Racine*, il publia avec lui également les *Mémoi
res de Mademoiselle de la Vallière* (1828). Signa
taire, en qualité de rédacteur au *Temps*, de la pro
testation des journalistes contre les Ordonnance
de Juillet (1), il fut chargé par M. Villemain de re
cueillir dans les archives d'Italie les éléments de l
correspondance politique de Catherine de Médicis
Il passe pour avoir coopéré à la refonte des *Mé
moires* de Casanova, dont le texte original venai
d'être publié en Allemagne et dont Paulin donn
une édition complète de 1833 à 1837. On a d
lui encore un roman en deux volumes intitul
Anselme, mais son œuvre la plus remarquable
celle qui lui assure une place distinguée parm
les *poetæ minores* de l'École romantique, c'est so
livre des *Étrusques*, pour lequel Vigny professai
une juste admiration. Voici, comme échantillon d
sa manière, une petite pièce de vers inédite qu
j'ai recueillie dans ses papiers :

PENSÉE

Ceux des hommes pour qui le roi des cieux prodigue
Epanche les trésors de sa divinité,
Que d'avance il bénit, et qu'il choisit pour digue
A l'océan fangeux de toute iniquité,

(1) Son nom figurait sur la liste des rédacteurs que Barthélemy
et Méry publièrent en tête de leur satire *l'Insurrection*.

Ceux dont il alluma l'intelligence et l'âme
Aux regards épurés de la céleste flamme,
Qu'au monde il envoya, miroirs de vérité,
Marqués du sceau vivant de son éternité,
Violemment portés au courant de la vie,
Ceux-là n'ont point de jour qui n'ait sa frénésie,
Ni d'heure son danger, ni de mer son écueil,
Leur force les abuse et les monte à l'orgueil.
Mais lorsque, descendus de ces sommets arides,
Où leurs mains n'ont cueilli que des écorces vuides,
Ils reprennent leurs jours comme un instrument d'or
Délaissé trop longtemps et merveilleux encor,
Ils en tirent des sons plus riches et plus tendres,
De leur cœur dévasté tout revit jusqu'aux cendres,
Le repentir les pare et rend à leur beauté
Le manteau radieux de la virginité.

J'arrive maintenant aux années troublées par la politique, où Busoni servit à Vigny de correspondant parisien.

Elles sont bien intéressantes les lettres que lui adressa le grand poète, de 1848 à 1852, et les admirateurs de Vigny doivent bénir le ciel de l'avoir retenu pendant quatre ans dans sa propriété de l'Angoumois, car à défaut de ces lettres nous n'aurions qu'une idée incomplète de ses préoccupations de toute sorte durant ce laps de temps.

Disons-le tout de suite, c'est le théâtre, et son théâtre, qui lui met le plus souvent la plume à la main. Mais comme il ne s'est jamais désintéressé des affaires publiques, il y a dans toutes ses lettres un mot sur la politique et les événements du jour.

Le 22 novembre 1848, il écrit à Busoni : « Votre sollicitude amicale me touche beaucoup et je vous remercie de vous être ému à la nouvelle des représentations de *Chatterton* et du *More de Venise*. Et vous avez eu la bonté d'aller voir M. Locroy ! (*sic*). Quoique les reprises soient peu du goût des théâtres en général, je crois qu'il avait l'intention très sérieuse de reprendre mon *Othello*. Un de mes parens m'écrivait de Hollande, au mois de juillet, qu'en venant de Rotterdam il s'était trouvé sur un bateau à vapeur avec Rachel, qui tenait à la main mon rôle de Desdemona et l'étudiait. — Mais, entre votre lettre et ma réponse, la toute-puissance de M. Locroy a cessé d'exister.

Je n'ai fait que passer, il n'était déjà plus (1).

« — Et Rachel, est-elle à Pise ou à Montmorency ? Quel est le vrai dans les récits que font les journaux de sa démission ? — C'est à vous de m'éclairer sur les révolutions du Théâtre-Français dont on ne peut démêler le vrai, à travers le ton à moitié sérieux et demi-railleur de quelques feuilletons qui en font des scènes bouffonnes. — On m'a écrit

(1) Lockroy, nommé Commissaire du gouvernement près le Théâtre de la République (Théâtre-Français), le 3 mars 1848, fut remplacé, le 14 octobre, par Edmond Sevestre.

plusieurs fois qu'il y avait aux Français une jeune
actrice du nom d'*Amédine Luther* (je crois), dont
la tête mélancolique et blonde et les airs rêveurs
conviendraient au rôle de Kitty-Bell (1). Qu'en
dites-vous ? — Peut-être ne l'avez-vous jamais vue.
Pourtant, je vous demande votre opinion. Don-
nez-la-moi, après l'avoir bien observée dans des
rôles qui aient quelque rapport avec celui de Kitty.
A-t-elle la grâce virginale et maternelle qu'il faut
pour ce rôle? — Je ne crois pas l'engagement de
Mme Dorval au Théâtre historique bien sérieux.
M. Hostein m'avait parlé, dès le mois de mai, de
cette reprise de *Chatterton*, qu'il souhaitait vivement ; il devait engager Laferrière, qui aime et
comprend bien ce rôle, l'a joué en Russie et m'a
écrit sur le drame avec beaucoup d'enthousiasme.
Est-il à ce théâtre encore ? S'il est vrai, donc, que
les théâtres soient vivans, s'il est vrai que vous
ayez foi dans ce galvanisme, faites trois pas et
voyez M. Hostein. Dans l'état actuel des choses,
il n'y a encore qu'une Kitty-Bell possible, c'est
Mme Dorval. — Mais comment puis-je croire que
les théâtres existent avec un public réel, présent,
écoutant ? — Il est vrai qu'ils étaient ouverts pen-

(1) Amédine Luther fit partie de la troupe du Théâtre-Français de
1848 à 1851. Elle débuta, le 19 mai 48, dans *le Verre d'eau* (Abigaïl).

dant que les cosaques entraient dans Paris, tant
est grand le besoin d'oublier les douleurs du matin dans les effusions du soir. — Tout est possible,
hélas! comme dit Othello, et quand la France est
au milieu de son grand suicide, je ne serais pas
étonné d'apprendre par vous que le faubourg du
Temple remplit de ses Romains le Théâtre historique. Dites-m'en des nouvelles par quelques mots,
je vous prie... »

Puis, abordant la politique, Vigny continue
ainsi :

« La loterie du vote universel ne passionne pas
l'ombrageux paysan comme le désœuvré Parisien.
— Il s'en défie et voit de loin Paris avec dédain
et avec horreur. Le mot de Liberté, qu'est-il pour
l'homme qui travaille et laboure depuis quatre
heures du matin jusqu'au coucher du soleil, sous
tous les régimes?

> Me fera-t-on porter double bât, double somme?

« Vous allez le voir à l'œuvre et ce qu'il jettera
dans l'urne. — Je plains le pauvre président qui
va, le premier, essuyer les plâtres de cette maison
mal bâtie qui a été si longtemps en construction.—
J'ai suivi les architectes pierre à pierre, en gémis-
sant de voir combien de grandes questions ont été

tournées, comme des places fortes, par une armée turbulente.

« Je quitte ceci, qui me mènerait loin, pour vous dire combien je désirerais savoir que vous n'habitez plus cet affreux quartier, où vous avez vu ce que vous possédez de plus cher sans défense autre que votre vie et celle de votre fils que vous auriez données inutilement. — Parlez-moi de votre ravissante fille et de sa mère. Veillez sur elles. Je crains que vous n'ayez quelque chose de cette insouciance indolente des Napolitains qui demeurent près de la lave et rebâtissent leur maison près du volcan, avec ses cendres calcinées.

« Que dites-vous de la mort de ce pauvre Vatout? Je le connaissais à peine, je ne l'aimais point, j'ai toujours voté contre lui à l'Académie, comme vous le savez, malgré les séductions et les perfides avances de ses amis, mais je le trouve touchant, en mourant comme un bon chien aux pieds de son vieux maître, qui a dû dire comme le roi Lear : *O mon pauvre fou !* — Il était bien le *fou du Roi* et l'égayait par des chansons de mauvais goût, toutes souillées de calembours un peu salissants. —

« Tocqueville est très heureux de se trouver débarrassé de le recevoir. C'était, je crois, son tour. — Causez donc un peu avec moi. — Les libraires qui

1   14

m'ont écrit qu'ils étaient morts   remonteront-ils ?
Les anciens grands journaux ont-ils perdu ou
gagné, depuis la nuée de sauterelles des nouveaux
qui se sont abattus sur Paris et dont la France ne
sait pas les noms? — Pour qui votera la majorité
à Paris ? — Moi, qui ne suis pas domicilié ici depuis six mois, je n'ai point à jeter ma goutte d'eau
dans cet océan et ne puis ni emmener ni quitter
ma pauvre malade, qui vous dit mille choses.

       « Tout à vous

          « ALFRED DE VIGNY. »

Le 5 janvier suivant, il écrit encore à Busoni :
« Je désire que *Chatteron* ne soit pas joué à
présent. Je vous prie de le dire à M. Hostein. On
reprendra ce drame avec un ouvrage nouveau de
moi, quand je serai là pour les mettre en scène
tous les deux...

« Barbier m'a envoyé son *Jules César* avec une
lettre aimable à laquelle je vais répondre. Je viens
de lire et de relire en anglais cette grande œuvre.
Quelle leçon de morale à donner au peuple ! C'est
là ce que M. Hostein devrait jouer pour laver les
planches de son théâtre ! Quel spectacle magnifique
que celui de cette belle âme de Brutus si tourmentée, si empoisonnée du remords de cet assassinat

inutile et qui a tant coûté d'efforts à son cœur !
— Quel enseignement pour nos temps qui croient
imiter les vertus républicaines en singeant les crimes antiques et où le premier drôle venu croit
aussi être un sacrificateur qui a droit d'immoler un
homme à la liberté !

« Samedi, 6 janvier.

« J'en étais là hier au soir à 1 h. 1/2 quand je
me suis couché, et ce matin, à mon lever, on me
donne votre billet du 4.

« Je n'ai rien à changer, mon ami, à ce que je
vous disais et je persévère d'autant plus fermement dans l'ajournement indéfini de ce projet que
je considère Mme Person, son talent, sa nature, et
tout son être comme étant précisément le contraire
du rôle de Kitty-Bell. Comme vous m'aviez parlé
de trois actrices entre lesquelles j'aurais à choisir,
je ne me suis point pressé de répondre, croyant
que M. Hostein penserait, comme moi, que ma
présence serait nécessaire pour tout cela. — Re-
merciez-le donc et dites-lui de me réserver la même
bonne volonté pour une autre époque. — Ce ne
sont point les travaux de la terre qui occupent les
mois de décembre et de janvier, c'est l'époque où
les bœufs se reposent et où les hommes veillent

autour d'une lampe de forme romaine et, sans le
savoir, composent avec les femmes qui filent des
tableaux à la Rembrandt. — Et moi aussi je veille
chez moi, à côté de Lydia, dont la poitrine n'est
pas assez rétablie pour voyager et à qui la chaleur
d'aujourd'hui, le soleil et les fleurs font trop de
bien pour que j'aie le courage de l'en séparer. Si
vous y songez un instant, vous verrez que ma vie
est très peu différente de celle que je mène à Paris.
— Je pense plus que jamais que la solitude est
sainte. — Elle l'est doublement quand on s'y voue
pour remplir un devoir tel que celui de relever et
soutenir une santé qui retombe sans cesse, une vie
que mon absence renverserait. Songez donc que
je suis garde-malade interprète en toute occasion
et secrétaire-perpétuel de ma bonne Lydia. — Je
ne crois pas qu'on s'occupe avant trois mois de
l'Assemblée législative. Je ne songe à me présenter
pour aucune élection. Un livre est une tribune où
l'on n'est pas interrompu, je la préfère à l'autre. —
Apprenez-moi par un mot la vérité sur ce qu'on
dit de Sainte-Beuve dans quelques journaux. Comment et pourquoi a-t-il quitté sa bibliothèque (1) ?
L'a-t-on destitué ou a-t-il donné sa démission? Est-

(1) La bibliothèque Mazarine. Voir mon livre sur Sainte-Beuve,
t. I.

il vrai qu'il soit professeur à Liège ? Je le vois
aujourd'hui remplacé par M. Ampère. — On pouvait mieux faire que de destituer, dans la personne
de M. Féletz, un vieillard aveugle et malade. —
Répondez donc un mot à chaque question ou bien
je les numéroterai une autre fois pour vous punir.

« Par exemple, je voudrais savoir des nouvelles
de votre famille et je vous prie de souhaiter à cette
belle jeune Romaine aux yeux noirs, à votre charmante enfant, *O mater pulchra filia pulchrior*, une
année qui ne ressemble en rien à la dernière.

« Tout à vous de cœur, mon ami. »

Et Vigny terminait par ces lignes, qui ont trait à
la pièce de *Jules César*, de Barbier :

« J'ai encore les yeux pleins de larmes d'admiration, je viens de relire cet adieu si plein de sagesse,
de gravité et de grandeur, cet adieu conditionnel
que se font Brutus et Cassius. En vérité je le crois
plus beau dans les vers de Barbier et plus large-
ment posé dans notre langue que dans l'anglais :

> En tout cas, noble ami, je vous fais mes adieux
> Eternels. Si pourtant, grâce aux dieux
> Nous devons nous revoir dans le terrestre empire,
> Eh bien, cher Cassius, avec un doux sourire
> Nous nous accucillerons l'un et l'autre. Sinon,
> De nous quitter ainsi nous aurons eu raison.

« Et Cassius répète mot pour mot comme une

prière. — Qu'ils sont beaux et grands! ils craignent
de s'avouer qu'ils sentent bien que la bataille sera
perdue et que les affaires de leur parti vont mal, et
aucun d'eux n'y veut survivre et chacun sent bien
que l'autre se tuera ! »

Quelques mois après, Vigny apprend avec inquiétude que le Gymnase a repris, sans son autorisa-
tion, son joli proverbe de *Quitte pour la peur*. Mais
Busoni, qui a vu Rose Chéri dans le rôle de *la Duchesse*, s'empresse de le rassurer.

« 24 juillet 1849. — Mardi.

« Puisque c'est un fait accompli et que vous m'en
dites des merveilles, lui mande Vigny, je n'ai plus à
m'occuper de résister, mon cher ami. Je suis conquis et soumis par la victoire de Mᵐᵉ Rose Chéri
et je lui envoie les clefs de la place par une lettre.
Depuis vous qui fûtes le premier, tout le monde
m'a entretenu de ses perfections. Les lettres de plusieurs personnes et de quelques femmes, plus difficiles que nous en mérites féminins, s'accordent à
me parler du grand air, du maintien parfait et de
toutes les grâces de cette jeune actrice et de tout
ce qu'il y a eu de bon goût, de noblesse et d'esprit
dans la manière dont Bressant a joué avec elle la
grande scène, la seule, à vrai dire, de cette minia-

ture. Avec d'aussi excellents acteurs, il en devait
être ainsi. Vous ne m'avez pas encore envoyé les
grands journaux, et les quatre que j'ai reçus disent
quelques mots et se proposent d'y revenir ; mais
tous sont favorables et *la Presse* plus que ses compagnons de voyage. Le plus chaleureux (jusqu'ici
au moins) a été *le Siècle*, qui, en général, me veut
du bien et s'exprime sur mon compte avec beaucoup d'estime et de sympathie. Cela m'a fait plaisir, car, jetée ainsi tout à coup sans préparation qui
pût porter le public à faire quelque attention à tout
ce qui ne lui est pas dit, il aurait pu mal comprendre cette vengeance de bonne compagnie où le Duc
met sa femme entre les dangers d'un coup de poi-
gnard et celle d'un baiser qu'elle trouve plus odieux
encore. — Il me serait précieux de voir *l'Illustration* chaque fois que vous y écrivez, et à Paris je la
trouvais partout. Mais à Angoulême, où je ne vais
passer que quelques heures de loin en loin, il n'y a
pas de cabinet de lecture. Je voudrais que l'on m'en-
voyât de Paris chacun des numéros où vous avez
écrit sur moi, mais je n'ai pas osé les demander aux
bureaux de ce journal (qui est aussi un livre de
gravures), parce qu'il m'est arrivé déjà d'y vouloir
acheter quelques *numéros* sans pouvoir y réussir.
On me les donna malgré moi. Je crains toujours

qu'on n'agisse de même et je serais indiscret, malgré moi aussi.

« Assurément ce m'est un grand plaisir de me
figurer votre belle enfant assise au Gymnase entre
sa mère et vous et souriant aux dentelles et aux ter-
reurs de ma petite Duchesse. Elle ne peut pas tout
comprendre dans les mœurs de ce temps-là, mais
elle a deviné, j'en suis sûr, combien cette délicatesse d'un homme d'honneur est supérieure à la
vengeance de l'honorable M. Caraby. Il faut aimer
comme Othello pour avoir le droit d'étouffer sa
femme.

« Je suis d'ailleurs ravi de penser que j'ai occupé
votre jolie famille pendant toute une soirée et je
ne puis m'empêcher de comparer ces heures-là
aux heures d'angoisses du mois de juin de l'année
dernière. On m'écrit que l'on va mettre sous verre
ce joujou de *Quitte pour la peur* jusqu'à l'hiver.
Est-ce là le projet du Gymnase ? Je n'ai ni *le Constitutionnel* ni les autres que vous m'annonciez. —
J'aime à penser que cette pauvre âme tourmentée,
Mᵐᵉ Dorval, n'a pas vu jouer ce rôle que je fis pour
elle. Cela m'eût serré le cœur. Un journal a dit que
le dédain l'avait tuée. Je le crois, je le vois même
dans votre avant-dernière lettre que j'ai sous les
yeux. Le directeur du Théâtre historique vous

avait dit qu'il ne se souciait plus de l'engager. Les
pauvres actrices ! on ne peut trop les gâter, les
couronner et les bercer comme des enfants, car elles
n'ont qu'un jour. — J'écrivais hier à quelqu'un que
je n'aurais pas, sans tristesse, assisté aux répétitions
et qu'il me semble que l'on se partage ses vêtements
et que l'on jette sa robe au sort (1). — Il y avait
huit ans, cependant, que je ne l'avais vue, quand
elle a cessé de vivre, cette femme si en possession
de la vie que je ne puis l'en croire absente.

« On se plaint de vous dans la rue de Berry (faubourg du Roule, n° 3), vous n'aurez pas l'excuse
d'ignorer l'adresse. Souvenez-vous que Mᵐᵉ Holmès
m'a donné de vos nouvelles l'an dernier, après les
affaires de juin. Me sachant inquiet de vous et
des vôtres, elle monta en voiture et courut elle-
même à votre maison. Elle est en deuil et bien affec-
tée. Son père vient de lui être enlevé par le choléra. Allez-y donc un soir et, à votre tour, dites-moi
dans quel état vous l'aurez trouvée. Vraiment vous
lui devez une visite et je crains que tant d'épouvan-
tes qu'elle vient d'avoir ne l'aient accablée.

« — Je voudrais bien pouvoir accuser la poste des
lacunes de vos lettres, mais je crains bien que vous
ne soyez plus coupable de paresse que les postil-

(1) Voir dans sa *Correspondance* sa lettre à sa cousine du Plessis.

lons d'inexactitude. — J'ai mis *de ma main* à la poste la lettre qui était renfermée dans la mienne et que vous écriviez à un de vos parens.

« Mme de Vigny me charge de vous dire combien elle est sensible aux questions de toutes vos lettres sur sa santé qui me trouble si souvent. Elle est heureuse de ces Géorgiques perpétuelles qui nous environnent, des riches moissons qui viennent de se faire et des plus riches vendanges qui s'annoncent : ce lui est un spectacle et un baume vivifiant tout à la fois. — Pour moi, je dis comme La Fontaine :

Quand le moment viendra d'aller trouver les morts,
J'aurai vécu sans soins et mourrai sans remords.

« Bon soir.

« ALFRED DE VIGNY. »

Au mois d'octobre suivant. on pouvait lire dans *l'Illustration* ce petit entrefilet dû à la plume de Busoni :

« L'Académie Française vient de choisir pour son directeur M. A. de Vigny, et aussitôt les différents organes de l'opinion publique de répéter à l'envi que l'Académie avait profité de l'absence de M. Molé pour faire ce choix. Au contraire, c'est de l'absence de M. de Vigny que l'Académie a profité

pour l'appeler aux honneurs du bureau... voilà justement comme on écrit l'histoire. De la retraite
lointaine où il s'est confiné dans l'étude et dans la
poésie, M. de Vigny n'a nulle envie de sortir pour
donner l'investiture et l'accolade aux nouveaux élus
et bonsoir la compagnie ! il faudra aviser à un
autre choix ; cet oracle est plus sûr que celui de
Calchas (1). »

Busoni s'abusait en jouant ainsi le rôle d'augure.
Nous savons, par une lettre de Vigny à Mlle Maunoir que, bien loin de décliner l'honneur qu'on venait
de lui faire, l'illustre poète y fut au contraire très
sensible et qu'il y vit une réparation de l'inique
accueil que lui avait fait M. Molé, le jour de sa réception à l'Académie.

Cependant il ne put s'empêcher de remercier immédiatement Busoni « du mouvement du cœur qui
l'avait porté à relever cette sottise glissée avec tant
de soin dans plusieurs journaux.

« C'était vraiment, lui mandait-il alors, l'Académie Française elle-même qui devait dire : nous pre-
nez-vous pour des écoliers *qui profitent de l'absence d'un des membres pour en élire un autre ?*
Dans quel journal avez-vous répondu ?... Quelle

(1) Voir *l'Illustration* du 6 octobre 1849.

puérilité! Quand on a vu qu'on ne pouvait empêcher ce retour ou ce repentir de l'Académie Française on s'est hâté de l'empoisonner. Cela décèle un
dépit bien violent de mon élection à la présidence
et il est bien maladroit de montrer ce dépit à tout
le monde. — Celui qui fait dire qu'il était absent
ne pense pas que j'étais plus absent que lui de cent
lieues. Je me souviens qu'une personne qui tenait à
la cour du dernier règne vint à moi tout essoufflée,
dans un salon, un soir, me demander comment finirait ce désaccord, je lui répondis :

> Le Roi, l'Ane ou moi nous mourrons.

« Je ne me trompais pas. Le *trône* est mort et on
ose à présent me nommer, on reprend courage. —
Je ne suis pour rien dans cette résolution, car, depuis le mois de mai 1848 que je suis en *Aquitaine*,
je n'ai pas échangé deux lettres avec un seul membre de l'Académie... »

Cette lettre est du 12 octobre 1849. Quelques
jours plus tard Vigny rentrait à Paris pour remplir
ses fonctions de directeur de l'Académie et ce n'est
qu'au mois de juillet suivant qu'il reprenait le chemin du Maine-Giraud.

IV

Pendant ce temp-là, Brizeux était toujours en

Italie, et, plus sauvage que jamais, ne donnait signe de vie à personne. Est-ce pour le faire sortir de son silence qu'au mois de février 1851 Busoni crut devoir insérer dans *le Courrier de Paris* de *l'Illustration* la petite note que voici :

« Un poète jeune encore, l'un des rares talents de notre époque et des plus exquis, vient de dire adieu au monde... L'auteur de *Marie* et des *Bretons*, Brizeux, s'est fait moine, comme Tasse, avec cette différence qu'il a conservé la plénitude de sa raison et qu'il n'a rien perdu de son talent. »

Toujours est-il que Brizeux prit fort mal la chose et répondit à la note de *l'Illustration* par une autre que Lacaussade communiqua à tous les journaux.

«... Cette belle aspiration pour la vie religieuse, disait le communiqué, lui a été prêtée par une imagination délicate qui, sans doute, a senti par elle-même que, de nos jours, la poésie n'avait guère qu'à chercher la solitude et à se voiler. »

Il y a plus, au risque de s'attirer le reproche de manquer de mesure, Brizeux à son retour en France battit froid à Busoni, mais Vigny eut tôt fait de les jeter dans les bras l'un de l'autre (1), et comme

(1) « ... Il a bien tort de vous bouder, écrivait Vigny à Busoni, le 12 novembre 1851, car vous le posiez magnifiquement comme Torquato Tasso, à la folie près, et je ne puis croire qu'il ne comprenne pas que du jour où l'on a signé une chose imprimée, où l'on a pro-

pour se faire pardonner ce moment de mauvais
humeur, Brizeux, reprenant la fonction où Buson
l'avait suppléé, s'employa à corriger les épreuve
de la dernière édition des Poésies complètes d
Vigny (1).

noncé un discours très long, où l'on a donné un ordre du jour trè
court, on prend rang parmi les acteurs; que ce qui peut arriver d
plus fâcheux à un acteur c'est d'être sans rôle, et que vous lui fa
siez jouer là une scène intéressante, mélancolique, qui pouvait cau
ser un redoublement de *Maries* aux Bretons et rendre Bretonnes le
Parisiennes. J'avais bien lu votre anecdote répétée par les journaux
je n'avais pas cru à son froc, mais j'avais vu sous ce capuchon votr
amitié pour lui. Mais il faut excuser les voyageurs qui viennen
d'un pays si naïf, si candide que Florence, où sans doute on n
devine rien et où toute finesse est absolument inconnue... »

(1) Cela n'empêchait pas d'ailleurs Busoni de continuer sa corres
pondance avec le solitaire du Maine-Giraud, et de le tenir au couran
de toutes les nouvelles de Paris susceptibles de l'intéresser.

Ainsi, le 15 avril 1852, Vigny lui écrivait :

« ... Vous ne me dites point si *le Pot-de-Vin* d'Auguste Barbie
est réimprimé dans ses satires ; demandez-lui donc cela de ma part
quand vous le verrez. J'espère que les événements politiques lui on
fourni d'assez beaux sujets de satire. C'est bien de sa faute s'il n
les prend pas au vol...

« Vous avez prononcé en passant un nom qui m'était cher, celui d
Dittmer, mon camarade du collège et à l'armée et mon ami partou
Il y a un de ses ouvrages dramatiques, imprimé avec ses *Soirées d
Neuilly* et sur lequel vous devriez revenir, c'est la conspiration d
Mallet. Il y a mis, je crois, plus que Cavé, qui ne connaissait pe
comme lui le côté stupide de l'armée et n'était pas descendu dan
ses profondeurs qu'il faut habiter pour y croire. Il y a là un person
nage vrai, curieux et historique, c'est un certain caporal qui fai
copier et copie toutes les pièces nécessaires à la conjuration sans le
comprendre (a)...

« Qui a créé cette nouvelle *Revue de Paris* ? (b), qui la dirige et
soutient ? quelle est sa *nuance* politique ? Car, de couleur on n'e

(a) Le caporal Rateau, de la Garde de Paris.
(b) Fondée en octobre 1851 par Maxime du Camp.

« Votre lettre du 19 avril, écrivait celui-ci à l'éditeur Charpentier, le 25 du même mois, se croise avec la mienne partie d'ici le 20 avril. Vous m'envoyez trop *tard*, et *après* que j'ai envoyé le *bon à tirer*, les observations amicales et attentives de mon ami M. Brizeux sur les fautes d'impression et de ponctuation. Elles sont toutes justes. Si vous allez chez l'imprimeur ayez la bonté de faire rectifier ces erreurs, si, par hasard, il en est encore temps.

« La plus grossière faute d'impression serait le titre du poème : *le Somnambule*, changé en femme. Mais j'espère que ce péché ne souille pas votre édition de cette année, car je remarque avec plaisir que l'édition sur laquelle M. Brizeux a pris cette note est de 1841, tandis que l'exemplaire sur lequel je corrige est de l'édition de 1846. C'était, je crois, la seconde publiée par vous...

« Je vous prie, si vous voyez mon ami Brizeux, de le remercier de cette attention qu'il a eue de

parle plus. — Que sera la *Revue Contemporaine* (c) ? J'y vois annoncer des écrits de bien des auteurs qui ne me semblent pas de tendres frères. — Lamartine n'a-t-il pas un grand succès pour *le Civilisateur* ? Il a pris le parti d'être son propre directeur et son seul rédacteur. Il a bien raison... »

(Toutes ces lettres de Vigny à Busoni ont été publiées par Jules Marsan dans nos *Annales romantiques* de novembre-décembre 1905.)

(c) Fondée au mois d'avril 1852 par le comte de Belval.

vous avertir de ce qui manquait d'épingles à la
toilette de *ma Muse* faite par les imprimeurs. Mais
priez-le donc de chercher encore bien vite s'il n'y a
pas quelque ceinture ou quelque agrafe détachée,
avant que je prononce le mot fatal de *bon à tirer*,
qui équivaut au commandement : *feu !* (1). »

Mais Brizeux ne s'occupait pas seulement de la
toilette typographique de la Muse de Vigny, il se
préoccupait davantage encore de la santé de son
ami, qu'il savait chancelante. Et voici la touchante
lettre qu'il adressait de Bordeaux à Lacaussade, le
29 décembre 1856, en se rendant pour la dernière
fois dans le midi :

« Cher ami

« Me voici descendant vers le midi de la France
pour raffermir ma santé contre les attaques de ce
dernier automne. Je me faisais donc une joie de
revoir le soleil, mais le vent souffle très froid sur la
maison de Bonnafous. Ce qui me semble bien sûr,
c'est une mauvaise nouvelle sur la santé de mon
cher Alfred de Vigny. Je lui écris, comme à vous,
par ce courrier ; mais, malade, il ne pourrait pas me
répondre, et seulement indisposé, ce serait encore

(1) *Revue d'histoire littéraire de la France*, janvier-mars 1913,
Alfred de Vigny et Charpentier, par Jules Marsan.

des lenteurs. Vous qui savez mettre tout en deux
lignes, ne tardez pas une minute à m'écrire. Dans
deux jours, j'attends votre dépêche à Montpellier
(poste restante). Si de Vigny m'appelle, j'accours
tout aussitôt près de lui. »

Mais Vigny, qui savait Brizeux malade de la poitrine, se serait bien gardé de l'appeler près de lui.
Pourquoi faire, d'ailleurs ? Le mal de l'un n'aurait
pas guéri celui de l'autre ; or, ni l'un ni l'autre ne
manquèrent de courage, ayant à peu près la même
philosophie et le même stoïcisme. Qu'on lise plutôt les derniers vers de Brizeux et qu'on me dise
s'ils sont moins fiers, dans leur tristesse résignée,
que ceux de *la Mort du Loup*, et des *Destinées* :

Comme tous ces chanteurs divins mais désolés
   Qui s'en vont pleurant et voilés,

J'ai vu le gouffre noir des souffrances humaines,
   La discorde et toutes nos haines.

Mais sur mon front pensif, souvent épouvanté,
   J'ai remis la sérénité.

A peine ai-je laissé s'exhaler dans les fièvres
   Un soupir montant sur mes lèvres !...

Que sert en la sondant d'irriter votre plaie,
   Martyrs attachés sur la claie !

Une fatale loi règne et pèse sur nous,
   Sentence d'un maître en courroux !

Brizeux, après un assez long séjour à Montpellier, mourut dans cette ville le 3 mai 1858.

« Quand je serai mort, disait-il à Saint-René
Taillandier, dont le dévouement fut admirable,
dites que la Bretagne devrait bien ouvrir une souscription pour faire transporter mon corps dans
ma patrie. J'ai fait cela moi-même pour Le Goni-
dec. »

La Bretagne n'eut pas cette peine. Ce fut Alfred
de Vigny qui s'employa tout de suite auprès de
M. Fould, ministre d'État, pour que le dernier
vœu de son pauvre ami fût exaucé.

Et c'est moi qui, trente ans plus tard, avec le
concours de Jules Simon, de Renan et de quelques
autres Bretons de marque, eus la joie de lui faire
ériger (1) dans sa ville natale une belle statue de
marbre blanc.

(1) Le 9 septembre 1888.

V

I. — Fragment du *Journal d'un poète*. — Le pays gué-
randais. — Enfance et jeunesse d'Émile Péhant. — Un
sonnet de Péhant à Pitre-Chevalier.
II. — Le poète chez Pitre-Chevalier. — Ses vers sur Élisa
Mercœur. — Ses livres d'histoire. — Lettre inédite de Vigny
au marquis de Torcy. — Pitre-Chevalier et *le Musée des
Familles*. — Il meurt trois mois avant Alfred de Vigny.
III. — Le roman des *Deux Jeunes filles*. — Lettre inédite
de Vigny à ce sujet. — Premiers rapports du poète avec
Émile Péhant. — Celui-ci veut provoquer Buloz à l'issue
de la représentation de *Chatterton*. — Les *Sonnets* de
Péhant. — De l'influence de *Chatterton* sur les jeunes
poètes du temps. — Le suicide d'Escousse et Le Bras. —
Émile Roulland et Élisa Mercœur. —Une suite au poème
d'*Éloa*. — *Le Corps et l'Ame* de Péhant. — Vigny le fait
nommer professeur de rhétorique à Vienne. — Péhant se lie
avec Ponsard.—La genèse de *Lucrèce*. — Lettre de Vigny.
IV. — Péhant est envoyé à Tarascon. — Il a pour élève
Roumanille. — Ce que ce félibre lui écrivait quarante ans
plus tard. —*La Revue de Vienne* et les débuts de Ponsard.
—Le triomphe de *Lucrèce*. — Lettre inédite de Ponsard à
ce sujet. —*Lucrèce* jugée par Victor Hugo.—Émile Péhant
publie des vers de jeunesse de Ponsard dans *la Gazette de*

I

On lit dans *le Journal d'un poète*, sous la da
de 1835 : « Il m'est arrivé ce mois-ci trois chos
heureuses : Émile Péhant, placé à Vienne comm
professeur de rhétorique. Sauvé. — Chevalie
marié par amour, et *heureux*. — Léon de Wail
a hérité de 500.000 francs, dit-on. Que les autr
soient heureux, au moins, leur vue me fait ç
bien ! »

Quel était cet Émile Péhant qu'Alfred de Vigr
se réjouissait en ces termes de savoir sauvé ? D'c
venait-il ? Qu'a-t-il fait ? Qu'est-il devenu ? C'e
ce que je voudrais conter ici, car son nom ne d
rien au public, et tout ce que les biographies d
temps nous apprennent à son sujet, c'est qu'il pr
part, avec la bande des Jeune-France, à la batail
qui se livra autour de *Chatterton*.

Si jamais pays fut capable d'exercer une influence
morale sur l'esprit d'un poète-né, c'est bien la
presqu'île guérandaise. Impossible de trouver le
long de la côte bretonne une langue de terre plus
morne, d'un aspect plus sauvage, d'une désolation
plus vive et plus prenante. Encore le littoral a-t-il
perdu beaucoup de son caractère, depuis que les
baigneurs l'ont semé de chalets de toutes les formes
et de toutes les couleurs. Quant on pénètre dans la
presqu'île en venant de Saint-Nazaire et qu'on
embrasse du regard tout le triangle compris entre
les clochers de granit du Croisic, du bourg de Batz
et de Guérande, l'œil n'est arrêté, entre ces hautes
tours, par rien qui puisse le distraire ou seulement
le rafraîchir. Il semble que le feu du ciel ait passé
par là, tant le sol est brûlé. Pas un arbre, fût-il
tordu par le hâle, pas une haie, pas un bouquet de
verdure. Le désert ne doit pas être plus triste. Et
c'est un désert aussi que cette vaste étendue de terrain, couleur de tourbe, où le vent fait rage, mais
un désert d'eau marine, au lieu d'être un désert
de sable, car la mer l'envahit de plusieurs côtés à
marée haute pour alimenter les salines où les palu-
diers font la cueillette du sel.

Tel est le spectacle qu'on a devant les yeux sous
les remparts de Guérande. La légende veut que la

mer ait baigné le pied de ces murs du temps que
l'évêque intrus Gislard, le seul évêque qu'ait eu
cette ville (1), haranguait le peuple et les seigneurs
du haut de la chaire extérieure de l'église Saint-
Aubin. A présent, elle en est éloignée de près de
deux lieues. Mais on la découvre admirablement
tout de même par-dessus les gros villages qui bor-
dent la côte, et sa nappe bleuâtre, qui le plus souvent est couverte de brume, ajoute encore à la
mélancolie qui se dégage de l'air ambiant de la
presqu'île guérandaise.

C'est dans cette petite cité bretonne, enfermée
comme au moyen âge dans sa ceinture de pierre,
que Péhant vint au monde, le 19 janvier 1813 (2).

(1) Gislard vivait au ıx⁰ siècle, sous le règne de Nominoë, qui,pour
se venger de l'évêque de Nantes, Actard, l'avait intronisé à sa
place, de sa propre autorité. Quand Actard remonta sur son siège,
après la mort de Nominoë, Gislard se cantonna à Guérande, où il
continua d'exercer les fonctions épiscopales dans la partie du diocèse
de Nantes comprise entre la Vilaine, le Samnon, l'Erdre, la Loire et
la mer, bien que le pape l'eût excommunié.

(2) Voici son acte de naissance :

L'an mil huit cent treize, le dix neuf janvier, à midi. Par-devant
nous, maire, officier de l'état civil de la commune de Guérande,
canton dudit, arrondissement de Savenay,département de la Loire-
Inférieure, est comparu le sieur Jean-Claude Péhant, chirurgien,
demeurant en cette ville, lequel nous a présenté un enfant du sexe
masculin, né ce jour à dix heures du matin, de lui déclarant, et de
dame Victoire-Jeanne-Agathe Etiennez, son épouse, et auquel il a
donné les prénoms de Émile-Jules-Fulgence.

Les présentation et déclaration ont été faites en présence des
sieurs Marie-Alexis Le Bel, âgé de trente-six ans, négociant, et de

Son père, qui était chirurgien, lui donna les prénoms d'Émile-Jules-Fulgence. Celui de Fulgence,
étranger au pays, se rattachait dans son esprit au
souvenir d'une aventure assez romanesque. Le docteur revenait de Vire, où il était allé recueillir un
modeste héritage, quand, sur le point d'entrer dans
une forêt, un enfant d'une douzaine d'années lui
fit signe d'arrêter son cheval. C'était pour le prévenir que des voleurs étaient embusqués dans cette
forêt et lui indiquer un autre chemin. M. Péhant
remercia avec effusion son jeune sauveur et lui
demanda son nom avant de le quitter.

— Je m'appelle Fulgence, dit le gamin.

— Eh bien, mon petit, je te promets de donner
ton nom au premier fils qui me viendra.

Et voilà comment Émile Péhant fut appelé Fulgence. A quatre ans, il perdit son père (1). Sa jeu-

François Ollivier, âgé de trente-huit ans, marchand, demeurant en
cette ville. Et ont, le père et les témoins, signé avec nous, après
qu'il leur a été fait lecture du présent acte. *Signé :* Péhant, Le Bel,
Ollivier et Méresse, maire.

La maison où est né Emile Péhant existe encore. Elle est située
à l'entrée de la rue de Saillé et est occupée actuellement par Mᵉ Fa-
bré, notaire. M. Jean-Claude Péhant l'avait achetée en 1811. Elle fut
vendue par sa veuve en 1821 et appartient aujourd'hui à la famille
de Sécillon. (Renseignements fournis par Mᵉ Benoist, notaire à Guérande.)

(1) Jean-Claude Péhant, chirurgien-accoucheur, était né à Lorient
le 22 juillet 1761, de Claude *Péan* et de Marie-Thomase *Fricam*. Il
mourut à Guérande le 22 mai 1817. Il avait donc 56 ans, et non 44,
comme le dit son acte de décès.

nesse se ressentit cruellement de la gêne où tomba
sa mère, restée veuve avec trois enfants.Cependant,
comme il était doué d'une intelligence très précoce
et qu'il avait grande envie d'apprendre, Mme Péhant (1), qui avait obtenu par faveur un bureau de
tabac et qui possédait une certaine culture, le mit
d'abord au petit séminaire de Guérande, où il fit la
plus grande partie de ses études, et puis au lycée
de Nantes, où il les termina de la façon la plus
brillante. Après quoi, se sentant la bride sur le
cou, il prit la diligence de Paris sous prétexte de
faire son droit, en réalité afin de tenter la fortune
dans la carrière des lettres. Car il courtisait depuis
longtemps les Muses et, comme la plupart de leurs
nourrissons, il avait foi dans son étoile. Pourquoi,
d'ailleurs, en aurait-il douté, quand Évariste Boulay-Paty, Élisa Mercœur et Auguste Brizeux, ses
compatriotes, étaient devenus célèbres du jour au
lendemain avec un mince volume de vers? S'il avait
su que l'auteur de *Marie* était parti pour Rome
avec des lettres de recommandation de Lamennais,
et que Chateaubriand protégeait ouvertement tous
les Bretons qui tenaient une plume, il aurait espéré

(1) La grand'mère maternelle de Péhant était née de Percy, elle
était la sœur de Madame et de l'abbé de Percy, que Barbey
d'Aurevilly a mis en scène dans son roman du *Chevalier des Tou-
ches*.

davantage encore. Il est vrai que, lorsqu'il arriva à
Paris, le premier ne songeait qu'à tirer vengeance
de l'encyclique *Mirari vos*, qui l'avait foudroyé, et
que le second, en se constituant le défenseur de la
duchesse de Berry, avait perdu tout crédit dans le
monde gouvernemental. N'importe ; à défaut de l'appui de Chateaubriand et de Lamennais, qu'il aurait
pu solliciter, il restait à Péhant l'amitié de son
camarade Pitre-Chevalier, qui l'avait devancé à
Paris et à qui il a dédié ce sonnet touchant :

Chevalier, que toujours l'amitié nous rassemble.
Le but où nous tendons est un roc escarpé,
D'un manteau nébuleux sans cesse enveloppé,
Où tant se sont perdus qu'en les comptant je tremble.

Pourtant avec courage avançons : il me semble
Que le brouillard déjà s'est un peu dissipé.
J'entrevois le sommet par le soleil frappé...
Cherchons, mais prenons soin de n'arriver qu'ensemble.

Si l'un de nous, trop las, s'arrêtait en chemin,
Que son ami l'attende ou lui prête la main :
Le laisser pour monter, oh ! ce serait un crime !

Car lorsqu'on est amis, amis comme nous deux !
Il vaut bien mieux tomber ensemble au même abîme
Qu'un rester aux enfers quand l'autre touche aux cieux.

II

Pierre-Michel-François Chevalier, dit Pitre-Che-
alier, était né à Paimbœuf, le 16 novembre 1812.

Ils étaient donc du même âge et du même département. J'ajouterai qu'ils n'étaient guère plus riche
l'un que l'autre ; mais, plus heureux que Péhant
Chevalier avait encore son père (1), et il eut l
chance d'épouser, en 1835, une jeune fille de bonn
noblesse, Mlle Marie-Rose-Camille Decan de Ch
touville (2), qui s'était éprise de lui après avoir l
ses vers. Car il était poète, lui aussi, et son premier volume de poésies, paru en même temps e
chez le même éditeur que celui de Péhant, sous l
titre : *les Jeunes filles, mystère,* contient d'asse
jolies choses. Inutile de dire, le sous-titre du livr
l'indique assez, que Chevalier s'était inspiré d'Al
fred de Vigny. Voici la pièce liminaire du recueil

AUX VIERGES

Êtres mystérieux, vierges, d'où venez-vous ?
Si le Ciel vous l'a dit, vierges, dites-le-nous !

Non, vous ne devez pas naître comme nous autres :
Vos corps plus éthérés, plus frêles que les nôtres,
Ils ne sont pas pétris, vos beaux corps embaumés,
Avec le vil limon dont nous sommes formés...
Et les divinités de ces purs sanctuaires,
De ces murs transparents les blanches prisonnières,

(1) Pierre Chevalier était constructeur de navires à Paimbœuf.
(2) Elle était fille du procureur général près le Parlement de Paris
Elle a écrit un certain nombre de nouvelles sous le pseudonyme d
Lady Jane. Elle mourut en 1858, laissant une fille unique qui devin
Mme Edmond Bonnaffé.

Ne portent pas au front la tache dont Satan
Pour la mort de l'enfer marqua les fils d'Adam.

Comment naissez-vous donc ? Quelle langue à la terre
Peut de votre origine apprendre le mystère ?
N'êtes-vous point les sœurs de la blonde Éloa
Que ce divin poète un jour nous révéla ?
Séraphins inconnus qui nous cachez votre aile,
Des pleurs de Jésus-Christ naquîtes-vous comme elle
Quand, du nord au midi, les légions de feu
Vont et viennent sans fin sous le souffle de Dieu,
N'êtes-vous pas les fleurs qui, durant les nuits calmes,
Sur le monde en passant laissent pleuvoir leurs palmes ?
Elus disgraciés, Dieu vous condamne-t-il
A pleurer quelque temps avec nous, dans l'exil ?
Descendez-vous la nuit dans ces pâles étoiles
Qui sur l'Océan bleu glissent comme des voiles ?
Du soir ou du matin l'esquif éblouissant
Aux bords de l'horizon vous met-il en passant ?
Est-ce vous qu'à minuit la blanche lune escorte ?
Que la rosée annonce et que la mer apporte ?
Etres mystérieux, vierges, d'où venez-vous ?
Si le ciel vous l'a dit, vierges, dites-le-nous.

Je citerai encore quelques strophes de la pièce
que Chevalier fit sur la mort d'Élisa Mercœur :

Passant, te souviens tu d'avoir vu par la ville
S'avancer, l'autre jour, un modeste cercueil,
Sans cortège menteur et sans pompe inutile,
Qu'escortaient seulement quelques amis en deuil ?

N'as-tu pas remarqué comme au char funéraire
Du corps qu'il emportait le faix semblait léger ?
Et comme — en s'inclinant sur le drap mortuaire —
Les vierges se montraient les fleurs de l'oranger ?

Et cet homme, au front vaste, à la tête baissée,
Dont le regard glaçait d'un respect imprévu.
Et qui marchait — causant seul avec sa pensée,
Derrière ce cercueil, cet homme, l'as-tu vu ?...

Eh bien, elle enfermait, cette bière muette,
Une lyre angélique et brisée à jamais.
Ce char portait aux vers une vierge poète !
C'est toi, pauvre Élisa, c'est toi qui t'en allais !

Et cet homme passant sous sa majesté sainte,
N'as-tu donc pas baissé les yeux en le voyant ?
N'as tu donc pas frémi de respect et de crainte ?
Cet homme qui priait... c'était Chateaubriand.

Ces vers sont d'assez bonne qualité, et, sans s'abuser sur leur valeur, Chevalier, qui n'avait que vingt-deux ans quand il les fit, pouvait espérer qu'avec des efforts et de la patience il s'illustrerait, comme un autre, au service des Muses. Mais soit qu'il doutât de ses moyens, soit qu'il fût pressé de gagner sa vie, après s'être essayé dans le roman, il se voua de préférence aux travaux d'histoire, en quoi il fut bien inspiré, puisque c'est là qu'il trouva la renommée dont il jouit encore. Alfred de Vigny avait donc rai son d'écrire un jour au marquis de Torcy :

« 19 avril 1847.

« Vous me priez, Monsieur, de vous édifier sur le talent et les travaux de M. Pitre-Chevalier, votre parent. Mon opinion est loin d'avoir l'autorité que vous lui supposez, mais je prendrai plaisir à vous la donner.

« Je ne pense pas qu'il soit nécessaire que je rappelle à son parent le nombre et la diversité de ses écrits, ses poésies et ses travaux de critique littéraire, ni que j'entre dans une analyse détaillée de son histoire de la Bretagne ancienne et moderne qui, sans doute, est entre vos mains.

« Mais en considérant l'ensemble de ses ouvrages, je dois vous dire qu'ils sont ceux d'un esprit ferme et laborieux et d'un excellent écrivain ; qu'une érudition étendue et patiente a été la base de ses œuvres historiques qui sont les plus importants de ses écrits ; que des sentiments d'honneur et de patriotisme éclairé, une connaissance approfondie des chroniques anciennes et des faits de nos jours nourrissent d'une substance forte et saine ce grand et durable travail sur la Bretagne et ses habitants ; qu'un style sage et grave en est la forme et que, souvent empreint des chroniques qu'il parcourt, il présente habilement sans effort apparent (par le choix des expressions) un tableau vrai du siècle au milieu duquel il vous transporte.

« Je crois que cette double histoire de la Bretagne et de la Vendée restera parmi nos bons monuments historiques, et le caractère de l'auteur, sa vie sérieuse et honorable nous sont, aussi bien que son âge, encore peu avancé, une garantie sûre des excellents travaux qui suivront ceux qu'il a déjà mis au jour, et qui jouissent d'une juste et durable célébrité.

« Croyez, Monsieur, que ce n'est point l'amitié que j'écoute ici, mais la justice, comme il sied en pareille matière, et que je me suis attaché plutôt à modérer qu'à exagérer le bien que je pense de l'auteur et de ses ouvrages.

« Sans avoir l'honneur de vous connaître, je suis charmé, Monsieur, de vous être agréable en ceci, j'en saisirai l'occasion toutes les fois que vous m'en témoignerez le désir, et je vous prie d'agréer l'assurance de mes sentiments les plus distingués.

« Cte ALFRED DE VIGNY (1). »

Cette lettre était à peine parvenue à son adresse que le gouvernement, ratifiant à son insu l'opinion de Vigny, nommait Pitre-Chevalier chevalier de la Légion d'honneur (23 avril 1847).

L'*Histoire de la Bretagne*, par Pitre-Chevalier, se lit toujours avec plaisir. Certes, elle est loin de

(1) Communiqué par le capitaine Pierre Bonnaffé, petit-fils de Pitre-Chevalier.

aloir celle de M. Arthur de la Borderie, mais il
onvient, pour la juger, de se reporter au temps où
lle fut écrite. En 1844, la documentation des his-
oriens qui travaillaient dans le vieux était plutôt
ommaire, et pour cause : les archives départemen-
ales étaient si mal tenues que les érudits ne pou-
aient songer à utiliser leurs richesses. Par suite,
es ouvrages d'histoire n'étaient guère que de la vul-
arisation. C'est donc le défaut de ceux de Pitre-
hevalier, mais ils sont tout de même fort intéres-
ants et, grâce à la profusion des gravures dont ils
ont ornés, en même temps qu'ils charment l'esprit,
s réjouissent les yeux.

Quelques années après, Pitre-Chevalier se rendit
cquéreur du *Musée des Familles*, dont il fit « une
éritable encyclopédie à l'usage des gens du monde,
es curieux, de la jeunesse, et des femmes », et,
vec les bénéfices qu'il réalisa dans cette publication,
fonda non loin de Trouville la station de Villers-
ur-Mer.

Il habitait alors à Paris, rue des Écuries-d'Artois,
° 38, un somptueux appartement où, pendant ses
ernières années, il se délassait à mettre en scène
es bluettes dramatiques de sa composition. Son
alon était le rendez-vous du Paris mondain, litté-
aire et artistique. On y faisait alternativement des

lectures et de la musique ; on y jouait la comédie ou des charades en costume ; Vieux-Temps y donna des concerts, et Charles Dickens y parut durant l'hiver de 1862. J'ai à peine besoin d'ajouter que Pitre-Chevalier visitait souvent Alfred de Vigny, dont il était le voisin.

Il mourut trois mois avant lui, le 15 juin 1863, emporté en quelques jours, par un érysipèle, et l'année dernière la *Société académique de Nantes*, avec le concours du *Souvenir littéraire*, a fait poser sur la façade de sa maison, rue des Écuries-d'Artois, une plaque commémorative.

III

Nous avons dit que Pitre-Chevalier s'était essayé dans le roman. Il semble qu'Émile Péhant l'ait précédé dans cette voie, car une lettre d'Alfred de Vigny, en date du 20 décembre 1833, nous apprend qu'il débuta, lui aussi, par une œuvre d'imagination en prose.

« Il me paraît impossible, Monsieur, lui écrivait Alfred de Vigny, que votre roman des *Deux jeunes Filles* n'ait pas dans le monde le succès qu'il mérite ; vous êtes poète, je n'en veux pour preuve que votre élégie : *Une plainte*. Ce qu'elle a d'émotion triste et profonde n'y est pas affaibli par la forme que vous avez choisie sévère et que vous avez conservée telle jusqu'au bout. Tout ce qu'il me sera possible de faire pour qu'on vous rende bientôt justice, je le ferai, et j'espère que l'heure ne tardera pas long-temps à venir pour vous faire prendre votre rang ; votre talent très réel m'en donne l'assurance.

« J'ai malheureusement à dévorer moi-même une part du calice que vous croyez avoir épuisé. J'irai vous voir pour vous donner un peu de courage, quoique le mien me suffise à peine à présent.

« Croyez à tout le dévouement que je vous ai promis et que je ne cesserai de vous prouver.

« ALFRED DE VIGNY (1). »

Ce qu'était le roman des *Deux Jeunes Filles*, je suis bien empêché de le dire, mes recherches pour en retrouver un exemplaire étant demeurées infruc-tueuses, et Péhant, comme s'il avait renié son pre-mier ouvrage, ayant omis de le comprendre parmi ceux de sa jeunesse et de son âge mûr. Mais pour qu'Alfred de Vigny ait jugé à propos d'en compli-menter l'auteur de la façon qu'on vient de voir, il fallait bien que ce péché de jeunesse fût digne d'autre chose que d'absolution, car le poète d'*Éloa*

(1) Lettre inédite.

I

16

n'était pas ce qu'on appelle un donneur d'eau bénite.
Il a même reproché plus d'une fois à ses illustres
amis « les fades compliments par lesquels ils encou-
rageaient et égaraient des jeunes gens dont ils n'a-
vaient pas même lu les œuvres ». — « Je n'ai jamais
oublié Escousse, écrivait-il un jour à Mlle Maunoir ;
cet enfant gâté fut vraiment asphyxié par des
éloges insensés qui le plaçaient auprès de Shakespeare, si ce n'est un peu plus haut. Lorsque son
second ouvrage tomba, croyant qu'il n'avait plus
qu'à mourir, il se tua, comme vous savez, en compagnie d'un autre enfant, perdu par le compliment
parisien (1). »

Alfred de Vigny était donc sincère en écrivant sa
lettre à Émile Péhant, et je ne m'étonne pas qu'il
ait été frappé par la forme sobre et sévère dans
laquelle le jeune poète coulait déjà sa pensée, car
cette forme simple, exempte d'emphase, était un
peu la sienne : Péhant, à l'exemple des deux ou
trois Bretons qui marquaient alors dans les lettres,
ayant élu Vigny pour son maître et modèle. La
preuve, du reste, que Vigny lui était vraiment
dévoué, c'est que, deux jours après, il lui adressait
le billet suivant :

(1) *Revue de Paris* du 15 août 1897.

« Dimanche, 22 décembre 1833.

« J'ai le bonheur de pouvoir offrir à M. Péhant un emploi qui n'aura rien que d'honorable et qui l'occupera sous peu. C'est une ressource momentanée ; je le prie de vouloir bien en venir causer avec moi demain lundi, entre onze heures et midi ; et qu'il pense surtout que je ne l'oublie pas un moment.

« ALFRED DE VIGNY (1). »

Telle était la manière dont l'auteur de *Cinq-Mars* recrutait ses disciples. Et comme un bienfait n'est jamais perdu, quand celui qui en est l'objet n'a pas l'âme vulgaire, un an plus tard, lors des représentations de *Chatterton*, Émile Péhant fut au premier rang de la troupe enthousiaste qui porta la pièce aux nues.

On lit à ce sujet dans les *Mémoires* inédits de Sainte-Beuve : « Planche a assez rudement traité de Vigny dans la Revue, tenant avant tout à montrer qu'il est souverainement indépendant en critique et qu'il ne relève pas plus de la rue des Écuries-d'Artois (style de Planche) que de la place Royale, et que, s'il a souffleté Hugo, ce n'est pas par adoration

(1) Lettre inédite.

pour le dieu d'*Éloa*. L'article de Planche a soulevé des scandales et de vives colères dans le petit monde idéaliste et de dilettantisme poétique qui se meut autour de Vigny. *Péhant, jeune auteur de sonnets, a quasi demandé Buloz en duel.* Émile Deschamps s'est remis au vers et a rimé une ballade sur Chatterton; Barbier, qui est l'aristocrate poétique le plus raffiné, qui n'aurait dû faire que des *Pianto* et des sonnets *artistiques...* Barbier et tous les autres poètes à la Chatterton de ce petit monde crochent sur Planche qui lève la tête; ils sont confits dans ce succès qui n'a pas été de coterie le premier jour, mais qui l'est vite devenu !... »

Péhant, jeune auteur de sonnets!... Sous la plume de Sainte-Beuve cette simple mention équivaut à la mise à l'ordre du jour d'un sous-lieutenant dans l'armée. Et, en effet, Émile Péhant avait publié chez Ebrard, au mois d'octobre 1834, un petit volume de sonnets qui ne valaient certainement pas le sonnet sur Michel-Ange de Barbier, mais dont quelques-uns pouvaient rivaliser avec les plus beaux des *Consolations* et des *Pensées d'Août*.

Force nous est donc de nous y arrêter.

> Sonnet, gentil sonnet, poème-colibri,
> De prendre ta volée enfin l'heure est venue :
> L'air manque au nid étroit qui t'a servi d'abri,
> Tandis qu'un large ciel rit à sa bienvenue.

Pars donc, mais sois modeste, ô mon sonnet chéri ;
Dieu ne t'a pas créé pour affronter la nue,
Des efforts excessifs t'auraient bientôt flétri :
Ne monte pas qui veut à la sphère inconnue !

Reste près des gazons, effleure les ruisseaux,
Mêle ta voix légère à la voix des oiseaux,
Baigne ton aile aux fleurs dont avril se parsème.

Pour être humble, ton sort n'en sera pas moins doux ;
Le roitelet n'est guère admiré, mais on l'aime...
Heureux roitelet ! l'aigle en est parfois jaloux.

Tel est le prélude du recueil, mais ce sonnet-préface, d'allure pimpante et légère, ne donne point le ton général de ceux qui suivent. Et le roitelet, à qui le poète vient de donner si modestement la volée, aura tout à l'heure des coups d'aile et des cris d'une autre portée et d'une autre envergure. Il n'est pas jusqu'au style un peu gauche, mais sobre et ramassé, où le mot propre et direct remplace ordinairement la métaphore et exprime toujours une idée et un sentiment, qui ne donne à la pensée quelque chose de fier et de robuste. En tout cas c'est la marque originale du livre, et ce par quoi il tranche sur la plupart de ses contemporains. Par ailleurs, les sonnets de Péhant sont tout aussi romantiques que ceux de Musset et de Sainte-Beuve, si le romantisme est avant tout l'épanouissement de la poésie personnelle. La note qu'ils font entendre, nous l'avons déjà entendue dans *les Méditations* et dans *Joseph Delorme*.

C'est toujours la plainte du malheureux qui souffre et se désespère, mais ici la souffrance est surtout
physique, le cri qui domine est le pire de tous, puisque c'est le cri de la misère et de la faim. J'ajoute
que l'accent est d'une émotion si poignante qu'il
dépasse les limites de l'art et trahit la chair qui sai-
gne. Lisez plutôt les deux sonnets que voici :

LA PAUVRETÉ

Mes bons et chers parents, mes bons et chers amis,
Comment à vos conseils n'ai-je pas voulu croire ?
Comment ai-je quitté les bords de notre Loire ?
Moi qui vous aimais tant, comment vous ai-je fuis ?

C'est que mon front voulait des lauriers à tout prix,
C'est qu'un spectre de feu passait dans ma nuit noire,
Qui me criait de loin : « Suis-moi, je suis la Gloire,
Suis-moi sans plus tarder, je t'attends à Paris. »

Hélas ! j'y suis venu sans nulle défiance,
Et le front couronné des fleurs de l'espérance,
J'ai bondi dans ma joie et dans ma liberté.

Mais le spectre bientôt, jetant au loin son masque,
A retourné vers moi sa face maigre et flasque,
Et je l'ai reconnu : C'était la pauvreté.

LA FAIM

Vous qui m'avez connu dans ma jeunesse heureuse,
Le visage si plein et le teint si fleuri,
Et qui voulez savoir pourquoi ma joue est creuse,
Pourquoi mon front est pâle et mon corps amaigri ;

Peut-être vous croirez qu'une flamme amoureuse,
En me brûlant le sang, l'a seule ainsi tari,
Ou que c'est du travail la lampe douloureuse
Qui, troublant mon sommeil, à ce point l'a flétri.

Oh ! ce n'est point cela qui me tue et qui m'use ;
Que m'importent l'amour, et la gloire et la muse ?
Ce n'est pas pour si peu que je serais changé.

Oh ! non ; si vous voyez ma figure si hâve,
Ma lèvre si livide et mon regard si cave,
C'est que voilà trois jours que je n'ai pas mangé.

On comprend mieux maintenant pourquoi le jeune poète applaudissait avec tant de cœur au succès de la pièce de *Chatterton*. C'était sa propre histoire, hélas ! — moins la fin tragique et lamentable — que Vigny avait portée au théâtre. Et c'était celle aussi d'Auguste Le Bras (1) qui s'était suicidé avec Escousse, d'Émile Roulland (2) et d'Élisa Mer-

---

(1) Louis-Pierre-Auguste Le Bras était fils d'un avoué de Lorient, où il naquit le 30 janvier 1811. Il avait publié *les Trois Règnes*, suivis d'*Un mot à Béranger* (1828), *les Armoricaines* et *Trois Jours du Peuple* (1830), quand il s'associa, pour son malheur, à Victor Escousse, auteur dramatique, avec qui il fit le drame de *Raymond*, représenté au théâtre de la Gaîté le 24 février 1833. La chute de cette pièce détermina les deux auteurs à se suicider. Ils s'asphyxièrent quatre jours après dans le petit logement qu'ils avaient loué, 71, rue de Bondy.

(2) Émile Roulland, qui était venu à Paris presque en même temps que Le Bras, avait débuté dans la littérature par des élégies et des odes pleines de promesses. Ayant entrepris de traduire en vers les *Lusiades* de Camoëns, il tomba dans une misère telle, au cours de ce travail, qu'il se laissa mourir plutôt que de tendre la main. Il habitait rue Saint-Honoré, 149. Quand Alfred de Vigny apprit cette

cœur (1) qui s'étaient laissés mourir de misère et
de désespoir. Et si Émile Péhant n'avait point fini
comme eux, c'est que ce petit Breton aux longs
cheveux, à l'œil « doublé d'une âme », était soutenu
par une force intérieure qui avait manqué à ses
malheureux compatriotes. Il avait la foi :

> Qui donc s'interdirait, comme moi, le blasphème,
> S'il comptait, comme moi, ses jours par ses malheurs ;
> Si, comme moi, surtout, il n'espérait pas même
> Un rayon de soleil pour essuyer ses pleurs?

> Mais moi j'ai pleine foi dans le Maître suprême.
> Quoiqu'il ait à ma route ôté toutes les fleurs,
> Je marche résigné, car je suis sûr qu'il m'aime
> Et qu'un jour sa bonté me paiera mes douleurs.

> J'ai crié, j'ai maudit, trompé par l'espérance ;
> Mais mon esprit s'épure et dans chaque souffrance
> Des voluptés du ciel voit germer le trésor.

mort cruelle qui, par une coïncidence curieuse, eut lieu deux ou trois
jours après la première représentation de *Chatterton*, il écrivit la
lettre suivante à M. Hippolyte Lucas :

« Monsieur, je viens d'être vivement ému de cette fin déplorable
de M. Émile Roulland. Quoi ! pendant que je plaidais sa cause, il
mourait ainsi. Si je l'avais pu, j'aurais quitté le théâtre pour aller
pleurer auprès de son lit. Voilà un martyr de plus ; hélas ! ai-je crié
dans le désert ? En fera-t-on encore de nouveaux ? Venez me répondre, Monsieur, vous à qui sont bien connus les secrets du cœur et
du monde. » — 20 février 1835.

(1) Elisa Mercœur avait quitté Nantes avec sa mère en 1828 et
s'était installée à Paris, dans un petit appartement de la rue Meslay.
C'est là qu'elle conçut le plan de sa tragédie des *Abencérages*, qui,
après avoir été reçue par le comité du Théâtre-Français, en 1831, fut
refusée par le commissaire royal d'alors, et c'est là qu'elle mourut
de consomption et de chagrin en 1835.

> J'appris d'une tulipe à percer ce mystère :
> Ce n'est qu'un vil oignon qu'octobre enfonce en terre ;
> Mai nous donne une fleur toute de pourpre et d'or.

Mais ce n'était pas seulement la foi qui lui servait de réconfort, c'était aussi le souvenir de sa pieuse mère, qui ne cessait de prier pour lui et que, après l'avoir associée à ses rêves de gloire, il voyait clairement au fond de sa détresse. Et il fallait l'entendre lui crier en lui tendant les bras :

> Ballottée à tout vent dans ce monde orageux,
> Mon âme à la pitié, pauvre mère, s'accroche.
> Comme le naufragé se cramponne à la roche,
> Pour disputer sa vie aux flots tempétueux.
>
> Si je rentrais un jour chez toi, trop malheureux,
> Ton grand cœur oublierait de me faire un reproche
> Et je serais certain de voir à mon approche,
> Un sourire à ta bouche, une larme à tes yeux.
>
> Tu ne me dirais pas que j'ai fait bien des fautes,
> Depuis que pour Paris j'ai déserté nos côtes,
> Tu me demanderais si j'ai souffert beaucoup.
>
> Et si je m'excusais ta main me ferait taire,
> Pour me baiser le front et te pendre à mon cou,
> Car tu m'aimes toujours, n'est-ce pas, ô ma mère ?

Telles sont les deux notes de ce volume de sonnets. La première est une lamentation ; la seconde est un cri d'espérance. Émile Péhant était resté chrétien. En cela encore il se montrait le digne élève d'Alfred de Vigny. Mais son christianisme, comme celui de son maître, était par-dessus tout une religion de pitié, de tendresse, de miséricorde divine. Depuis qu'il avait lu *Éloa*, le dogme des peines éternelles lui paraissait une impossibilité, car le problème religieux le tourmenta toute sa vie. Se pouvait-il que Dieu laissât pour toujours au fond de l'abîme un ange du ciel, né d'une larme de Jésus, coupable seulement d'en avoir voulu tirer Satan? Cette question théologique hantait l'esprit songeur du jeune poète, qui la résolut par la clémence ou la suppression de l'enfer, longtemps avant qu'Alfred de Vigny eût pensé à donner la même fin à son poème.

Éloa était un « mystère ». *Le Corps et l'Ame*, dans l'esprit de Péhant, était un « symbole ». C'est sous ce titre qu'il exposa sa thèse. Et pour rendre le symbole plus saisissant, il le fit sous la forme d'une idylle partagée en dix-sept sonnets, dont quelques-uns sont vraiment admirables.

Deux jeunes gens se sont donnés l'un à l'autre. Ils s'aiment à la passion, à la folie, mais leur amour n'est pas de même essence. La jeune femme est spiritualiste et voudrait

> Rapporter tout à Dieu de qui nous tenons tout,
> Afin que, comme on voit deux rayons de lumière,
> Ensemble descendus au cristal d'une aiguière,
> Ensemble remonter quand le vase est brisé,

Nos deux âmes aussi, de Dieu double étincelle,
Puissent en s'enfuyant de notre corps usé
S'envoler à la fois vers l'âme universelle.

Le jeune homme est athée et lui répond :

Amasser pour le ciel, c'est perdre des trésors.
Avant donc de mourir, épuisons nos transports ;

Viens, ô ma bien-aimée, oh ! je t'en prie en grâce,
Viens enivrer mes sens du parfum de ta grâce,
Notre amour est trop pur pour donner des remords.

Leur bonheur, dit le poète, avait donc

une source opposée.
Lui, courbé vers la terre, elle montant aux cieux,
Il vivait de la sève, elle de la rosée.

Sur ces entrefaites, le jeune homme tombe gra-
vement malade. Le voyant perdu, sa pauvre femme
sanglote et lui dit tout bas à l'oreille :

Au Dieu qui nous a faits recommande ton âme,
Ami, pour que là-haut revivent nos amours.

Mais il lui répondit en tâchant de sourire :
— Moi, je n'admets pas Dieu, même pour le maudire !
Adieu donc, ô Marie, adieu !... c'est pour toujours.

Et il meurt. Comme il avait blasphémé en rendant l'âme, Marie ne cesse de prier et d'entasser
vœu sur vœu dans l'espérance que Dieu ne l'avait
mis qu'en purgatoire. Mais une nuit son ange gar-
dien lui apparaît et lui dit de ne plus prier pour
lui, que ses prières ne font qu'accroître son sup-
plice. Alors, de désespoir, elle veut s'empoisonner.

« Se tuer, c'est pécher, tant mieux ! » De la sorte elle pourra partager la destinée de celui qu'elle aime. Cependant un dernier doute l'étreint, qui l'empêche d'avaler le poison. Elle rejette la coupe et attend patiemment l'heure de Dieu. Quand elle sonne, elle est reçue dans le paradis. Mais le ciel sans son bien-aimé lui fait l'effet de l'enfer. Et la voilà qui se met à la recherche, comme fit Éloa, de l'abîme sans fond où sont précipités les damnés. Soudain elle le découvre, elle s'approche, elle reconnaît l'époux de son âme, elle lui parle, mais comme elle s'aperçoit qu'il souffre davantage à sa vue, elle remonte au ciel pour n'en plus redescendre. C'est alors que, touché de ses larmes,

> Dieu, dont le cœur est plein de clémence infinie,
> De ses longues douleurs eut à la fin pitié.
> « Ange incomplet, dit-il, que ton autre moitié
> Se ressoude avec toi, car sa peine est finie. »
>
> Et l'enfer eut relâche, et ce fut fête aux cieux,
> Quand, devant l'Éternel, on les vit tous les deux
> Venir se prosterner et prendre une auréole.

Et le poète d'ajouter en manière de conclusion :

> O voluptés sans nom ! voluptés infinies !
> Un éternel baiser tient leurs lèvres unies
> Et rien ne pourra plus séparer leurs amours !
>
> Lecteurs, priez bien Dieu que celle qui vous aime
> Pour toujours avec vous se confonde de même,
> Car à quoi bon s'aimer si ce n'est pour toujours ?

Les *Sonnets* de Péhant étaient trop remarquables pour ne pas être remarqués. Ils le furent de
tous ceux qui, en poésie, mettent le fond au-dessus
de la forme, encore que les vers de ce poète de
vingt et un ans fussent pour la plupart d'un métal
solide et d'une belle frappe. Gustave Planche leur
consacra une note bienveillante dans *la Revue des
Deux Mondes*; Alfred de Vigny les présenta aux
lecteurs de *la Revue de Paris*. Émile Deschamps,
Barbier, Léon de Wailly, Chevalier les prônèrent
un peu partout. Quant à Sainte-Beuve, qui avait
tant fait pour remettre le sonnet en honneur et
qui toute sa vie fut favorable aux sonnettistes, s'il
n'en dit rien quand ils parurent, nous savons
aujourd'hui la raison de son abstention critique.
« Tout en continuant d'admirer chez de Vigny le
poète », il commençait à se séparer du « rhétoricien
et du rêveur systématique ». Et comme Péhant
passait pour être son « chevalier », il aurait craint
de se rapprocher du maître en disant du bien de
son disciple. C'est, du moins, ce qui me paraît

---

(1) On en trouve un compte-rendu dans *la Revue poétique* de 1835,
t. I, p. 128, et la même Revue publia, au mois de mars de la même
année, une très belle ode de Péhant, divisée en deux parties, qui par
leur contraste rappellent les deux *Méditations* de Lamartine : *le
Désespoir* et *Dieu et l'homme*. Cette ode est intitulée : *Misère et
Grandeur*.

ressortir de la lettre d'excuses qu'il écrivit à Émile
Péhant au mois d'août 1868.

Les *Sonnets* avaient donc eu, comme on dit à
présent, une bonne presse. Mais l'auteur n'en devint pas plus riche pour cela, au contraire; il avait
vidé sa bourse d'étudiant pour se faire imprimer,
et comme il n'osait pas, sachant qu'elle se saignait
aux quatre veines pour lui, demander à sa mère de
plus grands sacrifices, il était tombé, en 1835, dans
une misère noire. J'ai sous les yeux quatre ou cinq
lettres à lui adressées à cette époque ; chacune
d'elle porte une adresse nouvelle, ce qui prouve
qu'il était tout près de coucher à la belle étoile.
Enfin Alfred de Vigny, qui ne le perdait pas de vue,
le décida à accepter un poste universitaire. Péhant,
dans un sonnet dédié à Villemain, avait dit :

> Puis-je croire au soleil après tant d'ouragans ?
> Oui, car c'est Villemain qui m'ordonne d'y croire ;
> Celui dont la bonté seule égale la gloire
> Ne peut laisser mourir un poète à vingt ans.

M. Villemain, pour justifier la confiance que le
poète avait mise en lui, intercéda en sa faveur
auprès de M. de Salvandy, qui le nomma professeur de rhétorique au collège de Vienne. Il était
sauvé, comme l'écrivait de Vigny dans son *Journal.*
Lui-même en avait si bien conscience que, trois

ans après, de retour à Paris, il rendait grâces encore à M. de Salvandy dans une ode magnifique et qui, pour moi, demeure son œuvre maîtresse, au point de vue lyrique tout au moins. J'en citerai seulement quelques strophes :

> Quand le Rhône se perd sous le sol qui s'entr'ouvre,
> Le voyageur le croit englouti pour toujours ;
> Mais bientôt il échappe à la nuit qui le couvre,
> Et là-bas, au soleil, le regard le découvre,
> Comme un long serpent bleu précipitant son cours.
>
> Qu'il aille ! son destin a subi son épreuve,
> Car ses flots oubliés grossissaient leurs trésors,
> Ce n'était qu'un torrent, désormais c'est un fleuve.
> Et plus d'une cité qui sans lui serait veuve
> De feux reconnaissants couronnera ses bords.
>
> Un jour que je pleurais, pauvre enfant sans ressource,
> Un élu du Seigneur (1) m'apparut, et mes vers
> Prirent à sa parole en bondissant leur course.
> Moïse ainsi d'un mot fit jaillir une source
> Des flancs d'un roc aride au milieu des déserts.
>
> .   .   .   .
>
> Pauvres vers ! le malheur tient leurs ondes captives
> Comme un fleuve glacé par le froid des hivres ;
> Pour que notre œil joyeux voie encor les eaux vives
> Scintiller, en chantant, sur les fleurs de leurs rives,
> Il faut que le soleil sourie à l'univers.
>
> Et moi, j'ai tant souffert, je souffre tant encore !
> D'autres se sont tués qui souffraient moins que moi.
> Maux cruels, qu'en mon sein chaque jour fait éclore
> Comme un nid de serpents, je veux qu'on vous ignore ;
> Tout homme à votre aspect reculerait d'effroi.

(1) Alfred de Vigny.

Longtemps je crus avoir vidé jusqu'à la lie
La coupe où le Destin nous verse la douleur ;
Mais voilà qu'à pleins bords elle est encor remplie !
Oh ! ne me force pas, mon Dieu, je t'en supplie,
A m'enivrer toujours du vin de la fureur !

. . . .

Quoi ! trouver le désert dans une capitale !
Quoi ! devant tant de luxe être à jeun jusqu'au soir !
Ah ! je sentais alors que, dans sa tour fatale,
Ugolin souffrit moins que ne souffrait Tantale ;
Et l'envie aigrissait mon amer désespoir.

Savourez bien la vie, ô riches de la terre ;
Couronnez-vous de fleurs aux banquets du plaisir ;
Si le peuple affamé veut bien encor se taire,
Que vos fêtes du moins s'entourent de mystère,
Ou nous écouterons les conseils du désir.

Le bonheur est un arbre où le désir s'élève
Parmi les beaux fruits d'or que convoitent nos yeux,
Et pareil au serpent qui fit succomber Eve :
— Pourquoi donc, nous dit-il, vous contenter d'un rêve
Ne goûterez-vous pas ces fruits délicieux ?

Non, car pour les cueillir il faut commettre un crime,
Et, si nous nous ployons aux volontés du ciel,
Le Christ un jour viendra sauver ceux qu'on opprime,
Et sa main, nous versant le baume qui ranime,
Brisera pour jamais notre coupe de fiel.

Vous tremblerez alors, riches au cœur barbare,
Et vous regretterez d'avoir été de fer.
Je vous plains, je vous plains, vous dont la table avare
A toujours refusé ses miettes à Lazare ;
Vos grincements de dents réjouiront l'enfer.

Mais ce n'est pas pour moi que ma voix vous implore,
Et vous ne rirez pas de mon abjection ;
Malgré les maux nombreux dont la dent me dévore,
Riches, regardez-moi, j'ai le front haut encore,
Car je n'accepte pas toute protection.

Fût-ce pour éviter les dalles de la morgue,
Jamais pour le Veau d'Or ne fumera mon vœu :
De quoi peut-on louer un banquier plein de morgue :
La lyre du poète est sainte comme l'orgue
Qui garde tous ses chants pour les temples de Dieu.
. . . .

Cependant il eut beaucoup de peine à se faire aux exigences de sa situation nouvelle. Non que l'enseignement lui déplût, mais, en dépit du Rhône qui lui rappelait la Loire à son embouchure, il se trouvait dépaysé dans la vieille cité de Vienne ; fier et indépendant comme il l'était de son naturel, il s'en voulait d'avoir vendu sa liberté pour un morceau de pain, et, malgré tout, il regrettait le pavé fangeux de Paris qui lui avait arraché plus d'une larme, quand il le battait, le ventre creux, en quête d'un gîte.

« Mon Dieu, lui écrivait Alfred de Vigny, le 16 septembre 1835, ne vous plaignez point, je vous en prie.

« Vous êtes heureux de ne pas être à Paris, et il me semble que vous devez goûter une paix qui nous est inconnue, placé comme vous voilà au milieu de ces innocentes figures d'enfants qui écoutent et qui croient.

« Pourquoi ces mouvements de découragement ? Ne vous laissez point abattre, à présent qu'il vous faut, au contraire, réunir toutes vos forces pour le travail. Qu'avez-vous besoin que ma conversation vous encourage ? N'avez-vous pas vos instruments autour de vous ? les livres. -- N'est-il pas heureux pour vous que votre devoir se trouve concilié avec vos goûts ? Le silence que vous commandez à ceux que vous enseignez est favorable à vos propres étudies. C'est une chose qui me semble d'un prix inestimable, que de vivre ainsi dans l'air dont se nourrit la pensée. Vous le sentiriez vivement si vous étiez auprès de moi pendant que je vous écris cette lettre. J'ai reçu vingt coups dans la tête, depuis le commencement, parce que l'on me questionne, on entre, on sort, on vient me voir, tout s'agite dans des choses autres que la poésie, et j'écris au milieu de tout cela ! Mais je vous assure que je ne prends pas ma plume sans vous envier. Que de fois je vais écrire hors de chez moi !

« Vous vous souvenez de ce livre dont je vous parlais : *Servitude et Grandeur militaires.* Je viens de l'achever. Je n'ai pu me mettre à écrire que le

20 juillet, depuis que *Chatterton* se joue en province. Depuis ce jour jusqu'au 3 août, j'ai fait le
troisième livre. Je vais vous l'envoyer.

« On ne trouve plus un exemplaire de mes poèmes
à Paris ; sans cela vous l'auriez déjà.

« Fortifiez-vous par le recueillement, ne prenez
pas d'habitude qui vous en détourne ; je vous en
prie, au nom de vos amis. Il est si heureux que
vous soyez délivré de vos liens passés qui vous
pesaient tant ! Si vous saviez que d'infortunes je
vois de près en ce moment, et combien je jouis
intérieurement de vous voir affranchi de celles qui
vous menaçaient !

« Faites de beaux vers comme ceux que vous
avez faits ! Ne vous endormez pas ainsi. Songez
que c'est un engagement que d'avoir publié un premier recueil aussi élevé que l'est le vôtre et qui a
pris une place très bonne dans l'opinion. Lisez !
lisez ! connaissez tout ce qui a été fait de beau,
pour faire autrement et aussi bien. Profitez de ce
que vous êtes seul pour donner à vos idées le temps
d'éclore et pour leur trouver une forme qui les
représente avec nouveauté ! Vous avez le temps
qu'il vous faut pour nourrir votre âme du *pain sacré*
que vous distribuez à vos disciples ; l'enseignement
a des reflets admirables pour celui même qui le

donne. Votre force doit être doublée par l'exercice même de ce travail.

« Je ne vous en ai pas voulu de votre silence. Je ne connais rien de pis que d'écrire une lettre aux personnes même qu'on aime le mieux, et je sens parfaitement le plaisir que l'on a de remettre au lendemain cette imparfaite conversation, qui n'est qu'un monologue sans réponse.

« Avez-vous fait votre discours de cérémonie ? A-t-on applaudi votre manifeste ? Vous ferez bien de semer des idées saines et les doctrines nouvelles de l'art à chaque solennelle occasion. Tout y est mystère encore pour le public, et je sais bien que l'idéale figure que l'on se fait de l'auteur reste plus avant dans la pensée des masses que l'idée même qu'il a voulu consacrer. Que voulez-vous ? il faut se résigner à ces hasardeux événements, lorsqu'on agit sur l'inconstant public. On ne jette pas la lumière également sur un globe inégal. Quelques sommets s'illuminent et les vallées restent dans une demi-lueur, les gouffres, dans l'ombre.

« Vous ne m'avez pas dit à quels traits vous avez reconnu ce qu'il y avait de mort dans le christianisme des Chartreux. C'était là ce que j'aurais voulu savoir ; je ne me figure pas ces moines d'à présent. Parlez-m'en donc un peu.

« Ce matin même Antony (Deschamps), M. Chevalier, Chaudesaigues (1) et vos autres amis me
demandaient de vos nouvelles et me chargeaient de
mille tendresses pour vous. J'ai porté vos sonnets
à Brizeux, qui les aime, et espère en avoir de nouveaux bientôt. Tous sont heureux de vous savoir
établi, posé, reposé du moins, et à l'abri de ces
chagrins qui nous retombaient sur le cœur. Ne
vous exposez plus, je vous en prie, par aucun coup
de tête, ou de cœur plutôt. Ne croyez point à la
faiblesse de votre nature : cette croyance-là est un
prétexte que se donne la paresse naturelle que
nous avons tous apportée au monde, je n'ai cessé
de combattre la mienne, et je me donne encore de
bonnes raisons pour ne rien faire. N'en cherchez
pas, et surtout qu'aucune ne vous empêche de me
répondre, car je suis tout à vous.

« ALFRED DE VIGNY (2). »

J'ignore la réponse que le disciple fit à la lettre
si cordiale du maître, mais ce que je sais bien c'est
que la fortune lui procura presque immédiatement

---

(1) Sur Chaudesaigues, qui publia en 1835 un charmant petit
volume, intitulé *le Bord de la coupe*, lire la très intéressante notice
que lui a consacrée Hippolyte Lucas dans ses *Portraits littéraires*
et aussi notre ouvrage *la Jeunesse dorée sous Louis-Philippe*.
(2) Lettre publiée par Émile Péhant dans 'introduction de *Jeanne
la Flamme*, 1872.

l'occasion de semer à côté de lui dans un terrain
merveilleusement préparé « les idées saines et les
doctrines nouvelles de l'art » que le poète de
Chatterton lui recommandait de propager. Et l'on
dirait vraiment qu'il avait été envoyé tout exprès
à Vienne pour catéchiser l'heureux auteur à qui il
était réservé de révolutionner une fois de plus le
théâtre.

Parmi les personnes qui avaient entendu le discours de cérémonie de Péhant, lors de la distribu-
tion des prix du collège de Vienne, il y avait un
jeune homme de la ville qui, justement, venait de
rentrer de Paris après avoir terminé ses études de
droit. Ce jeune homme était François Ponsard, le
futur auteur de *Lucrèce*. Ponsard, dont le père pré-
sidait le conseil des avoués de Vienne, était sur le
point de commencer son stage d'avocat. Mais la
profession ne l'attirait que médiocrement, et c'était
plutôt par raison que par goût qu'il allait l'embrasser. Ses goûts étaient pour la poésie, qu'il
cultivait depuis l'âge de quinze ans, et si ses parents
l'avaient laissé faire, il serait resté à Paris pour
tenter la fortune au théâtre, car tout le portait
vers la scène : les souvenirs et la vue de l'amphi-
théâtre romain au pied duquel il avait grandi,
le succès retentissant de la tragédie de *Léonidas*,

de son compatriote Pichald (1), et surtout le plaisir qu'il avait goûté aux représentations tumultueu-
ses des pièces romantiques.

Ponsard fut donc de ceux qui applaudirent le
discours-manifeste de Péhant. Le lendemain il avait
fait connaissance avec le professeur, et, comme ils
étaient tous deux à peu près du même âge et qu'ils
avaient sur la littérature ancienne et moderne presque les mêmes idées, ils se lièrent tout de suite
d'une amitié durable. Naturellement Ponsard subit
l'influence de Péhant. Il hésitait, en matière de
théâtre, entre la tragédie selon Racine et le drame
selon Victor Hugo, et rêvait d'une forme d'art qui
tînt le milieu entre la trop grande timidité des
classiques et le dévergondage échevelé des romantiques. Péhant, qui comprenait d'autant mieux ces
hésitations qu'il avait fait partie d'un clan qui les
partageait, lui montra dans Alfred de Vigny le
seul romantique ayant le sentiment de la mesure,
et appela son attention sur la nouveauté de *Chat-*
terton au double point de vue de l'idée et du style.

« Alors, pourquoi, lui dit un jour Ponsard, qui
brûlait de s'essayer sur les planches, pourquoi ne
ferions-nous pas à nous deux un drame historique

(1) Pichald (Michel), né à Vienne en 1786, mort à Paris le 28 janvier 1828. Voir sur lui notre *Cénacle de la Muse Française*.

d'après la formule nouvelle ? Je crois avoir trouvé dans Tite-Live un sujet très intéressant et très dramatique. »

Et il lui exposa le sujet de *Lucrèce* (1).

Mais Péhant, qui avait songé un moment à faire du théâtre, et à qui Mᵐᵉ Dorval mandait, après avoir lu son livre : « Vous écrirez un rôle pour moi et je ferai de mon mieux pour vous aider à une popularité que vous méritez (2) », Péhant y avait définitivement renoncé, et je crois qu'il avait

(1) « Je lisais vos œuvres dans nos vallées, écrivait Ponsard à Vigny au mois d'avril 1860, avant qu'un hasard m'eût poussé dans cette mêlée littéraire où vous apparaissiez déjà comme un glorieux chef. Quelques hommes comme vous pourraient refaire le public, mais vous vous tenez à l'écart maintenant, et peut-être avez-vous raison. *Odi profanum vulgus.* C'est, je le crains, le mot de la poésie à l'heure qu'il est. » (Lettre inédite.)

(2) Lettre inédite du 22 décembre 1834. — Nous avons vu que Mᵐᵉ Dorval et le père de Péhant étaient nés à Lorient. Je suppose que cette particularité ne fut pas étrangère aux relations qui s'établirent vers 1834 entre le poète et la comédienne. Émile Péhant a dédié à Mᵐᵉ Dorval quelques beaux sonnets dont celui-ci :

A MADAME DORVAL
Après la 25ᵉ représentation de *Chatterton*

Pendant ces blanches nuits où les airs épurés
Nous laissent entrevoir la splendeur tremblotante
Des palais du Très-Haut, notre œil ébloui tente
De compter tous les feux dont les cieux sont parés.

Mais quand on croit savoir ces flambeaux éthérés,
Un ange tout à coup dans la céleste tente
Allume une autre étoile encor plus éclatante
Que tous les lustres d'or avant elle éclairés.

Madame, ainsi pour vous : quand la foule idolâtre
Vous salue à grands cris la reine du théâtre,
Elle s'en va, croyant tous vos trésors connus ;

Mais le lendemain soir de son erreur l'éveille,
Car, tout en vous laissant vos beautés de la veille,
Chaque jour vous fleurit d'une beauté de plus.

fait sagement. Les Bretons sont de leur nature trop
méditatifs pour être des hommes de théâtre, aussi
y en a-t-il peu qui aient abordé la scène.

IV

Tout en approuvant donc le choix du sujet de
Lucrèce, notre professeur ne put que décliner l'offre
de Ponsard. L'aurait-il acceptée, qu'il aurait été
fort en peine de remplir son rôle de collaborateur,
car, en 1837, le collège de Vienne ayant été fermé,
je ne sais pour quelle cause, Péhant fut envoyé à
Tarascon, où il ne demeura que quelques mois,
faute d'avoir pu s'y acclimater. Mais il y resta assez
de temps pour laisser un souvenir ineffaçable à
ceux de ses élèves qui avaient lu ses vers. Voici, en
effet, la lettre touchante que lui adressait, quarante
ans plus tard, Roumanille, le poète provençal.

« Avignon, 1er janvier 1877.

« Monsieur,

« Tout me porte à espérer que cette lettre ne
vous sera pas indifférente ; aussi ai-je grand plaisir à vous l'écrire et ne doute pas du bienveillant
accueil que vous lui ferez. En vous l'écrivant j'ac-
quitte une dette de reconnaissance qui date de loin !
Je vous l'eusse payée plus tôt si j'avais su que le

bibliothécaire de la ville de Nantes était ce même
Émile Péhant qui fut mon premier maître en l'art
des vers et dont les vers enchantaient ma jeunesse,
tant et si bien qu'à cette heure j'en sais encore un
grand nombre par cœur et me prends souvent à les
ouïr chanter.

« Libraire à Avignon, j'ai pu consulter le catalogue de Lemerre, car la poésie, hélas ! a ici peu
d'acheteurs ! Le catalogue que ce libraire vient de
publier tomba l'autre jour sous ma main, et j'y vis
votre nom et le titre du livre que vous avez publié
en 1835 : *Sonnets et Poésies*, avec une préface de
votre ami Victor de Laprade. J'écrivis à Lemerre
pour qu'il m'expédiât immédiatement ce livre par
la poste. Je viens de le recevoir. C'est bien mon
poète aimé ! mon professeur en 1837 au collège de
Tarascon. Vous ne vous souvenez point sans doute
de ce jeune écolier provençal qui, lorsque vous
donniez à vos élèves de la matière pour les vers
latins, vous apportait à la classe prochaine des
dactyles et des spondés plus ou moins régulièrement disposés et qui, après avoir écrit et son
devoir et ses pensums, épris déjà qu'il était de la
douceur et de la grâce, de l'harmonie de sa langue
maternelle, traduisait en vers provençaux ses vers
latins. Ne vous en souviendriez-vous point ? Votre

élève n'a rien oublié de ces jeunes émotions, de vos
bons enseignements, de vos leçons toutes palpi-
tantes, passez-moi le mot, de l'amour du vrai, du
beau et du bien. Je vous récitais de vos vers qui
m'enthousiasmaient tant ! même avant les corrections que votre maturité y a faites.

> Car si Dieu m'eût fait riche, oh ! j'aurais eu bon cœur !
> Chaque pauvre aurait eu sa part de ma richesse
> Et chaque malheureux sa part de mon bonheur,

continuez vous à dire. Mais vous disiez alors :

> Et toi, poète aussi, chasse toute pensée,
> Belle encor, mais qu'un autre a déjà caressée,
> Ou tu verras ta joue obligée à rougir,

> Car il faut à l'artiste une chose nouvelle,
> S'il veut que les enfants qui naîtront un jour d'elle
> Puissent porter son nom sans tache à l'avenir.

« Le pauvre petit écolier qui, homme, a trouvé
dans une boutique de libraire ce que vous appelez
avec tant de raison « un refuge contre la poésie »,
« un point d'appui solide », est heureux plus qu'il
ne pourrait vous le dire de vous retrouver après
une si longue absence ; d'évoquer, grâce à vous, les
plus chers souvenirs de sa jeunesse ; de pouvoir
vous exprimer enfin sa reconnaissance pour tout
le bien que vous fîtes, au bon moment, à son esprit

et à son cœur; pour l'excellente direction que vous
donnâtes à ses idées, à ses sentiments, à ses études.
Soyez-en mille et mille fois remercié, cher Breton.

« Le bon Dieu a voulu que votre écolier ait été
le promoteur de cette renaissance de la gaie science
provençale, dont vous avez ouï parler sans doute;
que ses premiers vers provençaux aient préludé à
des chants qui ont ému l'Europe littéraire, on peut
le dire; qu'il fût en quelque sorte le père de toute
une pléiade de poètes, de félibres aimant et chan-
tant leur Provence, comme vous aimez et chantez
votre Bretagne, comme l'aimait et la chantait Brizeux qui, au début de mon œuvre, me donna tant
et de si pieux encouragements. Dieu soit béni !

« Adieu, monsieur et cher vaillant maître, quoique fort occupé par des articles d'étrennes, j'ai tenu
à vous écrire tout ceci, quittant et reprenant la
plume, entre une vente et une autre, parce qu'il
me tardait de vous exprimer tant bien que mal les
bons sentiments que je vous garde depuis si longtemps. Il ne vous sera pas difficile de vous convaincre que ma plume va *ex abundàntio corde* et
écrit un français provençal. Je réclame toute votre
indulgence, comme la réclamaient à cor et à cri les
vers latins, les versions et les thèmes que vous me
corrigiez en l'an de grâce 1838.

« Agréez, monsieur et cher maître, l'hommage de mes plus affectueux sentiments.

« J. ROUMANILLE (1). »

Cette lettre, qui ne pouvait manquer de réjouir le cœur de Péhant, lui fut adressée malheureusement trop tard, et c'est sa veuve qui la reçut. En la publiant à cette place, j'ai voulu montrer que le professeur chez ce Breton dépaysé était à la hauteur du poète, et qu'à Tarascon comme à Vienne il avait été le semeur des récoltes futures.

En 1838, il était de retour à Paris, et c'est là que, le 1er avril, il reçut des bords du Rhône le joli « poisson » que voici :

« Vienne, 1er avril 1838.

« Mon cher Péhant,

« Vous êtes donc bien paresseux, ou est-ce que vous m'avez tout à fait oublié? De sorte que, si je n'avais pas appris votre adresse par hasard, tout était fini entre nous, et il fallait me résigner à ne plus vous considérer que comme un souvenir de 1837. Mais je suis plus tenace que vous, et je vais vous forcer à vous révéler encore à moi comme une belle et bonne réalité.

(1) Lettre publiée *en partie* pour la première fois par Dominique Caillé dans sa brochure sur *Émile Péhant* (Vannes, Lafolye, 1890).

« Que devenez-vous ? Qu'avez-vous fait du poète ?
A-t-il été remplacé par le journaliste, ou bien le
professeur est-il ressuscité ? Vous me conterez votre
vie depuis que je vous ai quitté. Pour vous y engager, je vous conterai la mienne, si vous ne l'aviez
déjà devinée d'un bout à l'autre.

« Vous devez vous apercevoir que je m'essaie
quelquefois au métier d'avocat de mur mitoyen,
que je bois souvent de la bière, que je m'ennuie
encore plus souvent. Voilà tout. Du reste, je me
laisse aller à cette façon d'existence et je n'aspire
à rien de mieux. Comme le printemps revient, je
suis allé m'entretenir de vous avec le ruisseau de
Leveau, au bord duquel nous lisions Virgile. Ce
ruisseau a élevé sa petite voix pour me demander ce
que vous faisiez, et j'ai été obligé de lui répondre
que je n'en savais rien. La pervenche a entr'ouvert son œil bleu pour me faire la même question. Je leur ai dit à tous, au ruisseau, aux per-
venches, aux violettes, au rocher sur lequel vous
ne vous assoirez plus, aux tisserands qui s'en-
nuient de courir sur l'eau sans que vous soyez là
pour les prendre dans la main, aux écrevisses à qui
vous ne faites plus l'honneur de les manger toutes
vivantes, aux hannetons que vous ne tuez plus de
votre badine, à tous enfin : que vous avez oublié

vos anciens amis et qu'il y a à Paris des ruisseaux, des fleurs, des hannetons bien autrement aimables qui captivent maintenant toute votre amitié. Cette réponse a paru leur faire tant de peine que je leur ai promis de vous écrire et de glisser quelques mots pour eux dans ma lettre.

« Outre ces pauvres créatures, il y a encore à Vienne des gens qui vous aimaient et qui ont conservé votre souvenir. Je ne vous parle pas de moi, mais de ceux dont nous faisions notre compagnie ordinaire. Ils m'ont souvent parlé de vous, et entre autres Jouffroy aîné, avec une grande affection. Ne viendrez-vous pas nous voir ? Ne voulez-vous pas vous rajeunir de deux ans en recommençant nos premenades et nos causeries accoutumées ? Pour ma part je n'aime rien tant que ce rajeunissement, car voilà que je baisse d'année en année ! Je ne crois pas être bien éloigné maintenant d'un assoupissement complet.

« Il faut à présent que je vous transmette une prière de M. Timon. Il est fondateur de *la Revue de Vienne*. Cette revue voudrait avoir un petit coin poétique. Depuis six mois environ, elle n'a pu remplir ce coin que par des productions du terroir et ces productions sentent le terroir. Elle vous demande d'écrire une pièce de cent ou deux cents vers,

et moi le plus de vers possible, et le plus vite pos-
sible.Je choisirai et je garderai les miens pour moi.
Si la gloire d'être inséré dans *la Revue de Vienne*
n est pas très alléchante,en récompense vous mériterez la reconnaissance des Viennois qui, peut-
être, grâce à vous, finiront par comprendre ce que
c'est qu'un vers, et de plus vous me ferez plaisir.

« M. Timon a monté la revue sur un grand pied.
Il insère de temps en temps, pour allécher le public, des articles payés. Je ne sais pas pourquoi
vous vous feriez scrupule de recevoir d'un journal
de Vienne une partie de ce que vous n'hésiteriez
pas à recevoir d'un journal de Paris. Moi, je ne
vois rien là-dedans que de très naturel ; c'est pourquoi je vous le dis. Je sais bien que la modicité
du prix et l'obscurité de la revue enlèvent quelque
prestige ! mais en définitive la propriété de vos vers
vous reste, et quant à l'usufruit que vous nous
livrerez, qu'importe à votre amour-propre qu'il
trouve à Vienne un prix modique ou élevé.

« Adieu, mon cher Péhant, répondez-moi aussitôt que vous pourrez.

                    « Je vous embrasse.
                        « Votre ami,
                            « PONSARD (1). »

(1) Lettre inédite.

Une revue de province qui paie des vers ! Il fallait aller à Vienne, en Dauphiné, pour voir ce phé-
nomène. Malheureusement, Péhant en était revenu, et rien, pas même la pensée d'être agréable à
son ami Ponsard, n'aurait pu le décider à chercher
son pain de son côté. Pourtant, sa bourse était
affreusement plate. Pour ne pas trop écorner la
petite somme qu'on lui avait comptée à sa sortie du
collège de Tarascon, il avait fait le voyage de Paris à
pied, couchant dans les auberges ou les métairies,
quand ce n'était pas au bord des routes. Et maintenant qu'il battait de nouveau le pavé de Paris, il
lui semblait qu'il avait gagné le Pérou. Il était
riche, en effet, d'illusions, qui ne tardèrent pas à
rejoindre celles d'antan. Il avait retrouvé tous ses
camarades de 1835 : Chevalier, Chaudesaigues, Léon
de Wailly. Antoni Deschamps l'avait reçu à bras
ouverts, et il l'en avait remercié dans un sonnet
magnifique, où il le traitait de « messager de Dieu».
Il n'y avait qu'Alfred de Vigny dont il n'osât passer la porte de peur d'encourir ses reproches méri-
tés, mais il avait chargé Mme Dorval de le préparer au retour de l'enfant prodique, et Mme Dorval,
avec qui l'auteur de *Chatterton* avait rompu
depuis trois ans, avait pris sous son bonnet d'assurer Péhant que M. de Vigny ne lui en voulait

pas (1). La paix signée avec le maître, le disciple se
flattait de recommencer l'école buissonnière : pas
avec la Muse, par exemple. Il avait des vers par-
dessus la tête, et, bien qu'il estimât

> Que tout poète en prose est un ange déchu,

il avait suivi le conseil de son ami Pitre-Chevalier,
il s'était mis à faire de la prose.

> Pour moins d'une once de tabac,
> Je vendrais volontiers ma muse.
> Allons ! qui veut sa cornemuse
> Pour moins d'une once de tabac ?
> Cette nymphe laide et camuse
> Fait trop jeûner mon estomac ;
> Je vendrais volontiers ma muse.
> Pour elle en vain je sue et m'use,
> Elle me réduit au bissac ;
> Ma pipe en feu du moins m'amuse.
> Pour moins d'une once de tabac,
> Je vendrais volontiers ma muse.

Ainsi chantait-il sur un mode badin. Mais la
prose ne lui donna pas plus à manger que la poésie,
et comme il était lassé de lutter et de souffrir, et que
sa mère le réclamait à cor et à cri, un beau matin il
partit pour Nantes, où le maire d'alors, M. Ferdi-

---

(1) Le volume de *Sonnets* de Péhant n'en renferme pas moins de
huit adressés à Alfred de Vigny, mais sa correspondance ne contient
en fait de lettres du poète d'*Éloa* que celles que j'ai publiées plus
haut. D'où je conclus que Péhant, à son retour de Tarascon, n'avait
pas osé se présenter devant A. de Vigny, et qu'ils cessèrent de
s'écrire.

nand Favre, lui offrit une place de chef de bureau
à la Mairie.

Ceci se passait en 1839. Trois ans plus tard, il
épousait Mlle Céleste Robin, dont il eut une fille,
devenue Mme Camin. Notre Jeune-France, qui avait
tant médit des bourgeois, s'était embourgeoisé
comme un autre : le poète avait fini sur un rond de
cuir et ne pensait plus déjà aux compagnons de lettres et de misère, quand un événement inattendu
vint le secouer dans sa molle retraite et lui faire
monter le rouge au front. Cet événement, c'était l'é-
clatante victoire de *Lucrèce* à l'Odéon, victoire qu'il
aurait pu partager avec Ponsard, puisqu'il n'avait
tenu qu'à lui d'être son collaborateur, et à laquelle
Mme Dorval avait contribué dans une large mesure.

Pour le coup, Émile Péhant rompit le silence et,
tout fier de se dire l'ami de Ponsard, il lui demanda
par lettre s'il l'avait oublié.

«Je ne vous ai jamais oublié, lui répondit l'auteur de *Lucrèce*, le 17 mai 1843 (1); j'ai parlé de
vous bien souvent. J'ai encore toutes présentes à

(1) En même temps que cette lettre, il lui adressait la brochure de
sa pièce avec cet envoi sur le faux-titre :
« *A Émile Péhant, son ami F. Ponsard, Paris, le 17 mai 1843.*
« Rappelez-vous, mon cher Péhant, nos bonnes causeries quand
nous nous promenions dans la vallée de Leveau ; je désire que ce
livre tienne ma place auprès de vous et devienne le compagnon
d'une de vos promenades. »

mon esprit nos promenades à Leveau et nos veillées
dans ma chambre de la rue des Beaux-Arts. Votre
lettre m'a procuré de vives émotions ; il me semblait
que j'entendais votre langage bien connu et que
j'allais vous serrer la main comme s'il ne s'était
pas écoulé cinq ans depuis nos dernières causeries.
Je compte bien que vous allez m'écrire souvent et
longuement. Moi, de mon côté, je vous répondrai
au premier loisir possible, car je ne regarde pas
ces quelques lignes griffonnées à la hâte comme une
réponse. Je ne sais où donner de la tête. Vous savez que je suis assez indolent, et je me trouve livré
à une activité monstrueuse. J'ai chez moi des mon-
ceaux de lettres à répondre, de billets de visite, etc.
Jusqu'ici je n'ai pu respirer au milieu des acteurs,
des répétitions, des imprimeurs. Aujourd'hui que
je commence à me retirer de ce tohu-bohu, je suis
forcé de passer mes journées en cabriolet et en
visites obligées. Le succès a été inouï. Nous sommes
à la septième représentation et la salle est pleine du
haut en bas. L'ouvrage a paru lundi dernier à trois
mille exemplaires qui ont été enlevés le jour même.
Une seconde édition est sous presse ; mais il est
probable que l'écoulement n'en sera pas si rapide (1).

(1) Nous verrons tout à l'heure ce qu'en pensait Victor Hugo.
Quant à Alfred de Vigny, voici ce qu'il en dit dans son *Journal :*

« En cinq mois le tout a été fait, et le rêve accompli. Je vais dans un mois me retirer à Vienne, où je me délecte à l'idée de vivre tranquillement et en flâneur. J'étais là-bas un très mesquin avocat. Votre prophétie à cet égard avait complètement menti. Mais j'avoue que d'un autre côté elle s'est réalisée au delà de toute possibilité. Aussi, je me constitue votre débiteur d'un dîner comme je suis votre créancier d'un autre dîner à l'endroit du malheureux *Manfred* (1); périsse sa mémoire! J'ai retiré tous les exemplaires restants de la circulation, et je les ai condamnés au feu.

« Vous êtes marié, tant mieux ! sur mon honneur, je crois que c'est là le bonheur. J'ai failli l'être. On ne m'a pas trouvé assez riche. Voilà ce qui m'a relancé dans les rimes; sans cet échec, je serais là-bas en robe noire! J'avais résolu d'avance un

---

« Toute la presse vient de louer *Lucrèce* pour ses qualités classiques, tandis que son succès vient précisément de ses qualités romantiques : détails de la vie intime et simplicité de langage, venant de Shakespeare par *Coriolan* et *Jules César.* » — *Simplicité de langage !* Comme on voit bien à cette remarque que Vigny se faisait du romantisme une autre idée que Victor Hugo !

(1) Cette traduction du poème de Byron avait été son premier ouvrage. Il l'avait publiée en 1837, chez Gosselin, l'éditeur romantique. Elle était franchement mauvaise, et il avait fallu toute l'indulgence de Charles Magnin pour y découvrir « plusieurs des qualités qu'il retrouva dans *Lucrèce* ». Cf. *la Revue des Deux Mondes* du 1er juin 1843, — et aussi *les Derniers jours de la Bohême*, par Roger de Beauvoir, article sur Hégésippe Moreau.

autodafé de mes barbouillages ; je m'étais promis
d'y renoncer, et j'aurais tenu parole. Je suis devenu
plus nonchalant que jamais. J'aime le soleil, les
promenades, la fumée du tabac, les journées sans
visites, et je me donne au diable au milieu de toutes mes mille préoccupations. Il faut que chaque
matin je combine d'avance l'emploi de chaque heure
pour économiser le temps. Jugez du tracas. Je vous
donnerai des détails plus tard, en gros ; j'ai vécu
ces cinq dernières années sans aventures, sauf que
j'ai sacrifié au dieu Cupidon. Je me suis aperçu que
j'aimais beaucoup les femmes, et cette découverte a
fait, du reste, que je me suis fort peu occupé du
barreau et privé de tout souci de ce que pouvait
souffrir mon amour-propre d'avocat. Aussi la barque
allait toute seule à la dérive, sans que je me don-
nasse la peine de ramer, et même j'étais décidé à
me retirer tout à fait à la campagne pour y fainéan-
tiser à mon aise, quand est arrivée cette révolution
fantastique dans mon existence. Ce n'est donc point
parce que j'ai eu des déboires que j'ai composé *Lucrèce*. J'étais très indifférent aux propos et à la
perte de mes procès, mais je m'ennuyais quand je
n'avais pas à parler d'amour, comme dit Hernani,
et je rimais pour alterner avec le sommeil dont était
rembourré mon fauteuil.

« A propos d'*Hernani*, il paraît qu'Hugo est furieux contre moi (1). Il me mord à belles dents. Lamartine (2), au contraire, est un chaud protecteur. Je dois aller passer un mois à sa campagne.

« Je vois par ici tout plein de gens illustres. Ce serait fort agréable si ce n'était trop à la fois. Mais enfin je m'en retourne à Vienne ; j'y passerai au moins un an et demi comme une marmotte, sans bouger. Puis je reviendrai risquer un autre essai qui, s'il se résout en chute, fera s'écrouler tout le château de cartes. En résumé, mon cher Péhant, quand nous nous reverrons (et je note ce projet en

(1) Ponsard ne savait pas si bien dire.
J'ouvre le second tome de *Choses vues*, par Victor Hugo, et j'y lis sous la date de 1845 :
« Au cours des représentations de la *Lucrèce* de M. Ponsard j'eus avec M. Viennet, en pleine Académie, le dialogue que voici :
M. Viennet. — Avez-vous vu la *Lucrèce* qu'on joue à l'Odéon ?
Moi. — Non.
M. Viennet. — C'est très bien.
Moi. — Vraiment, c'est très bien ?
M. Viennet. — C'est plus que bien, c'est beau.
Moi. — Vraiment, c'est beau ?
M. Viennet. — C'est plus que beau, c'est magnifique.
Moi. — Vraiment, là, magnifique ?
M. Viennet. — Oh ! magnifique !
Moi. — Voyons, cela vaut-il *Zaïre ?*
M. Viennet. — Oh ! non. Oh ! comme vous y allez ! Diable ! *Zaïre !* Non, cela ne vaut pas *Zaïre !*
Moi. — C'est que c'est bien mauvais, *Zaïre*.
(2) Ponsard écrivait un jour à Bocage que Lamartine avait été « sa première adoration, quand il n'avait que quinze ans, avant toute adoration féminine ». (Cf. la *Fin du Théâtre classique et François Ponsard*, par C. Latreille.)

tête), vous me retrouverez comme vous m'avez connu. Je n'ai changé, je crois, ni en bien ni en mal. Soyez heureux, je vous répète et je vous jure que la vie que vous devez mener me souriait tellement, que c'est parce qu'on n'a pas voulu de moi que j'y ai été enlevé. Je n'en suis pas fâché à présent, mais si les choses n'avaient pas tourné si miraculeusement, je frémis encore à l'idée des dégoûts que je me préparais.

« Votre ami,

« PONSARD (I). »

De plus en plus fier de l'amitié de Ponsard, Émile Péhant se permit de publier la pièce de vers que le triomphateur de *Lucrèce* avait faite pour lui quand il était professeur à Vienne (2). Mais cette

---

(1) Lettre inédite, communiquée par Mᵐᵉ Camin, née Péhant.
Voici les trois dernières strophes de cette poésie :

Ainsi la poésie, en ton sein renfermée,
Parce qu'on n'entend pas sa voix accoutumée,
Parce que son rayon ne luit pas au dehors,
Qu'elle reste pensée et ne se fait pas corps,
Peut échapper aux sens de la foule grossière
Dont l'œil matériel ne voit que la matière.

Ils en viendront peut-être à l'incrédulité :
Ils nieront qu'elle soit, qu'elle ait jamais été,
Et ne comprendront pas son occulte puissance,
Alors qu'elle repose et qu'elle fait silence,

Mais ce repos, Émile, est un travail encor :
C'est le travail de l'air amassant son trésor.
Comme il cueille un parfum dans la fleur caressée,
Tu sais dans chaque fleur cueillir une pensée,
Un rêve dans la nuit, un hymne dans la voix
Des eaux de la rivière et des feuilles du bois.

publication n'eut pas l'heur de plaire à Ponsard qui, le 27 mai 1843, lui adressa la lettre suivante :

« Mon cher Péhant,

« J'ai vu avec peine dans *la Gazette de France* d'aujourd'hui des vers que je vous ai donnés à Vienne et que *la Gazette* a trouvés, à ce qu'il paraît, dans un journal à qui vous les avez communiqués. J'écris à *la Gazette* pour expliquer qu'ils ne sont pas de fraîche date, et je recule même jusqu'au collège l'époque de leur composition, car cette publication me contrarie beaucoup. Je ne veux rien livrer à la publicité entre *Lucrèce* et la pièce à laquelle je vais travailler, pas même ce que j'ai fait récemment et que je pourrais avouer : à plus forte raison je ne voudrais pas qu'on fouillât dans le passé pour en extraire des choses faibles et tâtonnées. La curiosité est ici extrêmement éveillée, et il est important de ne donner en pâture à la critique que ce que j'aurai travaillé avec cette perspective, de sorte que la malveillance ne puisse s'égarer

> Puis une heure viendra : l'heure où la poésie,
> Saturée à la fin de ses flots d'ambroisie,
> Déploira librement son magnifique vol
> Et d'un pied dédaigneux repoussera le sol.
> Des hommes, cependant, repentant de leur doute,
> Te montreront encor les traces de sa route,
> Que la fille du ciel, de retour au saint lieu,
> Aura déjà chanté sous la face de Dieu.

que sur ce que j'aurai jugé moi-même en état d'affronter la publicité.

« Je vous prie donc instamment, s'il en est temps encore, de conserver pour vous seul ce que je vous ai confié et de n'y voir qu'un souvenir de notre amitié. J'ai refusé les offres de Buloz, qui m'ouvrait *la Revue des Deux Mondes*. Voyez si je ne dois pas tenir encore bien davantage à ce qu'on ne s'arme pas contre moi de ce que j'ai pu faire il y a longtemps.

« Adieu. Recevez encore cette fois l'assurance de ma sincère affection, et adressez-moi vos lettres à Vienne, si vous ne m'écrivez pas avant cinq jours. Je pars... J'ai un besoin immense de repos.

« Tout à vous.

« F. PONSARD (1). »

En écrivant cette lettre, Ponsard semblait prévoir la critique aigre-douce dont ses premiers essais allaient être bientôt l'objet de la part de M. Charles Magnin, qui les avait déterrés dans *la Revue de Vienne* (2). Mais Péhant fut froissé du ton de cette

---

(1) Lettre inédite, communiquée par Mme Camin.

(2) « Ecrits sans soin, sans prévision d'aucune publicité possible, avouait Ponsard, pour une petite revue inconnue, qui a vécu deux ans dans une petite ville de province et qui comptait cinquante abonnés. » A quoi M. Magnin ripostait pour sa défense qu'en les exhumant il n'avait fait que son devoir. (Cf. *la Fin du Théâtre romantique et François Ponsard*, par C. Latreille, p. 177.)

épître et n'y répondit que neuf ans après, comme
en témoignent les lignes suivantes :

« Mon cher Péhant,

« Je suis très heureux de votre bon souvenir ;
l'expression cordiale de cette vieille amitié me ra-
jeunit de quinze ans ; mais je comptais, même
avant votre lettre, sur votre affection, et j'avais
l'orgueil de ne pas me croire oublié, de même que
vous pouviez être sûr que je ne vous oublie pas.
L'oubli qu'amènent les années passe sur des relations de politesse, et non sur l'intimité de deux
camarades.

« Je n'ai point de griefs contre vous ; je me rappelle que j'ai été contrarié de la publication de
quelques vers reproduits par *la Gazette de France*,
je crois. A cette époque, j'étais l'objet de quelque
attention par suite du succès récent de *Lucrèce;* on
recherchait ce que j'avais pu faire auparavant afin
d'en noter malignement les défauts, et comme je
reconnaissais moi-même le peu de valeur de ces
essais, je me gardais bien de donner cette joie à la
critique. Mais je n'ai été contrarié que du fait ; votre
intention était tout amicale, et c'est ce dont je n'ai
jamais douté. D'ailleurs, j'étais un débutant dans
la vie littéraire, et beaucoup plus sensible à ces

petites misères que je ne le suis à présent. J'ai en-
dossé le *robur et œs triplex*, et, un peu plus accoutumé à mon genre de vie, je souris aujourd'hui de
mes dépits d'autrefois. Bref, je ne vous en gardais aucune espèce de rancune. J'aurais été bien
sot de vous en vouloir pour si peu de chose, et j'ai
songé souvent à vous envoyer mes pièces. La seule
raison qui m'ait arrêté, c'est qu'on ne peut pas mettre à la poste un imprimé portant une dédicace
écrite à la main; or la pièce, sans la dédicace amie,
ne signifie pas grand'chose, et voilà pourquoi je
n'envoie mes pièces ni à vous ni à personne hors
de Paris.

« Il est vrai que je pouvais vous écrire. J'en ai eu
très souvent la bonne pensée; mais si vous saviez
comme le temps est dévoré ici, comme on est sur-
chargé d'occupations de toute sorte, comme on est
écrasé de visites et de lettres à faire, vous compren-
driez très bien cette extrême lassitude qui m'empêche d'écrire à mes meilleurs amis. Je les porte dans
mon cœur et je leur dis mille choses en moi-même;
mais je ne leur écris jamais. Ils le savent et ils me
pardonnent.

« Je voudrais ardemment être utile à votre ami;
je vois, par la chaleur de vos expressions, que ce
n'est pas une simple recommandation et que c'est

comme s'il s'agissait de vous-même. Je n'ai pas
besoin de vous dire dès lors combien cette affaire
m'intéresse ; mais, hélas! vous n'êtes pas au courant de ma situation personnelle. Je n'ai plus qu'un
seul pouvoir, c'est celui de nuire aux gens en les
recommandant. Ma démission persistante ne m'a
pas mis dans les bonnes grâces du gouvernement (1) ;
et je n'étais pas déjà vu d'un très bon œil, par suite
de mes opinions connues et de mes relations avec
Lamartine et autres personnages attachés à la République (2). Je vous donnerai une idée de mon peu
de crédit en vous disant que tout mon répertoire, y
compris *Lucrèce* (3), est supprimé par ordre du
ministère, et que je ne sais si la censure autorisera
la représentation de l'Odéon (4). Je ne connais ni
ne vois personne parmi ceux qui sont de loin ou de
près au pouvoir. En un mot, mon cher Péhant, je
suis complètement disgracié et hors d'état de pou-

(1) Ponsard s'était démis, au mois d'avril 1852, du poste de bibliothécaire du Sénat, que lui avait offert le prince Jérôme, pour répondre à certaines calomnies qui avaient attribué sa nomination à l'influence d'une actrice en renom.
(2) Ponsard, à l'instigation de Lamartine, s'était porté à la députation dans l'Isère, en 1848 et en 1849, et n'avait pas été élu. Ses
professions de foi étaient nettement républicaines.
(3) C'est l'Empereur qui, en 1858, leva l'interdit dont *Lucrèce* était
frappée depuis sept ans.
(4) *L'honneur et l'Argent*, qui lui valut la croix d'officier de la
Légion d'honneur.

voir obtenir aucune grâce quelconque ni pour moi
ni pour mes amis.

« Je compte que vous aurez gardé une assez
bonne idée de votre vieil ami pour croire que je
vous parle très sincèrement, et que ce n'est point
du tout une excuse que je cherche à ma mauvaise
volonté. Je vous jure que si je pouvais quelque
chose, je n'aurais pas de plus grande joie que de
me mettre tout entier et très énergiquement à votre
disposition. Aujourd'hui je ne veux que vous serrer les mains bien cordialement et vous dire que
mes sentiments pour vous sont aussi vifs et aussi
jeunes qu'au beau temps de nos promenades à
Vienne et de nos longs entretiens.

« Venez à Paris le plus tôt possible ; ce sera une
heureuse journée pour moi.

« A vous de tout cœur.

« F. PONSARD (1). »

Certes, Péhant n'aurait pas demandé mieux que
d'accepter l'invitation de Ponsard, mais il était
enchaîné à sa table de travail depuis qu'il avait été
nommé bibliothécaire de la ville de Nantes (1848),
et il devait mourir sans revoir Paris.

Charles Monselet, son compatriote, disait un

(1) Lettre inédite communiquée par Mme Camin.

jour en parlant des livres qu'il connaissait comme personne :

Mon père en vendait ; moi j'en fis.

Péhant, qui avait commencé par en faire, se vit condamné pendant vingt ans à cataloguer, à ranger les livres des autres. Et l'on n'a qu'à feuilleter les six volumes in-8º à double colonne du *Catalogue méthodique et raisonné* de la Bibliothèque publique de Nantes pour se rendre compte du travail de bénédictin auquel il se consacra tout entier pendant ce laps de temps. Encore ce catalogue n'a-t-il pas été imprimé tel qu'il l'avait conçu et écrit, la commission de la Bibliothèque ayant jugé à propos de tailler dans son manuscrit comme dans du drap pour réduire les frais d'impression. N'importe. Émile Péhant avait acquis le droit de dire que la Bibliothèque de Nantes était son œuvre. Quand il y entra elle se composait de 36.000 volumes et de 1.000 manuscrits. A sa mort elle ne comptait pas moins de 40.000 manuscrits et 100.000 volumes. Un autre aurait perdu dans les paperasses et la poussière de ces bouquins la flamme poétique de sa belle et triste jeunesse ; lui, non. De même qu'il suffit d'un coup de vent, d'une haleine, pour rallumer un feu près de s'éteindre, de même il suffit d'une circonstance inattendue, d'un témoignage d'admiration et d'enthousiasme, pour réveiller en lui le feu sacré d'où était sorti son premier volume de vers.

Péhant avait déposé sur un rayon de la Bibliothèque de Nantes, parmi cent autres volumes de poésies, son livre de *Sonnets*, revu et corrigé par lui d'une main sévère (1). Un jour, c'était en 1867, un poète de ses amis, M. Joseph Rousse, qui ne se doutait pas de son œuvre, vient à passer devant ce rayon. Il s'arrête, s'amuse à regarder les titres des volumes et les noms d'auteurs, et tout à coup pousse un cri de stupéfaction. Il avait mis la main sur les *Sonnets* de Péhant. Il prend le livre, l'emporte sans rien dire et se délecte si bien à sa lecture qu'il le passe à un autre poète de la ville, M. Émile Grimaud, encore plus ignorant que lui des commencements littéraires de Péhant. Que fait Joseph Rousse ? il prend sa plume, qui est très délicate, et dans une étude sommaire, empreinte d'une pieuse et cordiale sympathie, il apprend aux lecteurs de *la Revue de Bretagne et de Vendée* qu'un poète était né en 1835 dont personne ne soupçon-

(1) Sur les 114 sonnets dont se compose ce recueil, il y en a peu qui n'aient subi quelque retouche. Quelques-uns, comme le sonnet *A un Papillon*, ont été refaits en entier.

naît l'existence (1). Le plus surpris, ce ne fut pas
le lecteur, ce fut Péhant. De se voir ainsi décou-
vert et présenté à un public où il ne comptait que
des amis, dont beaucoup de lettrés, il éprouva une
de ces émotions violentes et douces qui renouvel-
lent le sang en une minute. Et voilà que la sève
poétique, qu'il croyait morte en lui remonte soudain de son cœur à sa tête, et que le vers se met
à jaillir sous sa plume comme l'eau d'une source
naturelle. Tant il est vrai que, selon l'expression de
Musset, il existe chez les trois quarts des hommes

> Un poète endormi toujours jeune et vivant.

Jamais renouveau poétique ne fut plus éclatant
et ne donna autant de fleurs. Je voudrais ajouter :
et de plus belles. Par malheur, la sève d'arrière-
saison et les fleurs d'automne n'ont ni la force, ni la
fraîcheur, ni la durée de celle du printemps. On ne
laisse pas impunément sa lyre suspendue trente
ans à la muraille. Quand, après ce délai, l'idée
vous prend de la raccorder, ou bien ce sont les
cordes détendues qui vous refusent le service, ou
bien ce sont les mains alourdies qui ont perdu le
doigté. Il est vrai que la question d'art fut toujours

(1) *Revue de Bretagne et de Vendée* de juillet 1867, *Émile Péhant*,
par Joseph Rousse.

secondaire pour Péhant, et que le genre de poésie
qu'il allait adopter n'a pas sous ce rapport les
mêmes exigences que l'ode et le sonnet.

v

Pour tenter de renouveler la *chanson de geste* à
la fin du xixe siècle, il fallait être, comme Péhant
l'avouait lui-même, « de cette vieille race celtique
que rien n'effraie, que rien ne décourage, dès qu'elle
a devant elle un noble but ». Il fallait surtout ne
pas compter sur le succès. D'abord, quand on vit
à l'écart de toutes les écoles au fond d'une ville de
province, si grande soit-elle, on n'a pas beaucoup
de chance de le trouver, fût-ce avec un chef-d'œuvre ; ensuite la poésie française, depuis qu'elle est
sortie de l'enfance, n'a jamais pu digérer les gros
morceaux. C'est une grande dame, dont l'estomac
délicat et difficile a toujours recherché les choses
légères : lais, virelais, ballades, villanelles, rondeaux,
odes, sonnets, élégies et autres crèmes plus ou
moins fouettées. Autant en emporte le vent, disent
les philosophes ; sans doute, mais chaque pays a
ses chansons. Nous admirons les grandes épopées
chez nos voisins. Nous nous découvrons jusqu'à
terre devant le génie d'un Tasse, d'un Arioste, d'un

Milton, d'un Camoëns, et chez nous, tout ce qui ressemble à un roman en vers a le privilège de nous effrayer. Il n'y a guère que *Jocelyn*, à qui nous pardonnions ses longueurs, parce que *Jocelyn* n'est en somme qu'un long chant d'amour, encore sautons-nous à pieds joints par-dessus les descriptions qui, pourtant, sont admirables. C'est pour cela, je suppose, que Victor Hugo, qui avait la tête épique, ne nous a donné dans *la Légende des Siècles* que des fragments d'épopée, dont quelques-uns, comme *Aymerillot* et *le Petit Roi de Galice*, sont empruntés à nos vieilles *chansons de geste*. Qui oserait lui donner tort ? Il faut être de son temps quand on veut être entendu. Or la *chanson de geste* serait aujourd'hui un anachronisme. Je regrette qu'Émile Péhant ne l'ait pas senti. Chaque époque de notre histoire a eu sa formule littéraire. Le moyen âge, avant de connaître les grandes chroniques, s'amusa du récit des légendes héroïques ou merveilleuses, assez pauvres d'ailleurs, du cycle carlovingien et du cycle breton. C'était le temps où les chevaliers avaient l'âme naïve et fleurie comme un vitrail d'église, comme une page de missel. Ils n'avaient que deux passions : l'amour et la guerre ; on pourrait même les réduire à une seule, puisqu'ils se battaient le plus souvent pour les beaux yeux de leur dame.

Rien de plus naturel qu'ils aient charmé leurs loisirs avec les récits de leurs prouesses et des romans
de chevalerie tels que *le Voyage de Charlemagne
à Jérusalem et Constantinople, Berthe aux grands
pieds, Renaut de Montauban, Huon de Bordeaux,
Girart de Viane*, etc. Mais à mesure que le peuple
entre en scène et se dégage, à mesure que la notion
de l'idée de patrie devient plus claire et plus puissante, et que les États se forment, la chronique
prend dans les récits la place de la légende, en
attendant que l'histoire prenne elle-même la place
de la chronique. Et c'est fini des chansons de geste.
Il n'y a plus guère que celles du cycle breton qui
résistent et dont l'écho se prolonge jusqu'à nous,
parce qu'elles sont symboliques et mystiques et que
de tout temps l'âme française a été attirée par le
mystère et le symbole. Et voilà pourquoi la chanson de geste fleurit surtout aux xie et xiie siècles
et pourquoi la fin du moyen âge n'a produit, en fait
d'épopée digne de ce nom, que *le Combat des
Trente*, qui, soit dit en passant, n'est même pas
d'un rapsode de Bretagne.

A quelle raison donc Émile Péhant céda-t-il en
choisissant cette forme plutôt qu'une autre, quand
sa manière de peindre sans couleur, quand son
style ferme et vigoureux, mais ennemi de la méta-

phore et de l'image, aurait dû, semble-t-il, l'en dis-
suader ? C'est que, Péhant s'étant proposé de traiter un sujet du moyen âge, il lui parut qu'il ne
pourrait s'acquiter convenablement de cette tàche
que sous une forme intermédiaire entre le drame
et l'épopée. Car il ne voulait faire ni l'un ni l'autre.
C'étaient même les deux écueils qu'il voulait éviter,
en s'efforçant de faire revivre les personnages
« dans leur caractère plutôt que dans leur costume,
dans leurs sentiments et leurs apirations plus encore que dans leurs actions réelles ». Reste à savoir
s'il y a réussi. Pour ma part, j'estime que sa chanson de geste a, malgré tout, l'allure et le ton du
drame historique. J'ajoute qu'étant donnée l'âme
de l'auteur il ne pouvait en être autrement.

Cette âme, en effet, qui n'était ni lyrique ni épique, s'était formée tout naturellement dans le milieu
historique et parmi les grands souvenirs où Péhant
avait passé son enfance et sa jeunesse, où il vivait
depuis trente années. L'histoire de la Bretagne,
dont le poète avait nourri son âge mûr, lui avait
fait à son insu une âme d'historien qui n'attendait
qu'une occasion pour se produire. Quand Michelet
vint à Nantes, après le coup d'État, pour étudier
les origines de la guerre de Vendée, il anima cette
âme de son souffle, il lui donna des ailes et aussi

le culte, la passion du moyen âge que personne n'a
compris et chanté comme lui. La Muse fit le reste.

« Ma tâche, écrivait Péhant dans l'avant-propos
de *Jeanne de Belleville*, est de retracer de ma
vieille Bretagne, à l'époque la plus splendide de sa
glorieuse histoire, un tableau complet, auquel la vie
du connétable Olivier de Clisson servira de cadre... Il
ne faudra pas à l'auteur de grands efforts d'imagination pour voir se dessiner dans son cerveau et se
mouvoir dans son œuvre des héros que lui eussent
enviés Tasse et Camoëns, et toute la phalange des
poètes qui ont demandé leur inspiration à l'histoire.
Quels noms éblouissants! Parmi les hommes, Du
Guesclin, les trois Clisson, Beaumanoir, les deux
Montfort, Charles de Blois, Gautier de Mauny, Jean
Chandos, Pierre de Craon, Louis d'Espagne ! Et
sur l'arrière-plan, Edouard III, le Prince Noir,
Philippe de Valois, Jean le Bon, Charles le Mauvais
et Charles V, le Sage, et Charles VI, l'Insensé. Et
parmi les femmes, Jeanne de Penthièvre, Jeanne
la Flamme, Jeanne de Belleville, Marguerite de
Clisson ! Toutes les nuances, toutes les couleurs !

« Les actes valent les personnes; à chaque pas,
des événements si grandioses, si merveilleux, si
émouvants, que nos romanciers les plus hardis n'ose-
raient les inventer.

« L'histoire que nous racontons aujourd'hui au public lui donnera l'idée des trésors de poésie qu'offrirait à une main plus forte ou plus expérimentée cette riche mine historique jusqu'à présent laissée en oubli... »

Le sujet choisi, quand il en eut fait le tour, il voulut écrire sa chanson de geste d'une seule haleine. Il possédait à la porte de Nantes une petite maison de campagne d'où la vue s'étend sur l'Erdre et sur les arbres de la Haute-Forêt, où Michelet était venu chercher un refuge en 1852 (1). Il s'y enferma pendant l'été de 1868, et tel était son enthousiasme, telle son ardeur poétique, qu'il lui arrivait d'écrire jusqu'à six cents vers dans une journée. *Jeanne de Belleville*, qui n'en contient pas moins de huit mille, fut ainsi composée presque tout d'une traite. Et ce n'était que le premier des sept poèmes que Péhant avait entrepris à la gloire de la Bretagne. Encore une fois il fallait être de race celtique pour oser s'attaquer, à cinquante ans, — après trente

(1) Béranger écrivait, le 15 juin 1852, à M. et Mme Cauchois-Lemaire : « ... Michelet et sa femme ont quitté Paris avant-hier pour aller vivre d'économies dans les environs de Nantes. Vu les charges nombreuses et coûteuses qu'ils ont, je crains qu'ils n'aient beaucoup de peine à se tirer d'embarras... » (Lettre inédite.)

Michelet resta environ deux ans à Nantes. C'est là qu'il a écrit *l'Oiseau* et les pages superbes de son *Histoire de la Révolution* qui ont trait à la guerre de Vendée.

ans de silence, — à une œuvre pareille. Disons
tout de suite que les deux volumes de *Jeanne de
Belleville* sont tout à fait remarquables, en dépit
des négligences de la versification dont s'accusait
l'auteur lui-même, et qu'il comparait très judicieusement aux bavures d'une fonte trop hâtive.

Ce premier poème est consacré à *l'Enfance du
Connétable* (Olivier de Clisson) sous la tutelle de
son héroïque mère *Jeanne de Belleville*. Olivier de
Clisson, invité par le roi, avec d'autres seigneurs
bretons, s'est rendu à Paris pour prendre part à
un tournoi donné en l'honneur du mariage de
Philippe, duc d'Orléans, second fils du prince Philippe de Valois. Au sortir du tournoi, où il a fait
maintes prouesses, « il fut pris, dit Froissard, et
mis en prison au Châtelet de Paris ». Il était accusé
de s'être allié, par *foi baillée*, au roi d'Angleterre
Edouard III, ennemi du roi de France. Historique-
ment, la trahison n'est rien moins que prouvée;
le poète avait le droit de supposer l'innocence du
père de son héros.

Innocent ou coupable, Clisson, victime d'un guet-
apens royal, fut décapité à Paris : son corps fut
pendu aux fourches de Montfaucon et sa tête, portée
à Nantes, fut exposée au bout d'une lance sur une
des tours de la ville.

Jeanne de Belleville conduisit ses fils sous les murs de cette tour : « Voilà, leur dit-elle, la tête de votre père ! Jurez avec moi de le venger ! » Et élevant vers le ciel les mains des deux orphelins, elle leur fit prononcer ce serment. L'aîné de ces enfants avait sept ans ; c'était Olivier de Clisson, futur connétable de France.

Cachée jusque-là dans la vie de famille, étrangère aux luttes des partis, Jeanne de Belleville, à partir de ce moment, ne respire plus que la vengeance. Accompagnée de son fils Olivier, elle enlève successivement six châteaux forts du parti de Charles de Blois et de la France et passe leurs garnisons au fil de l'épée. Traquée sur terre, elle équipe un vaisseau, coule bas les navires français qu'elle rencontre et dévaste les côtes. Après la perte de son navire, errant six jours dans une chaloupe avec ses deux enfants et trois serviteurs fidèles, elle vit son plus jeune fils mourir de faim entre ses bras. Elle aborda enfin au port de Morlaix, qui tenait pour le parti de Montfort ; elle y trouva un appui dans Jeanne de Flandre, veuve comme elle, et qui défendait avec une constance héroïque les droits de son fils Jean de Montfort.

Tel est le sujet de *Jeanne de Belleville*. Victor de Laprade, qui fut un des premiers à saluer ce livre, va nous dire quel parti le poète en a tiré (1).

« Il a divisé ces événements en six grandes pério-
des, en six parties subdivisées elles-mêmes en chapitres, tableaux, chants ou rapsodies, à la façon de

(1) Pour donner au lecteur une idée de la langue sobre et forte de
ce poème, j'en extrais le passage que voici et qui a trait à la
dégradation publique de Clisson. Il a pour titre : *Un ouragan.*

> Le héraut a sonné par trois fois de sa trompe,
> Puis, marchant lentement vers le pal abhorré,
> Où pend, la pointe en haut, l'écu déshonorré,
> Remet la pointe en bas, puis à deux bras l'enlève
> Et, faisant un effort, sur sa tête l'élève.
>
> Cet écu, qu'aux combats portait le chevalier,
> Serait pour le héraut un trop lourd bouclier,
> Car ses deux mains ont peine à le soutenir seules.
> Le grand lion d'argent s'y dresse au champ de gueules,
> De triomphe et d'orgueil tout palpitant encor,
> Langue ardente, ongle aigu, le front couronné d'or.
> Le soleil sur l'écu reluit, comme un symbole,
> Et de sa gloire antique on croit voir l'auréole.
>
> Le héraut crie à tous : « Peuple loyal et bon,
> Cet écu, c'est celui d'un chevalier félon,
> C'est l'écu d'un baron lâche et traître à son maître.
> Puisse être châtié comme lui chaque traître ! »
> Alors, faisant le tour du sinistre échafaud
> Et ployant sous le poids de l'écu qu'il tient haut,
> A tous les spectateurs lentement il le montre.
>
> Tout à coup il pâlit. C'est que son œil rencontre,
> Immobile et fixé sur lui, l'ardent regard
> Du condamné, qui s'est redressé tout hagard.
> Bien qu'il soit désarmé, cet homme-là vous glace :
> En lui tout est colère, en lui tout est menace.
> Dans sa haute stature il se tient là debout ;
> La sueur de son front vous dit que son sang bout ;
> Ses cheveux tout mouillés se dressent sur sa tête,
> De sa gorge s'exhale un souffle de tempête ;
> Sous ces sourcils froncés ses yeux sont plein d'éclairs
> Et l'ongle de ses poings s'enfonce dans les chairs.
> Un indicible effroi plane sur l'assemblée ;
> Jusqu'en ses profondeurs l'âme se sent troublée :
> Il semble qu'on ait vu se dresser un géant
> Dont un geste pourrait vous plonger au néant.
> Immobile de peur, le héraut qui frissonne
> Laisse glisser l'écu, qui lugubrement sonne.
> Clisson a fait un pas : le héraut terrassé
> Tombe à genoux, de crainte et de respect glacé.
> Il se traîne à ses pieds, mains jointes, tête basse,

nos vieilles chansons de geste. Rappelons ici que, **dans** *la Légende des Siècles,* Victor Hugo avait déjà **remis** en honneur la manière de nos épopées carlo-**vingiennes** et leur avait fait plusieurs emprunts qui **ne sont** pas les moins belles pages de son livre, **sans** dépasser toutefois l'original. M.Émile Péhant, **dans un** sujet entièrement neuf, n'avait d'autre **emprunt à** faire que celui de la méthode épique, et

> Et sa voix, s'il l'osait, lui demanderait grâce.
> C'est qu'il a reconnu sur le front de ce preux
> Toute la majesté de ses vaillants aïeux...
>
> Et le spectacle est beau de voir, sur cette estrade,
> Le dégradé courbant celui qui le dégrade.
> Sur les juges alors le sombre condamné
> Fixe ses yeux brûlants, et leur chef consterné,
> Le cœur gros des terreurs que son front dissimule,
> Crie au héraut : « Poltron, répète la formule.
> Cet homme à moitié nu peut-il te faire peur ?
> Ne sais-tu pas qu'il est lâche autant que trompeur ? »
>
> Le patient bondit sous le trait qui le blesse :
> « Pardonnez-moi, mon Dieu, d'oublier ma promesse.
> J'ai besoin de crier... Cet homme en a menti ! »
> Ce cri dans tous les cœurs terrible a retenti.
> Les regards anxieux attendent une lutte
> Et pour un siècle entier compte chaque minute.
>
> Les juges sont tout près d'appeler le bourreau,
> Pour leur venir en aide à dompter ce taureau ;
> Leur chef surtout, tachant l'effroi de ridicule,
> Se rejette en arrière et malgré lui recule.
>
> Le héraut, qu'il menace et qui craint son courroux,
> Veut en vain se lever... il reste à deux genoux
> Éperdu, fasciné, tremblant, ployant la tête,
> Il laisse sur son front passer cette tempête.
> Tous sont pétrifiés, jusqu'au dernier archer ;
> Clisson eût voulu fuir, nul n'eût pu l'empêcher ;
> Mais ce grand cœur n'en eut pas même la pensée ;
> Sa mort l'occupe moins que sa gloise offensée.

Ce sont là de très beaux vers, et je suis sûr que si Alfred de Vigny **avait** pu les lire, il eût applaudi des deux mains à l'éloge que Vic-tor de Laprade fit de *Jeanne de Belleville.*

il a appliqué cette méthode épique avec simplicité
et avec vigueur. Il a fait très sagement le contraire
de ce qu'avait voulu M.Quinet dans son *Napoléon*,
le contraire aussi de ce qu'ont essayé tous les auteurs de *Philippéide* et de *Franciade* : il a banni
le lyrisme exubérant et s'est attaché au récit. Il a
rejeté bien loin le merveilleux, les allégories, les
épisodes sans vraisemblance ; il a composé son
poème comme une chronique, en s'écartant le moins
possible de l'histoire , il a demandé la poésie aux
faits eux-mêmes, à la peinture des caractères et
des émotions, à ces deux sources éternelles de l'épopée : les événements vrais et le cœur humain. Il
n'y a pas d'aventures imaginaires dans son poème,
et c'est une supériorité qu'il conserve sur les romanciers historiques. Il reste ainsi plus conforme à la
dignité de la poésie et à la loi de l'épopée. Son
livre pourrait tenir lieu d'une chronique comme
les anciens poèmes ont longtemps tenu lieu d'histoire.

« L'art du poète, et il est très grand, c'est d'avoir
développé l'élément dramatique de chaque situation, d'avoir introduit dans son récit la peinture
des lieux, des mœurs, et tous les détails ressor-
tant de l'action qui pouvait animer les portraits
des personnages. De cette façon, il a été à la fois

historique et poétique, et c'est la loi de l'épopée, quelle que soit sa forme (1). »

Sous la plume autorisée du chantre de *Pernette*, la critique louangeuse de *Jeanne de Belleville* ne pouvait que donner du courage à son auteur. Ce ne furent pas, d'ailleurs, les seuls compliments que lui valut ce poème. Tout ce qu'il y avait de poètes en France se leva pour l'en féliciter, à commencer par ceux de sa génération qui le croyaient mort depuis longtemps. Antoni Deschamps lui cria bravo de son lit de souffrance ; Sainte-Beuve, qui n'avait point oublié son volume de *Sonnets*, après s'être excusé de n'en avoir rien dit, lui manifesta son contentement de le savoir encore debout et tout prêt à recommencer. Victor Hugo, de son rocher de Pathmos, je veux dire de Guernesey, lui envoya le billet que voici :

« H. H., 11 décembre 1868.

« Heureusement pour vous, Monsieur, vous vous êtes trompé en vous vantant d'avoir dans votre poème supprimé la *métaphore*. La métaphore, c'est-à-dire l'image, est la couleur, de même que l'antithèse est le clair-obscur. Homère n'est pas possible sans l'image, ni Shakespeare sans l'antithèse.

(1) Cf. *le Correspondant* du 25 mai 1869.

Essayez d'ôter le clair-obscur à Rembrandt ! Vous
êtes un peintre, Monsieur, tant pis si cela vous
fâche, et vos belles pages, nombreuses dans votre
noble poème, ont toutes les vraies qualités du style,
la métaphore comme l'antithèse, la couleur comme
le clair-obscur. Votre drame n'en est que plus
vivant, votre pensée n'en est que plus robuste ; le
lecteur est toujours charmé et souvent conquis. Je
félicite votre poème d'être infidèle à votre préface,
et je vous envoie mon cordial applaudissement.

« VICTOR HUGO (1). »

Mais c'est encore l'article de Victor de Laprade
qui mit le plus de joie dans le cœur désenchanté
d'Émile Péhant. Il lui sembla qu'à travers les compliments du poète de *Pernette* il entendait la voix
d'Alfred de Vigny, son ancien maître, car il savait
que de Laprade était, lui aussi, le fils de l'âme et
de la pensée du chantre d'*Eloa*, que, lorsqu'il s'était
porté à l'Académie Française en 1842, il avait
blâmé publiquement cette assemblée de lui avoir
infligé deux échecs successifs (2), et que lorsqu'il

(1) Lettre inédite.
(2) Victor de Laprade fit à ce sujet deux articles dans *la Revue
du Lyonnais* (t. XV, 1842). Je les reproduis ici pour montrer en
quelle estime le poète de *Psyché* tenait le poète d'*Eloa* :
« Avec M. Pasquier se présentait encore un homme qui a donné
à la littérature française *Chatterton, Stello, Cinq-Mars, Servitude*

avait été destitué, en 1861, Vigny, malade, avait
eu un mouvement de colère contre le ministre et
contre le souverain, « qui ne permettaient pas à

et Grandeur militaires ; qui, l'héritier le plus direct de André Chénier, a inauguré la poésie moderne avant Victor Hugo, en même
temps que Lamartine ; qui a fait *Éloa, Moïse, Dolorida, le Déluge ;*
un homme dont le noble caractère est aussi connu que le talent. Eh
bien ! M. de Vigny a eu huit voix. Mais M. le chancelier a-t-il au
moins écrit une histoire quelconque, comme M. de Saint-Aulaire, ou
un pamphlet de trente pages, comme M. Molé? Non, tous les titres
littéraires de M. Pasquier, ce sont les interrogatoires de Fieschi,
d'Alibaud et de Darmès et les harangues officielles du 1er mai.

« Il est, dit-on, de tradition à l'Académie française d'accorder
quelques fauteuils aux grands seigneurs ; c'est en qualité de gentilhomme que siégera M. Pasquier... Mais si l'Académie veut blason-
ner ses fauteuils, elle aurait pu trouver de plus fières armoiries ! Les
alérions de Montmorency ou les macles de Rohan feraient, ce me
semble, meilleure figure que la perruque rousse de M. le chancelier.
Est-ce l'éloquence que l'Académie distingue en sa personne ? Mais
naguère on a repoussé la candidature de M. Berryer. C'est donc le
savoir-faire politique ; mais en hommes politiques de toutes valeurs,
l'Académie est riche déjà dans une effrayante proportion. N'a-t-elle
pas M. Molé, le ministre, M. de Saint-Aulaire, le diplomate ;
M. Dupin, l'avocat qui écrit en si beau français, et M. Thiers et
M. Mignet, et M. Guizot et M. de Tocqueville, et d'autres ? Eh !
Messieurs les politiques, à quoi sert donc votre section des sciences
morales nouvellement restaurée sous les auspices de M. de Talley-
rand ? Certes, si Victor Hugo, ou Alfred de Vigny, ou Béranger
frappaient à la porte de ce sanctuaire, vous vous récrieriez très fort
sur les prétentions de la poésie ; n'ayez peur, elle n'ira pas vous
troubler ; gardez vos Dupin, vos Molé et vos Pasquier, mais n'inter-
disez pas l'Académie française à Alfred de Vigny et à Béranger. »

Quelques mois plus tard, M. Patin ayant été élu de préférence à
Alfred de Vigny, Victor de Laprade reprit la plume et fit observer
à l'Académie qu'il serait peut-être convenable de faire passer les
écrivains originaux avant les commentateurs, les poètes avant les
critiques. « Virgile, Horace et Lucrèce, disait-il, ont écrit sans
M. Patin et il n'est pas prouvé que M. Patin eût écrit sans Horace
et sans Virgile. Est-ce donc une hérésie de croire que l'Académie
française est destinée un peu plus à la poésie française qu'à la poé-

un poète d'exprimer des idées aussi hautes que celles qui remplissaient ces belles pièces : *Pro aris et focis, Jeunes fous et Jeunes sages, Une Statue à Machiavel, les Muses d'Etat* (1) ». Et à partir du jour où Victor de Laprade eut fait sur Péhant l'article qu'on vient de lire, — encore en ai-je passé la fin, qui était beaucoup plus louangeuse, — il s'établit entre ces deux nobles esprits, qui au point de vue politique n'avaient de commun que la haine de l'empire, une correspondance et des relations d'autant plus touchantes que, ne s'étant pas encore vus, ils étaient condamnés à ne jamais se voir.

Voici l'une des premières lettres de Péhant:

« Nantes, 26 mai 1869.

« Cher et illustre ami,

« Le brave Grimaud (2), qui m'a donné tout son

sie latine, et qu'en faveur d'Alfred de Vigny et de Béranger ou de Sainte-Beuve, l'Académie pourrait bien surseoir quelques instants aux docteurs en Sorbonne? Mais l'Académie aime à dérouter toutes les prévisions, elle fait étudier les comédies d'Alexandre Duval par le mystique Ballanche et confie au vaudevilliste Ancelot l'éloge du philosophe Bonald. En prenant place chez elle, Victor Hugo se met sous l'invocation de Malesherbes, et cherche à donner pour étui à sa lyre un portefeuille de ministre; nous y verrons sans doute M. Pasquier secouant de sa simarre *les Feuilles d'Automne*. »

(1) *Les Muses d'Etat*, de Victor de Laprade, qui brouillèrent à tout jamais le poète lyonnais avec Sainte-Beuve, rappelaient les *Sonnets d'Etat* de Ronsard.

(2) Emile Grimaud, poète vendéen et imprimeur nantais, mort en 1901.

cœur, s'est empressé de m'apporter ce matin le
Correspondant qu'il venait de recevoir et où il
n'avait pris que le temps de lire votre dernière page.
J'ai en toute hâte appelé ma femme et ma fille,
avec qui j'ai l'habitude de partager mes bonheurs,
et nous avons lu ensemble et à haute voix, avec une
émotion que je ne saurais vous peindre, l'admirable article que vous avez consacré à *Jeanne de Belleville*. Puissent nos bénédictions et nos larmes
vous tenir lieu de récompense ! Vous avez rendu
à ma famille la joie et l'espoir. Quant au sentiment
d'orgueil dont je me suis senti pénétré, Dieu me le
pardonnera sans doute, car il ne s'y mêlait aucune
des fumées de l'amour-propre ; ma fierté avait pour
unique cause la sympathie dont m'honorait une
âme comme la vôtre. Si quand je m'enthousiasmais
avec Grimaud aux admirables vers de *Pernette*,
quelqu'un m'eût fait entrevoir comme possible de
devenir un jour l'ami, l'ami publiquement avoué,
de l'auteur d'un pareil chef-d'œuvre, moi qui ai le
respect ou plutôt le culte des grands hommes, je
n'aurais jamais osé croire à une aussi haute faveur
du ciel.

« Et pourtant cette amitié inespérée, cette généreuse sympathie qui semble oublier les distances
de position et de talent, elle se manifeste et déborde

à chaque ligne de votre article. Aussi me suis-je
juré de faire désormais tous mes efforts pour ne
pas me montrer trop indigne du témoignage que
vous avez bien voulu rendre de moi au public, à
l'Académie, à Autran, à Saint-René Taillandier.
Loin de moi ces lâches découragements sous lesquels
se déguisaient peut-être de coupables intérêts et où
ma paresse était heureuse de trouver un refuge.
Mes écrasantes occupations de fabricant de cata-
logues vont, lundi et mardi prochains, me laisser
deux journées libres, et j'ai promis à Grimaud de
lui porter mercredi matin les cent cinquante à deux
cents premiers vers de ma *Jeanne la Flamme*. En
voyant un dédaigneux silence s'épaissir autour de
mon premier poème, j'en étais venu à n'attribuer
qu'à la complaisance ou même à la pitié les quelques encouragements que j'avais reçus. Aujour-
d'hui, croyez-le bien, je ne m'abuse pas plus
qu'hier sur certaines défectuosités de mon drame
épique ; mais je serais injuste envers vous si je ne
lui reconnaissais pas quelque peu de vitalité et de
valeur. La bonté naturelle de votre cœur et le désir
de venir en aide à un ami en souffrance ont évidemment doublé votre indulgence, mais Victor de
Laprade a vis-à-vis du public et de la postérité une
responsabilité trop grande pour pousser l'indul-

gence jusqu'à se faire le parrain d'une œuvre
dépourvue de toutes qualités de pensée ou de style.
Je vais donc reprendre avec confiance ma *chanson
de geste* et la poursuivre, sans interruption volontaire, aussi loin que Dieu m'accordera de la conduire... (1). »

A cette lettre, qui nous donne la mesure de
l'homme modeste et doutant de lui-même que fut
toute sa vie Émile Péhant, Victor de Laprade s'empressa de répondre comme suit :

« Cher poète et ami,

« Vous me donnez, par ces quelques lignes, plus
que je n'ai jamais reçu d'aucun de mes écrits, la
certitude d'avoir réjoui et encouragé un noble cœur,
un grand talent, et d'avoir conquis une bonne
amitié. J'ai dit ce que je pensais et rien de plus.
Si j'avais vu trop en beau votre poème, c'est qu'involontairement je l'aurais jugé avec cette complaisance naturelle qu'on a pour ses propres œuvres, pour ses propres idées, pour sa propre histoire. Nous sommes de la même génération, nous
avons traversé les mêmes courants, nous sommes
tous les deux des âmes sincères, fidèles à leurs
premiers cultes, aimant la poésie pour elle-même.

(1) Lettre inédite communiquée par Mme Camin.

Après trente ans, nous nous retrouvons le même
cœur que nous avions à nos débuts, et nous nous
reconnaissons sans nous être vus jamais l'un et
l'autre, parce que nous sommes restés tous les deux
ce que nous étions dans notre jeunesse. Comme je
serais heureux si je pouvais contribuer à vous donner un peu de l'espoir et de l'élan nécessaires à la
poursuite de votre œuvre ! Nous sommes déjà bien
vieux pour de si grandes entreprises, mais je crois
que les honnêtes gens conservent plus longtemps
que les autres ce que Dieu leur a donné de talent.
Les talents boursouflés, faux, qui se mentent à eux-
mêmes avant de mentir au public, qui ont été sur-
faits par les circonstances ou par des ruses de métier, qui résident dans le tempérament et non pas
dans l'âme, ceux-là ne survivent pas à la jeunesse,
mais je crois que les gens de cœur restent poètes
jusqu'au dernier souffle, et Dieu nous fera cette
grâce. Il est bien vrai que j'ai rêvé toute ma vie
une Jeanne d'Arc (1) : j'ai pour ce héros, pour cette
sainte, une adoration qui se compose de tout ce
qu'il y a de plus profond dans mes meilleurs senti-

(1) A la fin de sa lettre, Péhant lui avait dit : « Je tiens de Grimaud que vous avez songé bien des fois à prendre Jeanne d'Arc
pour héroïne d'une chanson de geste. Puissiez-vous donner suite à
cette inspiration qui, comme celles de la bergère de Domrémy, vous
vient directement du ciel ! »

ments. Après l'Évangile, son histoire me paraît
la plus belle et la plus étonnante des histoires.
C'est le sujet français par excellence, et c'est un
sujet que sa grandeur même rend impossible (1).
La poésie ne peut rien ajouter à la beauté de la
simple chronique. Toutes les paroles de Jeanne
sont sublimes et parachevées comme un verset de
l'Évangile. J'ai eu souvent des remords de mes
Poèmes évangéliques, et c'est, je crois, le plus
faible de mes livres. Je n'aurais pas osé l'entre-
prendre à trente ans. Et cependant ce n'est pas une
vie du Christ, ni une traduction des évangélistes que
j'ai voulu faire, c'est simplement un recueil de réflexions et de prières sur quelques-uns de ses actes
et de ses discours, comme on en fait régulièrement
en prose ; à l'histoire de Jeanne d'Arc on ne peut
rien ajouter et rien ôter. Plus j'y pense, plus je
suis terrifié sans cesser d'être attiré. Si je cède
jamais, ce sera par le sentiment d'une sorte de
devoir, comme celui de confesser sa religion. Si je
tente une Jeanne d'Arc, je sens que je l'achèverai ;
si je ne la fais pas, j'aurai du remords. Et puis,
pour quels lecteurs écrivons-nous ? pour cette foule
qui n'élit que des chambellans, ou ceux de César

(1) « Elle est toujours vierge, et les poètes l'ont toujours man-
quée », dit Vigny dans son *Journal* (p. 179).

ou ceux de la populace. Je suis, comme vous, bien
triste des symptômes que font éclater les élections.
Combien y a-t-il en France d'amis de la liberté ?
Aussi peu que d'amis de la poésie ; c'est le cas de
se donner plus étroitement la main.

« A vous de cœur,

« V. DE LAPRADE (I). »

Cependant l'année terrible est arrivée. Elle a
commencé par la constitution du ministère Ollivier,
bientôt suivi du plébiscite. Beaucoup de bons esprits qui, hier encore, combattaient dans l'opposition, ont désarmé, séduits par les promesses de
l'empire libéral. Victor de Laprade, à qui l'on a
offert un rectorat pour le dédommager de la perte
de sa chaire, le poète des *Muses d'État* hésite,
craignant qu'on ne prenne son acceptation pour
un signe de ralliement. C'est alors que Péhant, qui
connaît tous ses scrupules, lui donne le conseil de
les mettre sous ses pieds.

« Nantes, le 3 avril 1870.

« Cher et illustre ami,

« Je viens de lire au *Journal des Débats* votre
nomination définitive au rectorat de Grenoble.

(1) Lettre inédite.

Celui de Lyon nous allait mieux, à Grimaud et à moi, mais ce n'est sans doute qu'une espérance ajournée. Dans tous les cas, c'est pour moi une bien douce satisfaction de savoir que l'un des hommes que j'admire le plus et que j'aime le mieux n'aura plus désormais à se préoccuper des soucis de la vie matérielle et pourra nous donner enfin toute la mesure de son génie.... Dans votre nomination il n'y a pas eu de faveur ; ce n'est que la simple réparation d'une odieuse iniquité. Depuis le 2 janvier, nous avons, Grimaud et moi, examiné bien souvent et sous toutes les faces la question de votre rentrée dans l'Université, et nous sommes toujours arrivés à cette conclusion que l'acceptation par vous des offres qui ne pouvaient manquer de vous être faites n'était pas seulement un droit, mais un devoir. S'il est un principe que les honnêtes gens de tous les partis doivent tenir à placer au-dessus de toute discussion, c'est que les services professionnels étrangers à la politique constituent pour ceux qui les ont loyalement rendus au pays des titres inattaquables et absolument indépendants des personnages auxquels les hasards des révolutions politiques en attribuent l'appréciation et la rétribution. Votre conscience, mon cher de Laprade, a dû déjà dissiper tous vos scru-

pules; mais je me crois le droit d'y ajouter le
témoignage de la mienne. Je suis un vieux républicain et je n'ai jamais caché mon opinion que lorsque cette opinion distribuait des places. Depuis,
c'est-à-dire à partir du 10 décembre 1848, je n'ai
jamais mis les pieds dans les salons d'un homme
du pouvoir; je vous déclare, en outre, que l'avènement et les actes du ministère Ollivier ne me
réconcilieront pas avec l'empire; mais mon austérité de principes et de conduite ne m'empêchera
jamais de proclamer qu'un avancement légitime
ne saurait, d'où qu'il vienne, constituer un stig-
mate ni un lien de servitude. C'est cette conviction
qui m'a fait entrer après coup et sans trop de résistance dans la conspiration que ce cher Grimaud
avait ourdie à mon insu. J'accepterai, mais je ne
demanderai pas, et encore est-il bien entendu,
n'est-ce pas? que mon acceptation ne me coûtera
aucun sacrifice d'opinion. Au cas contraire, ou
encore si les obstacles sont trop nombreux ou trop
difficiles, renoncez, je vous prie, mon cher protecteur, à toute insistance auprès de M. Saint-René
Taillandier. Ma reconnaissance et mon affection
pour vous n'en seront en rien diminuées, soyez-en
bien sûr. J'ajouterai même que cet échec me cau-
serait peu de regrets. J'ai eu dans ma vie et j'ai

malheureusement encore à supporter des souffrances autrement sérieuses et autrement cuisantes
que des blessures d'amour-propre ; et sans faire
sottement le dédaigneux, je vous avouerai que ce
bout de ruban, dont l'assurance réjouit mes amis
plus que moi-même, n'enlèvera pas, si je l'obtiens
jamais, grâce à votre appui, un seul atome du
poids qui m'oppresse le cœur et l'esprit.

  « Votre bien dévoué

« ÉMILE PÉHANT (1). »

Certes, si quelque chose était capable de vaincre
la résistance de Victor de Laprade, c'était bien cette
lettre si sensée et si noble. Pourtant le poète lyonnais hésitait de plus en plus à se rendre.

  « Cher poète et ami, écrivait-il de Paris à Émile
Péhant, le 11 avril 1870, je suis vivement touché de
votre lettre et de votre sollicitude d'homme d'honneur pour les scrupules de conscience qui m'inquiè-
tent depuis deux mois et qui se ravivent en ce moment plus que jamais. Le plébiscite remet tout en
question. Le retour au césarisme redevient possible.
Et puisque j'ai eu le bonheur d'être expulsé par le
césarisme, je ne veux pas rentrer avec lui. Si cette
affaire de rectorat n'était presque faite et surtout si

(1) Lettre inédite, communiquée par Mme Camin.

elle n'avait pas été commencée par le plus excellent
et le plus dévoué des amis, M. Saint-René Taillandier, je crois que je déclarerais de suite que j'y
renonce, mais je suis contraint de laisser aller les
choses, je verrai plus tard ce que ma dignité me
conseillera. L'élection d'Ollivier à l'Académie com-
plique encore la question. Ceux qui ne connaissent
pas nos bonnes relations antérieures et notre commune affection pour Lamartine, qui lui avait envoyé
ma voix, pourront croire que mon vote à l'Académie a été influencé par une ambition.

« Je retombe donc dans la plus grande perplexité.
Je pars aujourd'hui pour Lyon. J'y resterai jusqu'à
la réception d'Auguste Barbier, dont je suis parrain (1). Je vous ai adressé hier mon *Harmodius*;
on ne dira pas au moins que ma poésie se tourne
du côté de César; ce poème n'est pas un placet.
Taillandier est admirablement disposé pour vous
tous et pour moi, et nous avons causé ensemble de
Jeanne de Belleville.

« Dieu vous donne santé, bonheur et poésie.

« Je vous serre la main de tout cœur.

                          « V. DE LAPRADE (2). »

(1) Toutes ces rencontres sont vraiment curieuses, et Vigny eût
été ravi de voir son fidèle Auguste Barbier introduit sous la coupole
par Victor de Laprade, qui l'avait si éloquemment défendu lui-même
quand il s'était présenté à l'Académie.
(2) Lettre inédite, communiquée par Mme Camin.

Quelques semaines plus tard, Émile Péhant lui
écrivait de nouveau à ce sujet :

« Nantes, le 2 juin 1870.

« Mon grand et bien-aimé poète,

« ... D'après la lettre que vous avez écrite à Grimaud et qu'il vient de me communiquer, il paraît
que votre fierté d'honnête homme ne se trouve pas
suffisamment sauvegardée : tout rapprochement
avec le césarisme vous répugne, et vous avez pris
la ferme et irrévocable résolution de refuser le rectorat qui vous était offert. A cette préoccupation
exclusive de la question d'honneur, j'ai reconnu la
grande âme à qui nous devons *Pernette* et *Harmodius*, et au lieu de vous plaindre, je n'ai pu m'empêcher de crier : tant mieux ! Aujourd'hui, après
de longues et mûres réflexions, je me reproche
cette exclamation égoïste. J'ai peut-être trop
écouté ma haine et mon dégoût, quand j'aurais
dû n'être préoccupé que de l'avenir de votre
famille. Dieu n'a pas réservé à tous les hommes les
joies amères mais profondes de l'abnégation, ou
plutôt l'abnégation comporte bien des formes, et
parfois celle que le vulgaire est le moins prompt à
comprendre. Dieu et la conscience la trouvent la
plus généreuse et la plus méritante. L'homme qui

n'a d'autre responsabilité que sa propre existence
a le devoir facile, et pour lui la fortune n'est pas
une condition nécessaire de l'indépendance. Mais
les obligations du père de famille sont multiples et
complexes; tous les sacrifices ne lui sont pas permis, et tant que l'honneur reste sauf, tant que la
dignité n'est pas atteinte, les concessions aux circonstances peuvent être discutées, et dans cette discussion la voix de la famille a le droit de se faire
entendre à côté de la voix du *monde*. Ce n'est pas
un vieux républicain n'ayant jamais forfait à son
opinion qui conseillera à personne des capitulations
de conscience, et d'ailleurs l'auteur d'*Harmodius*
repousserait avec mépris ces lâches insinuations;
mais je vous l'ai déjà écrit et j'ai le devoir de vous
le rappeler, le rectorat ne constituait pour vous
qu'un avancement professionnel; c'était la réparation d'une iniquité, et vos envieux eux-mêmes n'auraient pu y voir une faveur. Si donc votre refus est
irrévocable, j'admirerai votre grandeur d'âme, mais,
songeant plus que vous à votre famille, je me réjoui-
rai de ne vous avoir pas poussé à ce sacrifice dont
la nécessité absolue ne m'est pas démontrée. Tout
dépend, du reste, des circonstances que j'ignore;
vous êtes donc le meilleur juge, et quoi que vous
décidiez, je suis certain d'avance que vous vous ran-

gerez du bon côté. Mais hâtez-vous de prendre un parti. Les longues incertitudes énervent les hommes les plus forts, et je suis peiné, sans être surpris, de l'abattement profond où vous êtes et qui vous fait dire que le poète est arrivé au dernier de ses chants... (1). »

Sur ces entrefaites, M. Victor de Laprade reçut de M. de Saint-René Taillandier la lettre que voici. Je la reproduis dans toute sa teneur parce qu'elle renferme le nœud de la question et qu'elle explique mieux que je ne le pourrais faire les hésitations suivies du refus définitif de l'illustre poète :

« Mon cher ami,

« M. Mège (ministre de l'Instruction publique depuis le 13 mai 1870) a prévenu ce matin l'Empereur qu'il allait au premier jour vous proposer au rectorat. La réponse de l'Empereur n'a pas été ce que j'espérais ; il a parlé de vos sentiments hostiles à son égard, et M. Mège a été un peu désappointé de cette résistance. M. Mège, en effet, ainsi que M. Ollivier, avait attribué jusqu'à présent les dispositions peu favorables de l'Empereur à je ne sais quelles dénonciations occultes de M. Clément Du-

---

(1) Lettre inédite, communiquée par Mme Camin.

vernois; il croyait ces impressions effacées depuis longtemps. Il en a parlé à M. Ollivier, dont il connaît les sentiments pour vous. M. Ollivier est resté à Saint-Cloud pour reprendre l'affaire en son nom.

« J'étais fort impatient, vous le pensez bien, de savoir le résultat de cette conversation.

« Je viens de chez M. Émile Ollivier, qui me charge de vous écrire ceci :

« La résistance de l'Empereur ne tiendra pas deux minutes devant une lettre signée de M. de Laprade; cette lettre ne peut être que noble, puisqu'elle portera cette noble signature ; elle pourrait en substance être conçue ainsi :

« Votre gouvernement m'a offert le rectorat de l'Académie d'Aix ; je me suis montré tout disposé à l'accepter avec reconnaissance. Aujourd'hui, j'apprends que Votre Majesté m'attribue des sentiments hostiles. Je ne tiens pas au rectorat, mais je tiens à faire savoir à l'Empereur que si j'ai pu blâmer le gouvernement, alors qu'il suivait d'autres voies, je me suis associé très sincèrement aux patriotiques espérances qu'a fait naître la transformation de l'empire libéral. »

« M. Ollivier a ajouté : Je ne doute pas qu'une lettre ainsi conçue ou toute autre du même genre n'écarte immédiatement les fâcheuses impressions que des ennemis ont suscitées dans l'esprit de l'Empereur. Je remettrais cette lettre moi-même à l'Empereur, et si elle ne produisait pas le résultat que j'en attends, je la redemanderais sur-le-champ à Sa Majesté, pour la rendre à M. de Laprade. Tout se serait passé entre nous.

« Je me borne, cher ami, à vous faire connaître la situation. Je n'aurai pas l'indiscrétion de vous donner un conseil. Je puis bien dire seulement ce que je ferais à votre place. Je n'hésiterais point pour ma part à faire une démarche si simple, si logique, si naturelle et qui peut être faite si dignement.

« Tout à vous,

« SAINT-RENÉ TAILLANDIER (1). »

Il faut croire que l'honneur a, lui aussi, des raisons que la raison ne comprend pas, car Victor de Laprade refusa de faire cette démarche, et en même temps il répondit à Émile Péhant que la question de sa rentrée dans les fonctions publiques était définitivement tranchée « dans le sens de son indépendance ».

« Cet incident, lui disait-il, en faisant allusion à la conversation d'Émile Ollivier avec l'Empereur,

(1) Lettre inédite.

s'est produit au moment même où je méditais mon
refus sans connaître les dispositions du prince,
et j'ai saisi avec empressement l'occasion que me
donnait cette condition proposée pour rompre entièrement. Mais je sais que, malgré tout cela, lettres
et articles de journaux, Saint-René Taillandier et le
ministre de l'Instruction publique ne renoncent pas
à poursuivre ma réintégration dans l'Université
comme une réparation de l'injustice faite en ma
personne à tout le corps enseignant. De plus,
quand se fera la nomination de Renan (1), on aura
encore besoin de la mienne pour faire compensation
aux yeux des catholiques; il n'est donc pas impossible que la question endormie se réveille dans
quelques semaines ou quelques mois. J'essaie de
l'oublier et de me remettre à la vie et au travail.
A chaque jour suffit sa peine. Voilà une heure de
trêve. Je m'en remets à la garde de Dieu pour le
futur combat... (2). »

Hélas ! ce n'est pas cette question endormie qui
se réveilla quelques semaines plus tard, c'est la
nation elle-même qui fut réveillée dans les affres de

(1) Renan ne fut réintégré dans sa chaire que par Jules Simon,
sous le gouvernement de la Défense nationale.
(2) Lettre inédite, communiquée par Mme Camin.

la défaite. Et son réveil fut d'autant plus terrible que son sommeil avait été plus long.

Émile Péhant, comme tous les penseurs que l'âge ou les infirmités empêchèrent de courir aux armes, souffrit cruellement de nos désastres.

« Au mois de juillet dernier, écrivait-il à Victor de Laprade, le 20 décembre 1870, la Muse avait semblé vouloir honorer ma vieillesse d'une dernière visite, et pendant ces trente et un jours j'avais aligné sous ma dictée quelque chose comme mille à onze cents vers ; mon poème de *Jeanne la Flamme* commençait à se dessiner, et Rousse à qui j'ai communiqué cette rapide ébauche, y a trouvé une couleur plus épique qu'à ma pauvre *Jeanne de Belleville*. Mais comme je faisais les quelques recherches historiques dont j'avais besoin pour ma quatrième partie, des malheurs inouïs se sont abattus sur la France. J'en ai ressenti le contre-coup, et sans pouvoir désespérer du succès final, je suis tombé dans cet accablement que vous avez si éloquemment dépeint. J'ai brisé ma plume pour ne plus songer jour et nuit qu'à nos douleurs. Mais que notre patrie triomphe, la Muse reviendra et trouvera dans mes souffrances des forces nouvelles ou au moins des couleurs vraies, car mon poème reproduit, chose étrange ! presque tous les désastres

qui m'ont fait tant souffrir. Mais, hélas! qui sait si
la vieillesse et la mort peut-être ne précéderont pas
la Muse. Qu'importe, après tout! J'ai eu la sagesse
de ne jamais m'enivrer d'une espérance de gloire
que je savais irréalisable, et de mes chants avor-
tés je me console aisément en prenant ma part des
applaudissements qui saluent les vôtres. Vous
n'avez pas dit votre dernier mot et je suis certain
d'avoir à savourer d'autres triomphes (1). »

Victor de Laprade, qui s'était retiré dans le Cantal
après les troubles de Lyon, avait, on s'en souvient,
enflammé tous les cœurs avec son hymne de guerre
aux Vendéens et aux Bretons et ses imprécations
contre le roi de Prusse.

« De pareils chants, lui écrivait Péhant, ont pour
la France toute l'importance d'une victoire, et n'y
eût-il en notre faveur que cet unique symptôme, je
me croirais en droit d'affirmer qu'un pays d'où sur-
gissent des accents si virils et si humains au fond
même de leur âpre austérité ne saurait être un pays
perdu sans ressource. Grâce à votre vers si noble-
ment indigné, le manteau impérial ne sera plus pour
le sombre assassin des enfants et des femmes qu'une
corrosive robe de Nessus, dont le tombeau ne l'af-

(1) Lettre inédite.

franchira pas. Puisse la brûlante flétrissure que
vous avez infligée au royal bandit servir d'avertis-
sement et d'épouvantail aux monstres couronnés
qui voudraient l'imiter un jour! Hélas! mon cher
ami, l'enthousiasme dont m'a pénétré votre sublime
invective m'aveugle peut-être sur ses résultats historiques, et en terminant ma phrase, la peur me
prend que ce ne soit qu'une phrase. Ni l'homme,
ni l'humanité ne sont peut-être *corrigibles*. A côté
des cruautés royales que je viens de maudire avec
vous, je vois aujourd'hui même s'étaler dans les
journaux les atrocités commises à Hautefaye par les
campagnards de la Dordogne. Est-ce que je n'aurais
adoré toute ma vie qu'une mensongère idole ? Me
faudra-t-il, à 58 ans, rejeter comme une erreur déce-
vante et sans base ma croyance aux progrès lents
mais continus de notre chétive humanité! Non,
Dieu ne saurait m'avoir ainsi trompé ; dans toutes
les cruautés contemporaines qui s'accomplissent si
honteusement au bas et au haut de l'échelle sociale,
il n'y a sans doute que d'horribles exceptions et un
temps d'arrêt, que la faiblesse de ma vue ne peut
s'expliquer, mais qui a sa cause providentielle.....
Enfin, mon illustre ami, n'est-ce pas un magnifique
gage d'espérance et de pardon que Dieu nous a
donné, en permettant qu'après tant de fusillades,

d'emprisonnements et de déportations, notre jeune
république se soit établie sans souiller ses mains
d'aucun acte de vengeance ni même de rancune?
Vous ne me faites pas sans doute l'injure de croire
que la république de nos rêves ait pour personni-
fication le régime transitoire que les circonstances
nous ont donné; mais je compte sur l'*honnêteté*
indiscutable des membres du gouvernement de la
Défense nationale pour rendre à la France la libre
disposition d'elle-même dès que la dictature ne sera
plus impérieusement nécessaire. Ah! quel grand
peuple nous pourrions faire encore et comme nous
triompherions aisément de tous nos ennemis, si
les honnêtes gens de tous les partis pouvaient ou
plutôt voulaient s'unir dans un effort commun, et
abdiquant des prétentions coupables, prêtaient au
gouvernement de la Défense nationale un loyal
concours. Mais non, au risque de la guerre civile
après la guerre étrangère, chaque parti n'a que des
visées égoïstes, et en face du drapeau tricolore qui
pouvait nous offrir à tous un abri sûr et une force
irrésistible, on a élevé à la fois, — crime égal —
le drapeau blanc et le drapeau rouge. De ce dernier
les partisans sont rares, et par cela même peu dangereux, mais les réactionnaires se sont plu à en
grossir le nombre, et pour déshonorer en eux et par

eux la république qui peut seule nous sauver, on a
exagéré à plaisir et de parti pris quelques excès bien
coupables sans doute, mais faciles à réprimer, et
sur lesquels le patriotisme faisait un devoir de jeter
un voile. Cet étalage de nos plaies devant l'enva-
hisseur qui a intérêt à persuader à l'Europe que la
France est en pleine anarchie, cette organisation
savante du dénigrement et de la calomnie excitent
en moi une indignation profonde contre ces journaux qui se prétendent religieux et auxquels manque
la première vertu chrétienne...

« Pardonnez-moi cette trop longue diatribe, je ne
fais pas de théorie pure, et mes vieilles opinions républicaines n'ont pas seules entraîné ma plume sur
ce terrain. Je manquerais à cette franchise qui fait
le fond de votre caractère si, moi qui professe pour
vous un véritable culte, je ne vous exprimais, je ne
dirais pas le regret, mais la crainte de voir votre
Muse si pure et si patriotique donner son appui à
ces hommes des anciens partis qui prétendent au
privilège exclusif de représenter les honnêtes gens
et qui, par leurs intrigues déshonnêtes, n'ont réussi
jusqu'à présent qu'à livrer la France à Bonaparte.
Vingt années de ce régime ne leur suffisent donc
pas, ou sont-ils assez aveuglés par leurs petites ran-

cunes pour ne pas comprendre que leurs nouvelles
intrigues les mènent malgré eux à la régence? Ah !
je vous en conjure, ne contribuez pas, même d'une
manière indirecte, à cet ignoble résultat d'une lutte
gigantesque. Vous n'avez voulu flétrir que les ja-
cobins de Lyon, et l'on se sert de vos vers pour
flétrir tous les républicains. On recommence 1848.
Lamartine n'a servi qu'à démolir Ledru-Rollin ; Cavaignac, Lamartine ; puis comme les juifs préférant
Barrabas à Jésus, à Louis Bonaparte on a sacrifié
Cavaignac. Dieu a dignement récompensé cette
habile politique des honnêtes gens. O vous qui avez
si glorieusement vengé Lamartine, ne mêlez pas
votre voix à celles qui n'opposent maintenant Trochu à Gambetta qu'avec la volonté et l'espoir de
renverser Trochu lui-même, s'il persiste à confondre le destin de la France avec la République (1). »

J'ai publié cette lettre *in extenso* pour montrer
au lecteur quelle âme ardente et quelle foi patriotique animaient le poète de *Jeanne de Belleville*.
La lettre suivante, écrite un an après, c'est-à-dire
à la suite des événements terribles qui marquèrent
le printemps de 1871, achèvera de peindre l'homme
dans ses sentiments les plus intimes. Elle est adressée comme les précédentes au grand poète lyonnais.

(1) Lettre inédite.

« Nantes, le 27 novembre 1871.

« Cher et illustre ami,

« Un long silence nous avait plongés dans les plus cruelles angoisses. Des renseignements dus à l'obligeance du rédacteur en chef de *la Décentra-lisation* y avaient apporté quelques adoucissements, lorsque votre dernière et navrante lettre à Émile Grimaud est venue raviver et peut-être même aug-menter notre douleur. Ce n'est plus, en effet, votre maladie seule qui nous effraie, c'est votre décourage-ment de la vie, c'est votre renonciation à toute espé-rance. Il faut que les tristesses inconnues qui ont, dites-vous, assailli votre existence aient été bien poignantes, pour avoir ainsi triomphé d'un esprit aussi mâle et d'une âme aussi chrétienne. Nous qui aimons tant et qui faisons de votre bonheur un élément du nôtre, comment concevrions-nous l'es-poir d'apporter à l'amertume de vos pensées, par nos caresses fraternelles, un remède ou même une consolation quelconque, si votre philosophie et votre foi y ont été impuissantes ? Et pourtant, mon bon et illustre ami, tout en restant dans l'humilité de ma position, je pourrais vous offrir mon propre exemple pour vous encourager à reprendre la lutte et vous donner la certitude de la victoire. L'heure de mes confidences complètes n'est pas encore venue, même envers vous; mais je puis vous attester que, sauf le déshonneur, il n'est pas une douleur humaine dont je n'aie touché le fond. Eh bien! chez moi, le père de famille soutient l'homme, et si je ne suis pas encore parvenu à chasser définitivement de mon chevet le spectre obsédant du suicide, je conserve du moins assez de force pour garder sur mon visage le masque de la résignation et parfois celui du bonheur. Or, Dieu vous a prodigué des joies que je n'ai pas même rêvées et qu'ont savourées bien peu d'hommes; la religion vous a donné pour le grand combat des armes qui me manquent. Faites donc, je vous en supplie, ô mon bien-aimé poète, un vigoureux effort de volonté saine et de foi résolue, et débarrassez-vous des étreintes d'un désespoir qui, j'oserai vous le dire, n'a pas de causes irrémédiables. Je conviens avec vous que, de quelque côté qu'on regarde, le présent est sombre et l'avenir terrible, mais, sans vouloir faire de phrases, j'ai la conviction que l'enfer, — cette double symbolisation du mal et du malheur,— ne saurait prévaloir contre un pays qui s'appelle la France, ni contre un homme qui s'appelle Laprade. Malgré nos dissensions aussi lamentables que folles, Dieu finira par tirer notre nation de l'abîme, et, dès à

présent, il tient en réserve pour vos enfants, quand
vous ne serez plus là pour les protéger, des trésors
de gloire qui valent une fortune. Un catholique ne
saurait se montrer moins croyant ni moins confiant
qu'un libre penseur (car j'accepte avec orgueil
devant les hommes, quoique avec humilité devant
Dieu, ce titre que la secte ultramontaine prodigue
si insolemment à tous ceux qui ne croient pas aux
miracles et aux dogmes de sa fabrique). Pardon-
nez moi cette inconvenante tirade. Ne vous rappelez
que mon absolue confiance en la bonté de Dieu et
ma certitude des destinées glorieuses promises à
vos œuvres et à vos enfants. Laissez-vous entraîner à la sincérité et à l'ardeur de ma foi. Ne cédez
plus si aisément à vos inquiétudes de catholique,
de patriote et de père de famille, qui accroissent
vos souffrances physiques et vos insomnies, si elles
n'en sont pas la première et la principale cause. Du
jour où vous consentirez à rouvrir courageusement
votre âme à l'espérance, la sécurité de l'esprit ren-
dra à votre corps le calme et le sommeil ; vous
serez sauvé ! et nous serons heureux ! Si les suppli-
cations ont près de Dieu quelque efficacité, ma
famille pourra revendiquer une part de votre guérison ; car il n'est pas de jour où ma femme et ma
fille, — deux ferventes catholiques, — n'aient mêlé,

soir et matin, votre nom au mien dans leurs prières. Les miennes ne montaient pas au ciel dans la
même forme, mais soyez bien convaincu qu'elles
n'en étaient pas moins ardentes.

« Tout à vous du plus profond de mon cœur.

« ÉMILE PÉHANT (1). »

A peine Victor de Laprade avait-il reçu cette
lettre, qu'il y répondit par celle qui suit :

« Lyon, 5 décembre 1871.

« Cher et bien cher poète et ami,

« Votre noble et touchante lettre m'a profondément ému et m'a fait honte de mon découragement.
J'essaie de l'expliquer, sinon de le justifier, en vous
disant que c'est plutôt une faiblesse patriotique et
nerveuse qu'une faiblesse morale. Mon corps est
épuisé, irrité, exaspéré par l'insomnie et la souffrance ; mon âme demeure au fond résignée ; je n'ose
dire qu'elle est forte, mais avec un peu d'aide de
Dieu elle pourrait le devenir. Un de mes chagrins
personnels, outre les tristesses de Français et de
citoyens qui nous accablent tous, c'est mon impuis-
sance à remplir les devoirs dont je me suis trouvé
chargé, et notamment celui de député. Vous me

(1) Lettre inédite.

croirez sans peine quand je vous dirai que j'ai été nommé malgré moi à l'Assemblée nationale. J'étais absent de Lyon au moment de ces élections improvisées. J'ai vu qu'on me portait candidat dans un journal ; j'ai immédiatement supplié tous mes amis par le télégraphe de retirer de moi le calice ; on m'a répondu par l'annonce de ma nomination. Je ne pouvais refuser un poste qui risquait d'être périlleux, et depuis lors, l'esprit des électeurs ayant complètement changé, tout le monde m'interdit de donner ma démission. Je serais remplacé non pas même par un homme d'opinion très différente, ce que j'accepterais très volontiers pour mon compte, mais par quelque scélérat de l'internationale ; la démagogie lyonnaise, entièrement maîtresse du terrain, irait chercher quelque incendiaire, quelque assassin de la Commune pour lui donner ma place. Me voilà donc crucifié à ce mandat que je ne puis remplir. C'est une position faible et humiliante dont je voudrais sortir à tout prix ; quand ma santé se rétablirait, je n'en aspirerais pas moins à cesser d'être député ; je n'ai ni goût ni aptitude pour la vie parlementaire. Je suis un poète, un écrivain, même un écrivain politique à l'occasion, mais orateur, législateur, administrateur, rapporteur sur une question quelconque, je ne puis l'être, et à

cause de la faiblesse de mon corps. Cet honneur
qu'on m'a fait est donc pour moi un grand tour-
ment, sans compter une foule d'autres. Ma vie,
qui paraît enviable à la surface, ne l'est guère au
fond ; je suis comblé d'une foule de biens ou du
moins de quelques-uns dont je n'avais pas le moindre besoin, mais aucun de mes besoins et de mes
désirs réels n'est satisfait. Avec cela, tant que j'ai
eu la force de travailler et de lutter je ne murmu-
rais pas. Aujourd'hui, c'est mon corps brisé et
torturé qui murmure, mais je garde encore la clair-
voyance de mon esprit et une certaine résignation
stoïque, sinon chrétienne. Depuis quelques jours,
quoique mes douleurs rhumatismales et névral-
giques aient plutôt augmenté, je me sens plus de
force. J'essaierai probablement de me traîner à
Paris et à Versailles ; nous avons à l'Académie un
vote très important à donner pour le 28 décembre ;
il s'agit de quatre fauteuils. En paraissant à quelques séances de l'Assemblée, j'éloignerai le moment
d'une démission que je brûle, mais que tout le
monde m'interdit de donner.

« J'attends avec impatience votre nouveau poème.
Si j'étais de fait ce que je suis de nom, académicien
et député, je pourrais servir mes amis qui le méritent, mais je ne suis qu'un invalide relégué dans

une chambrette d'un faubourg de Lyon. Les quelques forces que je crois avoir recouvrées, je les dois à la colère. On dit de toute part que les Bonaparte vont revenir. Je suis allé chercher la brochure du grand Breton, *Bonaparte et les Bourbons*, qui semble écrite d'hier; j'y ai ajouté une préface où je piétine dans la fange le second Empire, et je fais imprimer cela; je vous l'enverrai bientôt; dites à notre ami Grimaud qu'il se prépare à donner une grande publicité à cet instrument de combat.

« Dieu vous garde, cher ami, le Dieu auquel nous croyons, nous deux, et qui est bien le même, et qui n'est pas celui de Veuillot, vous accordera de voir une aussi digne vie que la vôtre, enfin récompensée. Heureux qui pourra concourir à cette récompense! Je vous embrasse de tout cœur.

            « VICTOR DE LAPRADE (1). »

La récompense, — j'entends les hommages publics, — Émile Péhant ne devait pas la recevoir en ce bas monde Malgré tout le talent qu'il y dépensa, sa chanson de geste n'obtint jamais qu'un succès d'estime, et c'est tout au plus s'il parvint à couvrir les frais d'impression. La ville de Nantes, qui aurait dû être si fière de lui, le laissa moisir dans un poste

(1) Lettre inédite, communiquée par Mme Camin.

mal rétribué et où il usa le reste de ses forces.
Quant à la République dont il avait salué l'avènement avec un enthousiasme que les malheurs de la
patrie avaient à peine refroidi, elle négligea de
mettre à sa boutonnière le bout de ruban que
Victor de Laprade avait sollicité de l'Empire libéral. Or, on a beau être philosophe, on a besoin,
lorsqu'on est poète, de se sentir encouragé, soutenu, non seulement par ses amis et par ses pairs,
mais encore par les magistrats de sa propre cité et
par ceux qui distribuent les faveurs officielles.

En 1872, quand Émile Péhant se décida à publier
la première partie de *Jeanne la Flamme*, sa situation était si ingrate et si précaire que les loisirs et
l'argent nécessaires lui faisaient défaut pour aller
en Basse-Bretagne recueillir sur place les éléments
du *Siège d'Hennebont* (1), qui devait remplir la fin

(1) « Dans mon isolement et mon abandon, écrivait-il à Victor de
Laprade, j'ai besoin d'aide pour continuer l'œuvre que j'ai si folle-
ment entreprise au déclin de ma vie. Si je n'écris pas le *Siège d'Hennebont*, quoique cette seconde partie de *Jeanne la Flamme* soit depuis
longtemps toute vivante dans ma tête (plus vivante, hélas ! que ma
plume ne saura la rendre), c'est que j'aurais absolument besoin sinon
d'étudier, au moins de voir la scène vraie de mon drame. Pour des
personnages fictifs, on peut à la rigueur dresser soi-même un théâtre
factice ; mais quand la Muse emprunte à l'Histoire les héros de ses
principaux récits, il est indispensable que les localités lui soient
familières ou du moins qu'elle connaisse les principales lignes de la
physionomie réelle du paysage. Autrement elle côtoie de trop près la
rhétorique et les réminiscences pour n'y pas faire et souvent volon-

de son poème. Et il faut croire qu'il ne put jamais se les procurer, puisque *le Siège d'Hennebont* ne sortit jamais de sa tête. La chose est d'autant plus regrettable que *Jeanne la Flamme* s'annonçait comme une œuvre vraiment belle et de beaucoup supérieure à *Jeanne de Belleville*. Le récit était bien proportionné, sans longueur et sans sécheresse. Le vers, plus souple et plus large, avait pris des ailes et montait aussi haut que la pensée. La rime qui, dans le poème précédent, était souvent pauvre, et comme embarrassée d'elle-même, était riche à présent, pleine de nouveauté et d'inattendu. Bref, à cet immense tableau du *Siège de Nantes*, qui se déroulait durant tout un volume, il ne manquait, selon la judicieuse remarque de Laprade, qu'un peu de fantaisie et quelques élans lyriques.

Encore un effort, et *le Siège d'Hennebont* allait mettre le sceau à la gloire de *Jeanne la Flamme*, et du même coup à celle du poète. Mais à quoi bon cet effort, et pourquoi Péhant l'aurait-il fait ?

« Durant ces deux ans, écrivait-il à l'auteur de *Pernette*, le 4 septembre 1874, j'ai travaillé comme un

tairement plus d'une chute. Or, je compte sur l'effet de votre nom et des noms également glorieux qui l'accompagnent dans mon *Introduction* pour me procurer la possibilité d'une excursion de quelques jours en Basse-Bretagne. Le rêve s'en ira sans doute au vent comme tant d'autres ; mais c'est encore une consolation et un appui qu'une demi-espérance. » (Lettre inédite.)

forçat, sans aucune distraction d'esprit, sans aucune consolation de cœur. Et je travaillais ainsi par devoir et par dévouement à ma Bibliothèque, au milieu de tracasseries et de déboires qui ont été jusqu'ici mon unique récompense. Qu'importent, après tout, ces semblants d'injustice ? Je suis satisfait, sinon de mon œuvre, du moins de mon zèle et du soin que j'y ai apportés. Je me trouve assez payé de mes peines. Et je touche d'ailleurs à ma libération. J'ai classé dans leur nouveau local mes diverses collections (non sans fatigue, car au dernier jour j'ai subi une nouvelle attaque de paralysie à présent dissipée), et j'ai terminé l'impression du cinquième et dernier volume de mon catalogue. Il ne me reste plus à publier que les tables et une *Notice descriptive de nos manuscrits et de nos livres rares ou précieux à divers titres*. Cette dernière besogne bibliographique ne me demandera qu'une année ou dix-huit mois d'application, et je pourrai enfin me permettre un peu de repos. Peut-être même trouverai-je dans cette occupation moins absorbante quelques intervalles de liberté. Cette perspective de loisir devrait m'inspirer la pensée de reprendre et d'achever, non pas ma chanson de geste tout entière, mais au moins ma *Jeanne la Flamme*, dont la grande et sympathique figure passe et repasse sans cesse devant moi et fait à ma lyre brisée de fréquents appels. Mais si mon enthousiasme n'est pas éteint, la volonté me manque autant que les forces. Une main tremblante comme la mienne n'écrirait plus que des vers glacés ou débiles. J'ai donc dit à la Muse un nouvel et bien définitif adieu (1). »

Adieu cruel, et qui dut d'autant plus lui coûter que, lorsqu'il écrivait ses lignes, Émile Péhant était le chef reconnu, avoué, respecté, d'un petit cercle de poètes nantais qui comptait dans son sein Robinot-Bertrand, Émile Grimaud, Joseph Rousse, et qui avait trouvé dans Mme Adine Riom sa Louise Labbé — les mœurs en plus.

L'homme ne survécut pas longtemps au poète, car la lame avait usé le fourreau. Il mourut le 6 mars 1876, après quelques jours de maladie, laissant à tous ceux qui l'avaient fréquenté le souvenir d'un cœur très droit et d'une âme très haute. Peu de temps après, M. Joseph Rousse, qui devait le remplacer à la Bibliothèque de Nantes, ouvrit une souscription parmi ses amis pour couvrir les frais d'une plaque de marbre blanc destinée à perpétuer sa mémoire dans l'église cathédrale de Guérande.

Et sur cette plaque, dressée contre une des parois

(1) Lettre inédite, communiquée par Mme Camin.

de la chapelle de la Vierge, on peut lire à présent
le sonnet qu'Émile Péhant fit pour la Madone,
quand il mourait de faim à Paris :

Vierge sainte, ô Marie, étoile du matin,
L'amour que j'ai pour vous, je le tiens de ma mère ;
Sa tendresse à vos soins confia mon destin :
Prouvez-lui que sa foi n'est pas une chimère !

L'athéisme longtemps m'a versé de son vin ;
Sa coupe est à ma lèvre aujourd'hui trop amère :
Je voudrais bien que Dieu m'admît à son festin ;
Mais j'arrive si tard ! j'ai peur de sa colère.

Demandez-lui ma grâce, ô Mère de Jésus !
Tous les cœurs repentans de vous sont bien reçus ;
Contre le désespoir vous êtes leur refuge :

Car dès que vous priez pour des pécheurs contrits,
Dieu ne peut s'empêcher d'oublier qu'il est juge,
Pour se ressouvenir seulement qu'il est fils !

Admirable et pieux *ex-voto* qui entretient le culte
du poète parmi ses concitoyens dévots à la Vierge!
Je me suis peut-être trop complaisamment étendu sur Émile Péhant, mais de même que Dieu se
sert parfois des petits pour accomplir ses grands desseins, j'aurais cru manquer à mon devoir d'historien si je n'avais montré, pièces en mains, que cet
humble disciple de Vigny avait eu l'honneur d'être
son apôtre dans le midi de la France, et qu'après
avoir catéchisé Ponsard et Roumanille, sa destinée

avait voulu que ce fût Victor de Laprade, c'est-à-
dire le plus illustre des disciples de son maître,
qui lui rendît courage et se fît à son tour le patron
de ses derniers chants.

Ces particularités de sa vie suffiraient, à défaut
de son œuvre, à sauver de l'oubli le nom d'Émile
Péhant.

VI

Pour hériter de son oncle. — Une affaire déplorable. — Affliction qu'en ressentit Alfred de Vigny. — Léon de Wailly s'arme de courage et se jette dans le travail. — *Angelica Kauffmann.* — Il défend *Chatterton* contre les sarcasmes de Balzac. — Il écrit avec Auguste Barbier le livret de l'opéra de *Benvenuto Cellini.* — Un cancan de Sainte-Beuve. — Léon de Wailly traducteur de Robert Burns. — *Stella et Vanessa.* — Il apprend la musique à Henriette Corkran. — Une mission de Wailly en Angleterre. — Il entre à *l'Illustration* comme critique littéraire.

Le 27 janvier 1836, Alfred de Vigny écrivait de Londres à M. Brière de Boismont, son médecin : « Où en est la déplorable affaire de Léon de Wailly ? Je n'ose pas ouvrir les journaux tant elle me semble effrayante (1). »

De quelle affaire voulait-il parler ? J'ai dépouillé

(1) Fragment de la lettre inédite.

les journaux du temps, et voici ce que j'ai trouvé.

Léon de Wailly avait un oncle qui possédait une fortune considérable. Cet oncle étant venu à mourir, le bruit courut dans le monde qu'il avait laissé un demi-million à son neveu, et Vigny se fit l'écho de cette nouvelle dans le passage de son *Journal* que j'ai reproduit en tête du chapitre précédent. Mais la vérité était tout autre : Léon de Wailly n'avait hérité que d'une petite somme, au grand désespoir de sa femme, qui, étant très mondaine et très coquette, avait compté sur cet héritage pour donner libre cours à ses goûts de dépense. Mme de Wailly eut alors recours à un moyen criminel pour s'emparer de tout l'héritage : elle fabriqua un faux testament que, sans se douter de rien, son mari produisit en justice à l'appui de sa revendication. Mais la fraude ne tarda pas à être dévoilée. Une instruction fut ouverte contre Léon de Wailly, qui eut beaucoup de peine à se disculper et qui, ne pouvant croire à l'acte odieux de sa femme, la défendit jusqu'au bout. Elle n'en fut pas moins condamnée à la prison avec ses complices. Le pauvre mari faillit en perdre la tête. Il voulut d'abord se suicider, mais ses amis l'en empêchèrent et lui donnèrent le conseil de plaider en séparation. Se séparer? Il aimait trop sa femme pour cela. Elle

manœuvra si bien, d'ailleurs, qu'après lui avoir
avoué son crime elle obtint son pardon. Il y a
plus, pour la consoler, il trouva le moyen d'habiter tout près d'elle, pendant qu'elle purgeait sa
peine, et c'est dans ces circonstances douloureuses et poignantes qu'il écrivit le roman d'*Angelica
Kauffmann*, que l'on regarde comme son chef-
d'œuvre (1). Mais quand elle sortit de prison, personne ne voulut la recevoir et la vie de ce malheureux fut empoisonnée à jamais. Il était chef de
bureau du Mobilier de la Couronne, il fut obligé de
donner sa démission et, comme il était sans fortune,
il chercha le soutien de son existence dans la culture des lettres.

On comprend l'affliction que Vigny ressentit de
cette catastrophe. Il était d'autant plus attaché à
Léon de Wailly que, naguère, le soir de la première représentation de *Chatterton*, il avait été
au premier rang des claqueurs. Et nous savons par
les *Souvenirs* de Barbier que, quelques années
après, de Wailly défendit encore cette pièce contre
les moqueries de Balzac, jusque dans le salon du
comte Schouwalow, où il l'avait rencontré.

« Un grand nombre de littérateurs, dit Barbier,
avaient été invités, et l'on se montrait parmi eux

(1) Ce roman parut en 1836.

un gros homme, à tête puissante et courte taille,
qui, armé d'une canne superbe et vêtu d'un habit
à boutons dorés, parlait, gesticulait et tourbillon-
nait comme un toton ronflant de droite à gauche.
C'était M. de Balzac... Il s'approcha d'une grande
table sur laquelle étaient couchés un bon nombre
de journaux et de brochures. Il y jeta les yeux, prit
une brochure, et après en avoir lu le titre, la rejeta
en disant : *Voilà quelque chose de bien absurde !*
C'était la pièce à succès du moment, le *Chatterton*
de M. Alfred de Vigny.

« M. Léon de Wailly, ami de M. de Vigny, et
qui se trouvait avec moi près de la table, releva
très poliment la parole du romancier et lui demanda en quoi cet ouvrage méritait une pareille épi-
thète. M. de Balzac profita de l'interpellation pour
tomber sur le poète et sur les poètes en général.
« Comment, disait-il, l'histoire vous donne un affreux petit drôle, un plagiaire, un monstre d'orgueil
et d'ingratitude, qui passe son temps à courtiser la
femme de son hôte et qui se tue pour ne pas travailler, et débite en mourant toutes sortes de sotti-
ses contre l'ordre social de son pays. C'est certainement trois fois faux et absurde. » A cela, M. de
Wailly répliqua que les hommes d'imagination n'a-
vaient pas eu tous le bonheur de naître dans le

berceau d'un pair d'Angleterre et que pour un très
grand nombre la lutte des commencements avait
été des plus terribles. Il ajouta, relativement à la
transformation du type historique, que le poète
avait le droit de modifier la réalité, et de s'élever à
son point de vue ; en un mot que le véritable
artiste n'était point celui qui exprimait la nature
absolument telle quelle, mais celui qui l'idéalisait ;
à ce propos, sortie de sa part assez vive contre les
partisans de la reproduction minutieuse et exacte
des choses laides de la vie. M. de Balzac sentit les
derniers traits comme une attaque à sa manière
de composer et risposta vivement, ce qui fit que
cette discussion devint un duel en règle et attira
comme témoins une partie de la société autour des
deux interlocuteurs... »

Je ne serais pas étonné que cette scène qui, évidemment, fut rapportée à Alfred de Vigny, ait encore
accru l'antipathie qu'il manifesta à différentes reprises contre l'auteur de *la Comédie humaine.*

Par contre je ne crois pas un mot du dissentiment qui, au dire de Sainte-Beuve, aurait éclaté
dans le petit cercle de Vigny, au commencement
de juin 1838, entre Auguste Barbier et Léon de
Wailly à propos d'un article que le premier avait
fait sur le second dans *la Revue des Deux Mon-*

des (1), attendu qu'au mois de septembre suivant, lors des représentations de l'opéra de *Benvenuto Cellini*, qu'ils avaient fait ensemble, ils étaient les meilleurs amis du monde.

Ce que Sainte-Beuve appelait fêlure n'était que commérage. Ce n'était pas la première fois que Barbier exprimait l'opinion que Vigny s'était inspiré des romans de Walter Scott pour écrire le roman historique de *Cinq-Mars* (2) et je ne vois pas pourquoi Vigny s'en serait offensé, encore moins pourquoi de Wailly en aurait voulu à Buloz d'avoir fait changer la phrase de Barbier. Petit cancan, vous dis-je. A ma connaissance il n'y eut jamais la moindre fêlure dans le Cénacle de Vigny pour des affaires de ce genre. Le seul incident sérieux qui s'y soit produit, c'est en 1844, après qu'Émile Des-

(1) Une nouvelle scission s'est opérée hier dans l'école romantique, dans le coin de Vigny, écrivait Sainte-Beuve à Juste Olivier le 8 juin 1838. Barbier, en louant de Wailly, avait un peu rangé Vigny dans les imitateurs de Scott par *Cinq-Mars*. Buloz a fait changer la phrase, mais de Wailly a été peu content, à ce qu'il paraît, de sorte qu'à peine éclos ce charmant et délicat talent, mais si froid et jusque-là si mitigé d'apparence, est tout d'un coup devenu dévorant. Ainsi nouvelle fêlure dans ce petit coin précieux, débris du Cénacle, dont Vigny était l'onyx et l'agate et dont les autres, Barbier, Wailly, Brizeux, formaient comme le cercle mi-partie d'ébène et d'ivoire. Deux mots de Buloz m'ont mis au fait de ce grand événement qui demeurera sans doute inaperçu dans l'histoire littéraire : ô vanité des gloires !

(2) Barbier est revenu sur ce point dans ses *Souvenirs personnels*, p. 359.

champs eut publié sa traduction de *Roméo et Juliette*. De ce jour-là, Émile Deschamps ne s'y montra plus.

Barbier avait pour Léon de Wailly presque autant d'affection que Vigny, et ce n'est pas peu dire. Parlant de ses travaux littéraires dans ses *Souvenirs personnels*, il n'a pas caché l'admiration qu'il éprouvait pour sa traduction des poésies de Robert Burns et de l'*Hamlet* de Shakespeare, et pour « son triste et beau roman de *Stella et Vanessa*, où le caractère de Swift est recomposé d'une manière merveilleuse ». C'était à ses yeux le roman biographique dans toute sa perfection, et nul ne l'avait encore surpassé en ce genre. Mais ce que ne dit pas Barbier et qu'il faut que l'on sache, c'est que la documentation de *Stella et Vanessa* (1) fut fournie à Léon de Wailly par les parents d'Henriette Corkran qui l'avaient rencontré chez Alfred de Vigny (2). Ce sont ces Irlandais qui lui rapportèrent les faits les plus saillants de la vie de Swift et qui lui firent la description topographique de sa cure à Lavacor, dans le comté de Meath (3).

En ce temps-là Léon de Wailly voyait beaucoup

---

(1) Roman paru en 1846.
(2) Sur les Corkran, voir le t. II de cet ouvrage.
(3) Cf. *Celebrities and I*, par Henriette Corkran, p. 74.

la colonie anglaise qui tournait autour du poète
de *Chatterton*, les Austin, les Holmès, etc., et il était
très recherché pour son amabilité et ses talents
divers. C'est lui, par exemple, qui apprit la musique à Henriette Corkran. Il n'est donc pas surprenant qu'en 1843 il ait eu l'idée de demander une
mission pour aller rechercher à Londres les documents inédits de la diplomatie française et anglaise
à l'époque de François Ier et de Henri II. Mais là
encore il eut besoin de l'appui de Vigny, et pendant toute la durée de son séjour en Angleterre il
fut en correspondance avec lui.

« ... Trouvez-vous notre France aussi belle de
Londres que je la trouve à Paris? lui écrivait
Vigny, le 2 avril 1843. — Oui, et vous la regrettez
malgré la *saison fashionable* et la profession de
Lion que vous devez exercer en ce moment. —
Vous allez, je le crains, cher Léon, vous écarter de
votre plan, vous serez emporté de visites en visites
au-delà de celles que vous aviez choisies et qui
devaient seconder vos travaux. C'est l'inévitable
tourbillon des grandes villes. — Albert m'a dit que
vous étiez content de Macready. Si vous me donnez
quelques détails sur sa façon de vous recevoir, vous
me ferez grand plaisir parce que je lui dois des
remerciements de s'être ainsi rendu à mon appel. —

Votre lettre était aimable mais triste. Quoi ! depuis ce temps-là le sujet des recherches n'est même pas adopté ? Barbier m'a dit là-dessus des choses qui renversent. Albert, que j'ai rencontré, ne savait trop ce qu'il devait faire. Pour moi, comme je ne vois pas dans votre lettre quel est le dernier travail auquel vous vous êtes arrêté vous-même, j'évite d'en parler de peur de me tromper et d'accroître les ténèbres. Cependant si vous n'avez reçu aucune décision quand ma lettre vous arrivera, dites-moi, en un mot, la difficulté à lever, car je suis menacé de rencontrer sous quelques jours votre persécuteur... »

La lettre finissait par ces lignes.

« Toute la maison de la rue de Berry, du premier au second étage, a tressailli de joie en entendant de bonnes nouvelles de vous et vous envoie des tendresses infinies (1). »

La maison de la rue de Berry, c'était les Holmès. Et quant à Macready, dont il est parlé plus haut, c'était le célèbre tragédien anglais qui était venu jouer à Paris en 1827 et en 1828 et avec qui Vigny s'était lié, durant le séjour qu'il fit à Londres en 1838.

Huit jours après, le 11 avril, Alfred de Vigny écrivait encore à notre voyageur :

---

(1) Alfred de Vigny, *Correspondance.*

« ... Il y a eu un grand concert rue de Berry
chez la châtelaine, et votre absence y a fait pousser
de grands gémissements à cette souveraine très
gracieuse. — Si vous rencontrez mes *galions* sur la
Tamise, vous me ferez plaisir de leur dire de hâter
leur marche et de forcer de voiles. Je les recevrai
fort à propos. Et mon Macready qu'en faites-vous ?
J'espère qu'il vous fait passer en revue tout
Shakespeare à son Théâtre... »

Hélas ! les *galions* de Vigny ne devaient jamais
paraître sur la Tamise, et en fait d'héritage il ne
connut que les procès.

En 1857, Léon de Wailly entra comme critique
littéraire à l'*Illustration*. On ne le connaît pas sous
ce jour, et c'est dommage, car il a semé là à pleines mains le bon grain de son esprit judicieux et
humoristique. Je prends ce dernier mot dans le sens
anglais. Swift avait déteint sur lui. Il a traité à sa
manière une foule de questions que d'autres auraient
négligées ou démesurément grossies. Si jamais
on entreprend sur lui un travail d'ensemble, c'est là
qu'il faudra le chercher pour avoir une idée exacte
de la variété de ses connaissances et de son dilettantisme.

Il mourut le 25 avril 1863 (1), quelques mois

(1) Il avait 59 ans, étant né à Paris le 28 juillet 1804.

seulement avant Alfred de Vigny, sans avoir obtenu le succès qu'il méritait. Mais je pense avec Auguste Barbier que justice lui sera rendue un jour et que, dans le classement définitif des écrivains du dix-neuvième siècle, la postérité lui fera une belle place pour la distinction de son talent et la finesse de son style.

LIVRE III

LES IDÉES POLITIQUES D'ALFRED DE VIGNY

GUILLAUME PAUTHIER ET LOUIS RATISBONNE

rédige à cette occasion une *Nouvelle Déclaration des droits et des devoirs de l'homme*. — Proclamation d'Alfred de Vigny aux électeurs de la Charente. — Ni l'un ni l'autre ne furent élus. — Pauthier reste fidèle à ses convictions républicaines. — Vigny lui lègue son épée d'académicien.

I

Quand on parle de l'exécuteur testamentaire d'Alfred de Vigny, on pense généralement à M. Louis Ratisbonne. C'est une erreur. L'exécuteur testamentaire du poète d'*Éloa* fut son ancien compagnon d'armes, Guillaume Pauthier, le sinologue. M. Louis Ratisbonne était son légataire universel *in partibus*.

Comment celui-ci était-il entré dans l'intimité d'Alfred de Vigny et avait-il gagné à ce point sa confiance? Je l'ai appris il n'y a pas longtemps, d'une personne bien informée.

Vigny avait rencontré Louis Ratisbonne chez son voisin, M. Adolphe Franck, de l'Institut (1). Or, comme l'auteur de *la Comédie enfantine* avait épousé une Irlandaise (Mˡˡᵉ O' Donoghoë), que Mᵐᵉ de Vigny était d'origine anglaise et que son mari ne jurait depuis longtemps que par l'Angleterre, la connaissance fut faite assez vite. Mais le

(1) Voir, au t. II de cet ouvrage, le chapitre de *Delphine Bernard*.

LOUIS RATISBONNE

talent de Ratisbonne et son admiration pour l'œuvre du grand poète furent pour une bonne part
dans la sympathie et puis dans l'amitié que lui
témoigna bientôt Alfred de Vigny. Ratisbonne était
jeune; il représentait assez bien la génération dont
Vigny disait, dans *l'Esprit pur* :

> Jeune postérité d'un vivant qui vous aime !
> Mes traits dans vos regards ne sont pas effacés ;
> Je peux en ce miroir *me connaître moi-même,*
> Juge toujours nouveau de nos travaux passés !

De plus, lorsque Louis Ratisbonne entra dans
son intimité, Vigny ne recevait presque plus personne. C'est à peine si quelques intimes conti-
nuaient de franchir son seuil. « Il fallait, m'écrivait
un jour M. Philibert Audebrand, de la vertu pour
l'aller voir, d'autant plus que, se croyant le jouet de
la destinée, il était tombé dans une misanthropie
qui, à la longue et sous l'empire du mal qui le rongeait, était devenue presque du désespoir. Ratisbonne
eut cette vertu. A la fin, il n'y avait guère que ce
rejeton d'une race persécutée pour lui faire cortège. »

Ce serait donc surtout pour lui marquer sa
reconnaissance que Vigny l'institua son légataire
universel. Encore ne lui légua-t-il que la propriété
de ses œuvres littéraires qui avaient été publiées
jusqu'à sa mort. C'est à d'autres mains tout aussi

pieuses et beaucoup plus chères, c'est à Mme Lachaud qu'il confia le soin de mettre au jour, quand le moment serait venu, la plus grande partie de ses œuvres inédites, achevées ou non, et dans le nombre se trouvent ses *Mémoires* qui, d'après les quelques fragments qu'on en a publiés, compléteraient sur plus d'un point le *Journal d'un Poète*.

Quand parut ce *Journal*, que Louis Ratisbonne avait tiré des manuscrits à lui légués, Pauthier, qui savait que Vigny avait l'habitude de consigner jour à jour *usque ad mortem* ses impressions et ses pensées sur de grandes feuilles de papier blanc, demanda au légataire universel pourquoi il s'était arrêté à la Révolution de 1848. Et sa réponse textuelle, que je tiens d'un ami commun à tous les deux, fut celle-ci : « Mon cher, j'ai jugé qu'il n'y avait pas à publier la suite, parce que, de 1852 à 1855, mon illustre ami, *comptant entrer au Sénat*, s'était fait bonapartiste! et c'est ce que je n'ai pas voulu rendre public. »

Ainsi, d'après Louis Ratisbonne, Alfred de Vigny serait devenu sur le tard *bonapartiste par intérêt*. Jusqu'à preuve du contraire, je m'inscris en faux contre cette imputation, car la question d'intérêt — et par ce mot j'entends les honneurs aussi bien que l'argent — ne me semble pas être jamais entrée en

ligne de compte dans les raisons qui déterminèrent
l'évolution politique de Vigny (1).

Royaliste à la façon de Lamartine, il blâma
comme lui les Ordonnances, et, comme lui, il eût
démisssionné après les journées de Juillet s'il avait
exercé des fonctions quelconques. Et pourtant le
gouvernement de la Restauration ne l'avait pas
gâté. Nommé capitaine à l'ancienneté, après neuf
ans de service, il n'avait même pas été décoré, lors
du Sacre de Charles X, quoiqu'il eût alors un aussi
beau nom que Victor Hugo. Et peu de temps avant
la révolution de 1830, on lui avait refusé le poste
diplomatique que sa mère avait sollicité pour lui (2).
Ses écrits déplaisaient à la Cour, elle le trouvait
séditieux (3). Cela ne l'empêcha pas d'être prêt à
défendre le trône, quand il s'écroula, et de sortir

---

(1) Nous ne tarderons pas, d'ailleurs, à être fixés sur ce point,
M. Tréfeu, gendre de Louis Ratisbonne, devant publier prochainement la suite du *Journal d'un Poète*.

(2) Aug. Barbier, *Souvenirs personnels*, p. 362.

(3) Son *Cinq-Mars*, quoique bien accueilli, ne paraissait pas très
orthodoxe, et cette phrase de Lamennais, qu'il avait mise en épigraphe au chap. XX, avait dû faire dresser l'oreille à plus d'un ultra :
« Les circonstances dévoilent pour ainsi dire la royauté du génie,
dernière ressource des peuples éteints. Les grands écrivains... ces
rois qui n'en ont pas le nom, mais qui règnent véritablement par la
force du caractère et la grandeur des pensées, sont élus par les événements auxquels ils doivent commander. Sans ancêtres et sans postérité, seuls de leur race, leur mission remplie, ils disparaissent en
laissant à l'avenir des ordres qu'il exécutera fidèlement. »

son vieil uniforme. « Si le roi, disait-il, appelle tous les officiers, j'irai. » — On ne l'appela pas, et, la révolution accomplie, il écrivit dans son *Journal* :

« On vient de faire sans moi une révolution dont les principes sont bien confus. — Sceptique et désintéressé, je regarde et j'attends, dévoué seulement au pays dorénavant. »

Il ne se rallia pas à la monarchie de Juillet, quelque sympathie qu'il eût pour la personne de Louis-Philippe. Il ne la combattit pas davantage. Il avait pour principe qu' « on ne doit avoir ni amour ni haine pour les hommes qui gouvernent. On ne leur doit que les sentiments que l'on a pour son cocher, il conduit bien ou il conduit mal, voilà tout. La nation le garde ou le congédie, sur les observations qu'elle fait en le suivant des yeux (1). »

Mais il était citoyen, il fit son devoir. Il organisa la 2ᵉ compagnie du 4ᵉ bataillon de la première légion de la garde nationale et commanda si militairement le 4ᵉ bataillon que Louis-Philippe, passant un jour en revue la milice parisienne, arrêta son cheval devant lui, et, lui ayant ôté son chapeau :

— Monsieur de Vigny, je suis bien aise de vous voir et de vous voir là. Votre bataillon est très beau,

(1) *Journal d'un Poète*, p. 243.

dites-le à tous ces messieurs de ma part, puisque je ne peux le faire moi-même (1).

Il ne tarda pas cependant à donner sa démission pour raison de santé. Le 18 juin 1832, il adressait la lettre suivante à M. Martin, lieutenant-major de la garde nationale, rue du Faubourg-du-Roule, n° 24 :

« Je m'empresse de répondre au billet que je viens de recevoir pour la garde du 24 juin.

« Les souffrances graves qui me firent admettre au traitement de réforme après treize ans de services, en 1827, étant capitaine au 55e régiment de ligne, souffrances qui sont enregistrées et détaillées aux bureaux du ministère de la Guerre, se sont accrues nouvellement par suite de l'épidémie qui m'a frappé et retenu au lit pendant six semaines.

« Cet état de santé me rend absolument impossible tout service dans la garde nationale.

« Ce sont ces motifs trop puissants que j'ai déjà détaillés, il y a peu de temps, qui m'ont empêché de me rendre aux propositions qu'on a bien voulu me faire de me porter comme candidat pour reprendre les fonctions de chef de bataillon dans le 4e bataillon que j'ai eu l'honneur de commander et

(1) *Journal d'un Poète*, p. 51.

dans lequel j'ai vu avec reconnaissance que j'avais laissé quelques souvenirs.

« Veuillez bien, Monsieur, communiquer ma réponse à qui de droit et me faire savoir si elle aura paru suffisante. Dans le cas contraire, je m'empresserais de produire les certificats nécessaires. J'espère cependant que la mémoire des soins que je donnai à la formation si importante de la garde nationale, soins dont le roi même a bien voulu me remercier plusieurs fois, suffira pour faire ajouter foi à la gravité de mes excuses.

« Agréez, Monsieur, l'assurance de ma haute considération.

« ALFRED DE VIGNY (1). »

Les raisons de santé invoquées dans cette lettre étaient-elles les seules qui lui avaient dicté cette lettre ? Je voudrais le croire, mais je remarque que sa démission coïncida avec la prise d'armes, en Vendée, de la duchesse de Berry, et je trouve dans son *Journal*, à l'année 1832, les lignes suivantes :

« Si quelque chose ne me repoussait, je ferais un hymne à la duchesse de Berry, qui vient comme une madone :

Son enfant dans ses bras et son lis à la main,

(1) Lettre inédite tirée des Archives départementales de la Seine.

« Mais quoi! faire la cour à une infortune aussi belle, c'est se confondre avec ceux qui se préparent des faveurs pour l'avenir. Je n'ai point d'enthousiasme pour sa cause ; sans quoi je serais allé combattre et non chanter. »

Il garda donc une attitude expectante durant tout le règne de Louis-Philippe (1), et malgré les nombreux témoignages de sympathie qu'il reçut de la part du roi-citoyen ; malgré la croix de la Légion d'honneur qui lui fut donnée en 1833 ; malgré l'offre de la pairie qui lui fut faite un peu plus tard, il n'eut même pas une larme pour la mort tragique du duc d'Orléans, par la grâce de qui *Chatterton* avait été joué à la Comédie-Française. Où l'opinion générale vit un malheur public, lui ne vit que la fatalité.

C'est que, dès 1835, il pensait que « le seul gouvernement dont à présent l'idée ne soit pas intolérable, c'est celui d'une république dont la constitution soit pareille à celle des Etats-Unis américains (2) ».

Son élection à l'Académie française acheva de lui faire prendre en mépris le parti des doctrinaires,

----

(1) Alfred de Vigny écrivait à sa cousine du Plessis, le 3 août, 1852 : « Madame Adélaïde dit à un de ses parents qui me l'a répété, il y a deux ans, à Paris : M. de Vigny ne vient jamais aux Tuileries où nous l'invitons toujours, mais nous ne lui en voulons pas, nous savons son respect superstitieux pour la branche aînée. »

(2) *Journal d'un Poète.*

depuis Royer-Collard, qui l'accueillit de si étrange façon, quand il lui fit la visite traditionnelle, jusqu'à M. Molé, qui le reçut on sait comme, le 29 janvier 1846.

Aussi, quand éclata la révolution de Février, fut-il sans pitié pour ceux qu'il appelait dédaigneusement « les Oracles ».

On connaît la pièce qui porte ce titre dans le recueil des *Destinées*. Comme elle est unique dans son œuvre, c'est bien le moins qu'on médite la fière leçon qui s'en dégage :

Ulysse (1) avait connu les hommes et les villes,
Sondé le lac de sang des révolutions,
Des saints et des héros les cœurs faux et serviles,
Et le sable mouvant des constitutions.
— Et pourtant, un matin, des royales demeures,
Comme un autre en trois jours (2), il tombait en trois heures,
Sous le vent empesté des déclamations.

Les parlements jouaient aux tréteaux populaires,
A l'assaut du pouvoir par l'applaudissement,
Leur tribune savait, par de feintes colères,
Terrasser la raison sous le raisonnement,
Mais leurs coups secouaient la poutre et le cordage,
Et le frêle tréteau de leur échafaudage
Un jour vint à crier et croula lourdement.

.   .   .   .

Reines de mes pensers, ô Raison ! ô Justice !
Vous avez déployé vos balances d'acier

(1) Louis-Philippe.
(2) Charles X.

Pour peser ces esprits d'audace et d'artifice
Que le Destin venait enfin d'humilier.
Quand son glaive, en coupant le fuseau des intrigues
Trancha le nœud gordien des tortueuses ligues
Que leurs ongles savaient lier et délier.

. . . .

Maîtres en longs discours à flots intarissables !
Vous qui tout enseignez, n'aviez-vous rien appris ?
Toute démocratie est un désert de sables ;
Il y fallait bâtir, si vous l'eussiez compris.
Ce n'était pas assez d'y dresser quelques tentes
Pour un tournoi d'intrigue et de manœuvres lentes
Que le souffle de flamme un matin a surpris.

. . . .

Partout où vous irez, froids, importants et fourbes,
Vous porterez le trouble. En des sentiers étroits
Des coalitions suivant les lignes courbes,
Traçant de faux devoirs et frappant de vrais droits,
Gonflés d'orgueil mondain et d'ambitions folles,
Imposant par le poids de vos âpres paroles
A l'humble courageux la plus lourde des croix.

Peuple et rois ont connu quels conseillers vous êtes,
Quand, sous votre ombre, en vain votre prince abrité
Aux murs du grand banquet et des funestes fêtes,
Cherchant quelque lumière en votre obscurité,
Lut ces mots que nos mains gravèrent sur la pierre,
Comme autrefois Cromwell sur sa rouge bannière :
Et nunc, reges mundi, nunc intelligete.

Ces vers ont beau être datés de 1862, ils expriment admirablement la pensée politique de Vigny en 1848. Il n'est donc pas étonnant qu'à l'exemple de son illustre ami M. de Lamartine, il ait adopté la République. Mais l'homme d'ordre et de gouver-

nement qu'il était ne pouvait pactiser une seule
minute avec le désordre et l'anarchie. Le jour où
le gouvernement de l'Hôtel-de-Ville fut aux prises avec l'insurrection populaire, où le sang coula
sur les barricades, Vigny se détacha de la République et faute de mieux, sans aucune arrière-pensée d'ambition ou d'intérêt personnel, il se rallia
à la politique du prince-président.

Nous avons sur ce point le témoignage précieux
de Lamartine lui-même :

« On a dit (et je le crois vrai) que M. de Vigny,
libre désormais de ses préférences politiques, avait
nourri l'espérance d'être appelé au rôle de gouverneur du prince impérial. On a attribué à cette
arrière-pensée sa présence à Compiègne, pendant
les fêtes de l'empire. Il n'était pas courtisan, mais il
pouvait aspirer tout bas à un rôle historique.

« Je lui en parlai un jour chez moi, tête à tête,
sans approbation ni blâme. Il ne nia ni ne confir-
ma ce bruit; il me jura seulement qu'on ne lui avait
jamais fait à ce sujet aucune ouverture. J'ignore
sa pensée secrète à cet égard; le rôle était grand,
et il était libre.

« Ses opinions publiques étaient au fond monarchiques, mais ses mœurs aristocratiques avant tout.
La monarchie légitime pour le pays; pour lui une

belle carrière militaire couronnée par une haute
dignité et un grade illustre sous une maison royale
de son choix, c'était l'idéal de sa vie. 1830 avait
tout renversé en lui. Il m'avait su gré de m'être
retiré alors et d'avoir sacrifié toute ambition à
l'honneur de mes affections.

« Quand 1848 m'appela sur une autre scène inattendue, il ne me blâma pas, il me calomnia encore
moins ; il ne cessa pas d'être à mes côtés pour me
donner applaudissements, courage et conseil. —
« Vous faites, me disait-il souvent, ce qu'il y a de
mieux à faire : la république actuellement peut seule
nous réunir et nous sauver. Marchez et combattez
les excès, la France est avec vous ! »

« Quand j'eus fini mon rôle, il quitta lui-même
Paris et se retira quatre ans de suite dans sa
retraite féodale de Touraine (1), mettant les forêts
entre lui et le tumulte menaçant des élections, des
ambitions, des dissensions civiles qui nous mena-
cèrent tous. Il ne revint à Paris qu'après le coup
d'État, qu'il ne m'appartient pas de caractériser
aujourd'hui.

(1) Lamartine commet ici une erreur. Alfred de Vigny ne possédait aucun fief en Touraine. La seule terre qu'il eût héritée de ses
parents était le Maine-Giraud, sis dans la Charente, près Blanzac,
qui avait appartenu à son grand-père maternel, l'ancien chef d'escadre de Baraudin. C'est là qu'il s'était retiré après 1848 et que, sous
l'Empire, il passait presque tous ses étés.

« La monarchie de ses pères écartée, il ne lui restait que l'empire. Il était trop honnête homme et trop patriote pour chercher dans le socialisme un appui ou une vengeance. Il se repentait de l'avoir flatté et encouragé littérairement dans *Chatterton* (1) *ce toast de vin de Champagne, au dessert, d'une utopie mal conçue et malfaisante;* il le redoutait pour la société comme la mort. République comme moi, empire comme Napoléon, celui qui le délivrerait de ce cauchemar des prolétaires était son idole. Il voulait un sauveur à tout prix, même au prix du parlementarisme, qu'il n'estimait pas plus que moi. Son honneur ne lui inspirait pas les mêmes réserves. Il ne cacha point ses inclinations vers l'empire.

« Il avait connu à Londres le jeune Napoléon sans lui donner ni encouragement ni promesse (2). Il ne

(1) La mémoire de Lamartine sur ce point ne devait pas être très fidèle, car, à ma connaissance, Alfred de Vigny ne s'est jamais repenti d'avoir fait *Chatterton*.

(2) Cette assertion de Lamartine est confirmée par Auguste Barbier dans ses *Souvenirs personnels*, p. 360 : « En 1839, M. de Vigny s'était rendu en Angleterre pour affaire de succession. A cette époque, le prince étant revenu d'Amérique y résidait, M. de Vigny eut l'occasion de le rencontrer dans le salon de lady Blessington. Après un échange de politesses et quelques instants d'entretien sur la littérature, les deux interlocuteurs se séparèrent. A peine le poète s'était-il éloigné, qu'il vit venir à lui M. Fialin, dit de Persigny, une sorte d'aide de camp du prince. Ce monsieur, s'étant assis auprès de lui, lui tint ce langage : « Monsieur le comte, le prince vient de me dire qu'il est enchanté d'avoir eu l'occasion de vous connaître; il apprécie infiniment votre personne et vos ouvrages...Com-

voulait pas lui-même placer un obstacle de plus
sur la route d'une restauration que son père avait
ramenée de l'exil. Il se conduisit en homme d'honneur et resta neutre entre la fortune possible et
sa fortune arriérée. A son tour, le coup d'État avait
prononcé ; il se décida pour Napoléon. C'était le
sauveur pour lui : il ne protesta pas contre ce qu'il
appelait le salut. Il se déclara impérialiste modéré :
cela ne l'empêcha pas de me voir, et cela ne m'empêcha pas de l'aimer (1). »

ment trouvez-vous Son Altesse ? — Mais il me paraît être un homme
fort intelligent et fort aimable. — C'est la vérité, répliqua M. Fialin, mais c'est, de plus, un excellent cœur et un homme d'un grand
avenir... N'êtes-vous pas frappé d'une chose, vous, Monsieur, qui
avez beaucoup étudié l'histoire : c'est que, dans celle de Rome, ce
n'est pas le grand César qui a fondé la dynastie impériale, mais son
neveu Octave ? — Effectivement. — Eh bien ! Monsieur, ne croyez-
vous pas que le même fait pourrait 'se reproduire ? — J'ignore,
ajouta M. de Vigny, les desseins de la Providence à ce sujet,
mais je ne crois pas que S. M. Louis-Philippe, pour son compte, y
prête les mains. — Je ne le pense pas non plus, mais, vu l'état des
partis, le grand nom du prince et sa haute intelligence, il y a de
fortes probabilités pour qu'il en soit ainsi. — Cela est possible, car
qu'est-ce qui ne l'est pas en France ? En tout cas, qui vivra verra.»
M. Fialin termina là sa conversation insinuante, salua M. de Vigny
et se retira. »

(1) Alfred de Vigny, qui était entré en relations avec Lamartine
en 1826, avait une très grande admiration pour lui et avait commencé par le défendre contre ses camarades de *la Muse française*. On
sait par son *Journal* ce qu'il pensait de la poésie des *Méditations*,
des *Harmonies* et de *Jocelyn*.

Mais s'il admirait les œuvres de Lamartine, il ne partageait pas
toutes ses idées. Au mois de mars 1838, parlant de la soirée donnée
par Mme de la Grange pour le faire rencontrer avec lui, il avouait
qu'il l'avait fort étonné en lui disant qu'il n'était de son avis sur

Ainsi parle Lamartine. Si Vigny avait pu lire cette page dictée par une amitié généreuse et clairvoyante, il n'en aurait pas retranché grand'chose. Peut-être y aurait-il ajouté, pour mieux faire comprendre son « entraînement vers l'empire », que, de 1848 à 1852, il avait vécu dans la Charente — cette *Vendée Bonapartiste*, comme il l'écrivait un un jour à Mme Lachaud ; qu'aux élections à l'Assemblée constituante il y avait été battu par un bonapartiste ; qu'en 1852 le prince Louis-Napoléon, revenant de Bordeaux, l'avait prié à dîner à la préfecture d'Angoulême (1); qu'au lendemain du

rien : « Je lui ai reproché en termes polis d'avoir abandonné la question des théâtres et lui ai dit que le théâtre à présent était un instrument mutilé et imparfait ; que mon opinion était que l'on ne devait pas avoir de censure ; qu'une pièce condamnée par le public était morte à jamais, et que, par le gouvernement, elle vivait d'une vie secrète et menaçante ; sous la Restauration, on en vit cent exemples. — Il a eu l'idée d'un *jury* de gens ayant intérêt à l'ordre, jury élu. Et ce terme moyen, je ne l'ai jugé possible qu'autant que nul membre ne tiendrait au gouvernement, ajoutant que, par son influence corruptive, un homme venant du pouvoir en entraine dix dans ce *peuple valet*, comme l'a dit tristement Paul-Louis Courier. Il me promet de proposer ce jury quand viendront les discussions du budget. » (*Journal d'un Poète*, p. 129.)

Un peu plus tard (3 décembre 1843), il écrivait ce qui suit : « Je n'ai lu qu'une partie du travall de Lamartine sur l'Eglise et l'Etat. Je suis encore à me demander s'il est sérieux ou ironique dans sa proposition, car si le clergé renonce à être salarié par l'Etat, il mourra de faim en un an au milieu d'un peuple voltairien qui souscrira un jour pour un sermon et donnera le double le lendemain pour un concert. Le lundi Lacordaire, le mardi Litz. » (*La Quinzaine* du 1er février 1896.)

(1) « Nos paysans, écrivait-il à Mme Lachaud au mois de janvier

Deux-Décembre il avait vu tout le monde autour de
lui applaudir au Coup d'État et qu'à son retour à
Paris il s'était rallié à l'Empire discrètement, loyalement, mais en toute indépendance, et plutôt par
sympathie pour l'empereur que pour le régime, se
réservant de l'approuver quand il agirait bien et de
le blâmer sans crainte quand il agirait mal.

Voilà ce que Vigny aurait pu ajouter pour
expliquer sa conduite sous l'Empire.

Et moi, pour achever le tableau, je dirai que,
malgré ses sympathies marquées pour la personne
de Napoléon III, Alfred de Vigny ne fit jamais la
moindre démarche en vue d'obtenir un siège au
Sénat ou seulement un bout de ruban. On n'a qu'à
lire la très belle lettre qu'il adressait, en 1856, au
général de Clérembault pour être définitivement
fixé sur ce point (1). C'est l'empereur lui-même qui,

1853, nos paysans qui, depuis 1848, n'ont jamais considéré le président que comme leur Empereur, ont été surpris qu'il eût tardé
quatre ans à régner. L'année dernière, vers le mois de novembre,
quand ils l'ont vu menacé par une partie de l'Assemblée nationale,
ils ont formé des corps francs pour aller le délivrer à Paris. Sans le
Deux-Décembre, ils allaient partir. Il y a, je crois, quatre ans, que j'é-
crivais à votre bonne et spirituelle mère que la Charente n'est autre
chose qu'une Vendée bonapartiste. En effet, à chacune des élections
les *Cent quatre vingt-quinze communes* qui m'environnent ont voté :
oui *à l'unanimité*, et le Prince Louis-Napoléon était encore à Londres, quand ici on le voulait élire représentant. La Charente, lui
disais-je, boit son eau-de-vie dans le verre de la grand'mère de
Béranger. »
   (1) Voir au tome II le chap. de *Marie de Clérembault*.

spontanément, *proprio motu*,comme dit Vigny, le
nomma alors officier de la Légion d'honneur. On
ne le vit jamais à Compiègne dans la foule bariolée
des courtisans qui faisaient sonner leurs grelots.
Il n'y parut qu'une seule fois, en 1856, par politesse, pour remercier l'empereur de lui avoir donné
la rosette (1). Aussi était-il assez mal vu de la ca-
marilla bonapartiste. Dès 1851, le duc de Persigny,
qui ne savait pas en quels termes l'auteur de *Ser-*
vitude était avec le prince-président, mettait celui-
ci en garde contre les critiques qui représentaient
Napoléon Ier « comme un ambitieux avide de partager le monde au profit de sa famille ». — « S'il
y a des de Vigny, lui disait-il, pour insulter niai-
sement à ce qu'ils ne savent pas comprendre, il y
a des Molé et des Thiers pour leur répondre (2). »

La seule chose que Vigny ait faite pour plaire

(1) Il écrivait à Busoni, le 7 novembre 1858 : « Voilà qui est un
peu fort, par exemple ! — Quoi ! je suis à Compiègne ! — En vérité ?
— J'ai grand plaisir à apprendre de vous cette nouvelle. — Je ne
m'en doutais point et, depuis 1856, je n'ai pas vu ce pays-là. On a
vraiment bien de la bonté de m'inventer ainsi des voyages fort
agréables à moi qui ne quitte point ma maison. — Ces chasses ne
me donnent assurément aucune fatigue, car de ces invitations et de
ces faveurs que l'on me suppose tous les ans, il n'y a pas un mot de
vrai et c'est là tout près, à quelques lieues de Paris, et c'est hier et
aujourd'hui, moi vivant, que tout cela se dit, s'affirme on écrit
peut-être que l'on m'a vu? — Comment en douter? Un historien y
serait pris, si cela en valait la peine. »
(2) Lettre inédite.

à Napoléon III — et je ne sais pas s'il en eut
connaissance, en tout cas nous l'aurions igno-
rée si Auguste Barbier ne l'avait pas notée dans
ses *Souvenirs* — ce fut d'ôter le mot empereur
de la tirade du quaker au sujet de la corrup-
tion sociale, dans la dernière édition de son
Chatterton.

Je ne comprends donc pas que M. Louis Ratisbonne se soit permis de mutiler la pensée du
poète des *Destinées* en ne publiant de son *Journal*
que ce qui cadrait avec ses propres opinions. Il
aurait dû se dire pourtant qu'Alfred de Vigny,
dont la foi religieuse et les sentiments politiques
étaient si différents des siens, lui avait donné une
belle leçon de tolérance en lui léguant, avec ses
œuvres imprimées, le manuscrit de *Daphné* et de
son *Journal*, et du moment qu'il se décidait à publier celui-ci, il aurait dû le publier *in extenso*. Il le
pouvait d'autant mieux faire qu'il avait entre les
mains la preuve que Vigny n'avait jamais « attaché
de cocarde à sa Muse » et n'avait jamais eu l'esprit courtisan. Il paraît que, lors de la naissance
du prince impérial, un ministre ayant demandé
au poète une cantate, une ode pour ce berceau
qui contenait tant d'espérances, Alfred de Vigny
répondit qu'il ne savait pas faire ces choses-là.

M. Louis Ratisbonne, qui rapporte ce fait (1),s'empresse d'en conclure qu' « il resta pauvre, indépendant et poète, trois titres sinon à la défaveur, au moins à l'absence de faveurs... ».

Alors, pourquoi n'a-t-il pas tout publié?... Guillaume Pauthier,l'exécuteur testamentaire de Vigny, avait raison de se plaindre de la façon dont le légataire universel avait rempli son mandat sur ce point ; ce n'est pas lui qui l'eût rempli de la sorte.

II

Guillaume Pauthier et Alfred de Vigny étaient des amis de quarante ans. Dans une lettre à Brizeux, datée du mois d'août 1831, le poète des *Destinées,* revenant sur ses années de service militaire, parle d'un soldat de sa compagnie auquel il confiait d'étape en étape la petite Bible qui était alors son livre de chevet. Ce soldat n'était autre que Pierre-Guillaume Pauthier,né à Marimolle, près Besançon, le 12 vendémiaire an X (4 octobre 1801). Le hasard,qui les avait réunis sous le drapeau du 55° de ligne, où Vigny était capitaine, arrangea si bien les choses qu'ils devinrent amis dès le régiment. Il faut dire que Pauthier avait tout ce qu'il fallait

(1) *Journal d'un Poète,* p. 13.

pour plaire à l'âme fière et timide à la fois de
l'auteur de *Servitude et Grandeur militaires*. Il
était poète, je veux dire qu'il rimait, et sa conversation à cet égard valait mieux que celle de la plupart des officiers que Vigny fréquentait peu;
ensuite il était de bonne famille et apparenté par
son frère au général Donzelot, et il jouissait à ce
titre de faveurs exceptionnelles. C'est ainsi qu'au
bas des pièces de vers qu'il publiait dans les journaux des villes où il était en garnison, on lui passait de faire suivre son nom de son grade de caporal ou de sergent au 55ᵉ de ligne, — car il était
devenu très vite sous-officier.

Ceux qui seraient curieux de connaître les essais
de ce poète-soldat n'ont qu'à feuilleter le *Mémo-
rial béarnais* de l'année 1824. Ce journal paraissait alors à Pau, où le 55ᵉ tenait garnison. Mais les
premières poésies de Pauthier et même celles qui
suivirent ne valent guère la peine d'être recherchées.
Ce compagnon d'armes de Vigny fut toute sa vie
un pauvre rimeur, et c'est heureux pour lui que,
vers la trentaine, il ait tourné définitivement le dos
à la Muse. J'ai sur ma table ses premiers recueils
de vers. Cela s'appelle *les Helléniennes* (Maurice,
1825) et *les Mélodies poétiques. Chants d'amour*
(Maurice, 1826), et fait songer immédiatement

aux *Messéniennes* et aux *Méditations*, dont Pauthier s'est effectivement inspiré. Mais comme le
reconnaît son neveu, Xavier de Ricard, dans
l'intéressante notice qu'il lui a consacrée, « ces
deux volumes ne révélaient pas un sentiment poétique bien original, ni une précieuse connaissance
de la langue et de la versification (1) ». Qu'on en
juge plutôt par cet extrait des *Helléniennes :*

Une Muse chère à la France
Naguère a reproduit ses sublimes concerts.
Sur l'aile de Tyrtée elle a franchi les mers,
Portant aux fils des Grecs la gloire et l'espérance.

Quels chants ont retenti sur les murs de Crissa ?
Quel luth harmonieux les redit dans Athène ?
Ce sont les beaux accents du chantre de Messène (2)
Et les accents plaintifs de la belle Héléna (3)

Regardez ! la voilà cette Grèce superbe
Dont le sol protecteur formait des demi-dieux !
Ses dieux mêmes, ses dieux ont disparu sous l'herbe,
Mais il y règne encor la Croix, fille des Cieux !

Levez-vous, fils d'Argos ! levez-vous, fils d'Athènes !
O Sparte ! tes héros suivent Léodinas !
Courez ; entendez-vous la voix de Démosthènes ?
Voyez-vous ce guerrier ? c'est Épaminondas !

(1) Cf. le *Catalogue des Livres chinois composant la bibliothèque
de feu M.-G. Pauthier*. Ernest Leroux, 1873.
(2) Casimir Delavigne.
(3) Alfred de Vigny.

Allez à Marathon ; allez aux Thermopyles,
Où, près d'une grande ombre, on voit la liberté ;
Salamine a vaincu ; vous recouvrez vos villes,
Et l'étendard chrétien flotte avec majesté !

Oui, je vois le Croissant foulé dans la poussière !
La Croix a renversé le trône du Sultan,
Et les Grecs, en brisant leur chaîne séculaire,
Ont repris l'étendard qu'usurpa Soliman.

Voici maintenant un passage des *Mélodies poétiques* :

La brise du désert a fait pâlir la fleur
Que l'aurore arrosait de sa main virginale ;
    Elle était l'amour de mon cœur,
Elle était le parfum de l'aube matinale.

Elle m'apparaissait comme un rêve charmant,
Comme un flambeau brillant au sein d'une nuit sombre.
    Cette illusion d'un moment,
Cette extase d'amour a disparu dans l'ombre.

Ma Delphina ! dis-moi ne te souvient-il pas
De ce tendre souris, de ce regard de flamme ?
    Que j'aimais à suivre tes pas !
Mon âme s'envolait, s'attachait à ton âme.

. . . .

Ce fut, tu t'en souviens, sur le déclin du jour
Auprès de ta compagne et de ta tendre mère,
    Que je te vis, ô mon amour !
Pour la dernière fois sourire à ma prière.

Belle, plus belle encore à mes derniers adieux,
Je fuyais loin de toi ; tu l'ignorais peut-être !
    Oh ! je le vis dans tes beaux yeux ;
Dans ce chaste baiser qui consuma mon être.

Hélas ! pour mériter ton cœur et ton amour,
Aux champs de l'avenir j'allais chercher la gloire !
   Et je voulais qu'à mon retour
Tu pusses t'applaudir et montrer ta victoire.

Mais quand tu seras seule, hélas ! pense à celui
Qui vit fleurir pour toi le printemps de sa vie
   Et qui se voit seul aujourd'hui
Arraché loin de toi comme une herbe flétrie.

Daigne aller quelquefois aux lieux où je te vis
Sans pouvoir en secret te rendre mon hommage,
   Où si souvent je te suivis
Emportant dans mon cœur ta séduisante image.

Cependant Vigny ne cessait d'encourager Pauthier à cultiver la poésie, persuadé qu'il était qu'un
jour ou l'autre, après ces tâtonnements et ces imi-
tations, sa personnalité finirait par s'accuser dans
une œuvre originale. « Perdre sa jeunesse, lui écrivait-il en 1827, c'est perdre toute sa vie (1). » Et
Pauthier, qui ne voulait perdre ni l'une ni l'autre,
se mit à traduire *Child-Harold* pendant que Vigny
traduisait *Othello*, ce qui ne l'empêchait pas de
semer dans différents recueils franc-comtois toutes
sortes de poésies plus ou moins mauvaises. C'était
l'heure où Kean, le grand tragédien anglais, faisait
courir tout Paris avec ses représentations du théâtre de Shakespeare. Vigny, qui n'en manquait pas

(1) Lettre inédite.

une, s'efforçait de communiquer son enthousiasme
à son ami Pauthier. « Devant Shakespeare, Othello
et Kean, lui mandait-il à la date du 17 mai 1828,
j'ai entendu bourdonner à mes oreilles le vulgaire
le plus profane que jamais l'ignorance parisienne
ait déchaîné dans une salle de spectacle. C'en était
assez pour me faire rougir d'écrire pour de tels Gau-
lois. J'ai tenté toute la journée de reprendre mon
calme rouillé et de retomber capitaine. Venez me
relever un peu mercredi et me montrer que tout
n'est pas perdu pour la cause de l'intelligence (1). »

A cette époque Guillaume Pauthier eut la bonne fortune de faire la connaissance de Paulin Paris et d'A-
bel Rémusat. Avec le premier il entreprit la traduction des œuvres complètes de Lord Byron (2); sur
le conseil du second, après avoir mis en français
quelques poésies d'Hafiz, il s'adonna tout entier à
l'étude des langues orientales. Il avait enfin trouvé
la voie dans laquelle il allait s'illustrer. Et comme
un bonheur n'arrive jamais seul, le général Donze-

---

(1) Lettre inédite.
(2) Cette traduction en dix volumes, qui fut publiée en 1830-1831,
chez Dondey-Dupré, ne porte que le nom de Paulin Paris, mais,
comme le fait remarquer Xavier de Ricard dans la notice qu'il
a consacrée à Pauthier, son oncle, la collaboration de ce dernier est
établie d'abord par son traité avec le libraire, ensuite par des notes
où il a eu soin, lui-même, de la constater. Les volumes 4, 5 et 6,
qui contiennent les poésies proprement dites, les *Mélanges* et *Child-
Harold* sont exclusivement son ouvrage.

lot lui confia dans le même temps l'administration
de son château de Ville-Evrard, ce qui lui permit
d'étudier en toute liberté d'esprit le sanscrit et le
chinois.

Mais de cruels déboires lui étaient réservés dans
sa carrière d'orientaliste. A peine avait-il fait paraître son mémoire sur l'origine et la propagation
de la doctrine du *Tao*, dans lequel il établissait
pour la première fois la conformité de certaines
opinions philosophiques de la Chine et de l'Inde,
qu'il fut obligé de soutenir une polémique des plus
vives avec Klaproth dans *le Journal asiatique*.
Quelques années plus tard (1836), sa *Notice sur
l'île Ceylan*, traduite de Ma-Touan-Lin, et sa *Notice
historique du même écrivain chinois sur l'Inde* lui
en attirèrent une autre avec M. Stanislas Julien,
qui dégénéra presque aussitôt en injures person-
nelles. Je ne voudrais pas troubler le dernier sommeil de ce savant professeur, mais la justice me
fait un devoir de déclarer hautement ici que non
content de défendre la vérité scientifique, M. Stanislas Julien mena pendant trente-cinq ans contre
Pauthier une campagne de libelles et de pamphlets
véritablement odieuse. Lequel des deux l'emportait sur l'autre au point de vue des connaissances ?
Les orientalistes les plus qualifiés vous diront

qu'ils étaient d'égale force. Il y avait donc place
pour l'un comme pour l'autre sous la coupole de
l'Institut. Mais M. Stanislas Julien, qui n'admettait
pas qu'on pût lui disputer la palme, avait juré de
fermer la porte de l'Académie à son rival, et il n'y
réussit que trop, en ayant recours à des moyens
plus ou moins honnêtes. Que Pauthier ait manqué
de modestie ou montré un peu trop d'ambition en
se présentant dès 1838 à l'académie des Inscriptions
et Belles-Lettres, j'en tombe d'accord. Mais que
M. Stanislas Julien lui ait barré le chemin de l'Institut jusqu'en 1871, en éditant contre lui et son maître
Rémusat des imputations purement mensongères,
voilà ce qu'on ne saurait lui pardonner, car Pauthier avait, en 1871, tous les titres requis pour entrer
à l'Académie et il pouvait dire avec un juste
orgueil, en posant sa candidature, qu'il avait accompli tous ses travaux sans « avoir sollicité ni reçu
les faveurs d'aucun pouvoir. » Il avait traduit
assez de livres chinois pour remplir toute une bibliothèque (1) et, sans parler de son inscription syro-

(1) La bibliothèque chinoise de Pauthier, qui, au dire de M. Ernest
Leroux était l'une des plus riches de l'Europe, fut vendue en
partie, à l'hôtel Drouot, les 16 et 17 décembre 1873. Le catalogue, en
tête duquel se voit la notice biographique de Xavier de Ricard,
sur Pauthier, ne contenait pas moins de 362 numéros, auxquels on
avait ajouté 4.270 poinçons en acier, gravés par feu Marcellin-
Legrand, sur le modèle du dictionnaire impérial de Khang-hi.

chinoise de Sin-gan-fou, qui avait consacré sa
réputation, son *Livre de Marco-Polo, citoyen de
Venise*, aurait suffi à sa gloire. Il fallait bien, du
reste, qu'il en fût ainsi pour que M. Ernest Renan,
dont on connaît la modération et la réserve en paroles, ait cru devoir un jour venger publiquement
la mémoire de Pauthier des attaques par trop in-
justes de M. Stanislas Julien. Voici en quels termes
il parle de ces deux rivaux dans *le Journal asiatique* de juillet 1873 :

« Le caprice de la mort nous oblige justement à
rapprocher de M. Julien l'homme qui semblait desti-
né à être son émule, et que de regrettables animosi-
tés séparèrent de lui. M. Guillaume Pauthier, malgré
un réel mérite, malgré de vrais services rendus à la
science, n'a jamais occupé dans son pays le rang
dont il était digne ; sa carrière a toujours été troublée et sa vie empoisonnée par les plus tristes
mécomptes. Nous avons le devoir strict, après la
mort de deux confrères (1), qui nous laissent un
égal regret, de ne pas réveiller des controverses
que nous avons tout fait pour étouffer. Nous ne
rechercherons pas si les torts furent réciproques,

(1) Pauthier et Julien faisaient partie, comme M. Renan, de la
Société asiatique, et c'est au nom de cette Société que l'auteur de *la
Vie de Jésus* s'exprimait de la sorte.

ni d'où vinrent les premières injures ; disons seulement que ces débats eurent pour M. Pauthier les
conséquences les plus funestes. Non seulement il
n'arriva jamais à à la position à laquelle il avait
droit ; mais ses travaux furent gênés, injustement
dépréciés, découragés... Si le nombre des fonctions savantes est limité, le champ de l'estime publique est immense. Chercher à priver un rival de
cette récompense de notre enseignement scientifi-
quement ne prête que trop à ces injustices. On ne
les préviendra qu'en multipliant les centres scien-
tifiques et en creusant autour du Collège de France
un ensemble de chaires libres, analogue au *privat
docentisme allemand*, où la libre concurrence trouve
son libre jeu.

« L'érudition étendue de M. Pauthier lui eût
assuré des droits à un tel enseignement. Certes, il
n'égalait pas Julien dans ce don spécial, départi à
lui seul, de voir dans une phrase chinoise ce qui
s'y trouve, et rien que ce qui s'y trouve, mais il
avait plus d'instruction comparative ; moins souvent il se réfugiait derrière cette phrase péremptoire, si familière à Julien : « Je ne m'occupe pas
de cela. » Sa curiosité était ouverte, éclairée ; il
recueillait avec ardeur et bonheur. Son travail sur
Marco-Polo, sa dissertation sur l'inscription de Sin-

gan-fou resteront dans la science.Sa mémoire vous
sera particulièrement chère, Messieurs.Après notre
respecté président, personne plus que M. Pauthier
n'a donné à la Société asiatique de son temps et de
son activité.

« Disons de cœur à cette honnête, franc et loyal
confrère, un sympathique adieu... »

III

On comprend après cela que Pauthier ait été
un moment découragé par ces basses attaques de
Julien, et qu'après avoir donné, en 1841, sa démission de membre de la Société asiatique il ait tenté
de se frayer une autre voie dans la politique pure,
sous l'influence de Pierre Leroux, qu'il avait connu
au *Globe*, de Proudhon et de Lamartine, qu'il avait
rencontrés chez Jean Gigoux.

En ce temps-là Gigoux, qui était franc-comtois,
comme Pauthier, avait son atelier au n° 17 du quai
Malaquais et recevait fréquemment la visite de Dumas
père, de Théodore Jouffroy, de Théophile Gautier, de
Gustave Planche et d'Alfred de Vigny. Ce dernier
avait connu Gigoux par Pauthier, à une époque où

le peintre n'était guère apprécié que des artistes et où lui, Vigny, ne courtisait encore que des Anglaises.

Un peu plus tard, pendant que Gigoux faisait le portrait de la Ristori, Alfred de Vigny venait tous les jours aux séances ; « il s'escrimait à lui apprendre une bonne prononciation de français, dans l'espoir qu'elle jouerait une de ses pièces ». Mais l'ami préféré du peintre, celui qui a exercé le plus d'influence sur sa vie « par sa saine et haute moralité et par le charme de sa conversation », fut Théodore Jouffroy.

Tous les samedis, après la séance de la Chambre, Jouffroy venait prendre Gigoux au quai Malaquais, et ils s'en allaient dîner avec Pauthier, chez le général Donzelot, à Nogent, où ils passaient également la journée du Dimanche.

« Nous allions par le bois de Vincennes, à pied, — comme toujours. Je n'oublierai jamais ces promenades des grands soirs d'été dans les sentiers ombreux et frais, en compagnie de ce jeune sage de la Grèce. Le calme mystérieux de la forêt donnait un charme incomparable à ses entretiens. Je l'écoutais ému et captivé. Une fois entre autres, il me parlait de ses nuits sans sommeil, où il évoquait le passé de l'humanité, son âme se posant les plus insondables problèmes sur le Christ et la Passion. Peu à

peu, il se pénétrait de son sujet, m'épiant pour saisir mes propres impressions. C'était très solennel.
Alors on n'avait que très peu discuté sur ces questions. Depuis, vous me direz qu'on s'est joliment
rattrapé ! (1)... »

Quant à Pauthier, qui administrait les propriétés
du général Donzelot, il s'occupait alors beaucoup
moins des Chinois que de l'agriculture, et je me
demande ce que Stanislas Julien pensa quand il vit
notre orientaliste, sa tête de turc de la veille, solliciter en 1848 les suffrages des électeurs de Seine-
et Oise comme « propriétaire cultivateur à Ville-
Evrard, commune de Neuilly-sur-Marne, délégué
depuis plusieurs années au Congrès central d'agriculture » !

Pauthier se présentait sous le haut patronage de
Lamartine. Et il n'était pas le seul. Dans le Dauphiné il y avait Ponsard ; dans le Forez, Victor de
Laprade; dans la Charente, Alfred de Vigny, qui
se réclamaient de leur « ancienne communauté de
sentiments et d'idées avec M. de Lamartine, ce génie
inspirateur des temps modernes, dont la voix,
comme celle d'Orphée, a le pouvoir sublime de
calmer les tempêtes populaires et de rallier autour

(1) *Causeries sur les artistes de mon temps,* p. 110.

d'elle les intelligences timorées qu'effraie encore l'ordre nouveau (1) ».

Il semble que Lamartine, en appelant ainsi les poètes dans sa République, ait voulu les venger de Platon qui les chassait de la sienne. Mais le peuple, qui pourtant n'a point lu ce philosophe, se rangea, en 1848, à sa manière de voir et laissa Pauthier, Ponsard, Victor de Laprade et Alfred de Vigny à la porte de la Constituante et aussi de la Législative, car ils se représentèrent tous (2) l'année suivante sans plus de succès dans les mêmes collèges.

Pourtant ils avaient fait à cette occasion des proclamations superbes.

J'ai sous les yeux les professions de foi de Pauthier et d'Alfred de Vigny. Celle de Pauthier est trop longue pour être reproduite in extenso, mais je me reprocherais de ne pas donner ici dans son intégralité celle que Vigny adressait aux électeurs de la Charente.

« C'est pour moi un devoir, disait-il, de répondre à ceux de mes compatriotes de la Charente qui ont bien voulu m'appeler à la candidature par leurs

(1) Circulaire de Pauthier aux électeurs de Seine-et-Oise.
(2) Sauf Alfred de Vigny qui, après son échec à la Constituante, se résigna sans peine à n'être pas député. « Je ne songe à me présenter pour aucune élection, écrivait-il à Busoni, le 4 janvier 1849 ; un livre est une tribune où l'on n'est pas interrompu ; je la préfère à l'autre. »

lettres et m'exprimer des sentiments de sympathie dont je suis profondément touché.

« La France appelle à l'Assemblée Constituante des hommes nouveaux. Ce sentiment est juste après une révolution plus sociale que politique et qui a enseveli dans les débris les catégories haineuses des anciens partis.

« Mais les hommes nouveaux qu'il lui faut ne sont-ils pas ceux que des travaux constants et difficiles ont préparés à la discussion des affaires publiques et de la vie politique ?

« Ceux qui se sont tenus en réserve dans leur retraite sont pareils à des combattants dont le corps d'armée n'a pas encore donné.

« Ce sont là aussi des hommes nouveaux, et je suis de ceux-là.

« Chaque révolution après sa tempête laisse des germes de progrès dans la terre qu'elle a remuée et, après chaque épreuve, l'Humanité s'écrie : « Aujourd'hui vaut mieux qu'hier, demain vaudra mieux qu'aujourd'hui. »

« Je me présente à l'élection sans détourner la tête pour regarder le passé, occupé seulement de l'avenir de la France. Mais si mes concitoyens veulent rechercher dans les années écoulées pour voir ma vie, ils y trouveront une indépendance entière, calme, persévérante, inflexible ; treize ans de cette vie consacrée au plus rude des services de l'armée, tout le reste donné aux travaux des lettres, chaque nuit vouée aux grandes études.

« Existence sévère, dégagée des entraves et des intrigues des partis.

« J'ai ce bonheur, acquis avec effort, conservé avec courage, de ne rien devoir à aucun gouvernement, n'en ayant recherché, ni accepté aucune faveur.

« Aussi, ai-je souvent éprouvé combien cette indépendance de caractère et d'esprit est plus en ombrage au pouvoir que l'opposition même.

« La raison en est celle-ci : les pouvoirs absolus ou qui prétendent à le devenir peuvent espérer corrompre ou renverser un adversaire, mais ils n'ont aucun espoir de fléchir un juge libre qui n'a pour eux ni amour ni haine.

« Si la République sait se comprendre elle-même, elle saura le prix des hommes qui pensent et agissent selon ce que je viens de dire. Elle n'aura jamais rien à craindre d'eux, puisqu'elle doit être le gouvernement de tous par chacun et de chacun par tous.

« Ainsi conçu, ce mâle gouvernement est le plus beau.

« J'apporte à sa fondation ma part de travaux dans la mesure de mes forces. Quand la France est debout, qui pourrait s'asseoir pour méditer?

« Lorsque l'Assemblée nationale, dans ses libres délibérations, aura confirmé, au nom de la France, la République déclarée, efforçons-nous de la former à l'image des Républiques sages, pacifiques et heureuses, qui ont su respecter la Propriété, la Famille et l'Intelligence, le Travail et le Malheur ; où le gouvernement est modeste, probe, laborieux, économe ; ne pèse pas sur la nation ; pressent, devine ses vœux et ses besoins ; seconde ses larges développements et la laisse librement vivre et s'épanouir dans toute sa puissance.

« Je n'irai point, chers concitoyens, vous demander vos voix. Je ne reviendrai visiter au milieu de vous notre belle Charente qu'après que votre arrêt aura été rendu.

« Dans ma pensée le peuple est un souverain juge qui ne doit pas se laisser approcher par les solliciteurs et qu'il faut assez respecter pour ne point tenter de l'entraîner ou de le séduire.

« Il doit donner à chacun selon ses œuvres. — Ma vie et mes œuvres sont devant vous.

« ALFRED DE VIGNY ».

Membre de l'Institut (Académie Française).

Je crois même qu'il ajouta « de la Charente »,
mais ce pieux mensonge, car s'il habitait quelquefois la Charente, il n'en n'était pas originaire, n'eut
pas plus de vertu sur les électeurs que toutes les
vérités contenues dans sa très belle profession de
foi, et quand il revint au milieu d'eux, ce fut pour
constater qu'ils ne comprenaient rien à la République de ses préférences (1).

J'ai déjà dit que Pauthier ne fut pas plus heureux
dans le département de Seine-et-Oise, malgré sa
profession de cultivateur qu'il avait cru devoir
adjoindre à sa qualité d'orientaliste au bas de sa
proclamation aux électeurs. Ne me demandez pas
la raison de son échec. Je serais bien en peine de
vous la dire, car Pauthier ne rendait pas ses oracles, comme Vigny, à cent lieues de distance. Il
s'était donné la peine de paraître dans les réunions publiques, et non content d'y défendre courageusement son programme, il avait fait imprimer,
en croyant remplir son devoir patriotique, le projet
d'une *Nouvelle déclaration des droits de l'homme*

(1) Pourtant, s'il faut en croire M. Alexandre Hubert, délégué du
comité central dans le département de la Charente, ce comité aurait
« accueilli avec faveur le nom de M. Alfred de Vigny, de l'Institut,
dont les sentiments démocratiques ne se sont pas seulement mani-
festés dans plusieurs pages de ses œuvres, mais lors de sa réception
à l'Académie Française et plusieurs autres fois avant comme depuis
cette époque. » (Lettre inédite.)

et du citoyen en 1848, qu'il avait répandu ensuite à des milliers d'exemplaires dans son département. Il faut lire cette déclaration où, à chaque article, les devoirs de l'homme sont mis en regard de ses droits.

Exemples :

Art. 16. *Droits.* — Le droit de discussion en matière philosophique, politique et religieuse comporte celui d'*Association*. Toute association est donc licite, lorsqu'elle a un but moral, utile ou simplement indifférent en soi, et que l'accès n'en est pas interdit à l'autorité.

Devoirs. — Il est du devoir de l'autorité, préposée au maintien de l'ordre et de la sécurité publique, de veiller sur les associations. Les sociétés secrètes, de quelque nature qu'elles soient, doivent être interdites dans la République.

Art. 17. *Droits.* — Le droit d'Association n'implique pas celui de *corporation* ou de *communauté* religieuse. Toute communauté religieuse pour être licite doit être autorisée par la loi.

Devoirs. — Toute *corporation* ou *communauté* étant une association d'individus vivant en commun

régis par des règlements particuliers qui peuvent
être en opposition avec les lois de la République,
et étant soumis à une même discipline, forme en
quelque sorte un petit état dans l'État. Il est du
devoir de l'autorité, comme gardienne de la morale
publique et de la liberté de tous les citoyens, d'en
avoir la haute surveillance.

ART. 20. *Droits*. — L'homme ne peut développer toutes ses facultés que par *l'instruction*. Dans
la République aucun membre n'en doit être privé.
L'instruction primaire et professionnelle sera donc
donnée gratuitement à tous les citoyens, afin qu'ils
deviennent tous aptes à exercer librement leurs
droits et à remplir civiquement leurs devoirs.

Devoirs. — *L'instruction primaire et professionnelle* est obligatoire pour tous les citoyens de
la République. Les parents qui négligeraient de la
faire donner à leurs enfants n'auraient aucun droit
à la reconnaissance filiale.

ART. 25. *Droits*. — La concurrence loyale est
licite. La concurrence est à l'industrie et à la
production en général ce que l'émulation est à la
science ; elle ne peut être frappée d'interdiction
sous le régime de la liberté. Si elle nuit quelquefois

au producteur, elle profite presque toujours au travailleur et au consommateur. C'est à l'État à en prévenir les abus.

Devoirs. — L'Etat doit une protection éclairée à toutes les industries qui concourent au bien-être et à la prospérité de la République. L'autorité qui est chargée du maintien de l'ordre, de la répartition égale de la justice, de la conservation solidaire des intérêts de tous les citoyens, ne doit intervenir que lorsque l'ordre est en péril, la justice violée et les intérêts violemment compromis. Sa mission, dans la plupart des cas, doit être de faire appliquer le principe de la réciprocité.

ART. 26. *Droits.* — Aucun individu, accusé de crime ou délit, ne peut être distrait de la justice ordinaire pour être traduit devant les tribunaux exceptionnels. Les châtiments doivent être proportionnés aux délits et appliqués de manière à exercer sur le coupable une influence salutaire.

Devoirs. — La justice doit être plutôt préventive que répressive. L'autorité publique doit donc appliquer toute sa sollicitude à ce que les besoins et les nécessités de la vie ne poussent pas au crime. Quant aux natures dépravées, la surveillance doit être

continue et la répression sévère. Dans la République, un malfaiteur est d'autant plus coupable qu'il
a moins de motifs de l'être. »

Certes, c'étaient là de fortes et sages paroles,
et je ne m'étonne pas qu'Alfred de Vigny y ait
applaudi de tout son cœur; cependant, soit qu'elles
dépassassent l'entendement moyen des populations
rurales auxquelles elles s'adressaient, soit que Pauthier, qui était gros, trapu et chevelu comme un
Allobroge, n'ait pas su les faire valoir de sa voix
lente et embarrassée, elles ne produisirent pas plus
d'effet sur le corps électoral que si ç'avait été du
chinois. Et Pauthier resta sur le carreau. Mais il
n'était pas homme à s'en tenir à un premier échec.
L'année suivante, les électeurs ayant été convoqués
de nouveau pour élire leurs députés à la Législative,
notre orientaliste-agriculteur revint à la charge
comme de plus belle. Seulement, au lieu de se recom-
mander cette fois du grand nom de Lamartine, que
les journées de Juin avaient usé, il se mit bravement
sous la protection de Confucius, à qui il avait em-
prunté cette épigraphe pour ses affiches électorales :
« Le gouvernement c'est la pratique de ce qui est
juste et droit. » Concession vaine! Les électeurs
de Seine-et-Oise, qui n'avaient pas plus confiance

en Confucius qu'en Lamartine, renvoyèrent une
seconde fois Pauthier à ses chères études.

IV

C'est la seule incursion que Pauthier se soit aven-
turé à faire sur le terrain politique dans sa longue
et laborieuse carrière. Il est vrai qu'à partir de 1850
il avait de bonnes raisons pour n'en point tenter d'autre. Comme il était républicain et qu'il ne nourrissait
aucun espoir de devenir le précepteur de chinois
du prince impérial, il laissa son camarade de Vigny
flirter avec les partisans du second Empire et
chercha un refuge contre la tyrannie issue du
Deux-Décembre dans les travaux d'érudition qui
lui avaient déjà conquis une belle renommée.

Mais il n'en resta pas moins fidèle à son amitié
pour Alfred de Vigny. Il n'était pas de ceux qui
se reprennent aussi facilement qu'ils se donnent.
Quand il s'était donné, c'était pour toujours. Depuis
qu'il était sorti du régiment, son admiration pour
son ancien capitaine n'avait fait qu'augmenter : il
l'aurait suivi au bout du monde. Non qu'il parta-
geât toutes ses idées et qu'à l'exemple de Pandore
il trouvât que le brigadier avait toujours raison.
Mais il avait gardé envers lui quelque chose de la

déférence du sergent pour son capitaine, et bien
qu'il fût plus libre avec Gigoux, avec Proudhon,
avec Chaudey, ses bons amis de la Franche-Comté,
c'est encore à Vigny qu'il allait de préférence conter ses peines. Et Vigny, qui souffrait déjà du mal
terrible qui devait l'emporter, trouvait dans son
cœur des paroles de consolation qui servaient de
baume aux blessures de Pauthier !... Ah ! si cela
n'avait dépendu que de lui, avec quel empressement, avec quelle joie il lui aurait ouvert à deux
battants les portes de l'Institut ! Mais il n'était plus
là quand Pauthier s'y présenta, en 1865, après la
publication du *Livre de Marco-Polo*, son chef-d'œuvre et son testament. Et d'ailleurs le peu d'influence
qu'il pouvait avoir à l'Académie des Inscriptions
et Belles-Lettres se serait évanoui devant la toute-
puissance de Stanislas Julien, l'implacable adversaire de Pauthier. La mort, en le privant du spectacle de leur dernière querelle, lui épargna un
gros chagrin.

J'ai sous les yeux une des dernières lettres qu'il
ait adressées à Pauthier : elle est datée du 3 février
1862, et l'on sent qu'elle a été écrite sous la serre
du vautour qui lui rongeait la poitrine :

« Vous avez laissé chez moi quelques lignes bien

amicales et qui m'ont vivement touché, mon cher
ami ; oui, assurément j'accepte vos offres de dévouement, et elles ne m'étonnent pas, connaissant
comme je le fais et depuis de longues années votre
excellent cœur et votre ferme caractère. Je souffre
beaucoup de cette *gastralgie* et des drogues surtout de nos seigneurs les médecins. L'empoison-
nement me paraît assez à la mode. Mais jusqu'ici
il n'a réussi ni à me tuer, ni à me guérir. Je crois
que si j'étais à Pékin, je recevrais de meillleurs
secours des mandarins.

« Un jour, vers quatre heures après-midi, samedi
prochain (8 janvier, par exemple) — Vigny a voulu
dire 8 février — venez et venez seul me voir.
Debout ou couché, je vous recevrai en ancien et
sûr camarade, en compagnon d'armes, en fidèle ami
surtout ! Votre conversation me tirera du spleen
qui commence à me gagner. Plus de *lundi*. Je n'en
ai pas la force et ne peux rester debout.

« Je ne serai pas à l'élection le 6. On saura
bien faire un escamotage effronté que ma présence
et ma voix n'empêcheraient pas (1). Je regrette

(1) Renseigments pris au secrétariat de l'Institut, cette élection
aeadémique, après un 13e tour de scrutin, où M. Camille Doucet
obtint 13 voix, M. Autran 11, M. Cuvillier-Fleury 4, sur 28 votants,
fut renvoyée au 3 avril suivant, et ce fut M. Octave Feuillet qui
fut élu ce jour-là.

moins ma réclusion par cette considération trop
certaine et déplorable... »

Plus de *lundi !* C'était le seul jour où **Vigny** recevait les quelques amis qui lui étaient demeurés
fidèles, et de ce nombre était Antoni Deschamps,
le poète des *Dernières paroles*. Mais il n'avait point
de jour pour Pauthier ; il le recevait à toute heure,
et Xavier de Ricard, son neveu, qui l'accompa-
gnait quelquefois dans ses visites, nous en a fait un
récit qui donne l'impression des « Choses vues » :

« ... L'affection qu'il avait pour mon oncle me
valait souvent d'être invité par Vigny à venir le
voir d'autres jours que les lundis. C'était alors de
véritables séances littéraires. Il me recevait d'ordinaire nonchalamment étendu sur un sofa, la tête
appuyée dans la paume de la main, me faisait asseoir près de lui, s'intéressant à ce que je projetais,
me demandant quel livre je lisais, m'en conseillant,
lui-même, et s'enquérant même de mon genre de
vie. Je me souviens qu'un jour où je vins, encore
à demi convalescent d''une légère maladie, il me
dit :

« Prenez garde, mon cher enfant, il ne faut pas
être trop chaste. »

« Mais le régal, c'est quand il voulait bien me
lire les notes qu'il prenait lui-même, au courant de

ses lectures, sur le livre célèbre ou en vogue. C'est ainsi qu'il me lut toute une critique, pièce à pièce, des *Contemplations* de Victor Hugo. Cette critique n'était pas des plus indulgentes. Quel dommage que son légataire Louis Ratisbonne n'ait pas cru devoir publier tout cela !

« Au cours de « ces leçons », car c'en était véritablement pour moi, il se levait, trempait son mouchoir dans de l'eau vinaigrée et s'en humectait le front et les tempes, « pour apaiser le volcan qu'il avait sous le crâne ».

« Mes visites malheureusement durent s'abréger et s'espacer à mesure que s'aggravait la maladie qui le supplicia jusqu'au tombeau. « J'ai le bec du vautour de Prométhée dans la poitrine », disait-il. Et je le revois encore, maigri, vieilli, courbé, et buvant, tout en parlant d'une voix qui s'éteignait de temps à autre, une gorgée de lait (1)... »

C'est ainsi qu'il rendit l'âme, au mois de septembre 1863.

Quand on ouvrit son testament, Pauthier fut très touché d'apprendre qu'il l'avait choisi pour son exécuteur testamentaire, mais je suis sûr qu'il le fut davantage encore du legs qu'il lui avait fait de son épée d'académicien.

(1) *Le Petit Bleu* du 15 mai 1899.

Cette épée ne fut pas « le plus beau jour de sa vie », mais elle lui fut une grande consolation et un souvenir très doux. Elle lui rappela les lointaines années de son service militaire, quand il portait dans son sac de soldat la petite Bible de son capitaine. Elle le consola jusqu'à sa mort, — arrivée le 12 mars 1873 — de n'avoir pu la mettre à son côté, sous l'habit à palmes vertes des membres de l'Institut.

LIVRE IV

LA RELIGION D'ALFRED DE VIGNY

LAMENNAIS. LE P. GRATRY. L'ABBÉ VIDAL

§ I. — M. Silvy et l'ancienne abbaye de Port-Royal des Champs.
— La Petite Eglise. — Le Jansénisme sous le Consulat et
sous l'Empire. — Royer-Collard et les Doctrinaires. — Les
sœurs Sainte-Marthe. — Ce que Portalis pensait des couvents. — Port-Royal et Lamennais. — Comment il jugeait
Nicole et les Messieurs.— Alfred de Vigny collaborateur de
Lamennais à *l'Avenir*. — Point de contact entre ces deux
hommes. — Le socialisme chrétien. — Conséquence du
naufrage de Lamennais. — Vigny le comparait à Libanius.
§ II. — Le jansénisme de Vigny. — Comme quoi le poète des
Destinées était de la famille spirituelle de Pascal et de
Racine. — La religion de l'honneur de Vigny. — Princi-
paux caractères du jansénisme finissant. — Les derniers
adeptes de Port-Royal. — Les premières lectures de Vigny.
— *Éloa*, poème de la Grâce miséricordieuse et impuissante.
— De l'éternité des peines. — L'échec de Vigny aux élections de la Constituante, et ses suites. — Il aborde dans son
Journal toutes les questions qui s'agitent à Port-Royal. —
Les idées de Vigny sur la destinée. — Le livre de chevet
de son grand-oncle l'abbé de Baraudin. — Ce que Vigny
pensait de la grâce. — Son pessimisme et ce qui le diffé-
rencie de celui de Chateaubriand, de Gœthe et de Schopenhauer. — Comment l'analyse M. Brunetière. — Caractère
du pessimisme de Vigny.
§ III. — Comme quoi Vigny était janséniste de naissance. —

Les livres jansénistes de son grand-oncle maternel. — J'en
retrouve quelques-uns au Maine-Giraud. — Les notes mar-
ginales de l'abbé de Baraudin. — Son *ex-libris*. — Une
prophétie concernant les Jésuites. — *Pour Sophie et pour
Amélie.* — La mère de Vigny laisse deviner ses sentiments
jansénistes dans le livre de conseils qu'elle rédige pour lui
à son départ pour le régiment. — Ceux qui depuis 1902 se
sont rangés à mon opinion. — MM. Alfred Rebelliau, l'abbé
Lecigne, Remy de Gourmont. — Une thèse de doctorat en
préparation sur le jansénisme de Vigny.
§ IV. — Ce qui décida Vigny à faire du théâtre. — Racine et
la Champmeslé. — Vigny et Mme Dorval. — L'orthodoxie
de la pièce de *Phèdre.* — Vigny se défend d'avoir soutenu
la théorie du suicide dans *Chatterton.* — Son chagrin à la
mort de sa mère. — Sa correspondance avec Mme Lachaud.
— Sur quel autel doit être placée la Vierge à l'église. —
Les *Sources* du P. Gratry. — Pascal et Vigny, précepteurs
des princes. — Un mariage blanc. — Idées de Port-Royal
sur le mariage. — Lettres de Vigny sur la première communion de Mlle de Saint-Chamans.
§ V. — Différentes tentatives de conversion d'Alfred de Vigny.
— Sa correspondance avec le P. Gratry. — Le P. Gratry
convertisseur de profession. — Comment il échoua auprès
d'Augustin Thierry. — Il ne réussit pas davantage auprès
de Vigny. — L'abbé Vidal, curé de Bercy, reçoit la confession du poète. — Témoignage d'Auguste Barbier à ce
sujet. — Protestation de Louis Ratisbonne. — La vérité
sur les sentiments religieux d'Alfred de Vigny. — Conclusion.

I

Lorsque M. Silvy se rendit acquéreur en 1824,
du domaine de Port-Royal(1), ce fut avec la pensée

(1) Après la suppression des couvents, en 1790, le Directoire du
district de Versailles vendit, le 2 mars 1791, le domaine de Port-

ALFRED DE VIGNY A 60 ANS
dessin de JEAN CORABŒUF.

de relever l'antique Abbaye de ses ruines. Malheureusement, comme à deux ou trois reprises différentes, sous prétexte de commémorer de douloureux
anniversaires, il avait à grand bruit rassemblé au
« désert » le ban et l'arrière-ban du parti janséniste,
l'autorité administrative, qui était déjà aux prises,
dans un certain nombre de diocèses, avec les sec-
tateurs de la Petite Église, craignit que l'Abbaye de
Port-Royal, une fois restaurée, ne devînt un nouveau foyer d'agitation et de révolte, et M. Silvy,
pour ne pas lui créer de difficultés, renonça à son
dessein.

Que de fois je l'ai regretté depuis que j'étudie
l'histoire de Port-Royal ! Que de fois j'ai déploré
que les derniers jansénistes n'aient pas su profiter
de leurs relations, de leur influence sous le règne de
Louis XVIII, pour réédifier la maison de retraite
incomparable qu'un vent de colère avait emportée
en 1710, pour notre malheur à tous.

Jamais, en effet, l'occasion ne fut plus favorable
ni le besoin plus urgent. Le jansénisme qu'on croyait
mort avait repris une nouvelle vie à partir du

Royal à M. Rendu, ancien notaire à Paris. Depuis, ce domaine a
appartenu à M. Després (15 novembre 1791) ; à M. Tamalcou (26
février 1810) ; à MM. Silvy, Gaurin, Bourgeois et Lacoupelle (17
octobre 1824) ; à M. Silvy seul (3 octobre 1828). Il est aujourd'hui
la propriété de la société janséniste de Paris.

1

Consulat. La direction de l'enseignement supérieur
avait été confiée aux mains fermes et prudentes de
Royer-Collard, Guéneau de Mussy, Ambroise Rendu.
Les sœurs Sainte-Marthe, autorisées par un décret
impérial de 1810, desservaient les principaux hôpitaux de Paris, l'École polytechnique et deux ou trois
lycées. Le clergé des paroisses de la rive gauche,
telles que Saint-Séverin, Saint-Jacques-du-Haut-
Pas, Saint-Etienne-du-Mont et Saint-Médard, était
en grande partie port-royaliste; les doctrinaires qui
dirigeaient la politique gouvernementale se recru-
taient parmi les esprits d'élite de la « secte »; leur
chef était un philosophe illustre dont le nom était
synonyme d'éloquence, de droiture et de désintéressement ; et, comme l'écrivait un jour Portalis
au Premier Consul, « c'est surtout au lendemain
des cataclysmes comme celui de la Révolution
qu'il est sage de favoriser des établissements qui
puissent servir d'asile à toutes les têtes exaltées, à
toutes les âmes sensibles ou dévorées du besoin
d'agir et d'enseigner. Car, dans un vaste État comme
la France, il faut des issues à tous les genres de
caractères et d'esprits que les cloîtres absorbaient
autrefois et qui fatiguent aujourd'hui la société
civile. Il ne suffit pas d'avoir des institutions pour
classer des citoyens ; il faut en avoir encore, si je

puis m'exprimer ainsi, pour classer les âmes et donner à tous les moyens réguliers de suivre leurs
mouvements dans un ordre fixe et convenu (1). »

Ce langage était si vrai que Mme de Beaumont
mandait vers le même temps à Joubert que, si
Port-Royal avait encore existé, elle y aurait cherché
un refuge. Et elle n'était pas la seule dans cette
disposition d'esprit. Toutes les âmes un peu romanesques, que la philosophie du xviiie siècle n'avait
pas entamées, soupirèrent après cette solitude
quand vint la fin des mauvais jours. Que si vous
m'en demandez la raison, je vous répondrai qu'elle
est bien simple. D'abord la Révolution avait impi-
toyablement fermé toutes les maisons religieuses ;
ensuite, l'abbaye de Port-Royal-des-Champs était
une maison de retraite comme on n'en verra jamais
plus. Non seulement elle était ouverte à la fois sur
le siècle et sur l'autre vie, mais c'était une école en
même temps qu'un monastère, une maison semi-
laïque et semi-ecclésiastique : les quatre vents de
l'esprit y soufflaient en liberté, et le libre examen
s'y exerçait sur tout, excepté sur le dogme.

Le besoin d'une maison comme Port-Royal se
faisait si vivement sentir au commencement de ce
siècle que, lorsqu'il entreprit de renouveler l'Église

(1) *Archives nationales*, AF IV, 1044.

de France, Lamennais s'empressa d'établir au fond
de la Bretagne, dans la solitude de la Chesnaie,
une école sur le plan de celle des Granges et d'après
la méthode inaugurée par nos Messieurs. Et je me
suis dit souvent que, s'il avait pu se retirer à Port-
Royal, à son retour de Rome, le grand Féli, tout
en tenant tête à l'orage qu'il avait déchaîné, n'aurait jamais rompu avec l'Église.

Car il avait beau être ultramontain, le fond de
son âme était janséniste. Au xviie siècle, il eût été
du côté de Pascal, de Nicole et d'Arnauld. Il s'était
pénétré de leur esprit en se nourrissant de la moelle
de leurs œuvres, et, s'il a fait le procès du jansénisme dans son *Essai sur l'indifférence en matière
de religion*, c'est qu'il était convenu alors que cette
doctrine conduisait tout droit à l'indifférence, les
jésuites disaient au libertinage. Encore distinguait-
il entre le jansénisme et Port-Royal. Il savait le fort
et le faible de cette grande maison, et que, malgré
ses écarts dans le domaine embroussaillé de la
théologie, elle n'en avait pas moins été une admirable école de morale, de science et de vertu. J'en
trouve la preuve dans la lettre qu'il écrivait un peu
plus tard à Sainte-Beuve à propos justement de son
livre sur Port-Royal.

« Vous vengerez, lui disait-il, des hommes de

grande vertu et de grand talent des injustices de
M. de Maistre, qui les a sacrifiés aux jésuites, si au-
dessous d'eux à tous égards. Ceux-ci n'ont, que
je sache, qu'un seul écrivain, et encore de second
ordre, à citer, Bourdaloue. Le caractère de leurs
auteurs, je dis des plus loués, c'est le vide et le bel
esprit de collège. Sans parler de Pascal, qu'est-ce
que ces gens-là près d'Arnauld, de Nicole et tant
d'autres moins connus et que vous ferez connaître?
Dans les traités de morale de Nicole, je vous recommande particulièrement celui *De la connaissance
de soi-même*, et celui *Des moyens de consacrer la
paix entre les hommes*. Ce sont là, à mon sens, deux
petits chefs-d'œuvre. Et leurs grammaires donc:
qui a mieux fait depuis (1)? »

Voilà ce que pensait de Port-Royal l'illustre
auteur des *Paroles d'un Croyant*. Au fur à mesure
qu'il se dégagea de l'influence ultramontaine de
MM. de Bonald et de Maistre, Lamennais devint
plus juste envers les solitaires; ses propres affaires
avec Rome l'aidèrent à mieux comprendre les leurs.
Déjà, quand il était rentré dans la lice, il n'aurait
pas fallu le gratter bien profondément pour reconnaître en lui la marque, l'attitude et jusqu'à l'ac-

(1) *Port-Royal*, t. III, p. 257.

cent de Port-Royal (1). Il avait le masque et le tempérament batailleur du grand Arnauld. Quand il
sortit de l'Église, il lui ressembla davantage encore.
Son jansénisme latent éclata dans un coup de lumière. Il vécut et mourut comme les grands solitaires, à cette différence près qu'ils protestèrent
toute leur vie et jusque dans la mort de leur atta-
chement au centre de l'unité.

Lamennais n'aurait donc pas été dépaysé dans
le vallon de Port-Royal, s'il avait pu s'y retirer en
1832. Et je le vois d'ici, recevant, confessant, con-
solant, fortifiant de son exemple et de son verbe si
chaud et si évangélique les âmes blessées, désillu-
sionnées, désespérées, qu'il aurait attirées au désert. Parmi celles-là j'aime à placer au premier
rang l'âme hautaine et stoïque du poète-philosophe
qui avait été un moment son collaborateur à l'Avenir. J'ai nommé Alfred de Vigny. Car lui aussi,
consciemment ou à son insu, il avait la marque,
l'attitude, l'accent des port-royalistes de la dernière
génération tout au moins. Et le jansénisme fut toujours une attitude autant qu'une doctrine ; sur la
fin même il n'était que cela. Qui disait janséniste
disait un homme austère, intransigeant, irréducti-

(1) Notamment son républicanisme et ses tendances presbyté-
riennes.

ble. On se tromperait étrangement d'ailleurs si l'on croyait que tous les solitaires avaient sur toutes les questions la même manière de voir. Pascal, par exemple, qui fut à un moment le centre et comme la clef de voûte du parti, n'était pas toujours d'accord avec Arnauld. Nicole, non plus. Mais il ne fallait pas les mettre en face des docteurs de la morale relâchée : sur ce terrain-là, il n'y avait plus entre eux de désaccord, de dispute, ils étaient unis comme les doigts de la main. Et c'est ce trait qui, à distance, leur donne à tous cet air de famille qui se perpétue jusque dans leur plus lointaine descendance.

Entre Lamennais et Vigny, il y avait également plus d'une dissemblance philosophique, et le poète a marqué lui-même l'endroit, le tournant de route où il se séparait du prêtre, quand il a dit : « Lamennais n'est pas coupable de chercher la vérité, mais il l'est de l'affirmer avant de l'avoir trouvée (1). »

C'est qu'en effet Vigny chercha la vérité toute sa vie, à la lumière voilée du doute, tandis que Lamennais, avec son critérium de certitude, la trouva dans chacune de ses évolutions sans jamais s'y fixer. Comment donc ces deux hommes avaient-ils fait

(1) *Journal d'un Poète*, 1839.

alliance ensemble et combattu un instant sous le
même drapeau? C'est ce que Vigny va nous dire.
En ce temps-là, je parle de 1830, l'auteur d'*Éloa*
s'était lié avec Montalembert qu'il enchantait litté-
ralement « de ses opinions sur la position religieuse
du monde et sur la régénération de l'Europe par le
catholicisme (1) ». Quant parut *l'Avenir*, il le pria
de lui ménager une entrevue avec Lamennais. « Je
crois à sa tolérance comme à son génie, disait-il,
et je pense bien que nulle opinion exprimée avec
franchise ne peut le blesser ni l'éloigner d'un homme
auquel il a témoigné quelque estime. Nous sommes
dans un temps où un *point* doit suffire à rallier
les hommes qui veulent sauver leur pays et servir
l'humanité (2). »

Le *point* de contact entre Lamennais et Vigny,
nous savons où il était. Il était beaucoup moins
dans la partie religieuse et cléricale du programme
de *l'Avenir* que dans sa partie sociale, car Buchez,
sans parvenir à enrégimenter Vigny, l'avait tout
de même conquis à ses idées, et le socialisme chrétien, qui faisait le fond du corps de doctrines de
Lamennais, avait achevé de le séduire. Ne disait-il
pas en 1832 que « l'amélioration de la classe la plus

(1) *Montalembert*, par le R. P. Lecanuet, t. I, p. 87.
(2) Lettre de Vigny à Montalembert, du 25 février 1835.

nombreuse et l'accord entre la capacité prolétariée et l'hérédité propriétaire sont toute la question politique actuelle (1) » ?

La révolution de 1830, en renversant la monarchie de ses préférences, avait fait de lui un démocrate que « la meilleure des républiques » ne put jamais contenter. Démocrate d'autant plus ardent, d'autant plus désintéressé que ses mœurs restèrent monarchiques et aristocratiques. Il avait placé si haut son idéal social qu'aucun événement ne put l'atteindre, dans l'ordre religieux. Même après le coup de tonnerre de l'encyclique *Mirari vos*, même après les journées de Juin 48, il aurait contresigné des deux mains l'admirable page que Lamennais a mise en tête des *Troisièmes mélanges* et que voici :

« Nous pensons que les peuples, ayant aujourd'hui le sentiment d'un droit social dont ils attendent le soulagement de leurs souffrances intolérables par la substitution d'une liberté légitime à la servitude que leur impose le pouvoir oppressif des souverainetés absolues, devraient trouver dans le christianisme un appui et une règle pour atteindre le but sans désordres, puisque la loi évangélique, qui, en rappelant aux hommes leur égalité native

(1) *Journal d'un Poète.*

et le lien de fraternité qui doit les unir, a tant contribué à l'abolition de l'esclavage ancien, n'est pas
moins favorable à l'abolition de l'esclavage moderne
ou de l'esclavage politique. Et combien ne leur fût
pas devenue chère et vénérable la religion céleste
qui, compatissant à leurs maux, eût ouvert, pour
les adoucir, tous les trésors de sa charité inépuisa-
ble et béni au nom de Dieu, qui ne fait point d'exception entre ses enfants, les efforts tentés en faveur
du faible, du pauvre, c'est-à-dire de l'incompara-
blement plus grande portion de la famille humaine,
pour l'affranchir de la tyrannie que quelques-uns
exercent sur elle à leur profit au mépris de toutes
les notions de justice gravées dans la conscience
universelle ? Il nous semblait que s'il était une
voix pour ramener le monde au catholicisme c'était
celle-là ?... »

Ah ! oui, c'était celle-là !... et s'il avait pu vivre
quarante ans de plus, le prophète de la Chesnaie aurait tressailli dans tout son corps en entendant cette
voix sortir de la bouche du pape Léon XIII. *Pa-
tiens quia œternus !*... Aussi bien n'est-ce point sur
la question sociale que Lamennais fut si fâcheu-
sement condamné par Grégoire XVI, mais sur la
question de la séparation de l'Église et de l'État,
qu'il avait introduite d'une façon si inopportune

dans le programme de *l'Avenir* et qui fut la pierre d'achoppement où il vint se briser.

Quoi qu'il en soit, le naufrage de Lamennais eut des conséquences que la curie romaine n'avait point prévues. Non seulement il créa entre la société civile et la société religieuse un malentendu qui dure encore, mais, tout en laissant leur idéal social à Lamennais, à Vigny et à tant d'autres bons esprits qui étaient montés dans la barque de *l'Avenir*, il les jeta peu à peu en dehors du catholicisme. Je ne dis pas du christianisme, quoique Alfred de Vigny ait écrit un jour : « Libanius fut au paganisme mourant ce que Lamennais est au christianisme expirant (1). » Le christianisme ne saurait expirer, puisqu'il est immortel, mais « il se transforme sans cesse, ainsi qu'un caméléon (2) », comme l'a dit Vigny lui-même, plus clairvoyant ce jour-là. Et je vais essayer de prouver dans les paragraphes qui vont suivre qu'en dépit de son pessimisme ou plutôt que jusque dans son pessimisme le poète des *Destinées* demeura chrétien.

(1) *Journal d'un Poète.* — On trouve dans *Daphné* de nombreuses allusions au cas particulier de Lamennais, et c'est évidemment sous son influence que Vigny écrivit ce livre. « Cet homme, disait-il, le réformateur religieux dans un siècle froid, sera broyé entre *l'enclume* et le *marteau*, et de son sang sortira l'idée. » (Janvier 1837.)

(2) *Idem.*

II

Si le Jansénisme n'était pas une langue à peu près morte et qu'on ne parle presque plus, la nature du pessimisme d'Alfred de Vigny n'aurait jamais été mise en question par la critique. Il est même surprenant que Sainte-Beuve, qui s'entendait si bien à analyser les âmes, à les classer, et qui savait à fond les tenants et les aboutissants de Port-Royal, n'ait pas remarqué, après la publication des *Destinées* et du *Journal d'un Poète*, que Vigny était de la famille spirituelle de Pascal et de Racine. Car, ainsi que je le dis plus haut, le poète de *Moïse* et de *la Mort du Loup* avait la marque, l'accent janséniste, et son pessimisme ne fut en somme qu'un jansénisme plus ou moins dévoyé.

Qu'est-ce, en effet, que le jansénisme, sinon une sorte de pessimisme chrétien ? Eh bien, le pessimisme de Vigny, pour aboutir à la religion de l'honneur, n'en est pas moins foncièrement chrétien. Voyez plutôt comment il définit cette religion purement laïque :

« Ce n'est pas une foi neuve, un culte de nouvelle invention, une pensée confuse; c'est un sentiment né avec nous, indépendant des temps, des lieux et et même des religions, un sentiment fier, inflexible, un instinct d'une incomparable beauté qui n'a trouvé que dans les temps modernes un nom digne de lui, mais qui déjà produisait de sublimes grandeurs dans l'antiquité et la fécondait comme ces beaux fleuves qui, dans leurs sources et leurs premiers détours, n'ont pas encore d'appellation. Je ne vois point qu'elle se soit affaiblie et que rien l'ait usée. Ce n'est point une idole, c'est, pour la plupart des hommes, un dieu et un dieu autour duquel bien des dieux supérieurs sont tombés. La chute de tous leurs temples n'a pas ébranlé sa statue.

« Telle qu'elle est, son culte, interprété de manières diverses, est toujours incontesté. C'est une religion mâle, sans symboles et sans images, sans dogmes et sans cérémonies, dont les lois ne sont écrites nulle part.

« L'homme, au nom d'honneur, sent remuer quelque chose en lui qui est comme une partie, de lui-même et cette secousse réveille toutes les forces de son orgueil et de son énergie primitive.

« L'honneur c'est la conscience exaltée.

« L'honneur c'est la pudeur virile (1). »

Et il ajoute :

(1) *Stello.*

« Le code de l'honneur c'est le catéchisme de la religion mâle qui est en nous, religion secondaire *qui s'accorde en tous points avec la religion chrétienne* et avec ce que les autres ont de beau, car c'est la justice, la charité, la dignité humaine (1). »

« L'honneur défend l'homme moderne de tous les crimes et de toutes les bassesses... *A sa mort, il regarde la croix avec respect, accomplit tous ses devoirs de chrétien comme une formule et meurt en silence* (2). »

Eh bien, cette religion de l'honneur, je trouve qu'elle a les principaux caractères du jansénisme finissant : la sévérité, le stoïcisme, l'absence de culte extérieur. Car, si les adeptes des premières générations de Port-Royal avaient une tendance marquée à se passer des pratiques religieuses, les derniers jansénistes — et j'en juge par ce que j'ai vu de mes yeux dans le Forez et dans l'Isère, où ils sont encore nombreux — n'ont aucuns rapports avec le clergé catholique et se contentent de communier en esprit à travers la lettre imprimée des livres saints de Port-Royal-des-Champs. Et l'opinion du pays sur eux, c'est que ce sont des gens d'honneur qui n'ont qu'une parole, à qui la

(1) *Stello.*
(2) *Journal d'un Poète.*

parole des autres suffit, et dont la vie austère et
renfermée est sans peur et sans reproche. Et lorsque, au lendemain de *la Vie de Jésus* par Strauss,
on demandait à Vigny s'il était chrétien et qu'il
répondait : « Je suis stoïcien », il dépeignait exactement leur état d'âme, et le sien en même temps.
Oui c'était un stoïcien, mais un stoïcien, fils de
l'évangile, un stoïcien dont la religion de l'honneur
était avant tout une religion d'amour, de piété, de
solidarité humaine, et qui, sur le point de mourir,
regarda la croix avec respect, accomplit tous ses
devoirs de chrétien comme une formule, et mourut
en silence.

Mais comment le poète des *Destinées*, qui avait
cru un moment à la régénération de l'Europe par
le catholisme, en était-il arrivé là ? D'où lui venait,
en un mot, son pessimisme ?

Ceux qui croient — comme lui — à la prédestination, car il y croyait aveuglément, et c'est à mes
yeux le signe initial de son jansénisme, ceux-là diront sans doute qu'il lui vint tout naturellement des
temps néfastes où il fut conçu et mis au monde, de
la délicatesse de sa constitution, de son enfance
maladive, des leçons de son père et de sa mort pré-
maturée, des tristesses de la vie de collège, de ses
premières lectures, de son mariage, de ses désillu-

sions au triple point de vue militaire, politique et religieux, de ses chagrins d'amour, en un mot de tous les événements douloureux et fâcheux qui traversèrent sa vie, du commencement à la fin. Et je leur concéderai volontiers que les milieux divers où il vécut, que les événements dont il eut beaucoup à souffrir ne furent pas, en effet, sans influence sur le caractère et l'esprit du poète, s'ils veulent bien m'accorder — et ici je suis complètement de l'avis de Ferdinand Brunetière (1) — qu'on naît pessimiste et qu'on ne le devient pas.

Alfred de Vigny était donc né pessimiste (2), cela ne peut faire l'ombre d'un doute, et c'est parce qu'il était pessimiste de naissance que les événements ont eu tant de prise sur lui, et que son pessimisme est toujours allé en augmentant.

Il a dit qu'il avait une grande mémoire et surtout celle des yeux (3). La mémoire de l'esprit ne lui manquait pas davantage, et il nous sera facile de prouver que ses premières lectures lui laissèrent un souvenir ineffaçable. Je serais même tenté de dire que toute sa vie il a tourné dans le cercle étroit, fati-

---

(1) *L'Evolution de la poésie lyrique en France*, t. II, p. 15.
(2) « Je suis né sérieux jusqu'à la tristesse. » — *Lettre à une Puritaine.* — *Revue de Paris*, 15 août 1897.
(3) *Journal d'un Poète.*

dique, de ses premiers livres. Et quels furent ses
premiers livres? — Les *Mémoires du Cardinal de
Retz* (1) qui lui suggérèrent l'idée d'écrire une histoire de la Fronde, et la Bible. Or, l'histoire de
la Fronde et les *Mémoires du Cardinal de Retz*,
c'est un peu l'histoire de Port-Royal, puisque l'Abbaye supporta les contre-coups de la Fronde et que
le cardinal était du *parti*, s'il n'était pas de la doctrine. Quant à la Bible, c'est le livre par excellence
du jansénisme. C'était le livre de chevet des premiers solitaires. La Mère Angélique y cherchait des
sorts, des symboles, dans les mauvais jours, et les
Messieurs, en la traduisant, en la vulgarisant, tra-
vaillèrent, inconsciemment peut-être, à l'émancipa-
tion de l'esprit humain, car la Bible n'est pas seulement le livre des mystiques, elle fut de tout temps
le livre des novateurs et des hérésiarques.

Dès lors, quoi d'étonnant que le pessimisme de
Vigny ait eu dans les commencements une couleur
mystique et qu'il ait écrit, sous la double influence
de « l'adoration mystique et de la pitié », ces deux
chefs-d'œuvre de symbolisme que Port-Royal eût
admirés, non sans quelques réserves, *Moïse* et *Éloa*?
Qu'est-ce, en effet, que le poème de *Moïse*? Vigny
l'a dit : « Ce grand nom ne sert que de masque à

(1) *Journal d'un Poète.*

I   27

un homme de tous les siècles et plus moderne qu'antique :l'homme de génie, las de son éternel veuvage
et désespéré de voir sa solitude plus vaste et plus
aride à mesure qu'il grandit. Fatigué de sa grandeur, il demande le néant (1). »

Et qu'est-ce que le poème d'*Éloa*, sinon le poème
de la Pitié, de la Grâce miséricordieuse et impuissante? Si jamais le jansénisme mérita l'accusation
de tout ôter au Père pour donner au Fils, c'est bien
dans ce poème mystique, puisqu'Éloa est née d'une
larme du Christ et que par sa grâce intérieure elle
entreprend de relever l'archange déchu, de tirer
Satan de l'enfer.

D'ores et déjà, donc, Vigny a « l'enthousiame de
la pitié, la passion de la bonté », partant l'esprit
chrétien ; et si plus tard il élargit outre mesure les
bras du Christ janséniste, quand il rêve de *Satan
sauvé* (2) par la grâce efficace d'Éloa, c'est que « les
criminalistes de tous les temps ont déclaré que la
vengeance n'était pas le but de la loi pénale, qui,
dans sa rigueur, ne se propose que de prévenir le
retour du mal. Tel est l'esprit chrétien, dit-il, et
si tel est l'esprit chrétien sur la terre, pourquoi
a-t-il un autre esprit pour le ciel en fondant les

(1) *Lettres à une Puritaine.* — *Revue de Paris*, 15 août 1897.
(2) *Journal d'un Poète.*

peines ÉTERNELLES qui ne sont qu'une éternelle VEN-
GEANCE (1)? ... J'ai trop d'estime pour Dieu pour
craindre le diable (2) ».

Ici, le penseur met le pied sur un terrain tout
particulièrement glissant et qui est du domaine de
la théologie pure. Cependant, nous ne saurions le
blâmer, nous autres profanes, de sa franchise et de
sa hardiesse, non plus que de chercher à pénétrer
l'impénétrable. Ainsi faisait le grand Blaise, et quand
ses amis de Port-Royal se prirent à déchiffrer le
manuscrit des *Pensées*, ils se sentirent emportés si
haut, par instants, qu'ils en eurent le vertige.

Le *Journal* d'Alfred de Vigny est beaucoup plus
facile à lire, mais quand il touche aux choses de la
religion, il s'élève, lui aussi, à des hauteurs où on
a peine à le suivre. Il a sur le Christ, sur la foi,
sur l'action de la Providence, sur la destinée, des
mots, des aphorismes que Pascal n'eût pas désa-
voués, malgré leur orthodoxie plus que suspecte.
Que si, de loin en loin, il s'y rencontre des contra-
dictions choquantes, cela tient sans doute à ce que
le Journal d'un Poète, qui a été si malencontreu-
sement fragmenté par son éditeur, est fait de pensées qui n'ont aucun lien entre elles, — ce qui lui

(1) *Journal d'un Poète.*
(2) *Idem.*

donne l'air d'un dialogue à plusieurs voix dont le fil aurait été rompu.

Mais il n'y avait pas que les questions métaphysiques qui occupassent l'esprit d'Alfred de Vigny, Depuis 1830, il se sentait attiré vers la politique non par ambition ou avec l'arrière-pensée d'y faire fortune, mais toujours — fidèle en cela à son programme — pour améliorer le sort du peuple. Les lauriers de Lamartine troublaient-ils son sommeil? peut-être ; en tout cas, il s'imagina un jour qu'il avait un rôle à jouer sur le théâtre parlementaire et il crut très sincèrement « à la vocation qui lui avait été donnée ». — « J'y crois, disait-il, à cause de la pitié sans bornes que m'inspirent les hommes, mes compagnons de misère, et à cause du désir que je me sens de leur tendre la main, de les élever sans cesse par des paroles de commisération et d'amour (1). » Il se porta donc à la Constituante en 1848. Mais comme il était trop fier pour s'abaisser à défendre ses opinions dans des réunions publiques, il fit savoir à ses électeurs, dans une profession de foi toute lamartinienne, qu'il ne se mettrait en rapports avec eux que s'il était élu, et, comme il n'obtint qu'un nombre de voix ridicule,

(1) *Journal d'un Poète.*

il n'en eut pas la peine. Il s'en consola facilement
d'ailleurs :

« Je rentre dans la méditation qui m'est chère,
écrivait-il à Mlle Camilla Maunoir, le 14 mai 1848.
Je vous enverrai comme un journal sous bande, en
même temps que cette lettre, un exemplaire de ma
circulaire, lettre aux électeurs, par laquelle j'accep-
tais la candidature qui m'était offerte, mais sans
vouloir me rendre dans la Charente, pour y subir
cette sorte d'interrogatoire où préside, dans les
provinces, un singulier esprit dont je vous donnerai plus tard des exemples. Vous verrez quels
sont les sentiments politiques que j'ai exprimés et
vous n'en serez point étonnée, vous à qui j'ai tant
de fois parlé de mes sympathies pour cette belle
et jeune république américaine, qui a su être de
son temps et ne jamais jouer les comédies romai-
nes et contrefaire les Brutus, et dont le gouvernement est *modeste, probe, laborieux, économe*. Ce
sont là les vertus que je demande au nôtre et que
nous devons lui imposer. Le meilleur gouvernement
est celui que l'on ne sent pas et que l'on voit peu,
— celui de *tous par chacun* et de *chacun par
tous* (1). »

(1) *Lettres à une Puritaine.* — *Revue de Paris*, 15 août 1897.

Mais il y a loin de la coupe aux lèvres ; il s'aperçut bien vite que son rêve était chimérique ! Au mois de février 1849, il écrivait à sa chère Puritaine :

« Savez-vous ce que j'ai fait? J'ai tenu parole, voilà tout. On a fait un tel abus de la parole imprimée qu'elle ne compte plus, sous cette forme, que comme phrase et non comme vérité. Je suis venu dans la Charente ainsi que je l'avais annoncé à la Charente au mois de mars 1848. Vous vous en souvenez, chère et véritable amie, j'écrivais aux électeurs de ce pays que je ne m'y rendrais qu'après les élections, m'y voici. J'ajoutais qu'on devait assez respecter le peuple pour ne tenter ni de l'entraîner ni de le séduire. J'aurais voulu leur enseigner ainsi quelque chose de ce que devrait avoir la dignité des hommes qui sauraient et voudraient sincèrement se gouverner, je suis venu, j'ai voulu voir, j'ai vu, — comme Athalie, et j'ai compris mieux que jamais l'état de notre malheureux pays, au milieu des paysans : tantôt on les trompe, tantôt ils se trompent. Ils ne comprennent pas un mot du rôle de citoyens qu'il leur faut jouer tout à coup. Tout effarés, ils cherchent vite un maître qui leur épargne la peine de penser, de choisir, de vouloir

quelque chose en matière de gouvernement. Dans
la loterie du suffrage universel, ils ont cru tirer
un empereur, et les voilà tout étonnés de voir qu'il
n'en est rien. La forme républicaine tombe des
nues au milieu des mœurs contraires. De là ce que
vous voyez, ce que vous lisez dans les journaux,ce
que je ne vous redirais qu'avec douleur...

« J'écris ici dans la paix de mes bois et de mes
rochers... Ici j'apprends et j'enseigne à la fois.
J'apprends ce que j'ignorais encore de la vie des
hommes des champs, de leurs intérêts et de leurs
travaux. Je leur enseigne, en échange, qu'il serait
bon de savoir lire et écrire quand on veut régner et
gouverner dans son pays. C'est ce que depuis bien
des années je n'ai pu leur persuader encore. Ils ont
des écoles gratuites et refusent d'y envoyer leurs
enfants, surtout les filles, dont le plus saint devoir
à leurs yeux est l'ignorance (1). »

Que vous semble du ton de ces lettres, de leur
douce et sereine gravité ? Elles étaient adressées à
une Puritaine de Genève ; ne dirait-on pas qu'elles
ont été écrites par un Puritain des Champs ?

L'échec de Vigny le dégoûta de la politique. Il
renonça au rôle de pasteur du peuple qu'il ambi-

---

(1) *Lettres à une Puritaine.*— *Revue de Paris*, 1897.

tionnait dans sa foi démocratique et il retourna à
la philosophie et à la poésie, qui avaient été ses
premières amours.

Nous avons vu que les *Mémoires du Cardinal de
Retz* lui avaient montré le chemin de Port-Royal.
Son *Journal* nous le montre abordant toutes les
questions qui s'agitaient dans ce monastère, depuis
la prédestination jusqu'à la grâce. Quand parut dans
la Revue des Deux Mondes le discours d'ouverture
du cours de Sainte-Beuve sur Port-Royal à Lau-
sanne, car il ne peut être question du tome Ier de
son grand ouvrage qui parut en 1840, Vigny écrivait à Brizeux, son confident le plus intime :
« ... Sainte-Beuve m'a envoyé son livre. C'est un
des plus beaux sujets d'histoire que je connaisse,
ou plutôt c'est toute l'histoire de l'âme humaine.
J'ai commencé par le lire à ma mère; elle y goûta
autant de charme que moi, quoique le sujet n'eût
point pour moi l'attrait de la nouveauté (1). Il faut
que je vous dise, en effet, que la question du Jansénisme est de celles que j'ai été amené à étudier à

(1) Ce détail est confirmé par ce passage du *Journal d'un Poète*
(1837) :
« J'ai lu toute la soirée à ma mère l'histoire de Port-Royal, de
Sainte-Beuve. Elle l'a écoutée avec un plaisir extrême et un esprit
plus remis et plus net que jamais depuis quatre ans. »
C'était la dernière lueur de la lampe qui s'éteint, puisque la mère
de Vigny mourut le lendemain même de cette lecture.

ma sortie du collège ; Nicole m'est aussi familier
que Pascal, dont les petites *Lettres* m'avaient introduit dans le cœur de la place du Jansénisme
bien avant que Sainte-Beuve ait songé à s'en faire
l'historien… Je vous conseille de vous procurer ce
livre qui me prouve une fois de plus que nous
avons tous notre *destinée :* celle de Sainte-Beuve
est vraiment curieuse (1)… »

La destinée ! ce fut le côté étroit et sombre du
Jansénisme. Ce fut aussi la grande préoccupation
de la vie de Vigny ; chaque page de son *Journal*
en porte la marque. Dès l'année 1829, il y consigne cette pensée : « Dieu a jeté — c'est ma croyance
— la terre au milieu de l'air et de même l'homme
au milieu de la destinée. La destinée l'enveloppe
et l'emporte vers le but toujours voilé. » En 1832 : « Je
sens sur ma tête le poids d'une condamnation que je
subis toujours, ô Seigneur, mais ignorant la faute
et le procès, je subis ma prison. » En 1835, il dit
à Mme Dorval en lui envoyant le manuscrit de *la
Maréchale d'Ancre :* « C'est une pauvre défunte qui

(1) **Lettre** inédite. — Il aurait pu ajouter dans cette lettre que,
parmi les livres qu'il avait hérités de son oncle, l'abbé de Baraudin,
il avait trouvé un certain nombre d'ouvrages jansénistes, dont les
Lettres sur divers sujets de morale et de piété, de l'abbé Du Guet,
que Sainte-Beuve comprenait fort judicieusement dans la petite
bibliothèque choisie que devrait posséder un amateur de Port-Royal
non théologien et homme de goût.

aurait dû revivre quelque temps sous votre figure,
mais ce n'était pas écrit dans son jeu de cartes ma-
giques. » En 1840, sur *soi-même* : « La partie d'é-
checs que j'ai jouée contre la destinée toute ma vie,
je l'ai toujours gagnée jusqu'ici (1)... »

En 1848, après son échec devant le collège électoral de la Charente, il écrit à Mlle Camilla Maunoir : « J'ai jeté ce dé sur le tapis de la Fortune
pour voir ce qu'elle déciderait de ma destinée et si
je serais condamné à ce que je méprise le plus,
savoir : *l'improvisation dans les affaires sérieuses*
et dans les plus graves intérêts du monde entier.
Car tel est le sort malheureux de l'humanité que
ses intérêts sont sans cesse ainsi compromis par la
légèreté inévitable et violente des assemblées (2). »
Vers le même temps, il mandait à Mme Lachaud :
« Vous aimez Laurette parce que vous auriez parlé
comme elle à votre mari déporté à Cayenne. Ces
ordres cachetés se donnent encore aux marins. Leur
mystère n'est-il pas sombre et terrible comme l'épée

---

(1) *Journal d'un Poète.* — La première fois que le mot *destinée*
se rencontre sous sa plume, c'est dans la préface de son premier
recueil de vers (1822) : « ... A présent, dit-il en parlant de la poésie, sérieuse comme notre religion et notre *destinée.* » — On le
retrouve en tête de *Cinq-Mars* et à la première page de *Stello* (1832):
«... Aussi ne s'inquiète-t-il jamais lorsque le fil de ses aventures
se mêle, se tord et se noue sous les doigts de la *Destinée...*»
(2) *Lettres à une Puritaine.* — *Revue de Paris*, 15 août 1897.

de Damoclès? la discipline pèse comme la fatalité (1). »

Après la Destinée, la Grâce. J'ouvre son *Journal*
à la date de 1838 et je lis : « Saint Augustin défendit la grâce contre Pélage, mais il avoua qu'il sentait en lui un libre arbitre. C'est que les deux sont
en nous. Nous gémissons du poids de la destinée
qui nous opprime, mais savons-nous si Dieu ne
gémit pas de notre continuelle action et n'en souffre
pas. » Et encore : « La grâce *nécessitante* est tout
simplement l'enchaînement inévitable des choses,
des décrets éternels et des événements ou Fatalité.
On ne peut jamais s'y soustraire.—La grâce efficace
on ne lui résiste jamais. — La grâce *particulière
suffisante* : elle est très suffisante puisque l'âme
y résiste, elle ne peut être considérée comme une
faveur, un privilège (2). » Sur Pascal : « Plus l'esprit est vigoureux, plus il se perd dans les cata-
combes de l'incertitude humaine. Pascal s'y est
perdu pour avoir marché plus avant que les autres.»

C'est pour cela que, dans ses *Destinées*, il s'en
tint au doute, mais au doute religieux. Car ainsi
que le remarque judicieusement M. Dorison, « le
mot même de Destinée se trouve joint chez notre

(1) *Histoire d'une Ame*, par Georges Lachaud.
(2) *Journal d'un Poète*, partie inédite.

auteur à celui de religion. Un certain sentiment de
fatalité antérieur de beaucoup à la persuasion si
commune aujourd'hui du déterminisme de la nature
s'offre seulement à la pensée. Il revêt même l'apparence d'un signe providentiel (1). »

Et voilà pourquoi aussi *les Destinées* sont plutôt
un livre sain, et pourquoi le pessimisme de Vigny
n'a rien de commun avec le pessimisme de Chateaubriand, de Gœthe ou de Schopenhauer. Il n'aboutit
pas, en effet, comme le pessimisme de *René*, à la
mélancolie vague qu'on a définie le *mal du siècle;*
il ne pousse pas, comme le pessimisme de *Wer-
ther*, au suicide, ni comme celui de Schopenhauer
à l'extinction du monde par la suppression du désir
sensuel. C'est le pessimisme d'un homme fort, stoïque, qui regarde le mal en face, et qui, ne pouvant
dominer le sort, la fatalité, ni dompter la nature,
cette marâtre, ni trouver une consolation dans l'a-
mour qui n'est qu'un leurre, se croise fièrement les
bras, souffre sans crier, cache sa vie et meurt en
silence.

Je ne m'étonne donc pas que Ferdinand Brunetière, analysant un jour le pessimisme de Vigny
et l'opposant à l'optimisme de ses adversaires,
se soit écrié dans un très beau mouvement d'élo-

(1) *Alfred de Vigny, poète philosophe*, p. 15.

quence : «... Si nous considérons, si nous pesons la
vie comme bonne en soi, alors, étant son objet ou sa
fin à elle-même, comme elle l'est pour la brute, toutes les parties hautes en sont immédiatement re-
tranchées, l'idéal rabaissé pour ainsi dire au ras de
terre, et les fonctions réduites à la propagation de
l'espèce et à la conservation de l'individu. Manger,
boire, dormir et se reproduire, tel est pour l'opti-
miste le véritable objet de la vie... Mais, au contraire, supposons que la vie soit mauvaise. Alors,
Messieurs, non contents de chercher à l'améliorer
par la science, nous essayons encore de la tromper,
si je puis ainsi dire, et, de là, voyez-vous ce qui
sort ? C'est l'art, c'est la philosophie, ce sont les
religions. C'est tout ce qui, dans le cours de la longue histoire, a distingué l'homme de l'animal ; c'est
enfin, dans le présent, dans l'avenir comme dans le
passé, tout ce qui communique à la vie une valeur
et un prix qu'elle n'a pas d'elle-même.

« Voilà, Messieurs, ce que je vous ferais voir si
nous en avions le temps ; — et pour preuve que je
ne me tromperais pas, il me suffirait encore, sans
invoquer d'autre témoignage, de montrer que c'est
ce que Vigny a vu dans le pessimisme.

« Convaincu que la vie est mauvaise, croyez-vous,
en effet, qu'il ait désespéré d'elle, ou de l'homme,

et qu'il se soit enfermé dans cette espèce d'indifférence ou de lâche inertie qu'on nous oppose toujours
comme une conséquence de la doctrine? Non; car
ce découragement n'est pas d'un pessimiste. Mais à
la cruauté de la nature ou de Dieu, il a répondu
d'abord par le calme hautain de la résignation
stoïque :

> A voir ce que l'on fut sur terre et ce qu'on laisse,
> Seul le silence est grand ; tout le reste est faiblesse.
> — Ah ! je t'ai bien compris, sauvage voyageur,
> Et ton dernier regard m'est allé jusqu'au cœur !
> Il disait : Si tu peux, fais que ton âme arrive,
> A force de rester studieuse et pensive,
> Jusqu'à ce haut degré de force et de fierté,
> Où, naissant dans les bois, j'ai tout d'abord monté.
> Gémir, pleurer, prier, est également lâche !
> *Fais énergiquement ta longue et lourde tâche,*
> *Dans la voie où le sort a voulu t'appeler,*
> Puis après, comme moi, souffre et meurs sans parler (1).

« Mais il ne s'en est pas tenu là ! Aucun pessimiste, Messieurs, ne s'en est tenu là, depuis Çakia-
Mouni jusqu'à Schopenhauer, et — parce que vous
aurez beau le chercher, vous n'en trouverez pas un
qui ne se soit imposé comme son premier devoir
de développer en lui toutes les forces ou, pour
ainsi parler, de bander tous les ressorts de la
volonté, — c'est pour cela que Vigny, comme eux

(1) *La Mort du Loup.*

tous, du point de vue de la résignation égoïste, s'est
élevé promptement jusqu'à celui de la solidarité
qui lie tous les hommes entre eux du fait ou du
titre de leur misère même ; et selon sa belle expression, car c'est lui qui s'en est servi le premier, —
jusqu'au sentiment de « la majesté des souffrances
humaines (1) ».

Et moi j'ajouterai : c'est pour cela que, malgré
tout et en dépit des apparences, Vigny est demeuré chrétien.

III [2]

En cela comme en tout, du reste, il fut véritablement le fils de sa mère. C'est elle et elle seule
qui lui donna dès l'enfance, avec le saint lait de
son âme, l'enseignement, le goût, l'accent, l'empreinte ineffaçable de cette religion de l'honneur
qu'est en soi le Jansénisme finissant.

Je m'en doutais depuis longtemps déjà, mais en
l'absence de documents précis, je ne pouvais sur
ce point me faire une certitude, et c'est dans l'espoir de mettre la main sur ce que je cherchais que

(1) *L'Évolution de la poésie lyrique en France*, t. II, pp. 22 et suiv.
(2) Tout ce paragraphe a été ajouté à la première édition de mon
livre, qui était imprimé et sur le point de paraître, quand j'allai au
Maine-Giraud. C'est même ce qui explique que je n'aie pas utilisé
alors les documents que je mets en œuvre aujourd'hui.

j'entrepris, au mois de septembre 1901, le voyage
du Maine-Giraud.

Je dois dire que, quelque temps auparavant, j'a-
vais eu dans son cabinet une discussion assez vive
avec Ferdinand Brunetière sur la nature du pessimisme d'Alfred de Vigny. Car son opinion à cet
égard différait peu de l'opinion généralement reçue,
et, tout ferré qu'il était sur les matières religieuses,
il ne savait guère du Jansénisme que ce que lui en
avait appris le *Port-Royal* de Sainte-Beuve. Ce
n'était pas assez. L'histoire du Jansénisme ne tient
pas, en effet, dans le cadre de celle de Port-Royal.
Il ne fut pas enseveli sous les ruines de cette grande
maison. Il lui survécut près d'un siècle, que dis-je ?
il lui survit encore, mais ses derniers adeptes sont
aussi éloignés de Saint-Cyran que certaines confessions protestantes d'aujourd'hui le sont de Luther
ou de Calvin. Quand le temps ne tue pas l'esprit
des églises schismatiques, il le déforme au point de
le rendre souvent méconnaissable.

Après avoir déclaré à Brunetière qu'à mes yeux
le pessimisme de Vigny n'était, en somme, que du
jansénisme outré, et lui en avoir donné mes raisons, il devint tout à coup songeur, et, posant sa
cigarette allumée au bord de son écritoire, il me dit
en me regardant fixement dans les yeux :

— C'est assurément un point de vue nouveau et qui, pour paraître de prime abord paradoxal, vaudrait la peine d'être examiné sérieusement. Tâchez donc de l'établir.

Oui, mais comment? La bibliothèque de Vigny, qui aurait pu me révéler quelques-unes de ses sources religieuses ou philosophiques en me révélant ses lectures habituelles, avait été dispersée et vendue, après sa mort, sous le manteau et par petits paquets. On avait bien encore sa Bible (1), son *Imitation* (2), son *Corneille* annoté (3), son *Rabelais* (4), mais les livres qui avaient servi à son éducation et à celle de sa mère, les livres du chanoine de Baraudin, qu'étaient-ils devenus? Peut-être en était-il resté quelques-uns dans le manoir du Maine-Giraud où sa nièce, l'ancienne chanoinesse de Saint-Antoine de Malte, avait résidé longtemps et était morte, et où Vigny, après sa rupture avec Marie Dorval, était allé chercher la solitude et l'oubli.

(1) La petite Bible qu'il faisait porter dans le sac d'un sous-officier de sa compagnie, quand son régiment était en marche.

(2) Cette *Imitation* portait cette touchante dédicace de sa mère : « A Alfred, son unique amie. »

(3) Cf. la brochure de M. Jacques Langlais : *Alfred de Vigny, critique de Corneille*, 1905.

(4) Ce *Rabelais* (édition à la sphère, en 2 vol. in-12, 1691) appartient aujourd'hui à M. Pierre Gauthiez.

I

Je partis donc pour l'Angoumois par une belle journée d'automne, j'arrivai au Maine en pleines vendanges et, après avoir visité le vieux manoir de la cave au grenier, je dénichai dans un coin, sous les combles, tout un lot de vieux livres reliés en veau plein, que leur peu de valeur marchande avait fait négliger lors de la vente mobilière qui suivit le décès du grand poète.

Le propriétaire actuel me les fit aimablement descendre dans la salle à manger, et je les avais à peine ouverts que je poussai un cri de surprise et de joie. Tous ces livres, sauf le dernier, étaient jansénistes et portaient sur la feuille du titre, en guise d'ex-libris, la signature autographe de l'abbé de Baraudin. C'étaient :

1° *Quelques lettres sur divers sujets de morale et de piété* par l'auteur du *Traité de la Prière publique* (l'abbé du Guet) ;

2° *Instruction familière sur la prédestination et la grâce;*

3° *Poésies sur la Constitution Unigenitus* (il y en a de remarquables, notamment une sur la destruction de Port-Royal);

4° *Recueil de pièces à l'occasion des divisions qui agitent l'Église et l'État (Epîtres en vers sur le formulaire ou le Quichottisme nouveau);*

5° *La Foy et l'Innocence du clergé de Hollande défendue contre un libelle diffamatoire intitulé : Mémoire touchant le progrès du Jansénisme en Hollande;*

6° *Essais de morale de Nicole ;*

7° *Idée précise de la doctrine de Jansénius, etc.*

Et qu'on ne dise pas que cette découverte ne prouve rien, attendu que ces ouvrages de la secte (ils sont aujourd'hui en ma possession) figuraient, au dix-huitième siècle, dans la plupart des bibliothèques ecclésiastiques. Je répondrais que si cela est vrai des *Lettres* de l'abbé Du Guet et des *Essais de morale* de Nicole, cela ne l'est pas des autres, et qu'en tout cas le jansénisme de l'abbé de Baraudin se trahit suffisamment pour moi dans les notes qu'il a écrites sur les marges de quelques-uns d'entre eux.

La plus longue, sinon la plus significative, remplit toute la feuille de garde des *Poésies sur la Constitution Unigenitus.* C'est une prophétie tirée des Annales d'Irlande, qui regarde la Compagnie de Jésus. Paraphrasée par George Browez, archevêque de Dublin vers 1758, elle avait été réimprimée en cette ville par Jacques Varens, en 1705. En voici la teneur :

« Il y a une fraternité qui s'est formée depuis peu

qui s'appelle Jésuites. Ces Jésuites séduiront plusieurs et vivent la plupart selon les scribes et les
pharisiens. Ils tâcheront d'abolir la vérité, et ils en
viendront presque à bout ; car ces sortes de gens
se tournent en plusieurs formes, avec les payens ils
seront payens, avec les athées ils seront athées, avec
les juifs ils seront juifs, avec les réformateurs
des réformateurs, exprès pour connaître vos intentions, vos desseins, vos cœurs, et vos inclinations,
et par là vous engager à devenir à la fin semblables
à l'insensé qui dit dans son cœur : il n'y a point
de Dieu.

« Ces gens seront répandus dans toute la terre,
ils seront admis dans les conseils des princes, qui
n'en seront pas plus sages, les enchanteront jusqu'au point de les obliger à leur révéler leurs cœurs
et leurs secrets les plus cachés, et cependant ils ne
s'en apercevront pas : c'est ce qui leur arrivera
pour avoir abandonné la loy de Dieu et son Évangile par leur négligence à la remplir et par leur
connivence aux péchés des princes et des peuples.

« Néanmoins Dieu, à la fin, pour justifier sa loy
retranchera promptement cette société, mesme par
les mains de ceux qui l'ont le plus secourue, et se
sont servis d'elle, en sorte qu'à la fin ils devien-

dront odieux à toutes les nations, ils seront de pire
condition que les juifs, ils n'auront point de place
fixe sur la terre, et pour lors un juif aura plus de
faveur qu'un jésuite. »

C'est dommage que l'abbé de Baraudin n'ait pas
vécu quelques mois de plus, il aurait vu cette prophétie se réaliser jusqu'au bout, puisque la Révolution, en maintenant les Jésuites en exil, affran-
chit les Juifs, sur la proposition d'un prêtre, ami
de Port-Royal (1).

On me dira peut-être encore qu'il n'était pas
nécessaire d'être janséniste pour s'approprier cette
prophétie, qu'il suffisait d'être gallican. J'en conviens
sans peine, mais un gallican n'aurait pas écrit ce
qui va suivre, et je sais pertinemment que l'abbé
de Baraudin était un janséniste militant qui eut
plus d'une fois maille à partir avec l'autorité ecclésiastique de son diocèse.

Que penser, par exemple, de cette note que je
relève en marge de la première page de *l'Idée précise de la doctrine de Jansénius :*

« Beaucoup de personnes, dit l'auteur, qui est
évidemment un ami de la Constitution Unigenitus,

_____

(1) L'abbé Grégoire.

demandent aujourd'hui ce que c'est que le Jansénisme.

« Le Jansénisme consiste à croire deux choses :
la première, que celui qui se laisse aller au péché a
manqué des secours nécessaires pour pouvoir vaincre la tentation et accomplir la loi de Dieu ; — la
seconde, que les grâces avec lesquelles l'homme
peut véritablement et entièrement faire son salut
ne sont données qu'aux seuls prédestinés pour lesquels seuls Jésus-Christ les a demandées ; de sorte
qu'il n'a pas plus enduré pour le salut éternel
d'aucun des réprouvés que pour celui du démon.

« Il est évident que cette doctrine : 1° attribue
à Dieu une cruauté barbare ; 2° qu'elle éteint en nous
tout amour pour Jésus-Christ ; 3° qu'elle conduit
nécessairement au libertinage. »

En regard de ce passage, où le Jansénisme est
exactement défini, l'abbé de Baraudin a écrit ces
mots : « *C'est pourtant la pure doctrine chrétienne
selon saint Augustin, ainsi que l'ont parfaitement
démontré les Messieurs de Port-Royal...* »

Méditez maintenant cette réflexion que je relève
au bas d'une page de *la Foy et l'Innocence du clergé
de Hollande* :

« *Admirable clergé que celui de la petite église*

*d'Utrecht que toutes les excommunications n'ont
pu réduire. Comme je comprends que les amis de la
vérité se soient réclamés de M. de Neercassel et de
M. Codde, son successeur, et que le docteur Arnauld
et le P. Quesnel se soient réfugiés dans le sein de
cette église ! Il ne lui a manqué qu'un Pascal
pour prendre sa défense. »*

Est-ce clair? — Mais ce qui m'intéressa par-dessus
tout, ce sont ces simples mots répétés de loin en
loin en marge des plus belles *Lettres* de Du Guet :
*Bien ! — Très bien ! — Pour Sophie. — Pour
Amélie.*

Qui était cette Sophie? C'était la chanoinesse de
Saint-Antoine de Malte, dont je parle plus haut.
Et qui était cette Amélie? Sa sœur cadette, dont il
fut le précepteur dans sa cure de Saint-Ours, à
Loches, et qui devait être la mère du poète de *Moïse*
et des *Destinées.* Elle apprit donc à méditer les
vérités de la religion chrétienne dans les livres de
son oncle, avant de les enseigner elle-même à son
fils.

Les passages destinés à Sophie se trouvent dans
les *Lettres* de Du Guet qui ont pour titre :

1. *Avis propres à rétablir et à confirmer dans
une religieuse une piété sincère et fervente.*

2. *Sur la manière de conduire les novices.*

3. *Sur un vœu de chasteté.*

Ce qui donne à penser que, sans la Révolution, la chanoinesse de Malte se serait faite religieuse.

Les passages destinés à Amélie se trouvent dans les lettres intitulées :

XIX. *A Madame X... sur l'édification chrétienne.*

XXX. *Avis particulier sur plusieurs devoirs de la vie chrétienne, sur l'humilité, la pénitence, la prière et la communion.*

Voilà, n'est-il pas vrai ? qui était bon à connaître et qui fortifie singulièrement ma thèse.

Depuis lors, un ecclésiastique de Loches a trouvé chez un brocanteur de cette ville d'autres livres jansénistes de l'abbé de Baraudin portant également ment sa signature sur la page du titre, notamment *les Antiquités judaïques de Josèphe*, traduites par Arnauld d'Andilly. Et, ce qui a plus de prix encore à mes yeux, M. Marc Sangnier, petit-fils de Mme Louise Lachaud, la filleule bien-aimée d'Alfred de Vigny, a publié dans *le Sillon*, au mois de janvier 1905, le petit livre de conseils que la mère du poète lui donna, avec une *Imitation de Jésus-Christ*, quand il partit pour le régiment. Ce petit livre acheva de me convaincre. Ce n'est pas une chrétienne à l'eau de rose

comme il y en avait tant dans la société sous la
Restauration, qui ne pense qu'à l'avenir matériel
de son fils et qui lui parle en conséquence ; c'est
une chrétienne de l'ancienne foi, forte et rigide,
qui, sans perdre de vue les intérêts de son état, songe
avant tout à son salut. Elle tient essentiellement à
ce que son fils pratique sa religion, parce qu'elle est
supérieure à toutes les autres, que c'est « une religion toute d'amour et faite pour les âmes tendres,
et que l'homme a tout à gagner à faire par esprit de
religion tout ce qu'il ferait pour plaire à ses semblables. » Elle lui dit quels sont ses devoirs envers
Dieu, envers le prochain et envers lui-même ; elle le
met en garde contre la société de certains camarades et tout particulièrement (c'est ici que perce le
bout de l'oreille janséniste) contre les séductions des
comédiennes. On sait quelle aversion les Messieurs
de Port-Royal et ceux de leur lignée avaient pour le
théâtre. Mme de Vigny avait-elle le pressentiment
qu'un jour, en dépit de ses recommandations, son
fils tomberait aux rets d'une actrice qui le rendrait
très malheureux ? Peut-être. En tout cas il est permis de penser que, lorsque l'auteur de *Chatterton*
rompit avec Marie Dorval et renonça en pleine
gloire à la scène, il se souvenait — un peu tard —
des paroles de sa mère. La chose est d'autant plus

vraisemblable que cette rupture violente coïncida
avec la mort de Mme de Vigny.

Il faut bien, d'ailleurs, que ma thèse ait un fonds
de vérité puisqu'elle a trouvé des adeptes dans les
camps les plus opposés.

Dès 1905, M. Alfred Rebelliau, dont on connaît
les beaux travaux sur Bossuet et la *Compagnie
secrète du Saint-Sacrement*, commentant certaine
lettre écrite, en 1853, par Alfred de Vigny à
Auguste Barbier après la mort de son père, écrivait
dans *la Revue Bleue*:

« On sait que les inquiétudes religieuses de Vigny
tendaient alors à se fixer dans le spiritualisme chrétien. La croyance ou tout au moins le désir de
croire à la vie future, avait toujours résisté chez
lui au scepticisme intellectuel, comme au pessimisme sentimental. Dès 1837, les effusions de douleur ardente qu'il jetait dans son journal intime au
lendemain de la mort de sa mère étaient remplies
de ce besoin de l'immortalité... »

M. Alfred Rebelliau ne prononce pas le mot
de jansénisme, mais qu'importe ? il est d'accord
avec moi pour reconnaître que, même après *la
Mort du Loup* et *le Mont des Oliviers*, qui sont de
1843, les inquiétudes religieuses de Vigny ont un
caractère chrétien, et cela me suffit.

Deux ans après, au mois de novembre 1907, M. L'abbé Lecigne, auteur d'une thèse remarquable sur Brizeux, et qui est un des professeurs les plus distingués de l'université catholique de Lille, publiait dans le journal *la Croix* un article sur Vigny intitulé : *Un poète janséniste*, et s'exprimait ainsi :

« ... On a tout dit pour expliquer ce pessimisme amer. M. Faguet, M. Brunetière, vingt autres sont descendus tour à tour « dans le fond désolé du gouffre intérieur » pour en saisir le mystère, en rapporter le secret. Il me semble qu'ils n'y ont fait qu'une demi-lumière. Et peut-être faut-il aller chercher dans les derniers travaux de M. Léon Séché le mot de la douloureuse énigme...

« ... La question de la grâce le préoccupe au même titre que celle de la destinée ; à la date de 1838, Alfred de Vigny écrit :

« La grâce *nécessitante* est tout simplement l'entraînement inévitable des choses, des décrets éternels et des événements ou fatalité. On ne peut s'y soustraire. La grâce *efficace*, on ne lui résiste jamais. La grâce *particulière suffisante*, elle est très suffisante, puisque l'âme y résiste ; elle ne peut être considérée comme une faveur, un privilège (1). »

---

(1) *Journal d'un Poète*, fragment inédit publié par M. Dorison, dans *Alfred de Vigny poète philosophe*.

« Il se débattait au milieu de toutes les antino-
mies jansénistes avec le frisson douloureux qui est
la marque de la secte... Or, comme on l'a bien dit,
le jansénisme n'est, au fond, qu'une sorte de pessimisme chrétien. Alfred de Vigny vivra comme
un « solitaire » ; son cabinet de travail est « une
cellule de moine », son vêtement d'intérieur est
« un froc et un capuchon ». Il passe au milieu du
monde, mystérieux, impénétrable, toujours pensif
et toujours rêveur.Il dit à sa muse : « Toi, tu n'as
pas de corps ; tu es une âme, une belle âme, une
déesse. » Ceux qui le rencontrent le prennent pour
un novice en peine de son couvent. A. Dumas s'é-
crie avec un étonnement naïf : « Personne de nous
ne l'a jamais surpris à table ». Alfred de Vigny
ressuscite la légende de Port-Royal dans l'austère
dignité de sa vie et de son caractère.

« Mais son âme et son œuvre sont profondément
imprégnées de la terreur janséniste. Pascal disait :
« Le silence des espaces infinis m'effraye. » A. de
Vigny a vécu dans cet effroi qui donne le frisson.
Le ciel ne l'a pas consolé de la terre ; Dieu ne l'a
pas réconcilié avec les hommes... Pascal tombait à
genoux et il disait à Dieu : « Faites-moi la grâce,
Seigneur, de joindre vos consolations à mes souffrances, afin que je souffre en chrétien. » Le jansé-

nisme moderne n'a plus de ces inconséquences : il
regarde au-dessus de lui et autour de lui :

> Comme un marbre de deuil tout le ciel était noir,
> La terre sans clarté, sans astre et sans aurore.

« Et alors, il fait comme le loup dans sa tanière,
il serre les dents et meurt sans jeter un cri (1)... »

M. l'abbé Lecigne pense donc comme moi sur ce
point. Ce n'est pas tout. L'année dernière, au mois
d'avril 1912, après avoir transcrit cette pensée de
Vigny : « 1832. — Je sens sur ma tête le poids d'une
condamnation que je subis toujours, ô Seigneur !
Mais ignorant la faute et le procès, je subis ma prison. J'y tresse de la paille pour l'oublier quelquefois : là se réduisent tous les travaux humains. Je
suis résigné à tous les maux et je vous bénis à la fin
de chaque jour lorsqu'il s'est passé sans malheur »,—
M. Remy de Gourmont, qui, en sa double qualité de
stendhalien et de montaigniste, est un des esprits
les plus perspicaces et les plus libres de ce temps,
s'écriait : « C'est du jansénisme athée, car ce Seigneur n'est là que comme ornement romantique(2).»

Non, ce n'est pas du jansénisme athée, c'est du
jansénisme pur et simple, c'est la doctrine effroya-

(1) *La Croix* du 20 novembre 1907.
(2) *Le Temps* du 7 avril 1912.

ble de la prédestination, et ce n'est pas la seule fois qu'on la trouve aussi clairement exprimée sous la plume de Vigny.

Quand il dit, par exemple dans la pièce liminaire des *Destinées* :

> O sujet d'épouvante à troubler le plus brave !
> Question sans réponse où vos saints se sont tus !
> O mystère! ô tourment de l'âme forte et grave !
>
> Notre mot éternel est-il : C'ÉTAIT ÉCRIT !
> SUR LE LIVRE DE DIEU, dit l'Orient esclave ;
> Et l'Occident répond : SUR LE LIVRE DU CHRIST.

Quand il s'écrie dans *la Mort du Loup* :

> Gémir, pleurer, crier est également lâche !

et, dans *le Mont des Oliviers*, que les critiques à courte vue regardent comme le dernier mot de son pessimisme athée :

> Muet, aveugle et sourd au cri des créatures,
> Si le Ciel nous laissa comme un monde avorté,
> Le juste opposera le dédain à l'absence
> Et ne répondra plus que par un froid silence
> Au silence éternel de la Divinité,

n'est-ce pas toujours la même pensée janséniste, à savoir que, la prière étant inutile au salut de l'homme qui n'a pas reçu la grâce, et le juste lui-même n'étant pas sûr d'être sauvé, les chrétiens n'ont qu'à courber la tête sous l'implacable destinée qui les

écrase et les domine? Consciemment ou non, Vigny
pensait donc là comme les solitaires de Port-Royal
auxquels il se rattachait par le sang de l'âme de sa
mère, et le Christ aux pieds duquel il tombait à genoux dans les grandes crises avait les bras étroits
et fermés comme celui de Saint-Cyran, de Pascal et
d'Arnauld.

Enfin, pour achever de montrer le chemin que la
question du jansénisme de Vigny a fait depuis dix ans
dans les esprits et dans les cœurs, je dirai que le sous-
directeur de l'établissement ecclésiastique où Vigny
et Sainte-Beuve suivirent, en 1831, les conférences
de l'abbé de Lamennais travaille en ce moment à
une thèse de doctorat sur ce sujet.

J'ai donc lieu d'espérer que, dans un avenir prochain, tous ceux qui, en matière de philosophie et
de religion, ne se paient pas de mots et ne sont pas
dupes des vaines apparences, reconnaîtront avec
moi que la philosophie amère et décourageante du
poète fataliste des *Destinées* n'est en réalité que du
jansénisme exaspéré ou du pessimisme chrétien.

IV

Après avoir démontré que le penseur, chez Alfred
de Vigny, avait la marque, le cachet de Port-Royal,

il me reste à établir que l'homme privé avait l'attitude, l'accent janséniste. C'est la partie la plus
agréable de ma tâche.

Et d'abord je pose en principe que de tout temps
les jansénistes dignes de ce nom furent des mora-
listes et des éducateurs. Ils ne disaient pas comme
certains casuistes : Faites ce que je vous commande
et ne faites pas ce que je fais! Ils avaient soin de
mettre leurs actes d'accord avec leurs paroles ; en
un mot ils prêchaient d'exemple. Eh bien, Vigny fut
un éducateur et un moraliste de la belle époque de
Port-Royal. Non seulement il fut admirable de dévouement envers sa femme et envers tous ceux qui
lui tenaient au cœur, mais sa correspondance avec
ses amis, avec les femmes dont il rechercha l'affection ou qui le prirent pour guide, reflète la « douce
gravité » qu'il aimait tant chez les autres. Sa vie
privée enfin ne fut que le commentaire éloquent de
sa vie publique. « Cache ta vie », disait le sage.
Jamais écrivain n'eut plus de pudeur pour tout ce
qui touche au *home*, à la vie intérieure du foyer
domestique. Etant jeune, il se tenait déjà à l'écart;
il n'aimait pas au régiment la société des officiers
frivoles et bavards, « savants sur la coupe de leur
habit, orateurs de café et de billard », il préfé-
rait de beaucoup la solitude ou la conversation

« des vieux capitaines froids, sévères, et bons dont le dos voûté était demeuré tel que l'avait plié le sac lourd d'habits et de munitions (1) ». Aussi, un officier de son régiment, Gaspard de Pons, a-t-il dit de lui malicieusement : « En voilà un qui n'a pas l'air des trois choses qu'il est : un militaire, un poète, un homme d'esprit (2). » Plus tard, quand il fit partie du Cénacle, il se mêlait peu aux compagnons dont la chevelure négligée et les pourpoints truculents tranchaient trop sur sa mise correcte : il n'y faisait que des apparitions discrètes, comme en témoignent les vers fameux de Sainte-Beuve :

> et Vigny plus secret
> Comme en sa tour d'ivoire avant midi rentrait.

Sa tour d'ivoire était « une cellule de moine »; son costume de travail « un froc, un capuchon (3) ». Il aimait déjà la solitude parce qu'elle est sainte, et l'étude pour la beauté de la pensée qu'il *adorait;* pour sa recherche qui *l'enchantait,* pour sa contemplation qui le *ravissait* dans un enthousiasme infini (4).

Comment donc expliquer que ce poète séraphi-

---

(1) *Journal d'un Poète.*
(2) *Alfred de Vigny en Béarn*, par Paul Lafond, p. 15.
(3) *Histoire d'une Ame*, par Georges Lachaud.
(4) *Idem.*

I

que avec des goûts et un tempérament comme les
siens, avec sa tempérance de cénobite (1), se soit
décidé un jour à affronter le théâtre? Disons-le bien
vite : c'est l'amour qui fit ce miracle, et il faut bien
que ce soit l'amour, puisque une fois l'amour parti,
Vigny renonça à la scène comme on renonce à Satan,
à ses pompes et à ses œuvres.

Je touche ici au point délicat, au côté faible de la
vie de Vigny, mais aussi au point qui nous le rend
plus sympathique, parce qu'il aima passionnément
et que cette passion se changea pour lui en martyre.
Il était fait pour aimer chastement une âme chaste,
et son mauvais génie, sa destinée, pour employer
son mot favori, voulut qu'il s'éprît d'amour pour
une femme dont la vie brûlée ne connaissait que les
chutes. Encore essaya-t-il, tellement son idéal d'a-
mour était élevé, de ramener cette belle pécheresse,
de la purifier à ses propres yeux comme pour la
rendre digne de lui... On sait comment il échoua
dans cette tâche, où il fut la dupe de son cœur bien
plus que de ses sens. Quand il s'aperçut qu'il était
trompé, il douta d'abord, tant sa nature était droite
et fière, tant une trahison de ce genre lui paraissait
monstrueuse. Il pardonna même une fois, deux fois,

---

(1) Dumas raconte en ses *Mémoires* que Mᵐᵉ Dorval ne le vit
jamais manger qu'un radis.

par bonté d'âme et par pitié, parce qu'il aimait encore et qu'il croyait à la sincérité des larmes. A la
fin, l'honneur — cette poésie du devoir — lui commanda de partir. Et il partit la mort dans le cœur.

Racine aussi avait passé par là, avec la Champmeslé. C'est pour elle, et dans le feu de la passion
qu'elle lui inspirait, qu'il avait écrit *Phèdre*, comme
Vigny écrivit *Chatterton* pour Dorval. Quand il
quitta la Champmeslé, lui aussi renonça au théâtre
en pleine renommée, en pleine gloire... Et les Messieurs de Port-Royal, Nicole et le grand Arnauld
aux pieds desquels il tomba, lorsqu'il fut touché de
la grâce, ne s'inquiétèrent pas de la femme qu'il
avait aimée, mais de l'orthodoxie de la pièce qu'elle
lui avait inspirée!... Faisons de même, jetons un
voile sur les relations amoureuses d'Alfred de
Vigny avec Marie Dorval, et sachons-lui gré d'avoir
protesté publiquement — avant sa rupture —
contre l'idée qu'on lui prêtait d'avoir voulu exalter
le suicide dans *Chatterton*.

« Le public qui a bien voulu écouter quarante
fois le drame de *Chatterton* au Théâtre-Français, et
le lire depuis, écrivait-il le 7 septembre 1835 au
directeur de *la Revue des Deux Mondes*, le public
a vu que, loin de conseiller le suicide, j'avais dit : le

suicide est un crime religieux et social; c'est ma conviction; mais que, pour toucher la société, il fallait lui montrer la torture que fait son indifférence.

« Chaque mot de cet ouvrage tient à cette idée et demande un législateur pour le poète, le temps et le pain.

« Veuillez apprendre ce fait au législateur nommé M. Charlemagne, qui (le 30 août) vient de désigner mon ouvrage comme enseignant le suicide. Il est triste de parler pour ceux qui ne savent pas entendre, et d'écrire pour ceux qui ne savent pas lire! »

Et qu'on ne mette pas en doute la sincérité de cette protestation. Si Vigny avait réellement voulu faire, dans la pièce de *Chatterton*, l'apologie du suicide, il n'aurait pas écrit la lettre qu'on vient de lire, et plus tard, quand il se sentit dévoré par le cancer, il aurait pris un pistolet pour mettre un terme à ses souffrances. Il écrivait un jour à sa filleule, Mme Lachaud, née Louise Ancelot, à propos du livre de *Servitude et grandeur militaires :* « Il faut que vous sachiez, vous, Louise, que toutes les fois que dans ce livre il y a *je*, c'est la vérité (1)! » Et le fait est que personne n'eut à un plus haut degré que lui l'amour de la vérité. Il lui

_____

(1) *Histoire d'une Ame.*

aurait sacrifié sa vie, s'il l'avait fallu ; il lui sacrifia
ses plus chers intérêts, sous la monarchie de Juillet, pour demeurer fidèle à ses principes. Il s'était
pourtant bien gardé d'en faire étalage, et ce n'est
guère qu'en 1848, quand il se porta à la députation
dans la Charente, qu'on apprit par les journaux que,
depuis la chute de Charles X, les préférences de cet
aristocrate étaient allées à la démocratie. Mais il
suffisait qu'il eût des opinions républicaines pour ne
pas répondre aux avances du roi Louis-Philippe et
de sa famille. Et c'est en toute vérité que le 3 août
1852, il mandait à sa cousine, la vicomtesse du
Plessis : « Quand par hasard vous vous occuperez
de votre cousin, vous ferez bien de vous informer,
car je crois que vous ignorez ce qu'il a fait. On
vous dira : pendant dix-huit ans, il a résisté à toutes les séductions comme grâces, marques d'estime,
et même d'attention, de la famille d'Orléans. Il
n'y a rien qui ne lui ait été offert sous ce règne.
On lui a offert la pairie, il refusa (1). »

Le désintéressement se doublait chez lui d'une
bonté dont ceux qui l'approchèrent reçurent les
plus touchants témoignages. Rappellerai-je ce qu'il
fit pour Brizeux, pour Émile Péhant, pour Lassailly, pour M\ll\e Sedaine et tant d'autres littérateurs

(1) *Revue des Deux Mondes* du 1er janvier 1897.

malheureux (1)? J'aime mieux souligner ce trait
de compassion qui n'est rien par lui-même, mais où
s'épanouit vraiment la fleur de son âme. Je le relève
dans une lettre adressée à Mme Lachaud : « J'ai
fait deux mariages dans les gens de ma maison, lui
écrivait-il du Maine-Giraud, les maladies de leurs
enfants viennent quelquefois de leurs logements,
je m'amuse à faire parqueter leurs chambres. A
quoi servirait tant de bois de chênes? Les ouragans
les renversent et moi je les emploie ainsi (2). »

Mais c'est surtout dans ses rapports avec sa
mère et avec sa femme, durant leur longue maladie, qu'éclata la bonté de son cœur. C'est en 1834
que sa mère tomba en paralysie. Elle demeura
quatre ans dans cet état, sans espoir de guérison. Il
se constitua son garde-malade et la soigna comme
une sœur des pauvres, sans jamais faire entendre
une plainte. Quand elle mourut, il eut des cris
qu'un janséniste seul aurait trouvés :

« *Vendredi 22 décembre (1837) après avoir
prié sur le cercueil de ma pauvre mère.*

« Mon Dieu ! mon Dieu ! avez-vous daigné connaître mon cœur et ma vie? mon Dieu m'avez-

(1) *Journal d'un Poète.*
(2) *Histoire d'une Ame.*

vous réservé la fin de ma pauvre et noble mère
comme un spectacle pour me rendre à vous plus
entièrement ? Avez-vous donc permis que la mort
attendît mon retour ? Son âme, sa belle âme, avait-
elle encore assez de force pour s'arrêter et m'attendre ?

« Avez-vous reçu dans votre sein cette âme ver-
tueuse, ô mon Dieu ? Soutenez-moi dans cet espoir ;
que ce ne soit pas un passager désir, qu'il devienne
une foi fervente.

« Depuis quatre ans, j'avais reçu ses continuel-
les tendresses et des adieux intérieurement destinés à moi, mais qu'elle n'osait exprimer pour ne
pas trop s'attendrir. Là sont mes consolations
secrètes. Ses mots échappés nourrissent mon amour
pour elle et apaisent un peu ma douleur ; mais
pourquoi ne plus entendre sa voix ?

« Mais, mon Dieu, n'est-ce pas un bienfait de
votre main, qu'après une tendresse si grande que
la mienne je n'aie pas eu la douleur de la voir
périr il y a quatre ans, et que j'aie joui de sa voix
et de sa vue pendant si longtemps ? Que j'aie pu
l'amener à s'apaiser dans les irritations violentes
de sa maladie, à reconnaître qu'elle était heureuse
et vénérée, adorée et divertie de ses ennuis par des

soins et des caresses sans fin? à se plaire à la vue
des tableaux et en écoutant la belle musique ? Est-
ce pour qu'elle s'éteignît ainsi plus doucement que
vous avez permis qu'elle conservât toujours cette
sublime sérénité, et ce repos pur et profond ?—Je
cherche inutilement des consolations dans cette
assurance qu'elle devait finir manquant de la force de
vivre, qu'elle n'a pas souffert et qu'elle a entendu
mes paroles et y a répondu par son adieu. Donnez-
moi, ô mon Dieu! la certitude qu'elle m'entend et
qu'elle sait ma douleur ; qu'elle est dans le repos
bienheureux des anges et que, par vous, à sa prière
je puis être pardonné de mes fautes (1) ? »

Est-ce là le langage, je vous le demande, sont-ce
là les sentiments du pessimiste désespéré et en quelque sorte impie que quelques-uns se sont efforcés
de nous montrer à travers certaines pensées de
son *Journal* ou certaines pièces de ses *Destinées*?
Et cependant, si quelqu'un eut le droit de douter
de la Providence, c'est bien le poète qui, de 1835
à 1863, de la trahison de sa maîtresse à la mort de
sa femme, ne quitta, selon ses expressions, le chagrin que pour la maladie et la maladie que pour le
chagrin ?

Il n'en douta pourtant jamais. Et s'il se raidit

(1) *Journal d'un Poète.*

parfois sous le fouet de la colère divine, s'il se
drapa dans sa douleur comme dans un manteau, ce
fut peut-être pour faire preuve de stoïcisme, par
un reste d'orgueil humain, ou encore pour justifier la fierté de son cri :

> J'aime la majesté des souffrances humaines !

Mais ce fut aussi par esprit de résignation, de
pénitence, pour expier ses fautes dans cette vallée
de larmes.

Ce qui l'établit à mes yeux, bien mieux que ses
vers posthumes, quelque admirables qu'ils soient, et
bien mieux aussi que ses *Pensées*, dont quelques-
unes sont assez énigmatiques, c'est sa correspondance intime avec sa cousine du Plessis, avec sa
filleule Louise Ancelot surtout, qu'il aimait comme
sa propre fille. C'est là qu'il faut le chercher, là
qu'il se livre tout entier, sans pose, tout naturellement, comme il était, et qu'il se révèle éducateur
et port-royaliste avéré. Presque toutes ses lettres
sont datées du Maine-Giraud et ont trait aux choses de l'âme et de la religion. J'ajoute — ce qui a
bien sa valeur — qu'elles sont des quinze dernières
années de sa vie.

Un jour il écrit à Mme Lachaud qu'il est parrain
d'une cloche et qu'il fait venir de Paris une statue

de la Sainte-Vierge pour la donner à une église d'un village voisin. Il lui demande à cette occasion sur quel autel elle doit être placée. Et cette question, qui n'a l'air de rien, est pour moi très suggestive. Elle signifie que, tout en ayant, comme les port-royalistes, de la dévotion à la Sainte-Vierge, il n'admet pas que dans l'église elle puisse prendre la première place (1).

Une autre fois — la veille de Noël — il recommande à sa filleule de lui garder une prière au moment de minuit. « A cette heure-là, je vous enverrai par la pensée tous les Anges gardiens dont je puis disposer, afin qu'ils vous apportent chaque jour de l'année prochaine les plus douces choses que vous ayez jamais désirées (2). »

Une autre autre fois encore, après lui avoir reproché d'être trop catholique romaine, il lui conseille de lire l'*Imitation*, qu'il sait par cœur. « Mais je vous en avertis, lui dit-il, prenez garde de me forcer à laisser tomber sur vos litanies quelques grands coups de raison pareils aux coups d'épée de Roland; j'ai ainsi fait voir du pays à bien des abbés et même à des abbesses…J'évite avec vous ces petits duels de controverse, de peur de vous faire du

(1) *Histoire d'une Ame.*
(2) *Idem.*

mal sans le vouloir, et malgré moi, emporté par les
mouvements irrésistibles d'une farouche sincérité,
que jamais l'éducation sévère que vous savez, ni
l'armée, ni le monde n'ont pu arrêter lorsqu'elle
veut éclater. Mes réflexions mêmes n'y réussissent
pas, et ensuite ma mémoire se lève, me suit,

> Monte en croupe et galope avec moi,

et fait d'un mot un reproche, presque un remords,
si elle me dit qu'il a pu affliger (1). »

Mme Lachaud avait un fils. Quand vint le moment
de le mettre au collège, Alfred de Vigny lui donna
raison de ne pas le laisser en pension entière et
complète. « Il est bon, lui écrivait-il, que les enfants
reviennent le soir entendre le langage de leur
famille, ce port d'où ils partent et où ils doivent
toujours revenir. Ceux qui n'entendent jamais que
les propos du collège ne sont plus en harmonie
avec leur maison quand ils y rentrent ; ils n'ont
sur la vie que les idées que les autres leur ont données et des ambitions fausses, étrangères aux désirs
justes et réfléchis de leurs parents, hostiles quelquefois. Les jeunes gens qui reviennent le soir
auprès de leur mère y respirent l'air pur et sain de

(1) *Histoire d'une Ame.*

leur berceau ; sa conversation leur donne des
idées justes de toutes choses et les repose des ensei-
· gnements factices de l'école. Ils peuvent se dire :
Et je vais avec l'ambroisie m'en débarbouiller tout
à fait.

« La vôtre les lavera de tout et développera en
eux ce qu'on oublie dans l'enseignement public : le
cœur. Il y a des gens qui trouvent que le cœur est
un organe gênant et ne s'occupent guère de le développer. Il s'épanouit tard et il est plus rare qu'on
ne croit (1). »

Le mode d'éducation si énergiquement condamné
par Alfred de Vigny fut donc épargné au fils de
Mme Lachaud, qui retrouva chaque soir, dans la
maison paternelle, « des idées justes » à la place
des idées factices de l'enseignement public et « res-
pira un air plus pur et plus sain ».

Quelques années après, l'auteur de *Stello* voulut
qu'à cette éducation familiale se joignît un enseignement plus élevé, et il donna sur ce point les
conseils suivants :

« Je désire que vous ayez mûri votre projet
d'emporter avec vous le livre de l'abbé Gratry que
vous avez vu sur ma table, *les Sources*. Ce livre
est fait pour les jeunes gens de vingt ans qui, sor-

(1) *Histoire d'une Ame.*

tis de la classe et regardant la vie en face, comme
un voyageur regarde une longue plaine qu'il a à
parcourir, sentent qu'il faut d'abord s'examiner,
se connaître et se former par la seconde éducation
que l'on se fait à soi-même. Le silence, l'étude, la
science comparée, sont des chapitres excellents,
par-dessus tout le livre, ainsi que la morale. Ajour-
nez-lui la lecture des parties abstraites, comme les
mathématiques et l'astronomie théologique qui
l'effaroucheraient ; mais dans les trop longues soirées de la campagne, faites-lui lire le plus que vous
pourrez à lui et à sa sœur, tout haut. Je suis
étonné que personne aux collège et lycée ne l'ait
exercé à lire à haute voix. — Vous, chère Louise,
qui avez écrit tant de petites observations sur son
caractère, tâchez de le former, de deviner ce qu'il
peut être, afin qu'il ne manque pas sa vie en entrant dans quelque carrière mal choisie qu'il lui
faudrait quitter. Puis-je mieux vous montrer ma
profonde affection, chère et douce amie, qu'en vous
parlant de ce qui fait l'objet constant de vos
soins (1) ? »

Lamartine raconte qu'il avait nourri l'espérance
d'être appelé un jour au rôle de gouverneur du
prince impérial. Ç'avait été le rêve aussi du grand

(1) *Histoire d'une Ame.*

Blaise, s'il faut en croire Nicole. « On a souvent
ouï dire à M. Pascal que nul emploi au monde ne
lui eût plus agréé que celui d'instituteur de l'héritier présomptif de la couronne de France et qu'il
aurait volontiers sacrifié sa vie pour une chose si
importante. » Je doute que Vigny eût poussé aussi
le loin le sacrifice, mais ce qu'il y a de sûr, c'est
qu'il eût été pour le jeune prince qui devait si tristement finir un précepteur incomparable.

Je reviens à la vicomtesse du Plessis, sa cousine
de Touraine, qui semble avoir eu le privilège de
l'amuser un peu.

Un jour, elle lui fait part du mariage de deux
âmes pures, autrement dit d'un mariage blanc. Aussitôt Vigny de lui répondre :

« Savez-vous qu'il n'y a rien de plus beau que
ce mariage de deux âmes pures que vous m'annon-
cez ?

« 1° On mettra entre les mains de la fiancée un
rosaire ou un scapulaire quelconque, je suppose le
vôtre. Puis on lui donnera à lire, après la messe, *la
Fleur des saints* (1). Là, elle verra que dans la
primitive Église le mariage fut considéré souvent
comme impur, que beaucoup de saints, mariés avant

---

(1) Livre mystique du Jésuite espagnol Ribadeneira.

leur conversion, firent vœu de vivre dans le désert avec leur femme, mais de l'aimer comme une sœur. Leur sainteté leur fit ainsi une seconde virginité, infiniment plus belle et plus méritoire que la première, puisque la tentation était là, tout à côté des mariés. Ils y gagnèrent le ciel d'où ils nous bénissent et l'honneur d'être inscrits sur notre calendrier.

« 2° On fera lire à la fiancée Platon et tous ses dialogues, afin qu'elle ait pour le corps périssable le juste mépris qu'il mérite, et elle ira à l'autel sans toucher la main de ce guerrier, notre cousin, qui l'a déjà devancée, à ce qu'il paraît (d'après votre récit) dans ces pieuses résolutions. La nuit elle n'aura pas besoin de prendre de chloroforme, comme la jeune et prudente Anglaise que vous savez. Personne n'attentera à sa pudeur, et vous entonnerez avec les deux époux un cantique d'actions de grâces (1). »

Il n'y a pas que dans la primitive Église que le mariage était considéré comme une déchéance, on n'a qu'à lire la lettre que la Mère Agnès écrivait un jour à son neveu, l'illustre avocat Le Maître, sur son projet de mariage, pour voir que Port-Royal pensait de la même façon.

(1) *Revue des Deux Mondes* du 1er janvier 1897.

Vigny connaissait donc son Port-Royal sur le bout du doigt. Mais la lettre la plus janséniste qu'il ait jamais écrite, à ma connaissance, celle qui nous donne la mesure exacte de ses sentiments chrétiens, j'ai la bonne fortune de pouvoir la publier ici. Elle est datée du 3 juillet 1857 et fut adressée à Mlle Valentine de Saint-Chamans, actuellement Mme Edouard de Clérambault, à l'occasion de sa première communion :

« Je crois fermement en votre bonté, ma chère petite Valentine, et je vous prie de l'employer tout entière à me pardonner mon immobilité et mon silence.

« Il faut qu'une filleule ait de l'indulgence pour son parrain et qu'elle l'excuse d'avoir une suite d'inquiétudes presque sans interruption. Votre cousine, Mme de Vigny, a été malade depuis plus d'un mois d'une fluxion de poitrine à peine guérie. Depuis trois jours seulement elle peut se lever et marcher dans la chambre. Votre aimable petit billet m'est venu au milieu des nuits de garde-malade et de consultations de médecins.

« J'ai compté un peu sur ma cousine et votre sœur aînée pour vous faire souvenir de tout ce qui m'attache ainsi à Paris d'une manière si sévère et souvent si affligeante.

« Vous voilà donc plus chrétienne que jamais, et je regrette de ne vous avoir pas vue approchant des sacrements qui vous ont été donnés. *Je suis sûr que vous étiez troublée de cette audace que nous avons ce jour-là de recevoir Dieu même sur nos lèvres.* Vous pouviez dire en vous-même :

> Seigneur, dans ta grâce adorable
> Quel mortel est digne d'entrer !
> Qui pourra, grand Dieu, pénétrer
> Ce sanctuaire impénétrable
> Où tes saints inclinés, d'un œil respectueux,
> Contemplent de ton front l'éclat majestueux ?

« Et deviez être reconnaissante et remercier le ciel de votre guérison, quand vous aviez une maladie qui effrayait votre bonne mère et nous affligeait ; vous auriez pu dire aussi comme les beaux cantiques :

> J'ai vu mes tristes journées
> Décliner vers leur penchant,
> Au midi de mes années
> Je touchais à mon couchant.

« Mais aujourd'hui vous direz le soir (et c'est la pénitence que je vous impose, comme un confesseur, en vous écrivant sur la table de l'Académie Française) :

Seigneur, il faut que la terre
Sache de moi vos bienfaits,
Vous ne m'avez fait la guerre.
Que pour me donner la paix.
Heureux l'homme à qui la grâce
Départ son don efficace
Puisé dans ses saints trésors,
Et qui, rallumant sa flamme,
Trouve la santé de l'âme,
Dans les souffrances du corps !

« Après cela vous chercherez, vous lirez, vous vous informerez, et vous trouverez de quel poète sont ces beaux vers, et vous les lirez tous, et vous apprendrez par cœur ceux qui vous auront touchée.

« Embrassez pour moi madame votre mère et vos sœurs, et écrivez-moi l'absolution que vous me donnez, j'espère, pour mon absence et pour le long sermon que je viens de vous faire (1).

« ALFRED DE VIGNY. »

6, rue des Ecuries-d'Artois, Paris.

J'ai souligné à dessein la phrase de cette lettre où il est dit : « Je suis sûr que vous étiez troublée de cette audace que nous avons ce jour-là de recevoir Dieu même sur nos lèvres. » On y respire, en effet, la sainte frayeur que les jansénistes des grands jours éprouvaient en approchant de la

---

(1) Lettre inédite communiquée par M. Ed. de Clérembault.

communion. Qu'on veuille bien se souvenir à ce
sujet des polémiques d'Antoine Arnauld, de son
livre qui déchaîna la première tempête sur Port-
Royal et du nombre considérable des clercs du parti
qui s'arrêtèrent au diaconat et au sous-diaconat
pour n'avoir pas à faire descendre de leurs mains
indignes le Saint-Sacrement sur l'autel.

Et maintenant que pourrais-je ajouter à l'appui
de ma thèse? Il me semble que j'ai gagné la cause
que je viens de plaider d'une façon si imparfaite,
d'ailleurs. On m'objectera peut-être que l'homme
est double et que ces sentiments chrétiens qu'exprimait Vigny dans sa correspondance avec cette
fillette et ces jeunes femmes ne l'empêchaient pas
d'en avoir d'autres, qui étaient plutôt d'un pur
sceptique, quand il conversait seul avec son esprit
ou qu'il prenait le masque du *Docteur Noir*. Je
ne dis pas non, mais c'est précisément parce que
l'homme est double que je me méfie du scepticisme
de surface de Vigny. Que son esprit ait été troublé
par les grands événements qui, de 1830 à 1852,
bouleversèrent la scène du monde; que sa foi religieuse ait vacillé un moment comme une lampe
près de s'éteindre, c'est un fait indéniable puisqu'il
avouait un jour à M⁰⁰ Maunoir qu'il avait craint
« d'être entraîné vers la religion *prétendue* réfor-

mée ». Mais il y a encore assez loin du protestan-
tisme au scepticisme, et s'il n'abjura pas, ce ne fut
ni par respect humain ou fausse honte, puisque
sa femme était protestante, ni par manque de foi,
puisque, dans son admirable lettre au pasteur Bungener (1), il prenait la défense de « la *Divinité*
menacée par le matérialisme et le panthéisme à la
fois »; c'est uniquement parce que dès cette époque
(1852) il avait placé son idéal religieux en dehors
et au-dessus de toutes les confessions. Et nous
allons voir que le chrétien qui demeurait en lui, à
son insu peut-être, après avoir supporté les pires
souffrances avec une résignation toute stoïque,
dépouilla le *Docteur Noir* aux portes de la tombe et
mourut dans les bras de la religion où il était né.

V

Mais avant de mourir de cette mort chrétienne,
Alfred de Vigny eut à soutenir plus d'un combat
et repoussa plus d'un assaut. Du jour, en effet, où
le mal qui le rongeait parut sans remède et où sa
vie fut en danger, les parentes qui l'entouraient,
les voisines qui le visitaient ne lui laissèrent plus

(1) Voir au tome suivant le chapitre de *Camille Maunoir*.

de repos qu'il ne se mît en règle avec l'Église.
Nous avons à cet égard une lettre de lui à Mme de
Saint-Maur, qui est tout à fait instructive :

« Je vous assure, lui écrivait-il, que j'ai des
remords d'avoir été malade comme si c'était une
faute bien grave de ma part. Car j'ai été cause ainsi
des souffrances de son excellent cœur toujours
menacé, hélas ! et toujours blessé des moindres
choses. (Il s'agit de sa femme.) Vous allez donc
enfin revenir, vous m'aiderez à réparer le mal qu'on
lui a fait avec de bonnes intentions sans doute,
mais sans ménagements.

« Je sais à présent, mais trop tard, quels effrois
dangereux on lui a causés à mon occasion. Mes
voisines, la fille et la mère elle-même (1), ne lui
ménageaient pas leurs excessives prévoyances, et
elles avaient imaginé de se charger de mon salut.
Il ne leur semblait pas facile de m'en parler, mais
elles prenaient le chemin détourné et faisaient passer
par elle leurs conseils les plus sinistres. Chaque fois
qu'elle les avait vues, elle allait s'enfermer pour
sangloter dans sa chambre et revenait sourire près
de mon lit. Mais ses yeux déjà trop malades la
trahissaient et se sont cruellement ressentis des

---

(1) Mme et Mlle d'Orville, qui habitaient la maison de Vigny.

tourments qu'on lui apportait ainsi. On ne se met pas assez à la place d'une personne dont la sensibilité est si vive que la sienne. Toute conversation sur les croyances religieuses lui semble un reproche fait à la sienne (1), et les entretiens mystérieux sur les confesseurs et l'accès qu'il serait bon de leur rendre possible lui apportaient une épouvante inexprimable dont j'espère la prévenir à l'avenir.

« Dans la simplicité de ces honnêtes personnes, il n'entre pas assez d'idées saines et véritablement graves. Elles ne considèrent pas qu'un homme qui a écrit ce qui est publié dans mes livres a depuis longtemps construit en lui-même l'édifice immuable de ses idées *philosophiques, théologiques et théosophiques,* qu'il a étudié à fond toutes les doctrines et théodicées antiques et modernes et que, s'il veut bien ne pas les exprimer et les développer dans des livres, ni même dans les conversations passagères, c'est parce qu'il ménage la faiblesse égoïste de pauvres âmes qui s'appuient encore sur des pratiques païennes et qui n'ont pas l'abondance de bonté qui devrait leur suffire pour faire le bien sans réclamer une récompense, y mettre un prix et fixer des conditions comme par un acte de notaire.

« En vérité, cela va presque encore jusque-là et

(1) On sait que Mme de Vigny était protestante.

pour ne pas être trop longtemps sérieux, il faut que
je vous apprenne une anecdote presque de votre
pays. L'un de mes amis m'a dit avoir vu et tenu
dans ses mains un parchemin signé de saint Dominique et que l'on conserve pieusement dans le Midi.
C'est un acte par lequel il promet à un brave gentilhomme, voisin des terres de son petit couvent,
autant d'arpents de sol labourable au paradis qu'il
en cédera gratuitement aux Dominicains autour de
leur maison. L'échange fut fait et enregistré (1). »

Cette lettre est du 4 octobre 1862. Elle prouve qu'à
cette date, c'est-à-dire moins d'un an avant de
mourir, Alfred de Vigny repoussait toute idée de
conversion ! Six mois plus tard, le 2 avril 1863, il
écrivait à Mme du Plessis, sa cousine :

« Après une vie toujours active, une immobilité
de deux ans a altéré ma constitution et tous les
jours mes jambes sont gonflées, et je ne peux ni me
lever d'un fauteuil, ni marcher dans la chambre
sans le soutien de deux personnes. Les frictions
de toute sorte n'y ont rien fait, et aujourd'hui même
je suis dans le même état. Vers trois heures on me
lève. Je cherche alors à recevoir mes parents, à
leur paraître guéri ; mais ces efforts-là me font mal

(1) *Revue de Paris*, du 15 juillet 1900.

presque toujours. Cependant, il me semble que j'ai quelquefois réussi, car vous me paraissez très rassurée et vous m'écrivez, en folâtrant, que c'est pour ne reparaître que tel que j'étais que je reste chez moi. Cependant je dois croire qu'en autres récits mes parents sont moins optimistes, car nous avons des cousines pieuses qui ont multiplié près de moi les amulettes, les médailles de la Vierge Immaculée, et même des saintes amoureuses comme Mᵐᵉ de Chantal. Le pauvre archevêque de Paris (que ces médailles n'ont malheureusement pas sauvé) m'est venu voir trois fois, comme depuis, l'évêque d'Orléans et un certain nombre d'abbés que je vous décrirai plus tard, ainsi que leurs rapports avec moi, en grand détail et vérité historique (1). »

Il est fâcheux que la mort ne lui ait pas laissé le temps de raconter en détail ces pieuses visites, car nous saurions de façon certaine dans quels sentiments il ouvrit son âme au prêtre, et les discussions à cet égard ne seraient plus permises. Mais le peu que nous a révélé sa correspondance avec le P. Gratry et le témoignage non suspect de la femme dévote qui assista à ses derniers moments nous suffisent pour en parler en connaissance de cause.

(1) *Revue des Deux Mondes* du 1ᵉʳ janvier 1897.

Le premier prêtre qui semble avoir entrepris de
le convertir, ou plutôt de le réconcilier, avec l'Église
romaine, fut, en effet, le P. Gratry. Disons tout de
suite que personne n'en était plus capable. D'abord
Alfred de Vigny lui avait toujours montré beaucoup
de sympathie ; ensuite ils étaient, sans s'en douter, beaucoup plus près l'un de l'autre qu'ils ne
paraissaient à première vue. Autant Vigny était
en dedans, concentré, replié, méditatif, autant le
P. Gratry était en dehors exubérant, exalté, on
pourrait presque dire illuminé. Mais ils étaient tous
deux foncièrement mystiques, et tous deux s'étaient
laissé conduire par la femme dans les voies différentes qu'ils avaient suivies. Que si leur idéal religieux n'était pas tout à fait le même, ils avaient à
peu de chose près le même idéal social, et leur gé-
nérosité naturelle, leur ardeur à faire le bien, leur
compassion pour tout ce qui souffre les faisaient
frères au regard de Dieu.

Nous avons vu qu'Alfred de Vigny goûtait énor-
mément *les Sources* du P. Gratry. Quand on a lu
et médité ce petit livre, on s'explique sans peine
qu'un esprit sérieux et réfléchi, ami du silence et
de la solitude, se soit pris au charme profond des
pensées que voici :

« — J'ai horreur de la métaphysique abstraite et de toute science qui ne se relie pas à la morale, à Dieu, au bien des hommes.

« — La plupart des hommes, surtout des hommes d'étude, n'ont pas une demi-heure de silence par jour. Et quand le livre de l'*Apocalypse* dit quelque part : « Et il se fit dans le ciel un silence d'une demi-heure », je crois que le texte sacré signale un fait bien rare dans le ciel des âmes.

« — Il faut donc écouter Dieu, il faut faire silence pour l'entendre.

« — Mais le silence suffit-il ? — Oui, car, dit saint Augustin, la sagesse éternelle ne cesse de parler à la créature raisonnable, et la raison ne cesse de fermenter en nous. »

C'est au mois d'octobre 1861 que le célèbre oratorien entra en relations avec le poète de *la Maison du Berger* et de *la Mort du Loup*. Le P. Gratry était alors candidat à l'Académie Française (1) et s'était présenté plusieurs fois chez Alfred de Vigny pour lui faire la visite traditionnelle, sans avoir pu arriver jusqu'à lui, car il gardait le lit depuis le 4 septembre. Mais dès que le malade put se

(1) Il ne fut élu que le 2 mai 1867, en remplacement de M. de Barante. Je renvoie le lecteur au chapitre que je lui ai consacré dans le tome III des *Derniers Jansénistes.*

lever, il s'empressa de lui écrire qu'il serait heureux de le recevoir et de l'entretenir librement des
ouvrages qu'il avait eu la bonté de lui envoyer. Le
lendemain même, 23 octobre, le P. Gratry fran-
chissait le seuil de Vigny, au coup de 2 heures.
Leur correspondance, qu'on a publiée naguère (1),
est muette sur cette première entrevue, mais elle
dut être très cordiale, car nous savons par un billet du P. Gratry, daté du 30 novembre, que le poète
lui promit d'aller l'écouter le dimanche suivant à la
chapelle de la rue Monsieur. C'est là, en effet, non
loin de la rue Barbet-de-Jouy, où il avait été auto-
risé à habiter après sa rupture avec le P. Petetot,
de l'Oratoire, que le P. Gratry faisait entendre la
parole de Dieu à sa clientèle d'élite.

Cependant les choses n'allaient pas aussi vite
que le Père l'aurait voulu. Vigny avait même laissé
passer les fêtes de Noël sans faire un pas dans la
voie où il désirait tant le voir entrer, et il s'éton-
nait de ses « incertitudes sur la foi chrétienne
et catholique » qu'il était si heureux de posséder
pleine et entière.

Un jour, n'y tenant plus, il lui annonça sa visite
pour le lendemain. Mais Vigny, qui n'avait pas
l'habitude d'être pris d'assaut et qui regrettait

(1) Cf. *le Mercure de France*, numéro de décembre 1900.

peut-être déjà de s'être trop ouvert au P. Gratry,
Vigny s'empressa de l'avertir qu'il ne lui serait pas
possible de le recevoir. « Je vous écrirai, lui disait-
il, quel jour je me verrai plus assuré de demeurer
seul avec vous sans que nulle interruption m'empêche de vous entendre. J'espère que ce sera
bientôt... »

On était au 5 janvier 1862. Trois jours après, le
P. Gratry revenait à la charge en des termes dont
l'affectueuse insistance laissait trop voir le bout de
l'oreille du confesseur.

« Quand vous êtes malade ou fatigué, ne serait-
ce donc pas le moment de me faire venir, afin de
vous parler ou de vous soigner ? Prenez-moi, s'il
vous plaît, comme garde-malade ou sœur de charité.
Du reste, j'ai vraiment quelque chose d'important
à vous dire sur ce sujet. »

Cette fois, Vigny trouva que l'intérêt que lui
portait le P. Gratry frisait l'indiscrétion, voire l'im-
portunité, et répondit sur un ton légèrement ironique :

« 18 janvier 1862, samedi.

« Nous ne nous connaissons pas, monsieur l'abbé,
et vous vous tromperiez chaque jour sur moi, si
vous me supposiez ou fâché ou content d'une con-

versation sur les choses surnaturelles et mystiques.
Nous n'avons fait encore que les effleurer en plai-
santant. Un jour je vous en parlerai avec plus de
suite et de gravité, mais ce ne sera pas à présent.
La controverse est une escrime assez fatigante, et
il faut disposer de toutes ses forces pour que les
armes soient égales.

« Il ne convient pas, d'ailleurs, que nous con-
fondions les deux questions de la destinée des élus
du ciel et des élus de l'Académie Française...

« Vous pourrez un jour paisiblement m'excom-
munier au coin du feu si vous voulez, mais à présent je suis à la fois garde-malade et encore souffrant. Le silence est un des moyens de guérison qui
me sont prescrits et les médecins sont d'accord avec
Stello, qui dit que : *la solitude est sainte.*

« J'aurai plus de plaisir à vous rendre la parole
que vous à la prendre assurément... »

Mais le Père Gratry n'était pas homme à se décou-
rager pour si peu. Quand il avait entrepris de convertir un pécheur de marque, toutes les occasions
lui étaient bonnes pour entrer en contact avec lui.

« J'aime les âmes, écrivait-il à Lamartine,
en 1857, et il y a des âmes lumineuses que j'ai
aimées de tout temps, sans avoir jamais rencontré
l'occasion de communications directes. Si elles

disparaissaient de cette terre avant moi, je serais
étonné, désolé, de ne les avoir jamais embrassées...
Or, voici la plus lumineuse de ces âmes qui daigne
me saluer la première. Quel bonheur! Aussi, Monsieur, je vous demande la permission de vous faire
une visite, soit à Paris, soit à Saint-Point, si je
retourne dans le Midi. Je voudrais une bonne fois
chercher à voir de près si le ressort de votre espérance et le dernier but de votre ambition dans cette
vie est ce que je soupçonne, et si vous espérez, et
voulez vivre assez pour contribuer à mettre sur
la terre un peu plus de justice, d'amour et de sérénité. On le pourrait. Oh! si vous le vouliez très fortement, comme Dieu vous bénirait! et que de bien
vous pourriez accomplir! Le reste ne peut se dire
que de vive voix (1). »

D'autre part, M. Jules Levallois nous raconte en
ses *Mémoires d'un critique* que le P. Gratry, « qui
n'était pas d'un esprit embarrassé », alla jusqu'à
promettre à Augustin Thierry de lui rendre la santé,
le mouvement et la vue, s'il consentait à modifier
son texte primitif de *la Conquête de l'Angleterre*,
mais que la plupart de ces obsessions furent con-
jurées par la fermeté de M. Amédée Thierry, « âme

(1) *Lettres à Lamartine*, p. 286.

religieuse, conscience très droite, caractère incapable de se prêter à une fâcheuse transaction... »
Loin donc d'être refroidi par la réponse plutôt
négative d'Alfred de Vigny, l'illustre oratorien lui
risposta sur le champ :

> « Cher Monsieur,
>
> « ... Parce que vous êtes au lit, vous craignez
> de me recevoir. Mais je ne suis pas un étranger.
> Vous recevez bien le médecin ! Eh bien ! quel qu'il
> soit (surtout s'il est grand médecin, il comprendra
> ceci), je suis peut-être plus médecin que lui. Com-
> ment peut-on perdre le précieux temps de la maladie,
> en ne l'employant pas à la régénération religieuse !
> Et la régénération religieuse de l'âme, je l'ai scien-
> tifiquement constaté dix fois, *très souvent* régénère
> le corps, ou du moins le ranime, le guérit pour
> longtemps. La plus grande des forces, les hommes
> la laissent dormir en eux ou à côté d'eux ! »

Cependant Vigny ne se laissait pas entamer. Le
P. Gratry avait beau lui répéter dans toutes ses
lettres qu'il fallait « invoquer Dieu par une ardente
prière » et « inoculer dans son âme et dans son corps
la force de Dieu », il avait l'air de pas entendre,
quoique, au fond, j'en suis convaincu, il fût touché
des vains efforts de ce saint prêtre.

Alors, le P. Gratry eut recours à un moyen qui montre son âme naïve dans toute sa beauté mystique. Sainte-Beuve disait malicieusement qu'on lisait sur sa figure : « Je crois à l'Immaculée-Conception ! » Il croyait, en effet, si fortement au pouvoir de la Vierge sur le cœur du pécheur endurci qu'il envoya au poète son *Mois de Marie* avec la ferme espérance qu'il en serait ébranlé :

« Je brave le respect humain, lui disait-il, et je soutiens ce que j'y affirme comme scientifique et philosophique. Je vous demande de lire le chapitre XXV : *Santé des infirmes*, et de me dire si, oui ou non, vous êtes certain qu'il n'y a rien de vrai dans la merveilleuse parole de Bossuet, qui est le diamant de ce chapitre... »

Et Vigny de se transporter, comme de juste, au chapitre en question et d'y lire attentivement ces lignes de Bossuet parlant du chrétien qui se donne tout entier à la Vierge : « Cet acte livre tout l'homme à Dieu, son âme, son corps, toutes ses pensées, tous ses désirs, tous ses membres, toutes ses veines avec tout le sang qu'elles renferment, tous ses nerfs, jusqu'aux moindres linéaments, tous ses os, jusqu'à l'intérieur, jusqu'à la moelle (1) ! »

_____

(1) *Le Mois de Marie de l'Immaculée-Conception*, édition de 1892, p. 249.

Mais je doute qu'il en ait reçu le moindre ébran-
lement, car, pour comprendre ce langage mystique,
il ne suffit pas d'être mystique et chrétien, il faut
avoir la foi *cathólique*, et Vigny l'avait perdue.

Le P. Gratry prêchait donc dans le désert? Pas
tout à fait, car bientôt Vigny lui ouvrit sa porte à
deux battants, et notre apologiste put s'escrimer
avec lui de vive voix et en tête à tête. Mais je crois
que l'éloquent oratorien avait conscience de son
infériorité quand il se disait « nul sur cet exercice »
et qu'il argumentait mieux la plume à la main. En
tout cas, il appert de la lettre suivante que Vigny,
dans leurs conversations, s'amusait à plaider le faux
pour savoir le vrai.

« Je suis enfin forcé de reconnaître, lui écrivait
le P. Gratry à la date du 16 juillet 1862 (1), que
vous vous posez comme pur sceptique : « On ne peut
rien affirmer », dites-vous... Tel est le résumé de
toutes nos conversations.

« Eh bien, je ne puis croire que ce soit sérieux,
que ce soit là *votre tout*.

« Il me semble que, comme le Dr Noir, vous pré-
tendez d'abord développer ce système, ou plutôt

---

(1) Le P. Gratry était alors à Allevard, auprès de l'évêque d'Orléans, qui y faisait une cure.

cette face de l'esprit humain, et qu'ensuite vous
seriez prêt à développer les autres faces de la pensée humaine avec la même verve de forme et de
détails. »

Hé! hé! voilà qui n'est point trop mal vu, et
m'est avis que cette remarque est d'un observateur
qui a l'habitude de lire au fond des âmes les plus
compliquées.

Le P. Gratry continuait sur le même ton, comme
pour lui donner à entendre qu'il n'était point dupe
de son manège :

« Je crois cela, parce que cette face connue, la
moindre et la moins soutenable, ne peut pas être
votre tout. Ce ne serait pas suffisant. Je ne puis
consentir à voir là le fond de la pensée de l'un des
écrivains pour lequel j'ai senti et sentirai le plus de
sympathie, et qui, lui-même, en tout désintéressement, a bien voulu toujours se montrer favorable
à ce que j'écris.

« J'espère donc que vous me développerez autre
chose avec l'admirable variété du style du Dr Noir.

« Ce que je réponds à votre dernière conversation, c'est que votre thèse textuelle est ceci : « On
ne peut rien affirmer ! » Soit. Alors ne parlons pas.
Mais point. Tous vos efforts, toute votre verve, tout
votre pétillant esprit tendent à établir tout autre

chose, savoir ce mot de Voltaire : « Le monde est
une mauvaise plaisanterie. »

« Ce n'est pas là ne rien affirmer, c'est affirmer
la chose la plus énorme.

« Or, pourquoi tenez-vous à affirmer (du moins
dans cette conversation) que le monde est une
mauvaise plaisanterie? Et pourquoi, moi, est-ce
que je tiens, tout en connaissant parfaitement la
thèse contraire, à soutenir que le monde est un
admirable et très heureux chef-d'œuvre ?

« Pourquoi? Parce que les âmes sont libres de
leurs orientations fondamentales.

« Mais ceux qui s'orientent dans la négation et
le mépris et l'ironie ont tort, tort moral et tort
intellectuel. Et ceux qui s'orientent dans l'affirmation, l'admiration et l'adoration, ont raison.

« Ils sont dans le devoir, dans le devoir moral
et intellectuel de l'homme.

« Et la raison qu'on peut apporter du tort des
uns et du droit des autres, c'est que la négation
radicale est fausse et que l'affirmation radicale est
vraie.

« Il est faux qu'il n'y ait rien.

« Il est vrai qu'il y a quelque chose. Il est faux
que l'Être ne soit pas. Il est vrai que l'Être est. *Je
pense, donc je suis, donc l'Être est*, est un point

de départ immuable, et dont les conséquences vont très loin et même vont à tout.

« Pardonnez-moi, cher et digne Monsieur, ces assertions abruptes, mais à qui plus qu'à vous peut-on dire : *Intelligenti pauca.*

« Notez bien toujours que je ne vous attribue nullement, comme étant bien à vous, la thèse de négation, de mépris et d'ironie.

« Il y a certes en vous tout autre chose, et, je ne puis m'empêcher de le croire, de belles et grandes convictions positives.

« Je prie Dieu de vous bénir. »

Encore une fois le P. Gratry avait parfaitement jugé son illustre correspondant. Il avait très bien vu — et c'est ce qui a échappé à la plupart des critiques contemporains — que la thèse du doute et de la négation n'était pas la sienne propre, mais celle du Docteur Noir, lequel, pour exprimer souvent ses pensées de derrière la tête, est allé certainement, dans cette voie, beaucoup plus loin que lui, Vigny, n'est jamais allé. Et c'est pour le mettre au pied du mur et le forcer à déposer le masque, qu'il lui écrivait la très belle lettre qu'on vient de lire.

Mais Vigny, malgré ses « convictions positives »,

n'était pas encore prêt à rentrer dans le giron de
l'Église, et c'est un autre prêtre que le P. Gratry,
c'est un simple curé de la banlieue parisienne, qui,
un an plus tard, alors que l'éloquent oratorien
avait renoncé à le convertir, eut l'insigne honneur
de recevoir sa confession.

Comment cela se fit-il?

> Par quel secret ressort, par quel enchaînement
> Le ciel *conduisit-il* ce grand événement?

Cela se fit tout naturellement et par les voies
que Dieu s'était depuis longtemps préparées. Nous
avons vu qu'Alfred de Vigny était entouré d'amies
et de parents qui suivaient avec anxiété la marche
de sa maladie, attendant le moment psychologi-
que de le mettre face à face avec Dieu. Quand le
moment fut arrivé, l'une d'elles manda M. l'abbé
Vidal, curé de Bercy, qui vint en tout hâte comme
pour prendre de ses nouvelles et fut assez heureux pour le confesser dès sa seconde visite.
M. Vidal avait la réputation d'un saint prêtre;
son successeur m'écrivait naguère que Mgr Dar-
boy le donnait comme modèle à son clergé pour
avoir su concilier le zèle et l'activité dans le ministère paroissial avec le travail intellectuel. On ne
voyait, paraît-il, le curé de Bercy qu'à l'église,

aux Œuvres ou à son bureau. Il a écrit une vie de
saint Paul assez estimée et c'est lui qui administra
les derniers sacrements à Mme Tastu. Ses relations
avec le grand poète remontaient assez haut, puisque, dans une lettre du 20 octobre 1845, Vigny
invitait Busoni à venir prendre le thé chez lui avec
l'abbé Vidal. Celui-ci était lié également avec
Mme du Pré de Saint-Maur (1), cousine par alliance
de Vigny, et je crois bien que c'est elle qui avait
recommandé aux deux femmes zélées (2) qui le servaient d'envoyer chercher ce bon curé quand elles
verraient l'instant propice. En tout cas, je regrette
que Louis Ratisbonne, après avoir lu le récit des
derniers moments de son maître, se soit permis
d'écrire que, s'il avait raconté sa vie à l'abbé Vidal,
cet acte n'avait certainement pas le caractère d'une
confession. Qu'en savait-il? On ne ment pas devant la mort (3), et la lettre de Mlle d'Orville, qui

(1) Jules du Pré de Saint-Maur (1812-1877) avait pour grand'mère
une cousine germaine de Vigny. Sa femme, Clémence de Laussat,
d'origine béarnaise, était une personne pieuse et intelligente, que le
poète affectionnait beaucoup.

(2) Les deux domestiques de Mme de Vigny, qui étaient protestantes.

(3) On lit à ce sujet, dans *les Souvenirs personnels* d'Auguste
Barbier, p. 366 :

« M. de Peyronnet, cousin par sa femme de M. de Vigny, m'a
raconté qu'il avait trouvé sur l'escalier du poète, quelques jours
avant sa mort, M. l'abbé Vidal, qui venait de le voir et qui avait

contient ce récit, est trop circonstanciée et par
endroit trop naïve pour ne pas exprimer la vérité
tout entière. C'est ainsi qu'elle nous apprend que
le curé de Bercy usa d'un pieux subterfuge pour
précipiter les choses. La première fois qu'il vint
le visiter, ce fut comme par hasard ; la seconde, il
lui dit qu'il allait partir en vacances et qu'il ne
voulait absolument pas le quitter sans lui avoir
donné l'absolution. Alors le pauvre malade avait
de lui-même ôté son bonnet et s'était confessé avec
beaucoup de respect, de sérieux et de conviction.

Après quoi, M. Vidal ayant voulu lui serrer la
main, comme pour le féliciter, Alfred de Vigny
l'avait embrassé en lui disant : monsieur le Curé,
vous venez de faire une bonne action ! Il avait
ajouté qu'il était de race religieuse et presque sacerdotale, qu'il était né catholique et mourait
catholique (1).

dit ceci : *Je viens de m'entretenir avec le pauvre mourant, la chose
est faite :* il voulait parler de sa confession.
   « A propos de la mort de M. l'abbé Vidal, en 1868, M. l'abbé Fal-
cimagne a écrit ceci dans *le Monde :* « D'illustres auteurs, tels que
Mᵐᵉ Tastu, Alfred de Vigny, se plaisaient à consulter sa haute
esthétique et sa rare érudition ; le dernier dut à son amitié après
Dieu l'avantage d'une mort chrétienne. » — Cette note confirme le
mot de M. le vicomte de Peyronnet. Nous sommes loin de *la Mort du
Loup,* ce symbole élogieux de la mort muette et solitaire du stoïque ;
mais j'aime mieux cette fin, elle est plus naturelle et plus humaine.»
   (1) Se souvenir à ce propos de ce qu'il disait, vers 1860, à un

depuis peut-être jours je suis au lit
repris par une crise violente de cette
interminable maladie — //
me dont vous épargner, à mon
grand regret cette double et amicale
entrevue projetée si prochainement
pour demain . — Je ne peux même

FAC-SIMILÉ D'UNE LETTRE AUTOGRAPHE DE VIGNY A LOUIS RATISBONNE

En quoi ces détails manquent-ils de vraisemblance ? Loin d'exagérer les sentiments religieux
que le poète de *Moïse* exprima dans cette circonstance solennelle, Mlle d'Orville regrette, au
contraire, que son retour à Dieu n'ait pas été
« plus spontané, plus éclatant ». Mais vous con-
naissiez, s'empresse-t-elle de le dire, « ce caractère
qui voulait absolument concentrer tous ses sentiments en lui-même. S'il a été touché, comme il
faut l'espérer, vous savez qu'il se serait bien gardé
d'en convenir ». C'est là, si je ne m'abuse, un
témoignage en qui on peut avoir confiance.

Ce récit d'ailleurs est confirmé par la lettre que
M. Vidal lui-même écrivit en 1864 au P. Langlois.
On la trouvera, ainsi que celle de Mlle d'Orville, à
l'Appendice de ce chapitre.

Veut-on savoir ma façon de penser très nette et
très franche à ce sujet. La voici. Je crois fermement qu'Alfred de Vigny, tout chrétien qu'il était,
n'aurait pas demandé de lui-même un prêtre, et
qu'à sa dernière heure il se serait contenté de « regarder la croix avec respect » et d'élever son âme
à Dieu.

protestant qui l'adjurait d'embrasser la religion réformée : « J'aime
être catholique, parce que c'est la religion qui a fait mourir le plus
de monde sur la terre. C'est toujours une douceur de se dire cela. »
(Voir au tome suivant le chapitre de *Delphine Bernard*.)

Mais quand l'abbé Vidal lui eut tenu le langage que l'on sait, il aurait cru faire acte de mécréant en refusant les secours de la religion dans laquelle il était né, d'autant plus que le curé de Bercy, qui connaissait depuis longtemps ses idées philosophiques, eut le bon esprit de ne point lui en parler. Et Vigny dut penser alors à sa sainte mère.

Qu'importe à présent que sa confession ait revêtu telle ou telle forme, et que, par exemple, au lieu de se mettre à genoux, il ait simplement ôté son bonnet. L'essentiel est qu'il se soit humilié devant le prêtre qui lui apportait l'absolution et qu'il ait « rempli comme une formule son devoir de chrétien ».

Aussi bien, cette mort était-elle la seule qui fût digne de lui et de sa lignée. Je ne vois pas, quant à moi, le poète de *Moïse* et d'*Éloa* mourant comme un philosophe païen, tout stoïque qu'il était. Et si jamais on avait l'idée de mettre une statue symbolique sur sa tombe, il me semble que celle qui conviendrait le mieux serait la statue de la Religion qui l'occupa toute sa vie et lui inspira ses plus beaux chants.

APPENDICE

Lettre de M^e d'Orville à Mme de Saint-Maur.

Madame,

Vous savez déjà, sans doute, le triste événement qui est venu enfin nous affliger tous. Ce pauvre M. de Vigny est mort jeudi, à 1 ou 2 heures de l'après-midi, et aujourd'hui nous venons de lui rendre les derniers devoirs. Ce n'est donc point pour vous l'apprendre que j'ai l'honneur de vous écrire, mais pour répondre à votre désir et aux affectueuses sollicitudes dont nous avons été témoins. Et je peux heureusement vous donner quelques détails qui, je l'espère, adouciront pour vous et M. de Saint-Maur le regret de cette perte.

M. de Vigny non seulement a reçu l'extrême-onction avant de mourir, mais il s'est confessé à M. le curé Vidal, plusieurs jours avant de se mettre au lit tout à fait. Depuis votre départ le mal paraissait marcher rapidement et je n'ai pas besoin de vous dire quelle était notre anxiété, ne pouvant rien lui dire, étant fort embarrassée de prendre ou non l'initiative auprès de Sophie, et vous,

Madame, n'étant pas là. Et pourtant, si souvent déjà, nous l'avions vu se relever, comme vous savez, de crises terribles, que nous espérions encore un peu, lorsque, par bonheur, l'excellente Sophie vint d'elle-même nous prier d'écrire à M. Vidal. Jugez si je m'empressai de le faire ! Il eut la bonté de venir aussitôt, *comme par hasard;* il resta longtemps ; mais nous n'en sûmes pas davantage alors. Seulement ces bonnes filles ont prétendu depuis que ce soir-là il eut l'air beaucoup plus gai, beaucoup plus content que de coutume. Quelques jours après il s'alita pour ne plus se relever. Il souffrait cruellement, d'après ce qu'a dit Sophie : il s'écorchait dans son lit, et quant à sa maigreur, son dépérissement, c'était à faire compassion, quoique, lorsque vous fûtes partie, il ne dût pas vous paraître qu'il pût maigrir et changer davantage.

Je crois qu'on vous a écrit qu'il avait le délire ; vous en aurez sans doute été inquiète, mais je pense que c'était un peu exagéré (sans pouvoir en juger tout à fait cependant, puisque nous ne l'avons plus revu quand il a gardé le lit). Je crois plutôt que c'était l'agitation de la vive souffrance et la grande faiblesse, d'un autre côté, qui lui faisaient ainsi tourmenter ces pauvres filles la nuit, mais il paraît qu'il avait parfaitement ses idées quand ses amis venaient le voir (et qu'il avait la force de leur parler). Au reste, quoi qu'il en soit, la grande action était déjà faite alors.

Sophie, toujours plus inquiète avec juste raison, vint encore nous dire qu'il fallait absolument faire venir M. Vidal : je fus moi-même à Bercy, craignant que la poste ne fût trop lente, et c'est alors que M. le curé me dit

qu'il avait confessé M. de Vigny dans sa dernière visite,
et lui avait donné l'absolution, lui disant qu'il allait
partir pour les vacances, et qu'absolument il ne voulait
pas le laisser sans lui faire accomplir ce devoir. Qu'a-
lors le pauvre malade avait de lui-même ôté son bonnet.
Qu'il avait fait la chose avec beaucoup de respect, de
sérieux, et comme lui, M. Vidal, le croyait, de conviction ; qu'ensuite, ayant voulu lui serrer la main comme
pour le féliciter, M. de Vigny l'avait embrassé en lui
disant : « Monsieur le curé, vous venez de faire une bonne
action ». Qu'en continuant à causer il avait paru se plaire
à rappeler plusieurs de ses parents qui étaient dans
les saints ordres, disant qu'il était de race religieuse et
presque sacerdotale, et ajoutant ces propres paroles : « Je
suis né catholique, et je meurs catholique. » — « Vous
pouvez, Mademoiselle, a continué M. Vidal, répéter tous
ces détails consolants à Mme de Saint-Maur et aux
autres personnes qui s'intéressent à M. de Vigny. Maintenant, je ne peux y retourner parce qu'il la croit partie,
que je me suis moi-même un peu servi de ce prétexte
pour brusquer, pour ainsi dire, la chose et que, vis-à-vis
d'un homme de ce caractère, je ne puis avoir l'air d'a-
voir menti. D'ailleurs, je vais partir véritablement. Je
crois également que, si un autre prêtre se présentait, il
en serait fort surpris et probablement heurté, ou peut-
être même ne l'admettrait point. Il ne vous reste donc
qu'à surveiller le moment, hélas ! et, quand vous verrez
que sa fin approche, lui faire donner l'extrême-onction
par la paroisse. »

  Cela s'est fait ainsi, chère Madame. Nous étions dans
une grande anxiété, ne l'approchant pas, craignant éga-

lement de le heurter ou de le laisser mourir sans cette
dernière grâce. C'était une grande responsabilité. Enfin,
c'est encore grâce à Sophie qu'il l'a reçue. Je vous
assure qu'elle et sa sœur se sont conduites comme des
catholiques zélées, en outre des soins qu'elles n'ont cessé
de lui rendre avec toute sorte de cœur et d'affection.

Il leur avait parlé toute la nuit de diverses choses,
mais souffrant beaucoup et leur disant : « Priez pour
moi ; oh ! priez Dieu pour moi ! » Puis, sur le matin, il
n'avait plus pu parler. C'était alors qu'elles étaient venues
nous demander le prêtre. Vous pensez si nous courûmes !
Pauvre M. de Vigny ! il gémissait, il avait les yeux fermés : il relevait et laissait retomber ses bras, comme
quelqu'un qui souffre bien ou qui est accablé de douleur,
et elles croyaient qu'il n'avait plus de connaissance, en
quoi je pense qu'elles se trompaient, au moins en partie.
Elles ont dit aussi qu'elles avaient cru comprendre que
ses dernières paroles avait été pour demander un prêtre. Dieu fasse que cela soit, en effet ! Nous n'osâmes
trop nous approcher ni lui parler de peur de le contra-
rier. Vous savez, Madame, comme il était. Nous restâ-
mes, ma mère et moi, à prier ainsi que notre pauvre
bonne. Songez qu'il n'y avait là que ces deux bonnes
filles, pleines de zèle, mais protestantes ! Après l'extrême
onction, il gémit encore quelque temps, il fit plusieurs
exclamations de douleur : les ombres de la mort étaient
sur son visage. Il tâcha d'articuler quelque chose, mais
plusieurs fois, soit volontairement, soit involontairement,
on ne put l'entendre, et ces dernières paroles d'un mourant qu'on ne peut comprendre, qu'on ignore avoir ou
non sa connaissance, sont bien douloureuses et bien ter-

ribles ! Enfin, Sophie tenta de lui faire prendre une
tasse de lait, qu'il avala si bien que nous crûmes qu'il
pourrait vivre encore un peu, et il parut s'assoupir tranquillement. Combien nous vous regrettions, Madame,
ainsi que M. l'abbé Vidal : il lui aurait certainement
adouci ces dernières angoisses ! M. de Pierres, qu'on s'é-
tait hâté d'aller prévenir, mais qui se trouvait, je crois,
fort loin, arriva alors heureusement, mais ne put que recevoir bientôt son dernier soupir et lui fermer les yeux.

Nous venions de redescendre, une fois que nous avions
vu son parent auprès de lui ; mais, si nous avions su
que la fin était si proche, nous serions restées certainement dans le coin du salon pour continuer de prier. Au
reste, je remontai tout de suite et je vis que M. de
Pierres, Sophie et sa sœur étaient en prières autour de
lui ! Nous avions porté le Christ, l'eau bénite, une statue
de Marie qui, placée sur son bureau, semblait tendre les
bras à cette pauvre âme. Puisse-t-elle l'avoir reçue !

Voilà, chère Madame, de bien minutieux détails, mais
qui ne le seront pas trop pour vous, je le crois. Si, par
hasard, quelque journal porte quelque chose de contraire
(ainsi qu'on vient de nous le dire) vous saurez et vous
pourrez assurer *qu'il est inexact.* Il est certain que pour
des âmes aussi chrétiennes que la vôtre il y aurait plus
de consolation à penser qu'il y a eu retour plus spontané,
plus éclatant, si je puis parler ainsi ; mais vous con-
naissiez ce caractère qui voulait absolument concentrer
tous ses sentiments en lui-même. Et s'il a vraiment été
touché, comme il faut bien l'espérer, vous savez qu'il se
serait bien gardé de le témoigner. L'essentiel a été fait,
a dit M. Vidal. Il faut bien croire que cet acte lui a

obtenu des grâces de salut pour ce dernier moment. Oh !
Madame, c'en était un bien solennel ! Nous aurions tous
voulu savoir s'il reconnaissait ou non, s'il a pu s'unir
au prêtre ; mais cela est resté le secret de Dieu ; d'autant plus que nous n'avions pas osé nous mettre tout près
de son lit. Moi, je crois bien qu'il avait encore une dernière connaissance. Un peu avant j'avais voulu lui serrer
la main, mais ses pauvres doigts étaient déjà froids et
morts, quoi qu'il remuât tout son bras, comme je vous
l'ai dit.

Il y avait à ses obsèques autant de monde que la saison le permettait. C'est M. de Pierres (son seul parent
ici, dans ce moment, je crois) qui a tout ordonné et pris
tous les soins nécessaires, secondé par M. Ratisbonne,
l'ami dévoué de votre cher cousin, comme vous savez !
Mais ce brave Juif (1) ! il paraît qu'il s'est permis de

(1) Après avoir pris connaissance de cette lettre, Louis Ratisbonne écrivit à *la Revue de Paris* :

« Publiez, publiez ! Peu importe que cette demoiselle, catholique
zélée, traite avec plus ou moins de bonne grâce le « brave juif » que
je suis ! L'important, c'est que l'on mette au jour tous les éléments
de la vérité. Alfred de Vigny ne m'avait pas laissé ignorer la visite
de l'abbé Vidal, à qui, simplement, il avait raconté sa vie : je n'ai
jamais compris et je ne saurais admettre que ce récit eût le caractère d'une confession. Quelques heures après sa mort, quand je
suis arrivé chez lui, j'ai exprimé aux personnes présentes mon
étonnement que l'on fût allé chercher un prêtre. M. de Pierres était-
il là ? Je ne sais ; ce que je sais bien, c'est que ni lui ni personne n'eut
à me rappeler aux « convenances ». Mlle d'Orville a été trompée par
un « on dit ». De race religieuse, en effet, Alfred de Vigny n'avait
pas manqué d'accueillir avec sa courtoisie de gentilhomme un prêtre
qui lui faisait visite. Il n'aurait pas voulu offenser l'Église par des
obsèques purement civiles, et son testament lui-même en fait foi ;
défendant qu'on prononçât aucun discours à ses obsèques, il ajou-

faire de grands reproches à Sophie sur ce qu'un prêtre avait été appelé, disant que c'était contre la volonté de M. de Vigny et qu'il le dirait lui même s'il pouvait encor parler. Sophie, courroucée, lui a répondu admirablement à ce qu'il paraît, et lui aurait si bien tenu tête qu'il aurait dû finir le débat ; mais pas du tout, il l'a continué avec M. de Pierres, qui est intervenu, dit-on, de la manière la plus parfaite de sentiments religieux et de convenance. Il n'a fallu rien moins que cela pour rappeler M. Ratisbonne aux *convenances*. Voyez un peu ce juif et cet esprit de parti. Il paraît que M. de Pierres mettait beaucoup de sollicitude au grand objet qui nous préoccupait tous. Il s'en informait souvent à Sophie, mais il était comme les autres, il ne voulait rien dire. Aussi a-t-il été bien satisfait d'apprendre ce qui avait été fait...

La maison maintenant nous paraît vide. Les deux pauvres malades l'ont remplie si longtemps qu'on ne s'accoutume pas à les voir disparus tous deux. Les domestiques ont tout remis dans l'ordre accoutumé : leur deux fauteuils dans le salon, la petite table, les livres, semblent encore les attendre et rien n'est plus triste que cet appartement désert. Enfin, puissent-ils l'un et l'autre avoir trouvé une meilleure demeure dans les bras de Dieu !

J'oubliais de vous raconter qu'il dit un jour à Sophie : « On a beau dire, ce qu'il y a de bon dans la religion

tait : il ne faut autour d'un cercueil que les prières de l'Église et les larmes des cœurs fidèles. Mais il a persisté jusqu'au bout, j'en demeure convaincu, dans la fermeté de ses opinions philosophiques; il est mort comme il a vécu, incrédule au dogme et stoïcien. »

catholique, c'est que la confession empêche de faire
beaucoup de mal. » Vous voyez, Madame, que c'était un
bien bon sentiment.

. . . .

C. D'ORVILLE.

Samedi, 19 septembre 1863.

. S. — ... Ce sont deux sœurs de Bon-Secours qui
l'ont enseveli et veillé avec elles [Sophie et sa sœur). Le
mari de Sophie rapporta du convoi l'épée et la décora-
tion. Salomon (1) a voulu prendre son moule. Il n'était
point défiguré. Ses traits fortement accentués semblaient
taillés dans le marbre blanc. Hélas ! la mort ne pouvait
rien ajouter à l'amaigrissement de ce pauvre visage. Il
avait pris un degré de plus d'austérité, voilà tout. Je
crois que Salomon se propose de faire son buste.

II

Lettre de l'abbé Vidal au Père Langlois

Mon Révèrend Père.

Vous m'avez fait l'honneur de me demander des renseignements sur les derniers moments de M. Alfred de
Vigny. Voici comment les choses se sont passées :

Plusieurs fois j'avais parlé à M. de Vigny de songer
à la confession avant de paraître devant Dieu, et, sans
jamais me repousser, il m'avait seulement témoigné
le désir d'attendre encore pour accomplir cette action.

(1) Adam Salomon.

Quinze jours environ avant sa mort, j'allai le voir et, après une conversation très sérieuse dans laquelle il me dit que sa famille était presque sacerdotale ; qu'un de ses oncles était mort trappiste ; qu'un autre, doyen du chapitre de Loches, était, je crois, mort en exil, et que lui, M. de Vigny, portait encore au doigt l'anneau de cet oncle, je crus le moment venu de lui parler de confession et d'en finir cette fois.

Monsieur de Vigny, lui dis-je, je pars un de ces jours pour un assez long voyage, et je ne veux pas partir sans vous avoir donné l'absolution. Tout aussitôt il s'inclina, et me donna son plein consentement. Il prit un air extrêmement recueilli et, après la confession, il me dit ces propres paroles : « Je suis catholique, et je meurs catholique. » Après cette profession de foi, je lui donnai l'absolution. En ce moment, il était impossible d'exiger davantage. Cet acte suprême fit sur lui la plus grande impression : il me prit la main, m'attira à lui, et m'embrassa en me disant avec une effusion de cœur inexprimable : « Ah ! quelle bonne action vous venez de faire ! » Je n'oublierai jamais cette parole et le ton dont elle fut prononcée.

Pendant mon absence, il me demanda à plusieurs reprises, et enfin, se sentant près de mourir, il demanda lui-même un prêtre pour recevoir l'extrême-onction. Sa bonne courut à l'église et ramena un des vicaires, qui put l'administrer. Il est bon de noter que cette bonne était protestante, et que, pendant les derniers jours de sa vie, M. de Vigny lui fit plusieurs fois l'éloge des prêtres. On pouvait assurément voir dans ses conversations avec elle la pensée de la ramener à l'Église catholique. En tous cas, c'est cette bonne qui a raconté ces détails, et qui, voyant mettre en doute par un personnage connu (1) le fait de la demande spontanée du prêtre par M. de Vigny, répondit : « Monsieur, je suis protestante, et c'est moi qui ai été chercher le prêtre à l'église pour l'administrer. »

Voilà, mon Révérend Père, comment les choses se sont passées. Je l'affirme.

VIDAL, curé de Notre-Dame de Bercy.

P.-S. — Pendant les derniers jours de sa vie, M. de Vigny a lu très attentivement mon *Histoire de saint Paul*. Son exemplaire est presque usé.

FIN DU PREMIER VOLUME

(1) Louis Ratisbonne.

TABLE DES MATIÈRES

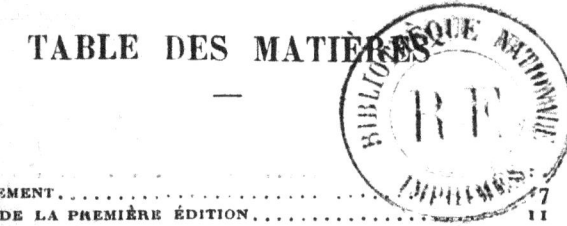

—

LIVRE PREMIER

LIVRE II

LA VIE LITTÉRAIRE

vier. — Mme Victor Hugo reproche à Sainte-Beuve sa
partialité pour M. Molé. — Essai de morsure d'un cygne.
— Sainte-Beuve après la mort de Vigny. — Son article de
1864. — Un mot de Vigny sur lui.

LIVRE III

LES IDÉES POLITIQUES D'ALFRED DE VIGNY   351

LIVRE IV

LA RELIGION D'ALFRED DE VIGNY

APPENDICE

TABLE DES GRAVURES

—

Poitiers. — Imprimerie du Mercvre de France [G. Roy]. 7, rue Victor-Hugo

MERCVRE DE FRANCE

XXVI, RVE DE CONDÉ — PARIS-VIe

Paraît le 1er et le 16 de chaque mois, et forme dans l'année six volumes

---

Littérature, Poésie, Théâtre, Beaux-Arts
Philosophie, Histoire, Sociologie, Sciences, Voyages
Bibliophilie, Sciences occultes
Critique, Littératures étrangères, Revue de la Quinzaine

La **Revue de la Quinzaine** s'alimente à l'étranger autant qu'en France. Elle offre un nombre considérable de documents, et constitue une sorte « d'encyclopédie au jour le jour » du mouvement universel des idées.

Epilogues (actualité) : Remy de Gourmont.
Les Poèmes : Georges Duhamel.
Les Romans : Rachilde.
Littérature : Jean de Gourmont.
Histoire : Edmond Barthélemy.
Philosophie : Georges Palante.
Le Mouvement scientifique : **Georges Bohn.**
Sciences médicales : Dr Paul Voivenel.
Science sociale : Henri Mazel.
Ethnographie, Folklore : A. Van Gennep.
Archéologie, Voyages : Charles Merki.
Questions juridiques : José Théry.
Questions militaires et maritimes : Jean Norel.
Questions coloniales : Carl Siger.
Esotérisme et Sciences psychiques : Jacques Brieu.
Les Revues : Charles-Henry Hirsch.
Les Journaux : R. de Bury.
Théâtre : Maurice Boissard.
Musique : Jean Marnold.
Art : Gustave Kahn.
Musées et Collections : Auguste Marguillier.
Chronique de Bruxelles : G. Eekhoud.
Chronique de la Suisse romande : René de Weck.

Lettres allemandes : Henri Albert.
Lettres anglaises : Henry-D. Davray.
Lettres italiennes : Giovanni Papini.
Lettres espagnoles : Marcel Robin.
Lettres portugaises : Philéas Lebesgue.
Lettres américaines : Théodore Stanton.
Lettres hispano-américaines : Francisco Contreras,
Lettres brésiliennes : Tristao da Cunha.
Lettres néo-grecques : Démétrius Asteriotis.
Lettres roumaines : Marcel Montandon.
Lettres russes : Jean Chuzeville.
Lettres polonaises : Michel Mutermilch.
Lettres néerlandaises : J.-L. Walch.
Lettres scandinaves : P.-G. La Chesnais, Fritiof Palmer.
Lettres tchèques : Janko Cadra.
La France jugée à l'Etranger : Lucile Dubois.
Variétés : X...
La Vie anecdotique : Guillaume Apollinaire.
La Curiosité : Jacques Daurelle.
Publications récentes : Mercure.
Echos : Mercure.

VENTE ET ABONNEMENT

Les abonnements partent du premier des mois de **janvier, avril, juillet et octobre.** Les nouveaux abonnés d'un an reçoivent à titre gracieux le commencement des matières en cours de publication.

FRANCE		ÉTRANGER	
Un numéro........	**1.25**	Un numéro........	**1.50**
Un an.............	**25** fr.	Un an.............	**30** fr.
Six mois..........	**14** »	Six mois..........	**17** »
Trois mois	**8** »	Trois mois........	**10** »

Poitiers. — Imprimerie du Mercure de France, G. ROY, 7, rue Victor-Hugo.

.